愛のための100の名前

脳卒中の夫に奇跡の回復をさせた記録

ダイアン・アッカーマン

西川美樹＝訳

ONE HUNDRED NAMES FOR LOVE

a stroke, a marriage, and the language of healing

Diane Ackerman

亜紀書房

愛のための100の名前

One Hundred Names for Love

For P-wombat and L-wombat

第一部　喪失の地図を描く

第一章

透明のチューブを引きずりながら、薄明かりのなか病室をのっそり歩くポールは、ときおり驚くほど海の生物に似ている。その姿はまるで長い触手をもつクラゲ。ジェリーフィッシュと呼ばれるわりに魚とはおよそ似つかぬ対称性に満ちたゼラチン状の生き物で、体は貯水池や排水管、数多のスポンジ質や繊維質でできているが、中味はもっぱら塩水だ。管やケーブルを引きずるポールは、すでにこの病院にはびこる深海生物の仲間入りをしていた。けれどそれもあと少し。明日の朝にはここを出る許可をもらっている。

とはいえ強力な抗生物質の投与は今後も続けなくてはならないが。

「夜明けには脱出だ！」振りかえったポールが、英国陸軍曹長を気どった声で耳打ちした。そう思うと嬉しくて二人とも小躍りしたい気分だった。

ポールは、このハイテクの入り江に三週間も監禁されていた。サメやイチョウの木よりも古いブドウ球菌のせいで腎臓の感染症にかかり、全身を痛めつけられたのだ。そして私もまた、微量の液体を出し入れする管類にポールがつまずいて転ばないよう泊まりこみで見張っていた。

ポールが入院しなければならないと知ったのは、新しく出た私の本『心の錬金術（*An Alchemy of Mind*）』の宣伝ツアーでちょうど各地を回っていたときで、私はあわてて予定を切りあげ飛行機で舞いもどった。それでもまだ脳の魔法や偉業〔前掲書のサブタイトルは「脳の驚きと謎」〕で私の頭のなかはいっぱいで、病院の待合室で椅子のクッションにもたれ、『セレブラム』や『ブレイン・イン・ザ・ニュース』のバックナンバーを拾いよみして時を過ごした。魔法瓶から温かい穀物コーヒー「ローマ」をコップに注ぐと、チコリとグラハムクラッカーの香りがふわりと漂う。

これまでに私たちは何度この埠頭を下りたことだろう。いまから二〇年前、当時まだ五五歳だったポールは深刻な不整脈を発症し、あやうく死の淵に落ちかけた。その数カ月前から私は何かがおかしいと感じていた。ベッドにもぐり込むとポールの胸がジャズを奏で、食事のあとに真っ青になって冷たい汗をかいたりもした。そこでとうとう医者に行くようポールを説得したのだ。クリスマスの願いはただ一つ、あなたが病院に行ってくれること、私を安心させてくれるのが一番のプレゼントよ、と頼みこんで。さっそく友人が近くの町の優秀で親切な心臓病医を紹介してくれたが、その医師の見立てによれば、ポールには心臓の鼓動の間隔が長すぎると警鐘を鳴らしてくれるペースメーカーが必要だという。放っておくと突然意識を失い、七〇代のときに同じ病で亡くなった父親の二の舞になりかねない。そこでポールはシラキュース〔米国ニューヨーク州中部の都市〕の病院に一週間入院することになった。これは以後重ねることになる逢瀬の始まりだったが、ポールはすっかり肩を落とし、「ぼくは獅子のごとく強かったのに」とためいきをついた。

四時間におよぶ手術で、ペースメーカーの導線はポールの心臓から二度吐きだされたが、その後は静脈をするりと抜けて心筋に落ちついた。術後に目覚めたポールを、私は精いっぱいの一〇〇ワットの笑顔と、ぬいぐるみのライオンを手に出迎えた。

その日以来、薄暗い冬の道路を車で一時間半かけて、精密検査やらペースメーカーのテストやら心エコー図の検査に通い、いつだって心配しては安堵し、ときにまた神経をぴりぴりさせながら、ポールの不整脈の「規則的な不規則」さながらの落ちつかない日々を送った。

医学的な脱線はさらに続いた。あるときは定期検査で血糖値が八〇〇〔正常値は一〇〇前後〕をはじきだし、糖尿病の危険信号ゆえに新たな治療が組まれ、血糖値の検査に特別食、さらに三種類の薬が追加された。またあるときは血圧が上がり続け、薬のカクテルをチェックしてはブレンドし直すために、幾度となくシラキュースまで鏡のように凍った道路を往復しなければならなかった。

そして、今回、地元イサカ〔米国ニューヨーク州中西部の都市〕の病院でやきもきしながら、蜂巣織炎の治療のために抗生物質の投与を受けているのだ。この感染症は、最初はちょっとしたつま先の引っかき傷からはじまって、あっという間にポールの足を駆けのぼった。

この全身の感染症もじゅうぶん恐ろしいものだが、ポールがこれまで経験してきたものに比べれば、それでもまだましなほうだ。これから数週間は病院がわが家になりそうだとわかると、私たちは目いっぱいここに腰を落ちつけることにした。コーナーテーブルに缶詰やスナックをどっさり置き、浴室には香料入りの石鹸とお気に入りの櫛(くし)を並べ、ふかふかのスリッパに編み物道具も持ちこみ、窓辺には蔵書をずらりと揃えた。ポールはいかにもポールならではのやり方でこの状況に順応した。あんまり退屈したので、エジプト神オシリスを題材にソネット連作を書きあげたのだ。

この三週間というもの、悲惨なことと気の滅入ることがかわるがわるやってきた。ポールは黄色ブドウ球菌の感染症とたたかい、そのうえ腎臓結石まで見つかってレーザー破砕術を受けることになり、私のほうは不安のカモメに遠く連れさられそうな気分になった。シフト交替のドタバタや、ワゴンがガチャガチャ通る音、ひっきりなしの見舞客、機械から響く金属音、こうした喧騒が容赦なく私の心をかき乱した。それでもともあれ私は病院から外に出られたが、ポールはベッドに縛られカゴの鳥で頭がおかしくなりかけていた。日が落ちてくると、締め切った窓越しに沈む荘厳な夕陽を眺めながら、二人ともたまらなく家に帰りたくなった。また二人だけの穏やかな、いつもの暮らしに戻り、変わらぬ静かなときを過ごせる日を待ちわびていた。

＊＊＊＊＊

そのとき突然、雷が落ちたのだ。ポールは浴室から足をひきずるように出てくると、ベッド脇に突っ立った。うつろな表情に、土気色(つちけいろ)の顔。右の口角が垂れさがり顔は眠っているみたいだが、目だけが驚いたように私を見つめている。

「どうしたの?」

ポールの唇がかすかに動き、くぐもった低い音がもれた。一瞬、ハチを口いっぱいにほおばっているみたい、などと妙な考えが浮かんだが、それから背筋にぞくっと寒けが走り、足もとの床が数メートル落下した気がした。一〇年前、ポールは一過性脳虚血発作(TIA)を起こしたことがあった。これは脳への血流が一時的に悪くなり、脳卒中に似た症状を示すもので、症状は短時間で消失するが、本格的な脳卒中の前触れであることも多い。あのときも呂律(ろれつ)が回らず顔がこわばっていた。それだけはいや!——私は必死で状況をのみこもうとした。いまはだめ! お願いだから勘弁して!

「卒中を起こしたの?」ようやく探していた言葉が見つかった。だがポールの答えを待つまでもない。頭が締めつけられる思いがし、私は夢中で跳びあがると、あわてて自分の椅子にポールを座らせた。それから朦朧(もうろう)とした頭で考えた——まさかそんなこと! 落ちつかなくちゃ! どうするか考えるのよ! 今度もただのTIAかもしれないし——それだって悪夢だけれど、この世の終わりってわけじゃない!

助けを呼びに廊下に駆けだすと、看護師を見つけて大声で叫んだ。「夫が卒中を起こしたようなんです!」きしむ廊下を看護師と走って部屋に戻ると、ポールが石のファラオのごとく両手を膝にのせ、無表情のまま、まっすぐ前を見据えて座っている。

「先生を呼んでください、先生を!」私は必死で頼んだ。「これが卒中で、tPA(組織プラスミノーゲン活性化因子)の投与が必要なら、時間がないんです!」tPAのことは知っていた。発症から三時間以内に投与すれば、ときに脳卒中を逆転できる魔法の血栓溶解剤だ。「ティー・ピー・エー」——私の耳にはまるでアブラカダブラの呪文のように響く。

看護師はポケットベルで医師に連絡し、私には聞きとれない質問をいくつかポールにすると、血圧、体温、脈拍を事務的に測った。まるで大変なことなど何一つ起きていないかのように。いままさに巨匠の脳〔ポールは詩人、小説家〕が爆発し、私たちの世界がすべて崩壊しかねない事態だというのに。血圧は高く、右手は握れない――遅すぎる！　こんなんじゃ遅いわ！

まだ間にあう、いまならまだ――私は壁の時計をじっと見つめ、自分に言いきかせた。それから傷の止血をするかのようにポールをしっかりと抱きしめ、なんとか安心させようと声をかけた。だが私の言葉は口を出たそばからむなしく響く。ポールが自分と猛スピードで衝突しているさなかに、私がどう慰められるというのか。でもたとえ反応が返ってこなくても、私にはただ抱きしめることしかできない。ぐったりと椅子にもたれ、うつろな目をしたポールはまるで別の太陽系にいるかのようだ。そのときふと、ポールが恐怖に満ちた目で静かに私を見た。何が起きているのか、ポールにはわかっているのだ。

当番の医師が駆けこんでくると、クリップボードに書かれた生命徴候をてきぱきとチェックした。そのあきれるほど落ちついたようすに、まるで私だけが別世界にいる気がする。

「にっこり笑えますか？」医師がポールに訊く。

ポールは笑えない。

「話はできますか？　いまあなたがいるのはどこ？」

ポールは答えない。

「両手を上げてみてください」

これもできない。

「ではこのペンを見てください」。医師はペンをポールの目の高さに持ち、左から右に動かした。「ペンを目で追えますか?」

これも無理。

私の頭のなかでサイレンが鳴りひびいた。脳卒中の診断に用いる、この簡単な四項目のテストのことは知っている。ポールは、落第だ。

置いていかないで!――心のなかで私は叫んだ。けれど時間も空間も私を置きざりにし、私たち二人のまわりをぐるぐる回り、私は思わずよろけそうになった。舳先をへし折る嵐のなか甲板に立っているかのようだ。ベッドのステンレスは火花を吹き、壁はボウルのようにぐわんと曲がり、看護師の声が古い蓄音機の針みたいに鼓膜をひっかく。

そのときのことを、ポールはあとからこう教えてくれた。自分はきらきら光る金属のような物体に襲われ、全身の神経をつねられたみたいで、脈は跳ねあがり、耳のなかで変な音が鳴りひびいていたという。それからもっと奇妙なことも起きた。頭のなかで何かが揺さぶられる音がし、腰のあたりで紅茶の細かい茶葉がカサカサいう音が聞こえ、鐘楼が静かにカランカランと鳴りながら頭上を回る。天と地のはざまで自分の世界が必死にもとの状態に戻ろうとしているあいだ、ポールはうっすらと光輪の存在を感じ、ついに自分は神に選ばれし者に加わったのかと思ったという。鐘楼の音が一瞬でも小さくなると、気も狂わんばかりの歓喜を覚えた。暗闇に輝くメリーゴーランドの灯りが一瞬頭をよぎった。口の中は生硬なバルサミコのような味がし、夜中に虫歯に触れて痛みで昇天するような気分だった。

指もまた感覚がいくらか麻痺し、ロウのように鈍く不透明で、ひどく傷つき反応がなかった。全身が触られるのを拒み、肉体は何かもっと固いものに変わっていた。不快というより、ただいつもと違う感覚。心のどこかで、言葉を思い浮かべないまま、何が起きているんだ？　ぼくはまだ生きてるぞ、などと感じていた。イギリス人の警官がバリトンのおっかない声で詰問してくる。「ここでいったい何をやってるんだ？」

そのとき、見覚えのない医師からひとしきり質問され、はるか彼方からいきなり現実にひき戻された私は、震える声でいきさつを説明し、ポールの病歴を医師の頭になるだけ早く詰めこもうとした。医師は謎めいたメモをへんてこな字でゆっくりカルテに書きこんだが、その音は羽ペンのごとく私のいら立った神経を逆なでた。でも、どのみちこの医師に何もかも理解できるわけがない。このひとりの特別な魂に何が起きているのかを——今日初めて見た心臓病の患者、見事に風変わりな精神の持ち主、そして何より私の愛する人生の伴侶に。

うつろな目でポールはいったい何を見ていたのか。きっと何も見ていなかっただろう、という気がする。少なくとも外の世界のものは何も。それでも望遠鏡の反対側から、目の裏側の赤や黄色の修羅を覗いていたかもしれないが。

泣きそうになりながらも、なんとか正気を保ち、私はポールを医師にまかせて廊下に走ると、携帯電話に口を寄せ、敬愛する医師で友人のドクター・アンに連絡をとった。アン医師は昔ながらの家庭医で、入院中の患者を毎日往診し、患者と家族同然の付きあいをすることもよくあった。医師は、冷静だが悲しげな声で、ポールは心臓病のために抗凝血剤クマジンの投与を受けているからｔＰＡは使えないと説明した。私が聞いた話では、脳卒中後の治療にチスイコウモリの唾液を用いた臨床試験もあるという。チスイコウモリによる人命救助なんて、ポールが聞いたらさぞかし喜ぶことだろう。でもクマジンのせいでチスイコウモリの唾液だって却下されるにちがいない。ポールには特効薬がないのだ。アン医師は、症状が永久に残るかはいまの時点でわからないからと私を励まし、さしあたって専門家チームを集め、一連の検査を手配すると約束してくれた。

それから一時間して、ポールの耳に届かない場所で、ＣＴスキャンの画像を手に神経科医が語った話はかなり悲劇的なものだったが、予想しうる結果を聞いても私はなるべく想像しないようにした。頭に思いうかべなければ魔法みたいに消せるとでもいうように。医師が手にした画像は脳の損傷を示していた。ポールの脳には左中前頭回（「回」とは隆起した、または畝になった部分のこと）に小さな荒地があり、左右の頭頂葉に壊死した部分が数箇所あり、ほかにも弱った脳細胞の細長い跡がいくつか観察された。目は画像をじっと見つめていたが、私の心は廊下の隅にそっと逃げだし、ペンキの下にもぐりこもうとしていた。ひどく困乱し、この知らせをなんとかかわそうと必死にあがいている。心のなかで私は叫んだ――いや！　いや！　いやだ！　そんなの絶対いや！　どうにかして現実から逃れたかった。でもそれはしょせん無理なこと。画像は診断結果そのものではないが、その意味することは、生半可な希望など吹き飛ぶくらいじゅうぶん理解できた。私が何より気になったのは、ポールの左脳半球で、主要な言語野とそれらを繋ぐ神経線維が損傷していたことだ。まさに身のすくむような悪夢ではないか。

ポールを――私の愛する言葉の鍛冶屋を――襲った悲劇のおそらくいちばんの犯人は、腎感染症の原因となった細菌を含んだ大きな血の塊（血栓）だった。不規則な鼓動により揺さぶられた血栓が脳に運ばれ、中大脳動脈に留まり、脳の広大な丘や畝に栄養を運ぶ血液の川を塞きとめたのだ。この惨事を自分が想像してしまったことに私ははたと気付いたが、それでも心の眼のなかに留め、あくまでもどこか遠くの田舎の風景――人間のものでもないし、まして親しい誰かのものでもない――を眺めるようなふりをした。けれどまさにそのとき、私はおぞましいほどはっきりと事実を知ったのだ。あの取りかえしのつかない瞬間に、ニューロンのネットワーク全体が、ポールが生涯培った言葉のスキルや技巧や記憶が消えてしまったのだと。

いったい何が消えたのだろう。マン島〔グレートブリテン島とアイルランド島の間にある英王室属領の島〕に駐留していた英国空軍時代に、仲間とランチをとりにロンドンまで飛んだことも？　ガールフレンドたちに会うためのフィリップ殿下のお忍びの夜間飛行を内緒にしていたことも？　私と行ったフロリダ旅行は？　戦争ごっこに一人勝ちした模型飛行機は？　自分の書いた本は覚えているのだろうか。きょうだいのことは？　私と過ごした日々は？

第二章

私たちは、ペンシルベニア州立大学で出会って恋に落ちた。一九七〇年代の前半、当時の私はフラワーチャイルド〔一九六〇年代、米国で反戦・平和などを訴えた若者たち〕の大学生、ポールは上品な英語を話す、教養溢れる褐色の巻き毛の大学教授。私はまだ二学年のくせに、何を思ったか彼の院生向けの現代英文学講座を受講することにした。そして教室の後ろの隅っこで、最後列ならではの匂いに囲まれて座っていた。汗臭いオーバーコートにチョークまみれの黒板消し、くすんだ薄茶の革綴じ本、カビやチャタテムシの匂いの古びたペーパーバックや布張り本、印刷したての豪華本や欧州紙の鮮明なインクの匂い。たまにデッケル耳〔とくに手漉きの紙の未裁断のままのへり〕のついた小説を持っている学生もいて、読み手は綴じたページに出くわすと、慣れた手つきで切り開き、未踏の地に分け入った。ところが私はというと、討論に魅了され、ほとんどひと言も発しなかった。正直さっぱりついていけなかったのだ。それでも勇気を出してポールとは質問受付時間に文学や人生について語りあい、私の詩をポールは気に入ってくれた。学期が終わってからもキャンパスや町のどこかでポールと何度かばったり出くわした。そして初めてのデートの日、彼の家でお酒を飲みながら夜が明けるまでぶっ通しでしゃべり続け、そのまま帰らず四〇年がたった。

私たち二人には共通点がいっさいないと言う人もいる。ポールと私はまったく異なる文化、世代、人種的環境に生まれおちた。夢のなかで見る国もまったく違う――私はとにもかくにもアメリカで、ポールはおとぎ話に出てくるようなイギリスの田園だ。アメリカ文化は、私にとっては自分の育った背景幕だが、ポールは大人になってこれを知ったので、その種々の奇行〔トウモロコシを丸のままかじる、とか〕にはいつまでたっても慣れなかった。私より一八歳年上のポールは、第二次世界大戦のさなかにイギリスの村で育ち、スイングジャズを聴き、空襲を覚えている。いっぽう私はいわゆるベビーブーム世代で、ビートルズ時代のロックに熱をあげた。私の父はマクドナルド店のオーナーだった。けれども文学の表現様式についていえば、私たちは二人とも簡素なものよりも豪奢なものを好む。詩的な表現や一風変わった人物、画趣に富んだ発想に満ちた本を高く評価する。けれどもその他の点では二人の趣味は違っている。ポールは大胆で派手な構想を楽しむが、私は複雑で多義的で繊細なものが好き。

ポールは夜の暗い隠れ場を徘徊し——なかば夢うつつで執筆したり、クリケットの試合のビデオを観たり——そして朝の五時か六時には寝床に退却する。鳴き鳥たちは夜に渡るが、ポールの落ちつきのなさは彼らの夜間飛行を思わせる。いっぽう私は陽の光の虜。夜明けに目を覚ますと、ベッドにもぐりこむポールと「つぎはあなたの番」とタッチを交わす。ポールはいつも私が起きるまで待って寝床に入る。私に「おはよう」と「おやすみ」のキスをするために。ポールはこの儀式を「衛兵の交替」と呼び、バッキンガム宮殿前を黒い背高帽と赤い上着で足を振りあげ行進する女王陛下の衛兵のまね（ただし裸でだらしない）をする。

紅茶を入れようと寝ぼけ眼でキッチンに入った私を、毎朝小さな手書きのメモが迎えてくれる。夜が明けてこの世界に再び戻ったことを熱烈に歓迎する愛の言葉。ポールはこれを冷蔵庫の扉にマグネットで留めておく。その日の気分でマグネットはコウモリやワニ、クジラ、ライオン、オオカミ、花や飛行機といろいろ変わる。ここ何十年と、ほぼ毎日、新しいメモ書きが登場する。そしてメモにはサインがわりに自分の似顔絵が描いてある。巻き毛で、ほっそりとして、棒足にピリオドの目、そして有頂天の笑顔。これは彼なりのカルトゥーシュ〔古代エジプトの記念碑などで王名を記した楕円形の枠〕もしくは王の紋章で、昼に起きてくるまでぼくもきみと一緒だよ、という意味が込められている。ときどき私はポールのことを、人付きあいを避けて真夜中に徘徊する偏屈な人間嫌いだと非難した。でもたぶんポールは子どもの頃から夜更かしが癖になっていて、二四時間の生活リズムが狂っていただけのことなのだろう。

家で仕事をしていると、好きな時間におやつやお茶ができるし、机を換えて違う眺めが楽しめて、仕事中にさぼったりお酒を飲んだり、パジャマで一日中過ごしても、二人揃って世間話や意見交換に花を咲かせてもかまわない。でもそのいっぽう無理をしすぎて、もとから不可能な目標を立て、会社勤めよりも長時間労働を強いられるはめになる。要するに究極の「フレックスタイム」、自分が毎日をいかに柔軟(フレキシブル)な気持ちで過ごせるかにかかっているのだ。たとえ締切が迫っていても、気を散らす何かが起きても、あるいはいっそ仕事中毒でハイ状態になろうとも。

書斎というのは、私たちがどういった類いの人間かを知る格好の場所だ。ポールの書斎はモリネズミ〔北米に生息。小さい物を運んで巣の中に溜める習性がある〕の楽園。バルサ材の模型飛行機に埃だらけの安物のサングラスが八個（すべてパイロット仕様）、ゼンマイ仕掛けのしゃれこうべ、プラスチックの六連発銃、額に入った父親の第一次大戦の勲章、エジプトミイラ作成キット、コックニー押韻スラング辞典、絵の具を混ぜた大量のグリーンガムとマッチ棒に葉巻「ラ・トロピカル」のラベルを貼った自作コラージュ、箱入りのクレヨンや色鉛筆、ライオン型の未使用の石鹼、アマゾン部族の青と白の仮面、でこぼこの地層のごとく積みあがったクラシックCD、捨てられない古着を詰めこんだ灰色のファイル用キャビネット、手紙でパンパンに膨れたマニラ紙のファイル、にょきにょきそそり立つ本や紙や研究資料の山――すべては賑やかな作家人生の珍妙な堆積物だ。この部屋を進むなら盲導犬か地図が要る。ひょっとしたらここはポールにとって、岩だらけのイングランドの荒地を彷彿とさせるのかもしれない。

ポールがタイプを打つコルク張りの奥の小部屋には窓がなく、外の世界と遮断され、日光はいっさい入らない。「ぼくに自然は必要ない」。あるときポールは私に言った。「自分で創れるからね」。ポールはコンピュータを一度も触ったことがない。青と灰色の古いスミス・コロナ――鉛のように重たい昔ながらのタイプライターで、長いアームに騒々しいキャリッジ、手あかまみれのすり減ったキーがついている――でポールは豪奢な架空の世界を次々とこしらえ、魅力的でおかしな連中を住まわせ、私と過ごした年月に数十冊もの本を書きあげた。ポールがフランス政府より芸術文化勲章「シュヴァリエ」を受勲すると、私はポールのことを「シェヴィ（＊米国ゼネラルモーターズ社が製造する乗用車シボレーの愛称）」と呼び、以来ポールのあだ名の一つになった。

いっぽう私の書斎はというと、窓という窓に明るい花柄のカーテンがかかっている。ステンドグラスのマグノリアが出窓を縁どり、窓の向こうには本物のマグノリアの古い大木が枝をいっぱいに広げている。背高の骨董棚に並んでいるのは、プエブロ・インディアンの「語り部」の陶人形、地元産の化石でできた〝世界最古の小鳥の巣箱〟、額入りの家族や友人の写真、フランク・ロイド・ライト設計の窓のミニチュア、母の形見の翡翠のサルと花の彫刻、それから私がよくポーズを変えて遊ぶマネキンの手。机には光沢のある大きなモニターのコンピュータが鎮座し、出窓ではノートパソコンが出番を待つ。色あせた新聞や雑誌の切り抜きが詰まった木製のファイル用キャビネットとはち切れそうな三穴バインダーは、興味をもったものを溜めておく場所、いわば私の〝携帯宇宙（ポータブルユニバース）〟だ。部屋の壁は森に注ぐ春の陽射しの淡黄色に塗られ、くすんだベージュ色の木の床を東洋の手織り絨毯が優しく覆う。壁を飾るのは、私がかつて調べたモンクアザラシやコウモリをはじめ絶滅危惧種の動物たちの写真。私は自然を崇拝し、ノンフィクションの世界を渡り、毎日のように自転車に乗り、友人たちとしょっちゅうおしゃべりをする。ポールは暴力や悪を自身の空想や作品や感性に造作なく取りこむ。けれど、私にはそれは無理。私は映画ですらハッピーエンドで終わらないと気がすまない。

ポールは記憶の面でも私と違っていて、何でもほぼ完璧に覚えている。自分の暗い過去（戦争や貧困、最初の結婚、混迷の時期）こそが定住の地だ。けれども私は、いまこの瞬間に意識を集中して生きる禅思想のほうが好き。ポールより社会問題に関心をもち、コミュニティのボランティア活動に魅力を感じる。ポールの感覚ではコミュニティとは地域的なものでなく、海を越え時代を越えたものだ。

物書きとしての面では、ポールは生来、語句表現の達人で、私も語句作りは大好きだが、二人の流儀はここでも違う。ポールは華やかな比喩をふんだんに使う。オックスフォード大学の教師を「知力の国王」、古くなったパンを「髭を生やした」と表すように。ポールはもっぱら印象に残る釣り針のようなイメージを探すが、それは人の心を激しく揺さぶるありとあらゆる記憶を釣りあげようとするためだ。でも私は経験したことをはっきりと伝えたくてイメージを使うほうが多い。たしかにこれは私たちの創作過程における重要な違いの一つだった。

ポールは例外なく、私がこれまで会ったなかでもっとも愉快な変わり者で、P・G・ウッドハウス（英国生まれの米国の小説家。ユーモア小説で知られる）の小説から抜けでたような生粋のイギリスの伝説的変人だ。新鮮な果物やアカカブ、キュウリやトマトは触らないどころか決してそばに近寄らない。ほとんど家にひきこもり、友だちとは手紙や電話で話せばそれで満足。風も雨も雪も大の苦手で、何しろ晴れて穏やかな天気以外はみんな嫌。服を着るのも嫌がって、デュビュッフェ（フランスの画家・彫刻家）の描くピンク男みたいに家や庭のまわりを裸で機嫌よく闊歩する。けれど社会は服の着用を求めるがゆえポールは妥協した。外出するときだけ、夏は水泳パンツに青の半袖シャツ、冬は黒か灰色か青といった変わり映えしない色のベロアのジョギングスーツを着る。ただし靴下は絶対に履かない。イギリスに飛行機で里帰りした際には、大量のタイプ用紙を機内に持ちこみ、本人いわく「柔らかくするため」にその上に座っていたこともある。

ある日、二人でドライブに出かけたとき、ポールはあわててサンルーフを閉めてくれと言いだした。

「どうして？」と私。

「頭の上が空いてるのは嫌なんだ」とポール。私はにっこり笑った。あら、これは初耳だわ。

「でもね」。私はさらっと答えた。「頭の上にスペースがあるのも、幸運なうちよ（死んだら棺桶に入れて土に埋められるから）」。そう言って、私はどのみちサンルーフを閉めた。

ポールの奇行は私の目には斬新で愉快なものに映ったが、それは一つにわざとらしさがなく、ポールという人格の洞で水晶のように自然に生まれたものだからだ。イングランドの炭坑町で過ごした子ども時代、それは知らず知らずのうちに顔を出した。町の慣習や価値観を幼いうちから吸収し、しかも家族もなかなかの変人ぞろい。親戚の家に行くときまっておじやおばやいとこたちが、リビングで揃って裸で昼寝をしているのだ。大切な部分は開いた本で隠していたが。ポールの脳細胞の類希なる国家は、私の頭のなかの共同体と少なからず違っていたが、それでも私たちはお互いを最恵国待遇で扱っていた。

何十年も二重奏を続けられる秘訣を訊かれると、子どものためにー緒にいるのよ、なんて冗談まじりに答えることもある——要するに、どちらも相手の親代わりなのだ。それに二人とも言葉の鍛冶屋で、抱っこ狂、そしてなによりおふざけが大好き。だが二人の人間がなぜ夫婦になるのか、互いの防衛と尊重を約束する小公国をつくるのか、その理由が誰にわかるだろう。夫婦とは、ピースがそこそこ噛みあい、なんとかくっつくジグゾーパズルのようなもの。完璧にぴったりということもなければ、まったく合わないということもない。そして時がたつうちに、二人は自分たちの国歌や儀式、独特の言語をもつ国を築く——

間違いを犯しやすい神を拝するいわば二人だけのカルト集団。そしてどんな夫婦も他人には聞かれたくない愛の言葉を交わし、たまに幼児返りしたりもするが、それは、自分たちは大人のつもりで結婚しても、じつは大人と結婚したわけではないからだ。相手は、成長はしたが、まだ子どもでいるのを楽しみたい子どもであって、とくに創造的なカップルの場合はその傾向が強い。想像力溢れる人間は発想をもて遊び、たがいの関係もネタにする。私たちみたいな言葉の鍛冶屋なら、言葉を大いにいじくり回すことになる。

だからわが家には言葉遊びが溢れていた。くつろぐときに遊ぶのは「いかさま師のスクラブル〔文字並べのボードゲーム〕」。ボードを合体させ、ボードの枠などおかまいなし、だじゃれや慣用句、外国語もオーケー。勝った負けたはどうでもよくて、言葉を繋いで遊ぶのだ。そのほうがもっと心から楽しめる。たとえば「珍しい日本風の腰掛け（スツール）」は「珍しい日本風の密告者（スツールピジョン）」に変形する。それから毎日、二人で新聞のワード・ジャンブル〔ごちゃごちゃの文字を並べかえて意味ある言葉にするパズル〕に挑戦する。たわいのないおしゃべりにもしょっちゅうだじゃれが顔を出す。そもそもポールは私の名前をまともに呼んだことがない。かわりに私の愛称（ペットネーム）をこしらえ、どんどん進化させていくのだ。たとえば「パイ」は「パイロット」になり、つぎに「パイロット詩人（ポエット）」になる、というふうに。

クラシック音楽を根っから愛するポールは、一日じゅう私をネタに即興でオペレッタをこしらえ、豊かなバリトンでこんなふうに披露する。「あの娘（こ）の笑顔は最高さ／チョコ飴みたいな焦げ茶の瞳／ぼくは思わず吸いこまああれちゃう／ドーバー海峡みたいな白い歯に／ぼくは思わず目がくらむうう」。私がお皿を洗っていると、ガレージに向かうポールが何気なく歌いだす――私にかろうじて聞こえる声で。「あの娘がお皿を洗いだす／ゴーシ・ゴシゴシ／お鍋も磨くよ／ラ・ラーラ・ラ・ラ……」。こうして泡まみれの家事を称える即興の歌が続くのだ。あるうららかな春の日に二人で出かけようとして、私がセーターは必要なそうだから置いていこうと決めたら、ポールが声を震わせ歌いだした。

ああセーターは置いてって
あっちこっちを回るなら
ビキニを着ればいいじゃない
それでリンギニ食べにいこう
だからセーターは置いてって！

こうなったら受けて立つのみ。そこで、アスファルトの小道を車で直売所に向かうあいだ、私たちは着物やタキシード、それとフラミンゴも入れて、ヘンテコリンな詩をせっせとこしらえた。

私たちの書くものはジャンルが異なるので、エージェントも出版社も別にしたほうがいいと思ったし、また二人の本が同時期に刊行されることもめったになかった。家では、相手が悪意に満ちた批評や人身攻撃的な記事を読むことを極力許さなかった。二人ともこうした批評を受けたことがあり、うっかり地雷を踏んで木っ端微塵にされるのがいかに簡単かを承知していた。

幸いめったになかったが、それでもそんなときは、かつて同じ立場に身を置き、相手の心の傷を熟知した先達から、慰めと希望が授けられた。そして私たちは相手の原稿に最初と最後に目を通し、お互いに盟友であり、編集者、批評家、そしてよき相談相手という重要な役目を担っていた。ただし私は相手の落ち度を見つけてもわりと寛容だが、ポールは激しやすく、愚者は容赦しなかった。

あるとき文章作成のゼミで一人の学生が救いがたい自己満足の物語を擁護しつづけ、皆の堪忍袋の緒が切れかかった瞬間、かっとなったポールはこう叫んだ。「いいか？　その段落をもう一度読まされるくらいなら、発情した雄ウマの下で裸で寝たほうがましだ！」

三〇年間、ポールはペンシルベニア州立大学で院生に小説の書き方と現代ヨーロッパおよびラテンアメリカ文学を教えていた。複雑な観念を操る術を学ぶ学生たちが、あまりのストレスに脳をやられることで悪名が高かった。ある日、廊下で見かけたポールの生徒が水飲み場の蛇口の下に頭を突っこみ、ほとばしる水を浴びていた。ポールの授業でサミュエル・ベケットの笑えるほど難解な作品と格闘したあと頭を冷やしていたのだ。

若い頃は大学と郡のクリケットチームの選手を務め、上手な講義の仕方を講義する英国空軍将校でもあったポールは、いくつもの学位をもち、誰もが羨むオックスフォードの首席にもなったが、その年、文学で首席を授与されたのはわずか四人で、ポールはそのうちの一人だった。オックスフォードが第二次大戦の戦後期からどれほど変わったかは知らないが、当時は首席――Aプラスとほぼ同等の成績と目覚ましい実績――をとるには二つの道しかなかった。学問であっと言わせる偉業を成すか、あるいは燦然と輝く何かの才能を発揮するか。奨学金でオックスフォードに進んだ労働者階級の青年ポールは、どちらもやってのけた。輝きは難なく手にできた。なぜならポールは服地屋のタッチで文章の布地を広げ、珍しいボタンのような言葉を集めたからだ。

第三章

いくつかの検査の結果から、ポールは重い脳卒中を起こしたとわかったが、それはポールにとって奈落の底に突きおとされたも同然のことだった。この世で屈指の豊かな英語の語彙をもち、言葉を中心に世界が回っている男にとってじつに皮肉な運命だが、ポールの脳は主要な言語野にかなりの損傷を受け、言語をどんな仕方でも処理できなくなった。CTスキャンの単色刷りの世界では見えないが、ほかにも重要な言語野が衰え、か細い通路の迷宮は沈黙したままだ。いわゆる全失語症（グローバル・アフェイジア）というものだ。ポールの失語症はいかにもグローバルで、ポールの頭をすっぽり包み、私たちの世界を悲しみで覆った。私はこの言葉をこれまで聞いたことがなかったし、喪失の地図全体を頭のなかで描きたくはなかった。それでも選択の余地はない。ポールの治療について誰かが決断を下さなければならないのだ。じゅうぶんな情報を得たうえで明断な決断を下さなければ。

こんなときに舞い降りて、すべて元通りにしてくれる守護天使はいったいどこにいるの？　どう見たって私には務まらない。そもそも自ら買ってでた役ではないし、事の深刻さを思えば、決して引きうけはしないだろう。愛する人の人生の責任など背負いたくはない。ポールが階下でさらに検査を受けているあいだ、病室に一人座りながら、私は冷たい病院のあちこちに顔をほてらせ運ばれるポールの姿を目に浮かべ、マムシのように地下道からポールの体温を感知してその行き先をたどることができた。私はひどく孤独を感じ、自分の力のなさがもどかしかった――そして、考えた。天使のことは忘れよう。でも大事なときにいったい大人はどこにいっちゃったの？

ポールに起きたことは決して珍しいものではない。待合室で手にとったパンフレットに目を通すと、合衆国における成人の長期的障害の原因は一番が脳卒中とある。ポールはいまや国内に五〇〇万人から六〇〇万人いる脳卒中サバイバーのひとりであり、そのうち失語症を発症した一〇〇万人を超える患者の仲間に加わった。失語症、それは言葉を空っぽにし、のどまで出かかった言葉の記憶を絶えず奪っていら立たせ、言葉を黙して拷問にかけ、人生を混乱に陥れる。失語症になると、言葉を使うだけでなくあらゆる記号を使うこともままならなくなる。数字や矢印、手旗信号、手話、モールス符号といった一目瞭然のものから、感電の危険を知らせる稲妻の標識や、放射能を警告する三つの三角、生物学的危険を知らせる交差した円弧、地図上で病院の位置を指す十字、ひいてはトイレのドアの男女のマークさえわからなくなる。

一八六一年にフランスの神経外科医ポール・ブローカは、変わった症状を示したタンという患者の死後に、その脳を調べた。タンは言葉を理解できたが、話すことも書くこともできなかった。ただ一つ言える言葉は「タン」だけだ。ブローカはタンの脳の左下前頭回に大きな病変を見つけ、さらに同様の問題を抱えた別の患者たちの脳を解剖したところ損傷部位が一致したことから、そのピーナッツほどの大きさの部位から言葉が生まれるのだと宣言した。これは特別な機能と結びつけられた最初の脳の部位で、いまもブローカの名前を冠している。それから一三年後、ドイツの神経学者カール・ウェルニッケは、脳の左後部に病変のある患者はしばしば呂律が回らないことに気付き、この領域に注目し、言語を理解するうえで重要な部分だと指摘した。

かなり長いあいだ、言語の神経経路はウェルニッケ野からブローカ野までの絹の道に沿って曲線を描くと信じられ、ポールが脳卒中を起こした時点でも、どの教科書にもそれしか書いておらず、私もそう信じていた。だが昨今、脳の画像化が進み、いまでは言語の信号は広く拡散し、側頭葉の迷路のような野外市場をすり抜け、ウェルニッケとブローカの両中枢にほぼ並行して到達するとわかっている。以前から知られていたこの二つの言葉の工場は特化せずに協力しあって言葉を製造し、ほかの職人たちも神経の機織りに手を貸しているのだ。

ある音を聞くと、私たちの脳は入ってきた刺激を分析し、こう自問する——この変なつぶやきは人間の声か？　音節か本物の言葉か、それともただの意味のない音か？　人が発する言葉に似ていると、脳は言葉がどんな音を出すか記憶をたどり、意味と結びつけ、さらに舌やのど、唇、口の筋肉をどう使って返答するかを指示する。

いわゆる「収斂帯（convergence zones）」と呼ばれる部分では、感覚器から運ばれた積荷が、感情や類似物、入り組んだ記憶、そのほかのメンタルスパイスと混ざりあう。神経の商人たちが付きあいを深めるうちに（繋がりあい、発火しあいながら）、強い結びつきが生まれ、以後に取引する際の近道ができあがる。脳は、いっせいに発火するこのニューロンのギルドを頼りにするが、これらはご近所同士でなくてかまわない。同じ半球の住人である必要すらない。それでも細胞の大集会は開けるのだ。ポールが脳卒中を発症した際にかなりの損傷を受けた、頭頂葉のこの収斂帯の一つが関与していたのは、言葉から意味や感情を読みとること、音楽のリズムの魅力や数字のもつ力の理解、執筆に必要なありとあらゆること、左右の区別、光輝く世界へと思考を外に向けること、そして自分の気持ちを見きわめたり計画を立てたりすべく思考を内に向けること。この大量虐殺に加え、動作を促す近隣の細胞も損傷した可能性がある。まさに一国の電力網を破壊するのと同じこと。その後、次から次へと静かに障害が勃発するのだ。

　頭のなかをぐるぐると考えが巡る。とにかく一瞬にして、ポールは見知らぬ土地に放りだされたのだ。ここでは言葉もわからず、自分のことも理解してもらえない。もう誰からも話しかけられないし、自分も何も話せない。私たちの現代社会は無類のおしゃべり好きだ。恋人たちはひそひそ語り、家族や友人は雑談に花咲かせ、雇い主はうるさく指示し、店はあれこれ売りこみ、座ったきりや病気の人にもお手軽な娯楽（テレビや書籍、待合室の雑誌に新聞に映画）がひっきりなしに語りかける。ところがポールは突然、何も言えなくなり、自分の考えを伝えられず、気持ちを言葉で表せず、痛いとか何がしたいとか助けてすらも言えなくなった。

　次の日、ポールは幸いにもずいぶんと長く眠っていたので、私は朦朧（もうろう）としながらも、シャワーを浴びてひと眠りし、新刊本の今後の宣伝ツアーをキャンセルすべく、なんとか家にたどりついた。とにかく会場に連絡を入れておかなくては。「家族の病気により中止」という貼り紙を、たとえ土壇場でも来場者が見てくれるかもしれない。それでも会場に着いて謎めいた張り紙を目にする人たちのことを思うと申し訳ない気持ちになった。ツアーを企画した編集者にメールを送り、私はすべての予定をキャンセルした。私の今後のプロジェクトは、湖の向こうの狭いベッドのなかにある。

＊＊＊＊＊

　二日目、私はカユガ湖を縁どる幹線道路を車で飛ばした。濁りがひどくスキューバダイビングはできないこの洞窟のような湖には、噂ではセネカ湖につながる地下水路があるとされ、首長竜の伝説まである。

白い小さな帆がちらほら、青鋼色の湖面で三角波と格闘している。これまでこの湖を何千回となくうっとり眺め、さらに何千回となく運転中にちらっと見た。湖はいつも違う顔を見せてくれる。湖の気分と、それから私の気分しだいで。ハンドルを握るあいだも湖は私の目の端に飛びこみ、うすぼんやりと輝くが、氷のような冷たさはなく、どこか不純物の混ざった金属のようで、鉱滓のような茶色の入り江に縁どられまぶしく光る湖面はときおりアルミニウムのような堅さに見える。目印となる建物を一つまた一つと通り過ぎるたびに、記憶がバネ仕掛け人形のように飛びでてくる。

病院は湖を見下ろす高台にあった。そのすぐ手前にはフィンガーレイクス・マッサージスクール、古生物学研究所、それから二〇〇万種類もの化石を所蔵する地球博物館がある。ポールはよくふざけてこの道路のことを、松（パイン）ではなくて背骨（スパイン）の並木道、刺のある三葉虫（スパイニー・トリロバイト）から背骨をトントン（スパイナル・タップ）までの旅だと言って笑い、ジャズのリズムで化石の名前「新世代底生有孔虫（シーナゾウィック・ベンシック・フォラミニフェラ）」を歌っては悦に入った。この道を通るときはいつも、「軟体動物（モラスク）」を口を丸めてひどくゆっくり発音しては、口の感覚をただ楽しんだ。

病院の交差点近くにある道路標識が、こう警告していた。「いつでも停止できる準備をせよ」。これには思わずはっとした。ただの警告のように聞こえるが、あることに気付かせてもくれる。まさにいまの私に必要な言葉。ポールが「新世代底生有孔虫」と歌うのも、おそらく当分は聞けないだろう。あるいはひょうきんな「軟体動物」の発音も。二人でまた笑える日が来るのだろうか。ふと見ると拳に握った片手をハンドルにこすりつけている。いつからこんなことしていたのかしら——そう思いながらも手はとまらない。駐車場に車をとめ、私は宇宙遊泳のようなおぼつかない足どりで病院のなかに入った。

気持ちを奮い立たせ、いざポールの部屋に入ってみると、そこは見知らぬ世界の入り口で、見知らぬ男が座っていた。ポールに似てはいるが、顔はゆがみ、しかめっつらで、言葉を絞りだそうと全身の蝶番を外してもがいているかのようで、上半身はふらつき、肩はおかしな角度に曲がり、両手でベッドをバンバン叩いている。それからいきなりかんしゃくを起こした顔になり、頬もまつ毛も、鼻も顎もよじらせて、何かを必死で伝えようとした。口角が右に垂れ下がり、唇がめくれ、口の端にきらりとよだれが光り、ナメクジの残したルーン文字のごとく細く光る跡をつける。

「調子はどう?」そう言って、私はお腹の炭坑のどこかから笑顔をひっぱり出そうとした。

ポールは私をじっと見た。その目ははっきりとこう言っていた——いったいきみは何を言ってるんだ?

それから身体をもじもじさせ自分という集合体の各部を奮いおこそうとしたが、かつて調和した動きをしていたものがいまはおぼろげにしか捉えられない。ポールはひと言、「めむ」と言った。私が答えないでいたら、ベッドの柵に拳をのせ、大声でくり返した。「めむ、めむ、めむ!」

「ね、落ちついて。大丈夫だから」。私は、できるだけ穏やかな声で話しかけた。乗馬スクールの強情なウマが木に突進しそうな予感がするときまって使う声色だ。それでもポールのかんしゃくにひどく驚き、自分の声を落ちつかせるのに苦労した。

ポールがあとから教えてくれたのだが、そのときポールはそれまでと違った感覚を覚え、自分のなかにもう一度埋めこまれたような気がしたという。まるで彫像に封じこめられたかのようだったと。部屋にはホピ族の踊り手たちがひしめき、あたりはマルディ・グラのようにまばゆく、まるでお祭り騒ぎだった。自分の歯がカチカチ鳴っている気がした。何か異教の儀式がたったいまここで執りおこなわれているようで、壊れたビブラフォンみたいに狂った音が鳴りひびく。人びとは外国語を話していて、どうやらセネガんでいるこの伏魔殿のごとき光のショーや不協和音にさっぱり気付いていないふうだった。
ル語かケチュア語〔ケチュア族の言語で、もとインカ帝国の公用語〕らしい。しかも彼らは、ポールが耐えしの

ポールの肩に手を回そうとしたら、ポールは私の手を払いのけた。
「どうしたの？」それでもたずねた。

ポールは答えようと身をくねらせ、ようやくかすかな声が漏れた——ふぐぐぐぐ——ろうそくを吹き消している音みたい。それから、すすすすと歯擦音が続く。もがけどもがけど言葉は滑りおち、ますますポールはいら立ち、ついに怒りが沸点に達して顔を真っ赤にし、顎をがくがくさせて声にならない悪態をつくと、目をすばやく部屋じゅうに走らせた。とうとうポールはBB弾みたいに固く小さな瞳孔で私を睨みつけた。そしていきなり両手の拳を握り、腕を振りまわして大声でどなった。「めむ、めむ、めむ、めむ、めむ、めむ！」

私が一瞬ひるむと、ポールは私を怖がらせたことがわかって静かになった。
「あなたが何を言いたいか、わかればいいんだけど」。ポールに、というより、ひとり言のように私は言った。

ポールの震える手を握ろうとしたら、ポールはさっと手を引っこめた。どうやらポールのかんしゃくはまだ足までは押しよせておらず、ここはいっさいの喧騒から免れているようだ。なんて不思議——ポールのいら立ちは顔と上半身に広がっていたが、下半身は平静を保ち、怒りとは無縁だった。イヌイット族の踊り手は体の熱を保つために毛皮に座って上半身だけで踊ると聞いたことがある。ポールの脳もえり好み

をして、同じようにエネルギーを節約しているのかしら。

一方通行の会話はひどく疲れた。「調子はどう?」と私はくり返す。とくに意味などなくて、ただこう伝いたいだけなのだ——私はここにいるわ。あなたがつらいのはわかってる。あなたを助けられたらいいのに。

ポールは腹立ちを抑えた目で私を見た。それ以後、ポールの口から出てきたのは、しわがれたうめき声が二度、音の出ない咳が三度、そして「めむ」の咆哮が七度、それから最後に聞こえないほどかすかに何かぶつぶつ言ったが、それは死にゆく男の臨終の言葉のようで、先の一音節だけが何か新しい命を宿しているかのようだった。ポールがあとから教えてくれたのだが、このときポールは、自分の言いたいことにおかまいなしに何度も勝手にわいてきては口の中に詰まる言葉にうんざりしていたのだという。ポールの心の眼には、サンドイッチを探すネズミのように音節がやみくもにかけずり回るさまが見えた。ちゃんとした言葉さえ出てくれれば——ポールの目は語っていた——それならまだ救われるのに。

「めむ、めむ、めむ」。そっと私はくり返した。

「めむ、めむ、めむ」。ポールもオウム返しに答えたが、その声は悲しげで、私は胸が張り裂けそうになった。

ポールはまた静かになった。だが、この私たちの新しい住処の外はおしなべて騒がしい。遠くに聞こえるざわめきは、ネコが木を引っ掻く音や修道士の祈りのようだが、部屋に近づくにつれ次第に大きくなり、ドアの前を過ぎるときにはっきりわかるひと言ふた言が耳に飛びこんでくる——「ね、そうでしょ?」とか「わからないわ」とか——それからまた弱まって音の断片に戻り、かろうじて遠くの人の声だとわかるにすぎなくなる。ローヒールの靴がリノリウムの床を擦り、誰のかわからないスカートや上着の衣ずれの音が小さなクジラの呼吸音のように響く。トレイやワゴンらしきものが廊下をカチャカチャ通っていく。部屋のなかの野生の音——ふつうは沈黙とみなすかろうじて聞こえる背景音——は、機械がブーンとうなる音、間隔を開けてピーンと響く音、閉じた窓越しに風がサッと吹く音、それから壁のかすかな鼻歌。

「ホーク！　ホーク！　ホーク！　ホーク！」カラスが数羽大声で警告を交わしたので、ポールと私は思わず窓を見やり、鳥たちが察知した空の危険を反射的に探してみた。この騒々しい鳴き声はわが家の裏庭でしょっちゅう耳にするものだ。尾の赤いまだらの若鳥が窓枠にとまっていないかと私はちょっと期待した。

「このあたりにタカ（ホーク）がいるにちがいないわ」と私が言った。沈黙を埋めるちょっとした会話をして気分を明るくしたかった。

ポールは身体をこわばらせてベッドにもたれ、落ちた偶像のごとく哀れな姿をさらしていた。カラスだって通じあえるのに——ポールの目はそう語っているかのようだった。

＊＊＊＊＊

ポールが言葉を発しないことに私は慣れてきたのだろうか。そうかもしれない。というのも、そのあくる日には、ほかの変化にも目がいくようになったからだ。たとえばポールは、指先が曲がり、力の入らない手で病院の毛布をつかんで引きよせ、寝心地のよい姿勢をとっている。脳卒中を起こしたときポールの誤発火した脳は、その二本の指に、何かのっぴきならない事態が発生したので固くなって身を守るべし、と指令を出した。ところが関節を曲げる筋肉は伸ばす筋肉よりも大きくて強く、そのためきまってこちらが勝つ。神経の信号が混乱しているんだわ、と私は思った。だからポールの小指と薬指に、収縮してこんなふうに握ったままでいろと命令しているのね。まったくかわいそうに。

私の心は、予告なしにいともたやすく関心と感覚のスイッチを切りかえた。あるときは病気の子どもを看病する母親のように夢中で世話を焼き、またあるときは心配のあまり頭がくらくらした。家に戻ると、私の耳に田園の夏の夜ならではの音がふと聞こえた気がした。土や肥料、生ゴミを嗅ぎまわるスカンクやアライグマが、ときおり鼻の埃を払おうと小さなくしゃみをする音だ。あのいつかのうだるような七月の夜、私たちは大喜びして眺めたものだ。スカンクの母親と四匹の子どもたちが網戸の前を通り中庭まで行進していたのだ。生まれたときから縞模様の子どもたちは、目も見えず耳も聞こえずふわふわの毛で生まれてくる。たぶんあの子たちはまだ散歩に出て間もない頃で、きっと母親が庭のどこかにあらかじめ隠れ穴を掘っていたのだろう。

「あれって本物なのかい？」ポールが驚いて声をはずませる。

私はポールの袖を、見て、見て！　とばかりに引っぱった。「どの子も小っちゃな白い帽子をかぶってるわ——もう最高！——それに鼻にビックリマークも！　なんてかわいらしい」

「しっぽで絵の具の筆がつくれそうだな……一匹飼ってみる？」半分本気のように聞こえる。

私はポールの手をぴしゃりとたたいた。「だめだめ、野生動物は自分たちの居場所にいなくっちゃ」

「ならぼくたちの居場所は家のなか？」

「その通り」

ポールは私の肩に腕を回した。「きみと一緒ならどこでもいいよ。ぼくの子羊ちゃん」

私はメエエと小さく鳴いた。そろそろ夜の帳（とばり）が降りて、何はともあれ人は秘密の居場所に戻る。ただし、病院のお腹のなかはあまり長くは居場所にしたくない。私は、大きくて割れそうな貝殻みたいなポールの手を持ちあげ、指をこじあけると、ベッドの上に用意していた発泡スチロールの円錐を握らせた。家で私が使うトリックと同じ、洗ってきつくなったハイソックスをプラスチックの輪にかぶせ繊維を広げるようなものだ。でも骨と肉の場合も効果があるのだろうか。たしかにこれを握っていれば爪が手のひらに食いこむのを防げるが、コーンはしょっちゅう手から抜け落ちる。発泡スチロールはすべるし、使わないために膨れたポールの手は、すでに硬直し曲がらなくなっている。そこで私はもう一度、ポールの手を持ちあげた。がっしりとして頼もしかった手は、膨らんで冷たくて、もうポールの手とは思えない。冷たい湖の砂利の浜に打ちあげられた溺れた水夫の手のようだ。そう思うと思わず鳥肌が立った。

「看護師さんが言ってたわ。腫れを抑えるために手を上げておくようにって」。そうささやくと、私はポールの腕をクッションにのせた。ポールは私のほうをぽかんと眺めた。私が何を言っているのかさっぱりわかっていないようすだが、それでも、いまさら抗ってもムダと腕を差しだした。

若い看護助手が来てポールを洗面所に連れていったが、そこでポールが身だしなみを整えようとしたときに奇妙な場面がくり広げられ、見ていた私は震えおののいた。

「さあ、ウエストさん」。黒いプラスチックの櫛を看護助手がポールに手渡した。「ご自分で髪をとかしてみましょうか」

かつて大昔、ポールの髪がまだふさふさだった頃、そんな短い歯の櫛で髪をとかしたら歯がぼろぼろになったものだ。さてポールは両手で櫛を持つと、しばらくのあいだ、まるで深遠な宇宙から来た物体のごとくしげしげと眺めた。それから膨れた指で苦労して櫛をつかむと、頭の片側から引っぱり、櫛でとかすというより髪をなでつけた。まるでくしの意味は忘れたのに、どこに使うか、おおまかにどんな動きをするかだけは覚えているかのように。髪をとかすのはそんなに難しいことだったかしら。私は自分が初めて櫛の持ち方を覚えたときのこと、どんな動きをすれば鏡にどう映るか、どんなことをすればどんな結果が得られるかを振りかえってみた。けれども、はるか遠い子ども時代のおぼろげな感動の場面にたどりつけはしなかった。

看護助手は小さな手でポールの太い手を持ちあげると、握った櫛の向きをそっと変えた。私は希望を捨てないよう気持ちを奮い立たせた。ポールの問題はどの程度がただ当惑していたために生じたもので、どの程度が協調の欠如に起因するのか。とはいえどのみち結果は同じだし、それは髪をとかすことだけには留まらなかった。洗面所の蛇口をひねって水を出そうとしたときも、手つきがぎこちなく、手伝ってもらわないと開けられない。便座の低いトイレに腰をかがめて座るのもやり方がわからず、座ってからも、丸めたトイレットペーパーを片手で握りしめ、どう使えばいいかわからず途方にくれた様子で、その日は静かに私の助けを請うていた。

「さあ、ゆっくりでいいから。大丈夫うまくできるわ」。励ましの言葉をただかけるほかなかったが、ポールが理解しているかは疑わしかった。それにこの先ポールがどうなるのか、私には見当もつかなかった。誰にもわからないのだ――かわいそうに、あなたの脳はひどく傷ついたのね。私はポールの頭の左側の頭蓋骨のなかを覗いて、物事をいかに行うか、単純な作業をいかにこなすかといった記憶を保管する脳の部位を見てみたい気持ちに駆られた。その領域のどこかで起きた卒中が、ポールの能力を奪ったのは明らかだった。ポールのこれまでの年月がいまではばらばらと崩れてしまった。

ベッドまで歩いて戻るあいだ、ポールはわきにそれてはよろけ、両手を投げだし前方をまさぐり、まるで薄暗い家のなかを進んでいるかのようだ。近い距離ならちゃんと見えるのだが、脳卒中のせいであらゆる感覚が激しく揺さぶられ、（あとから本人が語ったように）まるで誰かが頭のなかにぐいと手を突っこみ、ダイアルを回してボリュームを上げたみたいだった――何もかもがあまりにうるさく、あまりにまぶしく、あまりに速かった――それにポールは自分の目も信じられなくなっていた。さらにポールはふつうの大人の歩き方――左右の足を振り子のよう交互に上げ、一度に片足ずつ床に着けて歩く――をしなかった。かわりに崖の真下に転がる岩をまたごうとするかのように、片足を上げるも前には進まずもとの位置に下ろし、次にもう片方の足を上げて一歩進む。しかも両手は夢遊病者のようだ。それはいままでに見たこともない格好だった。歩きはじめたばかりの一歳の幼児の歩き方とも違う。まるで初めて歩き方を発明したかのように歩くのだ。木漏れ日の差す中庭を闊歩する教授の軽やかな足どりでもなければ、芝生でクロッケーを楽しむときの元気なすり足でもなく、郵便受けまで郵便を取りにいくときの機敏な速足でもない。

ベッドもまたポールにとっては、ハリケーンのなか港に繋がれた漕ぎ舟のようだった。看護助手がボタンを押してできるだけ低い位置にベッドを下げ、ポールを横向きにし、力の抜けた右手でベッドの柵を握らせた。だがポールは、身体を前に倒し、横向きに回転させるときに、同時に片足を上げなければならないことがわかっていないようだ。これには一つの動きどころか、三つの異なる動作が必要だ。ベッドにのぼることがいかに複雑なことか、私はこれまで考えてもみなかった。どうして身体は忘れてしまうのか。

この七五年のあいだに少なくとも三万回は練習したにちがいない技術とポールが格闘するのを見て、私は胸が詰まり思わずそばに駆けよった。ポールがわずかに身体を浮かし、看護助手が身体を持ちあげ、私が引っぱり、ようやくポールは息を切らせてベッドに仰向けに転がり、看護助手が再びベッドの位置を高くした。

　私がしたことといえば、ただそばに突っ立って、必要なときだけ手を貸し引っぱるだけ。どこにも行かず、ほとんどしゃべらず、何かを持ちあげたわけでもなく――それでも私は息が切れてぐったり疲れた。

　朝食の時間になると、陽気な青年がきまって地元の新聞を配ってくれる。脳卒中を起こす前のポールは、自宅や馴染みの場所から引きはなされ、気晴らしに飢えていたので、地元紙をよく暇つぶしに読んでいた。ポールはその新聞のローカルな趣が気に入っていた――簡易食堂が衛生上の理由で閉店とか、病院が新病棟を増築、殺人事件の裁判中に血のついた靴を発見、カワホトトギスガイが入り江を襲来、歴史的建造物を保存、アライグマと間違えたという理由で義母をショットガンで撃った容疑者を釈放、市民が危険な洞窟情報を教えあう、などなど。ところがいまではポールは新聞に指も触れない。そこでしばらくしてから新聞をポールに手渡してみた。言葉は話せなくても、もしかして、ひょっとしたら、見出しの一つか二つ読めるかもしれないと思ったからだ。せめて写真ぐらいは眺めるかも。

　ポールはうやうやしく新聞を受けとると、がさがさと派手な音を立てて広げ、まるで特大の童話絵本かレストランのメニューのように高く掲げた。それからページを一枚ずつ開けてはぼんやり眺めるうちに、眉間にしわが寄り、しだいに途方に暮れた顔になった。新聞で何かをしなければいけないのはわかっているのだ。だがその何かがなんであれ、それは起きなかった。苔むした匂いの印刷したての文字は、ただの二次元の染みにすぎず、きちんと並んではいるがいっさい意味をもたない。ポールは小首をかしげ目を細め、この不可解な記号たちを解読しようとしていら立ち、しまいにばつの悪そうな顔をした。そしてとうとう新聞を置き、いま初めてそこにいるのに気がついたというふうに私をまじまじと見ると、ふっと目をそらした。

どうしよう、本当に読めないんだわ！――ポールの苦悩がどれほど深刻なものか私はひしひしと感じはじめた。廊下の標示――「玄関」「洗面所」「危険」――もわからないし、道路標識も理解できないのだ。私たちが長い年月をかけ、骨身を惜しまず、楽しみながら収集したわが家の何千冊もの蔵書も。シェイクスピアも、リルケも、ベケットも、自分の書いた本さえ読めないなんて。

壁には特大の時計がカチカチ音を立てているが、ポールは数字を発音することもできなければ、そもそも数字の意味がわからない。頭頂葉が損傷し、そのどこかで働いていた会計係が皆絶命したのだ。

「いま、何時だかわかる？」奇跡的に正しい答えが返ってきはしないか、回復の兆しが少しでも見られないかと期待して訊いてみた。私の視線をたどってポールは壁の時計を見やると、「何時」というのは、あの壁にかかった謎の記号だらけの白いまん丸な物体に関係するのだ、ということは理解した。あとから聞いたのだが、ポールにとって時計の数字は、エリア五一〔米空軍管理のネバダ州南部の一地区〕に落ちたとされるＵＦＯの残骸の文字を想起させたという。

時計の下には、カフカ的な邪悪な目でこちらを睨むホワイトボードがかかっていて、そこに看護師や看護助手が毎日の予定を黒ペンで書きこんでいる。一日中、ポールは当番の看護師の点呼を受け、理学療法士や言語療法士と面会した。予定表の意味が微塵も理解できないポールは、つぎに誰が来るか何が起きるかわからないまま、神経をすり減らしひどく混乱し、あいまいな時間を心許なく漂った。

「たぶん、あんな感覚や騒音はほかの誰にもなじみのないものだろうね」。ポールはあとからそう語った。「それに、ぼくはそのことを誇らしくも思っていたよ。かつての静寂に恋い焦がれながらもね。ぼくはこれまでいささか怠惰だったが、そのときは絶えず興奮していた。そう、とにかくつぎに何が起きるかが重要なんだ。人生とはつぎに何が起きるかわからないか、あるいは、すべてうまくいくという明るいメッセージを執拗に受けとるか、コイン投げのようなものだと思っていたよ。何を、誰が、いつ、というのはさっぱりわからなかった。ただ場所だけが、ここで、というのだけがわかったが、それさえもおぼろげだった」

「ぼくは譫妄（せんもう）状態から意識が戻り、自分の世界の微細な変化をこれでもかと発見した例であって、日常の喧騒が手に負えなくて変化を無視することなどできなかった。自分という複合的な骨組みのなかでぼくは目覚ましく変わったと感じたよ。もとには戻らない決定的な変化だ。ぼくはこの宇宙からの鉄槌を、機が熟して与えられたものであり、人間とは他者に席を譲るために片付けられるべき存在だという神秘の一つとして受け入れたんだ」

私の頭には、あのぞっとする道路標識がまた浮かんだ。「いつでも停止できる準備をせよ」。そして喪失感や閉塞感を覚えるかわりに、家の書棚でポールと鉢合わせした日のことを思いだした。ポールは自分のお宝をひっかき回しながら、上機嫌に鼻歌を歌っていた。ポールのコレクションは、世界の航空機マニア向けガイド、豪華な挿絵付きの天文学と海洋学の概説書、飛行機関係の雑誌、イギリスの少年向け冒険物語、第二次世界大戦の記録、映画案内、それから作曲家やボクサーやクリケット選手や西部のガンマン、それとＵＦＯに誘惑されたと主張する人たちの伝記など。このときポールが探していたのは、まだ行ったことのない国の昔の列車の時刻表で（シュッシュッポッポと列車が走る風景を想像して楽しむために）、お目当ては一九世紀にセイロンで紅茶を運んだ列車の時刻表だった。研究目的などではない。ただのんきにページをめくり、自分が列車に乗っている気分を味わいたいだけなのだ。

「またいつもの悪い癖ね」。つい私はそう言った。

「そうさ。それとも……荷物をダッフルバッグに詰めてインドに出発する？」ポールは書棚からぼろぼろのポケットサイズの本を取りだした。「こっちのほうが安上がりさ」

いまのポールならどんな本をめくるのか。ひょっとして写真集とか……。

緑の服を着た食堂の職員がトレイを抱えてさっと部屋に入ってくると、サイドテーブルにトレイをポンとのせた。私は、ポールのベッドにかかるようサイドテーブルの向きを変えるのを手伝った。それからポールの背中にクッションを足して、上体をまっすぐ起こして座れるようにした。これは前から指導されていたことで、ポールは嚥下に困難があり、上体を起こせば窒息の危険を減らすことができるのだ。それから食べるときは身体を前に傾け、ほんの少量ずつ口に運ぶよう、私はポールに優しい口調で声をかけた。

食事のトレイにのっていたのはソフトな食物とハードな試練だった。

「はい、スプーン」。ポールに食堂のごくふつうのスプーンを手渡すと、ポールの指からスプーンがすべって床にガチャンと落ちた。そこでこんどは柄の平たいスプーンを使うことにした――スプーンというより発泡スチロールの円錐のようだ――こちらのほうがつかみやすい。ポールの手のひらにゆっくりスプーンの柄をのせ、指を曲げてしっかり持たせた。ポールはスプーンを雪かきシャベルのように動かし、スクランブルエッグを耕すと、ようやくスプーンにいくらかのせたが、口に運ぶ前にほとんどがこぼれて病院着に落ちた。ポールはやれやれうんざりだというふうに目を閉じ、そのすきに、私は今度こぼれても大丈夫なよう胸の下にさっとタオルを置いた。「めむ、めむ、めむ」と言うかわりに、ポールは何か外国語風の深遠な言葉を発しようとしたが、やっぱり出たのは「めむ、めむ、めむ、めむ」。ポールはたぶんこう言いたかったのだ——いったいなんでジャム・バッティはぼくのところまでこないんだ？　ジャム・バッティとは、ポールの子どもの頃の大好物で、ストロベリージャムとバターを塗った厚切りパンのこと。ジャムが口までたどりつけたら、胸もとに落っこちることはない。

「大丈夫。ちょっと調子が合わなかっただけよ。もう一度やってみて」

私はこん棒のようなスプーンの柄にポールの指を巻きつけ、ポールが卵をすくって口に運ぶのを手伝うと、ポールは必要以上に口を大きくあんぐり開け、卵のための巨大な入り口をこしらえ、卵がなかに落ちていくとかすかに微笑んだように見えた。ところがだらりと垂れた顎のせいで、口は卵を全部は受けとめられず、端からわずかに卵がこぼれ、タオルにぼたぼたと黄色いネクタイをこしらえた。ポールがあわててタオルで顎をふくと、タオルはすっかり汚くなった。ポールは自分の汚しっぷりに驚愕しているようだった。それでもまだ、ポールは自分で食べることにこだわった。それから再度スプーンで卵をすくったが、とたんにスプーンが傾き、黄色い凝乳のような塊がこんどはトレイの縁に落っこちた。スプーンを宙に掲げ建設現場のクレーンみたいに揺らしながら、ポールはトレイに落ちた卵を探すが見つからない。

「ほら、ここよ」。私は食堂のスプーンで一口ずつすくい、赤ん坊にするようにポールの口に運びながら、このやりなれない仕事にひどくとまどいを覚えた。さっきまで家で泣いていた私が、いまは夫にスプーンでアーンしているなんて。

ポールが家に戻るためにはかなりのリハビリが必要なことが、いよいよ身にしみてわかってきた——そもそも家で暮らせるならばの話だが。それがだめなら、想像もできないし、言葉にもできないことを検討せざるをえなくなる。縁起でもなくて口に出せないあまりにショックなこと。ひどく昔風で、ひどく間違っているように思えること——「介護施設」。なんでこんなことに？　どうしてそんなにも変わってしまったのだろうか。ほんの数日前の日々から。

切ない気持ちで、私はつい数週間前にポールと電話で交わした会話を思いだした。そのとき私は西海岸にいて、二人で三〇分かそこら、思いつくままとりとめもない話をしていたが、そのときふと、私は親しい友人との関係で胸を痛めるできごとがあったとこぼしたのだ。

「ひどい話でしょ？」私は受話器の口に怒りを吐きだした。「どうして人生を楽しめないのかしら？　時間をかけたら、か弱い心の筋肉だってぜーんぶ使っていい運動になるでしょうに」

「たしかきみは自然の崇拝者だったよね」。ポールのためいきが聞こえた。

「だから何？」

「あんまり必死になって答えを求めようとするなってこと」。ポールはやや真面目くさって忠告した。「孔子いわく、追いはぎを歓迎せよ。流れにあらがうな。掃き溜めに鶴でけっこう。いつかは開けごまの呪文がわかって何もかもうまくいくさ」

私は笑って受け流した。「もし私がヘロデ大王で幼児大虐殺〔イエス＝キリストを殺そうとしてベツレヘムの男子の幼児をすべて殺したこと〕を命じたところなら、ちょっと休憩して、その惨憺たる光景をうっとり眺めるでしょうよ！」

「いいかい、プリンのほっぺちゃん……」

「プリンのほっぺちゃんですって？」私の眉が吊りあがった。

「これはぼくのイギリス人の血のなせる技さ。秘書に怒られる前にそろそろ仕事に戻らなくちゃ」

「はーん？　要するにあなたは私と一緒に暗室に入って、何が現像されるか見たくないってわけね？」私はメイ・ウェスト〔米国のグラマーなハリウッド女優〕を目いっぱい気どった声で言った。

「ハハハ……ふと思いついたんだけど」

「何？」

「こんなふうにぼくたちずっと話せるよね」。ポールが優しく言った。「いつもいつもいつまでも」

「神に感謝しなくっちゃ」

それからポールは冗談半分にこう言った。「……あのさ、きみの不可知論は真面目に相手にするには多弁すぎるよ……」

「ねえ、その話はもうおしまいにしたんじゃなかった？　いまは優しい言葉をかけ合って電話を切るときでしょ」

どんなに払いのけようとしても、太古の気泡を含んで青く輝く氷河のように記憶が浮かびあがってくる。私の人生の、あの味わい深いひとときは、もう過去のものなのか。

時間が細切れになり、ポールがまたも矢継ぎ早に検査を受けるたびに、私の希望は少しずつ消えていった。ポールの脳は卒中によりひどく混乱していたし、何より困ったのは子どもじみたかんしゃくをひんぱんに起こすようになったことだ。

「どうしたらいいんでしょう」。私はうなだれた声でアン医師にたずねた。「どこかのリハビリ施設に入院させるべきかしら。インターネットでちょっと調べてみたら、ミシガン大学によさそうなところがあるんですが……こんなこと考えなくちゃならないなんて。どうしていいかわからないんです。とてもじゃないけど自分で選べそうになくて」

「手伝いますよ」と医師は言うと、水泳で鍛えた腕をのばして私の肩をしっかり抱いた。「一緒に考えましょう」

私たちはポールに聞こえないように、ナースステーションで立ち話をしていた。エドワード・ホッパー〔アメリカン・リアリズムを代表する画家〕の寂しい絵画のごとく殺風景な一塗りの光のなか、二人でカウンターに身を寄せあい相談していた。私にはもう家族や親戚はほとんど残っておらず、ポールがすべてのようなものだったが、アン医師はまるで家族のように私たちの悲喜こもごもをわかってくれた。私たちは一緒に、脳卒中後の集中的なリハビリプログラムを提供する都市部の大病院をいくつか候補にあげて話しあった。

「ホプキンスに友人がいるから連絡をとってみましょうか？」そう訊くアン医師の声は暗かった。

「でも、もう七四歳だから」。思わず考えが口をついた。「心臓の病気も糖尿病もあるし、それにまず移動のごたごたを乗りきれるかしら。ホテル暮らしで、まして初めての町で、知らない人に囲まれて――きっとひどく混乱するに決まってる！――それにまったく馴染みのない医師に療法士。そんな変化に心臓が耐えられるでしょうか？」

「そうね、わからないわ」。医師は正直に答えた。「それに、たぶん空きが出るまで一、二週間は待たなくちゃならないかも……それから移動の手はずを整えて……それともここにいて、下の階のリハビリ科に行くこともできますよ——もしかしたら明日にでも。ベッドが空いていればの話だけれど」

「下の階にリハビリ科があるんですか？」

それは私の知らない、一度も訪れたことのない場所だった。私の頭のなかでは、そこは「時間に置きざりにされた世界」。リノリウムの床を古代恐竜のような患者がのっそり歩く保護区のようなところだった。それとももっと活気があって明るくて、壊れた競技用ヨットを修理する作業場みたいなところかしら？　そうだったらいいんだけれど。

糖尿病やペースメーカーと長く付きあううちに、ポールにとって病院はひんぱんに寄る港のようになっていた。ところがいまや解体処理場になりかけている。あとどれくらいここにいるかはわからない——だが数週間は確実にかかるだろう。でもとりあえずいまのところ、これがもっとも理にかなった選択だ。私はポールの部屋に戻った。

「めむ、めむ、めむ、めむ?!」ポールがしわがれ声で怒っている。たぶんこう言いたいのだ——いったいどこに行ってたんだ！　ぼくをほったらかしにして！

「すぐそこよ。ナースステーションにいたの。アン先生と話してて」。ベッドに釘付けのポールにとって、たぶん私は中国に行っていたのも同じことだ。

寝不足の靄のかかった頭で、私はポールにことの次第をなんとか説明し、これからポールがどこに行くかを——家に戻るかわりに——話しあおうと努力した。ただしポールが理解したのはほんの断片だけだった。「めむ」とポールは言った。最初は訴えるように、続いて腹立たしげに何度も何度もくり返した。

第四章

目が覚めると、寝室の窓から差しこむ陽光が花柄のキルトカバーにきらめいて目にまぶしい。両肘をつくと、私はゆっくり起きあがった。遠くから、のどが詰まったような声や何かを引き裂く音が窓越しに漏れてくる。だがそれは、ただのカラスの鳴き声やトラックのシフトダウンの立てるアルペジオ、夏の散漫なざわめきにすぎない。うーんと小さくうめくと、私はまたベッドに倒れこんだ。以前は目覚めると心地よい感覚に浸ったものだ。ときにはベッドシーツにつかの間、体をすべらせ、手足を大の字に伸ばした感覚を楽しみ、背中に当たる柔らかい温かなシーツの感触に浸る。それから裸足の足ででこぼこした絨毯を歩き、天窓のある浴室に向かうと、緑がかった青とラベンダー色のタイル、それに鮮やかなクジャクと樹木の壁紙が迎えてくれる。

ところがいまでは不安な気持ちであわただしく目を覚ますと、一目散で顔を洗い着替えをすます。昨夜のポールはどうだったのか、何かポールの脳にいい刺激があったかしらなどと気もそぞろ。朝食を食べるという考えすら浮かばない。車で病院に向かう途中、口のなかが乾き金属の味がして、骨からミネラルが滲みだしているような気がした。奇跡でも起こして、なんとかポールの頭の傷ついた部分を治したいと思う。でもそのいっぽうで、いざ病院に着き自分を待ちうける無力感や動揺に向きあうのも嫌だった。二つの運命のはざまで距離感も失い、気がつけばすでに樹木に囲まれた駐車場にいて、車のドアロックを閉め忘れたまま、歩いている感覚もなく私はふらふらと建物のなかに入っていった。

最初の頃は、迷路のような病院の廊下ですぐに迷子になった。廊下は近隣一帯の部屋を繋ぎ、蛍光灯の薄暗がりに、州北部の輝く街のごとく突如現れる緊急治療室や画像診断室、集中治療室を抜けて蛇行していく。食堂や厨房はさっき通り過ぎたはず。いったいリハビリ科はどこ？　私はなおも進んでいく。廊下は狭くなってはまた広がり、そしてまたも狭まって、照明に照らされた循環系統のごとく枝分かれする。

静かに、いつの間にか、持ち前のナチュラリストの物の見方で、私はいま旅している医学の世界の生態を自分が距離をおいて眺めていることに気がついた。この世界にすっかり呑まれ溺れるのではなく。そう、このまた違った喪失の感覚こそがいまの私に必要なものなのだ。脳はじつに冷静に義務をまっとうし、特定し、分類し、視点を変えて別の行動に注目し、必要とあれば趣の違う詩歌をつくり、あるいは新たな顔を見せて反応をうかがう。

「解離」「マインドフルネス」「超越」——呼び名はなんであれ——とは、現実との決めごとのいわば抜け穴で、自分を救う一つの手段だ。連結したニューロンは線香花火のように発火し、この突然の変化を継目のないものにする。あるネットワークが暗くなると、別のネットワークが目覚めて真昼の太陽のごとく燦然と輝く。どちらもつねに接続状態で、古いヴィクトリア朝の大邸宅の、普段は暖房を入れない客間のように、いつでも点火準備はできている。だがなぜそれらを何もかも使って詮索しようとするのか。宗教について理詰めで考えるって？　くわばらくわばら、宗教は批判的な思考から隠しておこう。人の倫理規範を動物の扱いにも適用する？　危険な坂道でうろうろしてはいけない。ポールの脳卒中のことで私はこれからもくよくよと思い悩むつもりなのか？　それでは配線がショートし、ひょっとしたら限界を超えてしまう。野獣の巣穴か深いクレバスに迷いこみ、悲嘆を抱えて閉じこもるのか。それが嫌なら何もかも布でおおい隠し、温度を下げてエネルギーを節約し、冷静な監督者の手に委ねるか。ともかくここは自動操縦に切りかえて、ただなすがままにまかせよう。

見慣れない廊下をさらに進むと、白衣姿の人や緑のキノコ風帽子をかぶった緑の服の人、患者のベッドを押していく人、誰もがスローモーションで通り過ぎる。だが頭上の蛍光灯に照らされた天空のなか、ひどく興奮した原子はその故郷から遠く離れた軌道に電子を放ち、電子は一秒のうちのごくわずか、想像もしえない一瞬そこに留まると、すぐにまた引きもどされる。中心に降りるとき電子はさらにエネルギーを光子として放出する。果てしなく続く廊下を歩きながら、私は自分が中心から遠く離れた気がしてひとり苦笑いした。

この「オズの国」にもだいぶ慣れてきた。制服に通用語、気候、食事、地理、組織に礼儀作法に階層、それから低い環境音、ブーンやキーッやギシギシやひっきりなしのピーッにも。痛手を負った家族は先住民と言葉を交わし、愛する家族の生存を賭け、土地の文化を学ぶことを余儀なくされる。そう思うと、私が病院に来る途中に一つ橋を渡り、さらに駐車場から宇宙船の扉にかかる橋をまた一つ渡らねばならないのもしかたない。扉は私の姿を見るとサッと開き、私は一瞬立ちどまってから玄関の温もりに入っていく。それからさらに内側の扉がすべるように開くと、私はまた別の世界、冷たい廊下と興奮しすぎた原子の世界に押しやられる。

＊＊＊＊＊

脳卒中の発症から数日たったポールは、断片的に言葉がわかってきたようだったが、それでもまだひどく混乱していた。ポールが回復するのをあいかわらず私は待っていたが、その徴候はどう見てもとうてい明るいものではなかった。ポールは新聞も読めないし、壁の大きな時計の文字も読めない。何か飲もうとするとと必ずむせる。簡単な足し算も無理。立ちあがろうとすると、自分でも驚くほどふらつく。ポールはどうやって椅子に座るか、トイレを使うか、洗面所の蛇口をひねるか、ひげをそるか、よろめいたり転んだりせずに歩くかを、もう一度教えてもらう必要があった。右手の薬指と小指はかぎ爪のように曲がったままだ。なかでも一番の問題は失語症だ。顔の表情や身振り手振りで自分の気持ちを多少は伝えられるが、自分ではちゃんと話しているつもりでも誰も理解してくれないことに、ポールはいら立ち憤慨していた。自分の名前も私の名前もわからないまま、それでもあいかわらずひたすら家に帰りたいと身振りで激しく訴える。

私がそばで見ているあいだ、ケリーという小柄で陽気なブロンドの言語療法士がベッド脇に立ち、ポールの口とのどの筋肉を黙ってチェックし、顎と舌と唇をどのように動かしてほしいかポールに見本を見せていた。顔の右半分はまだ下に垂れているものの、ポールは舌を突きだしたり、ふくれっ面のウナギみたいに口の中でぐるぐる回したりできる。ケリーが唇をつまんで引っぱれば、口をすぼめることもできたが、自分ひとりではできなかった。

ケリーはイエスかノーかで答える簡単な質問をして、ポールの答えをカルテに書きこんだ——「あなたはいま、ベッドに寝ていますか?」「ここは病院ですか?」——うなずいて答える質問だと、ポールの正解率は八〇パーセント。けれど簡単な動作をするよう求められると、正しい反応をする割合は二五パーセントに満たない。何か二つの物を見せて、どれか一つを指さすように言うと、きまって左側の物を指す。「アー」と言ってと指示すると、指示に従う割合はわずか三〇パーセントだった。ケリーはつぎのように書きとめた。


一音節の言葉を反復できない。

一般的な物の名前を言えない。

機能的な言語コミュニケーションがとれない。

一緒に歌ったり数を数えたりするよう指示すると、口をかなり大きく開け、断続的に声を発するが、唇は動いても明瞭な発音はない。


ポールの反応がないことが信じられず、私は泣きたくなったが、それでも我慢して見守っていた。ケリーは一般的な物や行動のイラストが描かれた二〇×二五センチのコミュニケーションボードをポールに手渡すと、これから自分が言うもの——鍵、時計、子ども——を指すように言ったが、ポールはどれもできなかった。つぎにアルファベットのボードを見せて、自分の名前の綴りを指すように言った。ポールの奮闘を黙って見ていた私は、希望が酸に触れたかのように溶けていく気がした。オックスフォードの首席も、五一冊にのぼる著作も、いまでは何の意味もない。自分の名前の綴りさえわからないのだから。ケリーが「片手を上げて」と書いてポールに見せると、声に出して読もうとするかのように口をぽかんと開け、低くつぶやくような奇妙な声を発した。何より胸が痛んだのは、ケリーがポールにペンを渡したときだ。ポールにとっては仕事柄、勝手知ったる道具であって、私にとってペンとポールの関係は、タツノオトシゴと海のそれを思わせるものだ。ポールは力の入らない右手でペンをつかもうとしたが、ペンは手からすべり落ちた。左手を使うようケリーは勧めたが、ポールは挑戦しようとしない。次にケリーは太いクレヨンと白い紙を手渡した。

「ご自分の名前が書けますか?」

何度も書こうとしては手をとめ、やっとのことでポールはP・O・O・P（ウンチ）と書きなぐった。

ケリーはすっかり面くらい、さっぱりわからないという顔でポールにたずねた。「トイレに行きたいのかしら?」

ポールは動物が困ったときにするみたいに、きょとんと首をかしげた。そこで私は洗面所を指さして、「ト・イ・レ?」とゆっくり訊いてみた。

驚いてポールは首を横に振る。

ケリーの評価はこうなった。

発語器官失行。重度の発語失行。

表出性および受容性失語。

嚥下障害により誤嚥のリスクあり。

翻訳すれば、こういうことだ。ポールは顎と舌、唇の動きを協調させることができない（失行）。自分が何をしたいかを言うことにも、人に言われたことを理解することにも重度の障害がある（表出性および受容性失語）。さらに物をうまく飲みくだせず、誤嚥のリスクがある（嚥下障害）。脳卒中の発症直後、バリウムでコーティングした果物やクラッカー、アップルソースを飲みこんでX線ビデオをとった結果、ポールは密かに少量を肺に吸いこんでいるのがわかった。咳をするように言われても、のどの筋肉を動かして咳をし、食塊を吐きだすことができない。不顕性誤嚥。すなわち食べた物が間違った管に入ったという感覚のないままに、命に関わる肺炎の種を撒いていたのだ。

ケリーはポールに、液体は口のなかにある間しか自分の意のままにならないのだと説明した。あとは純粋な反射にまかせるしかない。私たちがふつうに食べ物を飲みこむと、弁が開いて食道に通し、そのあいだ気管は閉じて食べ物が気道に詰まるのを防ぐ。この反射の連係プレーはほんの〇・五秒足らずのうちに行われる。ところが脳卒中を発症した場合、とりわけ不明瞭な発語が見られるときは、のどの筋肉が弱くなっている恐れがある。ただし、とろみのついた液体や固形物であれば、溶岩のようにゆっくり流れ、たとえ筋肉の動きが冴えなく反射が鈍くても誘導しやすいので、間違った管に液体が流れこむ危険は減る。この病院ではとろみの程度で、液体を「ネクター」「ハチミツ」「プリン」と呼んでいた。

「食べられるのは『プリン』のだけですよ」。ケリーは宣告した。さしあたって、すべての液体には「とろみをつけろ（シック・イット）」と呼ばれる粉末を加えることになったが、これは脱皮後のひからびたサナギのような匂いのする微妙な味のもので、スプーンを入れて立つまで加えられた。ポールの場合は水でさえ、とろみをつけなければ飲めなかった。大好きな牛乳もだめ。ドクター・ブラウン・ダイエットクリームソーダのシュワシュワを一なめして気分爽快になるのもおあずけ。乾いた喉を潤すような薄い液体はいっさい飲んではいけないのだ。

喉を詰まらせることほど恐ろしいものはない、と思うかもしれないが、私の心をぺしゃんこにしたのはこのメモだ。「機能的な言語コミュニケーションがとれない」。脳卒中は、ポールの読み書き話す能力に損傷を与えるよりも、はるかにひどいことをした——ポールの脳はもはや言語そのものを処理したいと思わないのだ。それでもやっぱり、私はポールを近いうちに家に連れてかえりたいと願っていた。

でもいったい家に帰ったらどうなるのか？——心配が風車みたいにくるくる回る。悲しげな幽霊？　書斎の沈黙の干物？　タイプライターのキーのカチャカチャ音も聞こえない？　それともあの物悲しげな「めむ、めむ、めむ」がひっきりなしに流れてくるのだろうか？　それにそもそも私が家でポールの面倒をみられるのか？　大人二人の生活に私はすっかり慣れていた。ハンディキャップを抱え、心配で目が離せないポールがいたら、どんな毎日になるのだろう。言いたいことを言葉にできず、かんしゃくばかり起こしているポールがいたら。

ケリーと私はポールを休ませ、今後の相談をするために廊下の椅子に腰をかけた。ケリーから、回復の徴候を調べるために今後も嚥下検査をし、週五回の言語療法を受けるよう勧められた。

「言葉についてはどうでしょうか？」私はおそるおそるたずねた。

ケリーがひと呼吸おいて考えをまとめるあいだ、静かに積もる雪のように蛍光灯の明かりが私たちに降りそそいだ。

「長期的に見れば、最低限の希望や要求は伝えられるようになるでしょう」。ケリーはゆっくりと言い、言われたことを理解する時間をくれた。「言葉、あるいは身振りで、もしくはコミュニケーションボードを使って、だいたい八割ぐらいは正確に」

「最低限の希望や要求」——たしかいまそう聞こえたわ——「最低限の希望や要求」。この言葉が頭をぐるぐる回る。ふつうの人間ならそれで事足りるのだろうか。だが私たちのように言葉の虜になった人間はどうなるのか。人生の妙は微妙な差異や諷刺にある。ポールの壮大な言葉の宇宙が、一夜にしてコミュニケーションボードの大きさに縮んでしまったというのか。そして私たちの宇宙も。

「短期的にみると」ケリーはしゃくにさわるほど現実的に話を続けた。「ごくありふれた物の名前を言うことに関しては、約五割の正確さを目指してがんばりましょう。名前を聞いて二つの選択肢から選ぶのは八割がた、簡単な指示に従うのも八割がたできるようになってほしいですね」

「長ズボン」と「半ズボン」のどっちにする？「枕」と「毛布」のどっち？——そんな日々がこれから続くのか。考えがどんどん悪いほうに向かい、心の痛みはおろか肋骨のあいだの筋肉までしくしく痛みだした。全失語症。胸が張り裂けそうだが、その言葉どおりなのだ。私たち二人ダイアン・アンド・ポールは、これまで精神的には二つの国から成る大陸だった。でもこれからはどうなるのだろう。沈黙という国境が二人の間を分かつのか。旅先から日に幾度となく聞いた電話越しのポールの胸がキュンとなる声は、もう二度と聞けないのか。廊下の向こうでポールが私にこんなふうに声をかけることも。「ねえ詩人さん、あれ、何て言うんだっけ？」夜中に私をたぐり寄せることも、朝、冷蔵庫にメモを残しておくことも。秘密を共有し、親密な言葉をささやき、言葉遊びに浸り、一緒の世界を生きることもないのだろうか。そんなのひどすぎる——そう思った。まったく想像すらできない。それに読むことも書くこともできないなら、ポールは一日じゅう何をするのか？　きっと私に相手をしてもらいたがるにちがいない——気持ちはわかるけれど——でもそうなったら私の仕事、私の自由はめちゃめちゃになる。私は自分の喜びのためと精神衛生上、執筆することが欠かせないのだが、これからは家計を支え、ポールにかかる費用をいくらか負担する義務も加わった。それでも、こうして自分のことばかり心配するのは、ひどく後ろめたい気もした。

ケリーが去ったあと、私はリハビリ科の奥の、窓のある小部屋に行き、そこで泣いた。何もできない自分がもどかしくて、そして悲しくて。まだ生きている誰かについて嘆き悲しむことなど初めてだった。私はポールを悼み、自分自身を悼み、それから言葉にどっぷり浸かった二人の関係の喪失を悼んだ。すべてはポールの血管を巡る小さな地雷のせいなのだ。文明人の毛皮の下で、さらに意識のその下で、人間はわけなく自分を破壊できる。いかにも神のようでありながら、なんとはかないものか。だがポールを他の人間と一括りにしたところで意味はない。この喪失は私にとってあまりに血の通ったものだった。記憶のスクラップブックを抱えた孤独な下宿人のように、それは私の心に住みついた。

たとえば今日は日曜日。脳卒中になる以前の日曜には、ポールはたいていテレビでイングランド・プレミアリーグのサッカーの試合を一つか二つ観たものだ。大昔に二人で交わした会話を思いだす。当時私は、サッカーチーム「ニューヨーク・コスモス」の本拠地ジャイアンツ・スタジアムに来ていて、ここには国際的な選手がかつてないほど集まっていた。いくつか記事を書く仕事を受けていた私は、サッカーの世界にどっぷりはまり、小説の題材になりそうな現場の空気に心を奪われていた。ハーフタイムのときにプレス席からポールに電話をかけると、ポールもいわばハーフタイムの最中で、講義の合間に部屋に戻り、缶詰の薫製ニシンを食べているところだった。

「変わりない？」

「とくに何も」。ポールはさらりと答えた。「まあ、道徳水準の低下を伴ういつもの生死を賭けた戦い、くらいかな」。ニシンをむしゃむしゃほうばる音がする。

「きみのほうは何かあった？　お人形ちゃん」

「これからベイクウェル〔ダービシャーの町〕まで行ってタルトにインタビューするところよ〔ベイクウェルタルト〈ジャムとアーモンド味のスポンジケーキでつくったタルト〉にひっかけて〕」とふざけてから、「本当はね、バハマでやってるコスモスのトレーニングキャンプに出かけて、ベッケンバウアーにインタビューしようかと思ってるの」

フランツ・ベッケンバウアー、優雅さと正確さとパワーをみごとに兼ね備えた、知的でエレガントでセクシーなプレーヤー。彼がゲームの緊迫したリズムをつかむのを眺めるたびに、私の心の爆雷が炸裂する。

それを聞いたポールがあまりに大声で笑うので、受話器を落とさないか心配になった。

「あくまでも仕事の話よ」と私は断った。「ゲームの儀式的な激しさについて訊いてみたいの。彼はオペラの大ファンでしょ――ひょっとしたらこの二つが結びついているかもしれないわ。つまり、プレーしているときにどんな音が聞こえて、何が見えるか、とか。そんなようなこと」

「自分が嘘をついていないとぼくに思わせたいんだね。そいつはご苦労さま」。ポールは刺を含んだ声で言った。「しかも、きみがぼくに嘘をついてても、ぼくは気づかないふりをしなくちゃいけない」

「いつも本当のことさえ言ってれば、トラブルにはならないわ」。何食わぬふうに私は答えた。

「だがきみがいつも嘘をついてたらどうなんだい」。ポールが切りかえす。

「わかった。ならちょっとばかり楽しんでもくるわね。そうね、こう言えばいい？　私、いま恋してるの」

「彼に？」

「ゲームによ、ばかね」

「どのゲーム？」

「サッカーだってば！」

「サッカーとゲームがどう関係するんだい？」

「そろそろこの話、終わりにしたいんだけど。あなたが言うゲームって何？」

「きみが言うゲームこそ何さ？」

「ふう……」私はゆっくり答えた。「そうね、私もわかんなくなっちゃった」

「わかったところでぼくには教えるなよ。不可解なきみを、ぼくは同じくらい不可解なほど愛しているんだから」。グラスのなかで氷がチリンと鳴る。今夜の一杯目のスコッチだ。

「バハマから電報でも打つ？」

「たった一五字以内で何が言えるのさ？」

「……イルカ保護礼状（*habeas porpoise*）は？」

あの頃はなんてクレージーな日々だったのか。あるときは院生のエリート詩人たちを教えることに没頭し、またあるときは肉体面で才長けた男たちの見事なプレーを追いかけて。結局私はバハマのトレーニングキャンプにも行かず、サッカーの小説を書きあげることもなかった。でもポールは私と一緒にサッカーに熱をあげ、よく二人でテレビの試合を観たものだ。ときには床に毛布を広げ、マスタードを添えたテイクアウトのチキンの炙り焼きと缶詰のアスパラガスを食べながら「サッカーピクニック」を楽しんだ。

重たい心の石板から記憶をそっと解き放つと、私は穏やかな笑みを浮かべた。

廊下では、ワゴンの上のピカピカのボウルに入った金属の器具が、機銃掃射のような音を立てて通りすぎる。その寒々とした光景が　悲しみのトランス状態から私をゆり起こした。何はともあれ、まだ慰めや愛情を私は与えられるのだ。それだけはまだできる。でもいったいポールに回復の見込みはあるのだろうか。

これまで調べて私が知っていたのは、脳についてのかつての常識——脳は変化しないし、人の脳細胞の数は生まれたときにすでに決まっている——は間違いだということだ。脳は驚くほど資源に富み、適応し成長し新たな神経経路をつくり、信号を切りかえ、ときにはわずかながら新しいニューロンさえつくりだす。ただし成長や修復が不可能なほどの傷を負っていなければの話だが。いまの段階でできることはもうないのだろうか。血栓のせいでポールの脳の主要な言語野への酸素供給がストップし、細胞が窒息して死んだ。「時は脳なり」。この医学の格言の言う通りだ。酸素が供給されないと、人の脳は毎分一九〇万個のニューロン、一四〇億個のシナプス、そしてそれらを支える一二キロメートルの神経線維を失う。酸素の供給がほんの一二分間断たれると、脳の豆粒ほどの領域が死ぬ。身体はまだ生きていても、頭は自身の亡霊になる。それでもこれは最初の数日のことで、ポールの脳はいまもまだ卒中により腫れて炎症を起こしている。ニューロンが冷めてくれれば、瓦礫のなかから生存者がもぞもぞと動きだすかもしれない。

気持ちを奮い立たせるため、脳には可塑性があるのだと私はしょっちゅう自分に言い聞かせた。脳は自らを修正し、開花させ、自身の習慣を改め、新たなスキルを獲得できる。一生を通じて、人が何かを学習するときは、きまって脳は繋がりを築き、古い経路を復活させ、ニューロンはその分枝に沿って新たな枝脈を伸ばし、また分枝の一部もより頑強なものになる。脳は自らを配線し直すことができるのだ。私たちは、医者になるときも、自転車に乗る練習をするときも、ｉＰｏｄの使い方を覚えるときも、しじゅうその営みを続けている。優れたバイオリニストは、よく使う左手のほうが右手より運動皮質が発達する。ロンドンのタクシー運転手の海馬は、街じゅうのルートを何千通りも記憶することで大きくなる。だがバイオリニストは、間違えやすい多くの箇所をいったいどれくらい弾けば確実にマスターできるのか。おそらく何十万回とだろう。なにしろ彼らは毎日何時間もかけて何年ものあいだ練習を続けるのだから。自転車や車の運転、スペースシャトルの操縦でさえ学ぶのにそこまでの稽古は要らない。

脳はほとんどのことを機械的に学習し、メッセージを伝達する経路をつくるまでひたすらこつこつ仕事に励む。どんなにやる気が出なくても、おもしろくなくても、疲れて退屈していても。あるいはそれが自分の大好きなことなら、いかに興奮し気もそぞろになろうとも。脳は生来の曲芸師、修行を積んで自身の厳しい教師になる。だがそのためには集中力と勤勉さと筋力が必要だ。ただし誰もがその気になるわけではなく、なかには努力したがらない輩もいる。だが大学で運動選手だったポールは、来る日も来る日も続く訓練の大切さを十分にわかっていた。はたまた子どもの頃にバイオリンをいいかげんに練習していた私だって（ステージに上がればきまって小動物を拷問にかける音を出した）、いかなる勝利にも鍛錬が必要なのは承知している。古代ギリシャの神に祈るがごとく、私は可塑性の精霊に、学習しながら変化する脳の力に、お願いした。どうかポールの努力に見合うよう配線を作りかえてくださいと。粘土に手を押しつけると、粘土は形を変えて手型を記録する。写真で手を撮影すると、フィルムが変化して手の画像を留めおく。毎日、押され露出されれば、ポールの脳も自らを変えられるかもしれない。おそらく失った言語スキルのいくらかを生き残ったニューロンに割り当てることで。それはどのくらいかかるのだろう。何より重要なのはポールがどれほどのものをとり戻せるかということだ。

いまのところポールに残された唯一の言葉は、たった一音節の「めむ、めむ、めむ」。ポールはこのひと言をうめき、ささやき、挨拶がわりに丁重に言い、怒ってどなり、これで助けを求め、そしてどれもうまくいかないとへそを曲げ、ベッドに背筋を伸ばして座り、呪いの言葉のごとく吐き捨てた。

第五章

雨が宙に縞を描く。フロントガラスのワイパーが、調子のずれたメトロノームのような音を立てる。病院の駐車場に入ると、人びとがやつれ顔で、カミソリ刃のように目を細め、建物に向かって走っていく。死にものぐるいで傘にしがみつく人もいれば、上昇気流を待って飛ぶかのごとく新聞や雑誌を頭にかざし小走りでいく人もいる。髪にポツポツ落ちる雨粒は、ちょろちょろと頭を進んで額を伝い、まつ毛を縫って小鼻のわきを通り、小さな川のごとく顎から滴りおちる。表玄関で雨を払うと、私はポールの部屋にまっすぐ向かっていた。

ポールは窓辺に立っていた。

「いいお天気ね、カモたちには」。私はそっと声をかけた。

ポールはそれに答えず、断崖のごとく人を寄せつけない、むっつりした険しい顔で、じっと雨を見つめめている。消えかかった何かをたぐり寄せようとして。ポールはかなり努力すれば、自分が以前にどんなふうにこの世界を見て感じていたか、おぼろげに思いだせるが、それも簡単なことではない。自分の身体の境界を見失い、そのくせその生活はすっかり内向きになっているようだ。大きく耳障りな背景雑音がすべてをかき消し、寝ているときでもそれが耳に入る。雨だれは、まるで釘打ち機のような轟音を立てた。

こうした感覚のゆがみはよくあることだ。偏頭痛でさえ脳を過度に刺激し、神経の発火や血流の干満に変化を起こす。昔から偏頭痛に悩むポールは、このニューロンの反応が狂ったときの喚き声は経験済みだ。私もそう。芸術家は往々にして偏頭痛持ちで、光や音、匂い、感触、味の感覚が鋭くなるという。ポールの偏頭痛は私のよりもひどく頻度も高いが、どちらも偏頭痛の発作のときに閃光の回転放射を経験している。さらに脳卒中は神経をムチうち、血流は荒れ狂う嵐のごとく変化する。感覚を殴打されるポールはさぞかしつらいことだろう。

「さあさあ」。私はもう一度、今度はポールの腕をとって声をかけた。私に促されるままおぼつかない足どりでポールがベッドまで戻ると、私はポールをベッドに寝かせ、何とはなしに話しかけた。ただおしゃべりがしたかったのだ。私の声が自分もポールも慰められればと願いながら。それから沈黙が重くたれ込め、部屋の空気にぴたりと貼りつくあいだ、私たちは座って、この二人の慣れない新居の景色や音と同化していた。

このリハビリ科のリズム、そして病院のリズムが私をすっぽり包みはじめた。ポールが腎感染症にかかって三週間、私は病院で長いときを過ごしたが、四週目のいまとなっては、ここを訪れるというよりもはや住んでいるに近く、ここの環境が患者（それから見舞客）の精神や神経系統に微妙な影響を及ぼすことにも気付きはじめた。たいていの公共建築物は、なかに入るときまって何か不自然な感じがするものだ。自然は曲線や螺旋を愛するが、いっぽう私たち人間は鋭いエッジを崇拝するかに見える。私たちは自然に教わるかわりに鋼鉄とガラスに自らの説教を刻む。病院の窓から斜めに差しこむ陽光が、白いタイルやえんえんと続くリノリウムの床に跳ねかえる。光の矢は方々さまよい、連なりあったベニヤ張りの立方体や台地やカウンターに突きささる。ときおり飛んでくる太陽の大釘が、ステンレスのトレイや器具やワゴン、チューブのクラゲが巻きつく点滴ポールに当たって瞬時に消える。

戸外では、陽光の落とした影のきまぐれな青色が、時がたつにつれて深まり、あるいは揺らいで消える。いっぽう病院のなかでは、もっぱら頭上の電球がつくる平板な影がひたと動かず、太陽はつねに正午の位置にいるのだと人の脳に合図を送る。そして季節はたった一つ。殺風景な、ベッドに釘づけの、空調の効いた冬だけだ。

夏の太陽はさながらディスコのミラーボール、その熱で地元のブドウをあっという間に熟させるが、窓が開かないので私たちはその片鱗にも浴すことはできない。新鮮な空気は病人の身体にいいと昔から言われているのに。厚さわずか六ミリメートルのガラスが患者を自然から隔離する。そうでなくても患者は見捨てられたと感じ、あてどなく漂流し、怯えて正気を失いそうだというのに。都会の病院では、樹木を拝める患者のほうが、建物をただ見つめるしかない患者よりも回復が早いのもうなずける。

そのうえ病院の消毒殺菌の匂いや色ほど人の心をこわばらせるものはない。殺風景で、鋭利で、人工的で、清潔なものがいたるところで目に飛びこむ。屋内の景色はもっぱら冷たい白一色だ。シーツに枕、カーテン、上着、靴、磁器のシンクにトイレ、それに看護師がシフト交替時に名前を書きこむ壁の「ホワイトボード」。なぜ私たちは白を清潔な色、健康によくて、衛生的で、健全で、そのうえ花嫁の白いドレスが表すように無垢な色だと決めたのか。中国や日本、ベトナムや韓国では、白は弔いと死の色だ。だが私たちにとって白は、無菌のすべてのものに通じる色。どこまでも白い毛布や裏当て、パッドや枕、リネン類が、ポールのベッドを繭のようにすっぽり包む。私には被せたシーツがときに降伏の白旗に見えることもある。だが私とは違ってポールには、クリケットの「白物」に幸せな記憶がある。クリケットは夏のスポーツなので、選手たちは午後の日差しのなか涼をとるため白を着る。はるか昔、ポールの母親は、早朝や夕刻のプレー時の寒さから息子を守るため、白い綱の梯子模様の白いクリケット用セーターを編んでやった。

ここはまた数多の清潔な匂いに囲まれている。鼻をつく消毒剤、地下室に居並ぶ洗濯機や乾燥機が発する生暖かい漂白剤の匂い。ときにそれに合わさるのは、感染症の甘い香り、男性の汗のチーズ臭と女性の汗のタマネギ臭、カビやメープルシロップや臭いベーコンの匂いがする病人の尿。こうしたことはどれも「病気と戦い健康を守る」という壮大な計画においては瑣末なものだが、それでも神経にさわり、およそ平穏をもたらすものではなかった。

見知らぬ土地に来たよそ者の私たちは、慣れない環境のなかでまどろみながら過ごした。夜になると気が張って眠れず、かといって車で家に帰る気力は残っていなくて、ときおり私は空っぽの廊下をあてどなく歩いた。どこかの機械からホタルの灯火がチカチカまたたき、画像室では緑のオーロラが渦を巻き、事務室の窓際の電灯からは鈍い光が溢れ、さらに広い病棟に入るとナースステーションのパソコン画面にはセントエルモの火〔暴風雨の夜、たびたび船の帆柱の先や飛行機の翼等に現れる放電現象〕がきらめき、ちらりと見た画面には腹部のCTスキャンや脳のMRIなど身体組織がずらりと並ぶ。コンピュータが三次元でこれほど身体を露呈できるまでになったとは驚きだ。

しばらくして部屋に戻り、ポールから何か頼まれるときに備えて傍らのリクライニングチェアでまどろんでいた私は、物音がするたびにドキッとした。部屋は、決して夜のようにじゅうぶんに暗くはならず、廊下から、微動だにしない低い月のごとく一筋の光が差しこんでいる。黄色や白や赤の瞳が、ワイヤーやチューブの蔓の隙間からパチパチとまばたきする。

亡霊のように病院スタッフが夜通し部屋に入ってくるが、その光景はどこか宇宙人による誘拐現場を思わせる——ベッドに寝ているポールが、人間の体液に尋常でない興味を示す謎の生物に探りまくられるのだ。このふっと浮かんだブラックな笑いに私はひとりほくそ笑んだ。数年前の夏、プールに入っていたポールは、頭上一〇〇〇フィートに巨大な葉巻型のUFOが浮かんでいたと断言し、以来、宇宙からの訪問者の虜になった。彼いわく、その物体には窓が一列に並んでいて、蜃気楼や幻影にはとうてい見えず、明らかに宙に浮かび数分間じっと動かずにいたが、その後この世のものとは思えぬスピードで飛びさったという。ポールからこの目撃談を聞かされたとき、私は軍の実験か何かだと思ったが、ポールは違った。そしていまや、すっかり頭の混乱したポールは、全身緑か白で、ときには奇妙な帽子や上着を着た生き物に覗きこまれ、暗闇のなか異界の手で探られているのだ。

毎朝、ポールは目を覚ましたとたんに途方に暮れる。時間と場所の感覚がすっかり麻痺しているからだ。見知らぬ人びとが傷口に群がるハエのごとくまわりを囲む。いつもの病院の日課なのだが、人びとは思いがけない時間にいきなり部屋に押しかけ、体温や脈拍などをチェックし、液体を注入したり取りだしたり。

あらゆるところから予告なしにやってくる看護師や助手たちには、ときに看護学生のお供がつく。シフトが交替するたびに、新しい看護師が聴診器と血圧測定用カフを持ってさっそうと現れ、身体を調べ、体温を計り、肺や心臓の音を聴き、ヘビの頭のような締め具を指につけて酸素濃度を計り、別の指をチクリと刺して血糖値を計る。それからこんどは注射器を持って現れ、インスリンをぷすりと打つ。医師たちは突然さっと部屋に入ってきて診察するので、医師と会う機会を逃したくない私は、おちおち部屋も抜けられない。あるときはノートと質問を携え音もなく入ってきたソーシャルワーカーが訊くには「あなたにはどんな支援グループがついていますか」「家に入るまで階段を何段のぼらなくてはなりませんか？」「ご自宅は平屋ですか、それとも二階建て以上？」

ときおり彼らの往来がハキリアリの行列のように見えた——紙挟みのかわりにアリたちが運ぶのは、菌類畑の肥やしにする屑のような葉っぱの切れはしだが。まさに、看護者たちの奏でる不協和音。言語療法士に理学療法士、さらに食餌療法の担当者は書きこみ式の献立表を持ってくる。患者は話すことも書くことも読むことすらできないというのに。配膳係はプラスチックのトレイを運んできて、あとから回収しにやってくる。頑強な体格の男性や女性が車椅子を押してポールをX線やCTスキャン、心電図の撮影室に運んでいく。技師は超音波マシンと冷たいゼリーをポールの胸になすりつけ、肉体のぼやけた窓越しに心臓を覗きこむ。ポールの身体から出たり入ったりするものは何であれ、食べ物も液体も、尿や便もすべて細心の注意を払って測定される。

予告なしに入れかわり立ちかわりやってくる面々を、ポールが快く思わないのはわかっていた。ポールはいささか世捨て人のようで、ディナーパーティーの場などはとくに落ちつかず気疲れした。「つぎにどんなやつにつかまるかわからないんだぞ！」とよくこぼしたものだ。そのいっぽうで、学生たちとの交流は楽しく、いざ付きあうとなったら、いつだって愛想よく会話し、人受けもよかった。ポールがいつもおしゃべりするのを楽しみにしていたのは、家に来る便利屋、朝鮮半島での従軍経験のある八人の子持ちのタフな元水兵だ。ただしなかにはポールが喜んで出かけたディナーパーティーもあって、その一つはカール・セーガンの五〇歳の誕生パーティーだった。私たちのテーブルに向かいあわせに座ったのは、太陽がどうやって輝くかを明らかにした物理学者ハンス・ベーテ（Bethe）。ポールはこの科学の驚くべき発見を喜んではいたが、小説家というものは自分なりの物理学を擁するもので、独自の法則のもとに、手で触れられそうな入り組んだ心象や出来事を総動員して人生の営みを再現する。

「いま、何を書いてるのかね？」ベーテがポールにたずねた。

「小説ですよ。ちょうどいま、主人公が地下室で天の川を創っているとこなんです」

ポールにとって愉快千万だったのは、ベーテがいたずらっぽくこう訊いたからだ。「それ模型ってこと？」

それから、あの日のことも楽しく思いだされる。その数年後に地元の空港のチケットカウンターで、偶然にもポールと私は、すでに九〇歳を超えていたベーテの後ろに並んでいて、受付係がゆっくりと、必要以上に大きな声でベーテに話しかけているのを耳にした。まるでベーテが目に見えないラッパ型補聴器でもつけていて、きっと歳だからぼけて迷子になるにきまっているといわんばかりに。

「いいですか、ベシー（Beth-ee）さん、あなたはピッツバーグ空港の二一番ゲートに到着しますので、それから二七番ゲートに行ってください。六つ先のゲートですからね」

かすかな、とまどったような笑みが、シミとしわだらけのベーテの顔に浮かんだ。「おや、私は算数はできるほうだと思うがね」とベーテは言った。

こうした出来事は、いまとなっては何千年も昔のことのようだ。脳卒中後のポールは私以外の誰とも会いたがらなくなった。たしかに入院中に見舞客が押しよせたら、たとえ気分がよくてもそれだけで疲労困憊するにちがいない。まして言葉も話せず、不安で途方に暮れている患者ならなおさらだ。それに部屋の外にもポールのほっとできる場所はなかった。廊下でも、グループセラピーでも。グループセラピーを受けたポールは、ほかのリハビリ患者としぶしぶ交流させられたが、参加者の姿から自分の苦境をまざまざと思い知らされた。

大都会が騒音や人混みや感覚への過負荷によって人を消耗させるように、病院もまた顔や人物がめまぐるしく変わり、知らない人にたびたび起こされることで患者を放心させ疲労困憊させる。脳卒中後の患者は誰でもそうだが、ポールもまた脳の大怪我から回復するにはとにかく休息が必要だった。だが同時に、できるだけ早く頭の柔軟体操を始める必要もあった。卒中後にポールは脳を休めるべきか、それとも運動させるべきか？　両方とも必要だ、と私は思った。

だが、それは膝の置換手術を受けた患者が、手術の翌日にベッドから出て膝をぐるぐる回せと言われるようなものでもある。術後の膝は回せば痛いし疲弊する。炎症を起こした脳に頑張らせるのも同じことだ。健康な脳でさえ覚醒と休息の間でたえずバランスをとっている。毎日が刺激的すぎると息抜きが欲しくなるし、あまりに退屈だとこんどはのどから手が出るほど刺激が欲しくなる（興奮過剰と興奮不足の刃先ほどの境界をスケートですべるようなもの）。完璧にバランスのとれた状態などは、想像はできても達成することは不可能で、人はつねに過度の興奮と過度の退屈との間の弧をいったりきたり揺れている。人がこよなく愛するものは何もかも――恋人だろうが花だろうが――心許なく揺れて見えるからこそ胸を打つのだ。

ポールがうたた寝をしている間、私はリハビリ科をぶらぶらと歩きまわった。ここは病院の西翼の二階にある。看護師長室と備品室を過ぎたところにある開放的な空間は、看護師や医師がフロア全体を見わたせる場所で、指示を書きとめ、薬を揃え、モニターをチェックし、緊急の呼び出しベルを待つのに便利な拠点だ。患者の部屋はすべて狭い廊下の両脇に配置されている。開いたドアの前を通り過ぎながら、私は窮境に立つ人間の姿を垣間見た。若者から年寄りまで男も女も職もいろいろ、驚くほど多種多様の人たちがリハビリ科の不幸クラブに入会している。ポールが理学療法を受けているあいだや、廊下で遭った際に、ときおり私は住人仲間やその家族と親交を温め、彼らのいきさつをいくらか知ることになった。

ドアを開け放したままのある部屋では、太陽が青白い壁に暗い影を落とし、ほんの一瞬、誰かが集団で何かを掘り起こしているように見えた。光の位置がずれると、どうやら太った女性がベッドに戻るのを二人の看護師が手伝い、女性の膨れた巨大な脚を必死で持ちあげている。あの脚ならどう見ても一〇〇ポンドの液体が溜まってそうだ。彼女のリンパ系は脱線して洪水や封鎖を起こし、とうとう身体を動かすのに助っ人が召集された。一度彼女から聞いた話では、結婚はしているが夫はめったに見舞いに来ず、自分もここで生活するほうがいいと言う。ここなら看護師たちが世話を焼いてくれ、爪を切ったり髪を洗ったりまでしてくれるのだ。

廊下を下ると、脳卒中を起こした若い女性が左手をだらりと下げ左足を引きずりながら壁に手を添え歩いていた。理学療法士が支えながら、彼女がもう一度歩き方を学習するのを手伝っている。私を見上げる彼女は沈んだ目で、顎が片方に傾き、顔には悲しみが刻まれていた。めったに口をきかなかったが、話しても舌の回らぬか細い声でひと言ふた言ささやくだけだ。彼女を見ると、何年も前にわが家の隣に住んでいた女性を思いだす。不動産業を営む三〇代の健康な女性だったが、脳卒中を発症し、その後の人生が永久に変わってしまった。夫が彼女の治療のためにプールを用意し、それがきっかけで近所ではプールをつくるのが流行した。私たちの小さな家の裏庭にもプールができ、ポールは泳ぐのが大好きになったが、ポールもまた理学療法のためにこれを使用する日がくるとは思ってもみなかった。

リハビリ科の住人には、肩まで届くドレッドヘアをした若いアフリカ系アメリカ人の男性もいた。糖尿病により慢性の感染症が悪化したため、片足の膝から下を切断しなければならなかったという。若者が淡々とした声で説明するに、看護師が縫合線を石鹸と水できれいに洗ってくれて、それから母親の除光液のようにつんと鼻にくる紅土色の殺菌クリーム「ベタディン」を塗り、切断後の付け根のまわりにきつく包帯を巻いてくれるという。義足をつけるときのために切断部を小さくし義足に合うようにするためだ。若者はいつも物憂げに椅子に座っているだけで、残ったほうの足の潰瘍を放っておくので看護師から叱られている声が聞こえた。誰かが見舞いに来たのを見たことがない。家族も友人も誰ひとり。

二つ先のドアには、すらりとした中年女性が居を構えていた。脳卒中を起こしたために左手と左足がひどく弱っていたものの、頭はどうやら損傷を免れたようだ。彼女の不運を気の毒に思ったが、その意志の強さには感服した。手足に力が入らないため難儀しながらも、歩行器を使って転ばずに歩けるよう練習している。理学療法中の彼女をときおり見かけるが、療法士に根気よく助けられながら、歩行器のアルミフレームを持ちあげてほんの少し前方に動かし、それから両足を片方ずつ前に踏みだし、そしてまたフレームをほんの少し前に進めていく。どの動作もすべて慎重に、あわてないでゆっくりと行う。一つひとつの動作をするたびに全身が伸びたり縮んだりする。地元の大学で教授を務める彼女のもとには、若い女の子たちがしょっちゅう見舞いに訪れる。従来の意味での家族ではなく、友人や学生からなる誠実なネットワークだ。彼女は、リラックスして明るい気分になるために、日に何度か枕にクラリセージを振りかけるのだと教えてくれた。彼女の部屋の前を通ると、開いたドアから荒地に茂るクレオソートブッシュの刺激的な香りが漂ってくる。

　別の部屋には大学のホッケー選手が入っていた。包帯を巻いた顔はわずかにゆがみ、いつも嫌な匂いをかいだときみたいな表情をしている。彼はとても悲しいケースだが、残念ながらじつによくある話だ。ある晩、友愛会の友人たちと酒を飲んだあとに車に乗って、町を縁どる照明のまばらな幹線道路で事故を起こした。彼の頭はフロントガラスを突きぬけ、まもなく病院に運ばれたが、複数の傷と障害を負い、その一つが高次機能障害だった。いわゆる「実行機能（エグゼクティブ・ファンクション）」がすべて永久に損傷したのだが、「エグゼクティブ（執行部）」とはじつに多忙な一団である――労働者や機械類を監督し、目標を設定し、契約を交渉し、仕事を割りふり、資源を分配し、他者と連絡をとる。彼にとっては生涯、学習し記憶することは容易なことではないだろう。優しい両親が毎日見舞いに訪れ、彼も両親の顔を見るといきおい元気になるようだが、両親の顔に浮かぶ深い悲しみは私の胸を締めつけた。この絶望が私にも待ちうけているのかしら？　ポールはもう学ぶことも成長することもできないの？　私が言ったことを日ごとに覚えられなくなったらどうしよう。自分が言ったことも忘れてしまうとしたら。どんな荒地が待ちうけているのだろう。「荒地」という言葉を心のなかでつぶやくと、私の記憶のスイッチが入り、T・S・エリオットの『荒地』にタグをつけた。私がこの青年の年頃に大学の授業で初めて読んだ幻滅と再生をめぐる詩。彼もおそらく読んだだろう。だが学んだことをいくらかでも覚えているのだろうか。あるいは学びたいと願っていたことを。どちらがより残酷なのか。老人がこれまで生きた人生の記憶を失うことと、若者が生きるはずだった人生の記憶を失うことの。

ポールのお仲間には、六〇代の細身の女性もいた。仕事を引退したばかりで、ごくありふれた手術を受けるために入院したが、その後に大きな血栓がはがれ、重度の脳卒中を引きおこした。統計学上きわめて稀な例で、彼女のように簡単な手術の合併症として卒中を発症する患者はおよそ一万人にひとりだという。歩けないのでいつも車椅子に乗ったきりだが、身体は衰えても頭と言葉は無傷だった。彼女は夫と国立公園を回るつもりだったと話してくれた。夫は毎日見舞いに来る姿を見かけるが、チェックの長袖シャツを着るばかりで、いつ見ても途方に暮れた様子だった。人生の軌道が突如変わったことで、二人はどれほど精神的な痛手を受けただろうか。彼女は独立独歩で生きてきたのにいまでは病院で無為な時間を過ごし、夫はすっかり自分に頼りきった妻の面倒をいきなり見ることになったのだ。これが私に待ちうけていることなのか。

この病棟の最後を締めくくるのは、七〇代半ばのよく日に焼けた男性で、腎臓結石が右尿管を塞ぎ、よくある尿路感染症を起こして入院したのだが、入院中に失語を伴う脳卒中を発症した。不整脈のためにペースメーカーをつけている。黒髪の豊かな五〇代半ばの妻はいつもTシャツドレスにレギンズ姿でテニスシューズを履いて見舞いに訪れ、一日じゅう夫と過ごし、ときおりベッド脇の肘掛け椅子でうたた寝をしていた。ポールは、この魂の近親者たちの仲間に最後に加わり、私もまた、いつもおろおろし疲れた顔の妻たちの仲間入りをした。

＊＊＊＊＊

ある日、私が病院に着くと、ベッドに座ったポールが顔をしかめ、不機嫌そうにつぶやいた。「めむ、めむ、めむ‼」五本の指を開いた手を、手のひらサイズのボタンを押すかのように二度高く上げ、それからナースステーションのほうを指さした。

「看護師が大勢いたけど……何か嫌な思いをしたの？」

ポールはひどくむっとした顔で、ぶっきらぼうにうなずいた。

看護師がうっかり忘れそうなことを、私は頭をフル回転してさらってみた。

「薬を忘れた？」

反応なし。

ポールは軽蔑に満ちた目をして、ベッドにもぐりこんだ。

「食事を忘れた？」

反応なし。ポールの腕に手を置くと、すぐに振りはらわれた。

「トイレに行くのを手伝ってくれないとか？」身体をかがめてポールと目を合わそうとしたが、ポールはくるりと背を向けたので、その後頭部が私の目に飛びこんだ——洗っていない髪がもつれた羊毛のようだ。

あなたの髪の毛、まるでヤギの群れみたいよ。

ようやく見当がついてきた。「あなたのこと、子ども扱いするから？」

ポールは腹立たしげに眉をひそめると、意味不明な言葉を長々と吐いた。「れい、うぃっきだーむ、すたんふ、やぐたーぐりってぃ、あんどるむふぐっふる！！」私には、ポールがこんなふうに言っている気がした。ぼくは大のおとなだぞ――そんなことどうやればいいかわかってる！　なのにあいつらときたら、ぼくが立ち方さえ知らないみたいに扱うんだ！

ポールはこの日の予定が書いてあるホワイトボードを指さした――言語療法と理学療法で埋まった慌ただしい一日――それから万人に共通する手振りで訴えた。こんなものくそくらえ！　ぼくはやるもんか、いいかげんにしろ、話にもならない、ぼくは誰の指図も受けないぞ！――それだけは伝わった。ポールの怒りは溶岩のごとく煮えたぎり、部屋全体を闇で覆いつくし、私は自分の身体が小さくなった気がした。それでも、ポールが言葉を話す努力をしたのはいいことだと自分をなだめ、水を差すのはやめておいた。けれどポールの言葉を解釈するのは重労働だし、しまいにポールは自分の話を理解してくれないと私にますます腹を立て、とうとう部屋がやけに暑く感じられ、私は過呼吸になりかけた。

「行かなくちゃ」。私はため息をついた。もうへとへとだった。

彼の顔はまごうことなく、こう叫んでいた――なんで?!

それから数日後、籠城されていた脳が平穏をとり戻すと、ポールは初めて意味のわかる言葉を口にした。自分の言いたいことをわかってほしくて、いら立ちながらも懸命に発した言葉。ポールは私に何かしてほしいことがあったのだ。緊急で重要な何か、小さな四角い物体（ポールは宙に輪郭を書いた）に関係するもの、家にある何か。

「ねびすまぜて！　ねびすまぜて！　めむ、めむ、めむ！」ポールはしつこくくり返す。「ねびすまぜてくで！」ポールは板をたたき割る武道家みたいに両手で宙を切った。

私が知っているネビスといったら、西インド諸島にある島だけだ。

「島に関係してること？　西インド諸島の島？　島みたいな形ってこと？」両手の親指をくっつけ、それから人差し指をくっつけて、私は緑豊かな熱帯雨林の丸い島の形をつくった。

言葉がポールの頭の裾をぐいと引っぱっているかのようだ。「ちがう！」とうとう頭にきてポールがどなった。「なんでわからない！」ポールはがっかりして肩を落とし、この小さな音の集まりをつくった苦労で顔をゆがめた。

ポールが話した！――私ははっと息をのんだ。やったわ！　いま、ちゃんと話せたじゃないの！　でもさっきからいったい何が言いたいの？　気を落ちつかせ、私はできるだけ穏やかな声でこう言った。「悪いけど、あなたが何を言ってるのかわからないの。一生懸命理解しようとしてるんだけど。大変なのはわかるけど、私だって楽じゃないのよ。ちょっとひと休みして、またあとでやってみたら？」

それから一時間後、ポールはまたもや私に、ネビス島にある何か、もしくはネビス島に関係する何か、もしくはネビス島を使って何かをしてほしい、と詰めよった。ネビスでなくニーバス〔新生児斑〕ってことはないだろうか？　だがなんでポールは痣（あざ）について何かを伝えようとこんなに必死になるのか。以前に私がインタープラスト〔開発途上国のおもに子どもたちに再建手術を提供する国際人道支援団体〕のボランティアとしてホンジュラスに行ったとき、不透明のガラスブロックの壁に囲まれた古びた手術室で、医師が少年の頬から毛の生えた大きな痣を切除するのを見たことがある。ある晩、停電が起きたとき、一人の医師が自分の車を壁のわきに停めヘッドライトをつけたので、外科医は無事に手術を終えることができた。

「もしかしてニーバスのこと言ってるの？　痣みたいな何か？」

「ちがう！」ポールはうめいた。

それから数日たってポールは照明のスイッチを何度も入れたり切ったりしながら、空いたほうの手で私を指さし、やっとのことで、電気の請求書を払ってほしいと私に頼んでいるのが判明した。

ほかにも言葉がいくつかポールの頭のすべり台に戻ってきた。たとえば、いつもは懇願するように、時として断固要求するように回らぬ舌で言う「ホーム！」ただしポールにとって（真北のように）真の故郷は子ども時代を過ごした村だ。何もかもが自分より背が高く、母親のミルドレッドの優しい腕のなかで守ってもらえた場所。ホームとは、ミニチュアの兵隊を指揮し、思いうかべることも名付けることもできない恐ろしい脅威から隠れたところ。ポールが故郷（ホーム）を想う気持ちは私にもわかる。私にとっての故郷はシカゴ郊外の小さな町の一軒家。お尻でどしんどしんと降りた絨毯敷きの階段、ペットのカメたち、一緒にダンスを踊ったお人形。黄色の三つ編みに自由自在に曲がる足、立たせると私と同じくらいの背丈があって、キッチンでワルツを踊る間、私にぴったりはりついてくれた。

「気の毒だけど、まだ家には帰れないの。ひどい卒中を起こしたから」。私はもう一度、ポールに説明した。ひと言ひとことをポールが理解できるようゆっくりと。「自分が回復して、また前みたいに言葉を話せるようになると思う？」

ポールは理解したようで――あるいは私がイエス・ノーで答える質問をしたのがわかっただけかもしれないが――激しく首を縦に振ってうなずいた。

「悲しいけど、あまり期待できないの。もちろんきっと少しずつはよくなるわ。でも家に戻ってからも助けが必要になるでしょう。それに言語療法も」

本当だろうか？　私の言ったことが少しでも理解できたのか？　ポールはいまのことを頭のなかで自分に語りかけたりできるのか——自分との対話をまだしているのだろうか。私にはわからなかった。

脳は意識の浮き藻の上でも下でもつねに途切れなく働き、無数のメッセージや計算や評価や最新情報を統合する。そして定められた持ち主に、脳はその意識や心象や反論をえんえんと語りかけ、この会話は生まれたときから死ぬまで続く。この声は私たちの内側から溢れるもので、まるでお抱えのトークショー司会者が毎日ステージに立って自分だけに話しかけてくれるようなものだ。この内なる声は自分の声のようでいて、同時に他者、すなわち観察者の声にも感じられる。誰にも聞かれていないと思ったら、人はよく自分のすることを三人称で語るものだ。よくあるのはスポーツキャスターやテレビのインタビュアーの口調だという。「ザ・トゥナイト・ショー・スターリング・ジョニー・カーソン」が一世を風靡した頃は、多くの人がこの番組のゲストに呼ばれることをひそかに空想したと打ち明けた。ジョニーから訊かれそうな質問と、それに対する気の利いた答えを頭のなかでさらうのだ。

でもポールのように混乱した脳ならどうなのか。橋が焼けて、電線が混線し、小山や渓谷がほぼ全滅しているなら？　瓦礫からどうやって再び自分をかき集めるのだろう。それには自らの「内なる声」を復元する必要があるのだろうか。どうすればそれができるのか？　記憶に残る自分の声を探して焦土を掘り続けるのか。そうかもしれない。時がたてば一つに合わさるのかも。

ポールにはブローカ失語症とウェルニッケ失語症の二つがあるので、人から話しかけられた言葉をすべて理解できるという見込みは薄かった。ウェルニッケ失語症の人は一般に長くとりとめもない文章を話したり、文章に余計な言葉をたくさん挟んだり、新語をつくったり、支離滅裂な言葉を発したりする。その例が、ポールの「ねびすまぜてくで！」で、本人は「電気代を払ってほしい」と言っているつもりだ。簡単な指示も理解できないが、それでも文法的に正しかったり、しかも流暢な言葉を話したりもする――驚くほどよどみなく自然な口調で――ただし専門用語や意味不明の言葉が混じるのだ。

ポールが「家に帰りたい」という気持ちを表す言葉を省略したのもまた理解できる。ブローカ失語症の人は、短くたどたどしい口調で電報のような話し方をする傾向があり、たとえ意味は通じても相当な努力がいる。なぜなら脳のブローカ野のニューロンは、唇や口蓋、舌や声帯を動かす筋肉を協調するのに重要な役目を果たすからだ。そしてブローカ失語症は、自分が何を言いたいかわかっていてもそれが言えなくていら立ちを覚えることが多い。いっぽうウェルニッケ失語症では、言葉が発作的に口をついて、患者は「として（as）」とか「そして（and）」や、「その（the）」などのちょっとした繋ぎの言葉を省略することが多く、また動詞の一部を省略することもある。ポールが「ゴー・ホーム」と言ったとき、本人は「ぼくは家に帰りたい」と言っているつもりだったかもしれないし、ひょっとしたら「きみに家に帰ってほしい」、話の筋によっては「家を失くしそうだ」と言いたかった可能性もある。ブローカ失語症だけなら、ポールは相手が何を言っているかある程度は理解できただろう――それに自分に言語障害があり、そのことでひどくいら立っていることも自覚できたはずだ。ある意味、ウェルニッケ失語症のほうが油断ならない。支離滅裂なことを話しているのが本人にはわかっていないのだから。

ポールのように全失語症による二重苦を抱える患者は、その言語野が広範に損傷を受けていて、言葉を話すだけでなく理解する能力もほとんど失う。だから、私や看護師や医師が話しかけたときに、ポールは二つの問題を抱えている。まず私たちが何を言っているかを必ずしも理解できるとは限らず、またそれに答える言葉を見つけることもできないのだ。こうした重度の失語症の人にとっては、言葉に関わる何もかもが人生から突如として姿を消し、意思を伝えるためには身振り手振りや顔の表情に頼るほかなくなる。右顔面と右腕の麻痺は通常はブローカ失語症につきものだ（この前頭葉部分は動作においても重要なので）。そこでポールの麻痺した手や垂れ下がった顔、腫れた腕は当然ながら予想されるものだった。それに左脳半球は技術の要る行為の仕方の記憶を保管するため、ポールが櫛で髪をとかすやり方を覚えていないのも無理はなかった。脳には可塑性があるものの、全失語症は消失する類いのものではなく、ポールの脳には広範囲に傷跡が残っている。どんな小さな進歩でも、達成するには大変な努力を要するだろう。

ポールはたしかに話したけれど、ほとんどは無意味な言葉の羅列だった。

「家から取ってきてほしいものはある？」私はさりげなく訊いてみた。ちゃんとした質問というより、ふと漏れた独り言のように。

ところがポールは私の調子に合わせるかのように、一気にすらすら話しだした。「あーふ！　めむめむめむめむめむめむめむ。ぶぶんと」

「ぶぶんと、ね」。私はくり返した。「それって弁当箱のことかしら？　仕切りで小さなスペースに分けられる？」

ポールは、たったいま、私が日本語でカバラ〔ユダヤ教の神秘哲学〕でも暗唱したかのごとくきょとんとしてこちらを見ると、いきなり叫んだ。「めむ、めむ、めむ！」

ぎょっとして私がひるむと、ポールはふたたび静かになった。

この狭い病室のなかで何時間もポールは言葉を話し理解しようと悪銭苦闘し、それはポールにとってよい訓練になったとはいえひどく骨が折れ、私にとってもまた精魂尽き果てるものだった。まるでなぞなぞだけで「二〇の扉〔質問者が意図しているものの名を回答者が当てるクイズ番組。質問者は回答者の質問にイエス・ノーで答え、それによって回答者が答えを当てる〕」をやるような気違いじみたゲームだった。何より不思議なのは、どうやらポールは、自分は理路整然と話していて皆わかって当然なのに、何か卑劣で悪意に満ちたのっぴきならない理由から、誰もがさっぱり分からないふりをしているのだと信じこんでいたことだ。

第六章

夜が近づいたので帰り支度をしていると、ポールが恐怖にうろたえ、いまにも死にそうな顔をする。「いやだああ！」最初はすがるように、つぎに切羽詰まったように、それから意固地になって、さらには腹立たしげにそう言うと、しまいに氷のような悲しい目で一瞥し、くるりと背を向きふてくされた。そっと抱きしめようとすると、押しかえされた。

「いやだあ！」ポールがまたもどなった。額に汗が光って見える。ポールはベッドの柵にしがみついた。明日には強制退去させられるとわかっていて時間稼ぎでもするかのように。どこにも逃げ場がなく、ひどく狼狽したふうで。

「ごめんね。でも明日の朝にはかならず戻ってくるから」。私はポールをなんとかなだめようとした。「だいじょうぶ。眠れるわ。看護師さんが面倒みてくれるから。だいじょうぶよ。すぐ戻るからね」

けれどもポールは納得しない。レモンをかじったみたいに顔をぎゅっとしかめた。

喪失感を覚え、混乱し、しかも自分では何もできず、意思疎通さえもはかれない。これらの苦しみが重なって、ポールはいら立ちを抑えきれず、しばしばかんしゃくを起こした。だが脳卒中では、怒りの情動を制御する脳の部分が損傷を受けることもある。通常は、理性を司る前頭前野が物事を客観的にとらえ、危険について判断し、必要に応じて妥協案や自制を勧告することで、荒々しく衝動的な大脳辺縁系を制御する。この釣りあいがとれた感覚を、私たちは健康な状態（ウェルビーイング）と呼ぶ。ポールの脳卒中はこの前頭前野に損傷を与えたため、感情の抑えがきかなくなるのも不思議ではなかった。

ポールがしきりに憤慨するので――険しい目で睨み、もっぱら意味不明な言葉をどなって応酬してくることからわかる――私もしだいに冷静さを失ってきた。医師と相談したり、ポールの日常生活や安全や進歩や支援にまつわる決断を下したりで、私はすでに精神的に疲れきっていた。たとえ私の努力にポールが感謝の気持ちを示したところで荷は重すぎたが、それればかりか、何かというと激怒し、自分では何もできないのに要求ばかりしてくるポールに、私はしだいに怒りが込みあげてきた。そんなとき私は心のなかでぷりぷり怒った――なんて恩知らずなの！　なんで私がこんなことしなきゃなんないのよ？　私はあなたの年食った娘じゃないのよ！　脳卒中を起こした人がよく介護施設に預けられる理由もわかる気がする。それは、たとえこんなことになってもやっぱり愛していて、助けたいと願い、面倒をみる運命にあると思っていた伴侶との、ある意味、離婚のようなものだ。

ポールは私に二四時間自分のそばにいてほしがった。たしかにポールが動揺するのも無理はない。ポールの混沌とした世界で私だけが唯一、変わらずに存在するものだから。私たちは子どもの頃、しばしばこの世界が訳のわからない恐怖に満ちていると気付き、親になだめられようやく気持ちを落ちつけたものだ。子どもの私は、そんなとき母親のスカートの後ろに隠れた。両手を広げて、「怖いよう」という顔をするだけで、父親がたくましい肩に私をひょいと肩車して、人でごった返す街なかや海岸の喧騒から遠ざけてくれた。

ポールは夜に私が帰ることに激怒するが、自分を連れて帰らないことにその倍も憤慨していた。窓の向こうは夏真っ盛り。太陽を崇拝するポールは、いつも家具と見間違えるほど日焼けし――濃いマホガニーの光沢は冬まで持ちこたえた――プールで取りつかれたように泳いでいた。「プール」。それは、ポールの壊れた頭から確実に召集できる数少ない言葉の一つだった。

「プール！」とポールは脅すような険しい目で迫る。

「プール」とポールはかろうじて聞きとれる悲しげな声で訴える。

「プール」と、医師から気分はどうかとたずねられたポールは答える。なるほど患者は家に帰って、待ち焦がれていた夏の果実を味わいたいのだ、と医師は納得する。よくある要求だ。けれど医師たちが本当にわかっていたかは疑わしい。ポールの詩的で意趣に富む脳のなかでは、「プール」はおよそ病院以外のすべてのものを、脳卒中前の人生を、なかでも陽射しを浴びて水面に漂うひとときを象徴するものなのだ。幼子のように、ポールは初めて口にする言葉を使って、特定の物だけでなく状況そのものを喚起した。プールのひとときには、彼の腕のなかにもぐりこみ、半分浮かんで軽くなった身体で、彼の腰に両足をからませ、肩に頭をもたげる私がいる。ポールは光の揺らめく青一色のなか私を抱え、私の顔は陰になり、ポールの顔には陽光が射し、まるで日向ぼっこする二匹のカエルのようだ。一〇年前に退職してから、ポールは夏になると毎日何時間も水につかった生活を楽しんでいた。雨の日も晴れの日も。肌寒いときは、わが家で「ばい菌パンツ」（これを履くと巨大な細菌みたいに見えるから）と呼んでいた保温性の高いズボン下を履き、雨なら雨で真っ裸で水泳帽だけかぶって泳ぎ、ときには葉巻をくゆらせながら泳ぐこともあった。こうしたいっさいを説明する術もなく、ポールは自分の切なる想いを「プール」というひと言に込めたのだ。その意味を私ならきっとわかるだろうと、ポールは承知していた。ときおりポールが胸張り裂けんばかりの哀れな声でこの言葉を発したが、それはざっくり言えばこういうことだ。どうしてきみはぼくを置いていけるの？　それもこんな離れ小島に？

それでも私はやっぱり毎晩のように家に戻った。ときどき犯罪現場から逃走するような気分になったが、数日がたち、朝には私がちゃんと戻ってくるとわかり、ポールがひとりで夜を乗りきれるようになると、私に対するポールの怒りもおさまった。しまいには私がポールのベッドにもぐりこむのを許し、二人で何時間も寄りそって過ごした。気さくな看護師が巡回のときに私たちを見つけてにっこり微笑んだが、私にベッドから出るよう声をかけたりはしなかった。かわりにそっとカーテンを引いてくれたので、私たちはまるで古代の日本の宮廷の、微風にそよぐ布に囲われた二人きりの空間に運ばれた気分だった。宮廷の女性たちにとって、公の場で私的なやりとりを交わすことは芸術の域に入るものだが、私たちにとっては必要欠くべからざるものだった。

けれども、そんなふうに二人で過ごす時間は、そうそうはとれなかった。看護師や看護助手がポールのもとに頻繁に来るし、私もできるだけ休息をとる必要があった。そこでポールがようやく眠りにつき深い寝息を立てはじめると、私はこっそり抜けだし、草木茂る丘から町へと下り、入り江を抜け、くねくねと曲がる幹線道路をのぼっていった。病院の明かりが、湖の奥に浮かぶ別世界の提灯のごとくまたたき、空には霞のかかった夏の月が輝いていた。

＊＊＊＊

以前は夏の朝の美しさに誘われるまま、ベッドから起きだすこともあった。けれどもいまは不安にがんじがらめになって目が覚める。私にできることといったら、窮地に立った人間がよくするように、ただしょんぼりうなだれ、浅い呼吸をするだけだ。穏やかな日常を少しはとり戻さなくてはと思い、私は数分間、トーニング（toning）をやってみた。これは一四世紀の言葉で、いくつかの母音をのばして歌ったり詠唱したりすることだ。まず深く息を吸って「アー」と言いながら息が続くまで吐き、もう一度息を吸って、また息を吐きながら、今度は頬や肋骨に振動を感じるまで大きくはっきり「ウー」と言い、それからもう一度息を吸って、さらに元気よく「イー」と言い、そして最後にまた息を吸って朗々と「オー」と言う。これをもう一度くり返すが、二度目はさらに大きく豊かな声を出す。振動が骨の周囲で反響し、呼吸を落ちつかせ、マントラのように精神を集中させ、身体をリラックスさせる。いつものように気持ちが少し落ちついたが、それは深呼吸したからだけでなく、いわば声によるマッサージで軟骨組織や副鼻腔や骨を振動させたからだ。

自分の気持ちを落ちつかせる必要を感じて、私は早朝の陽光のなか家の近くをそぞろ歩いた。道路にのたくる継ぎ目を埋めたタールの模様に見惚れ、日本語や中国語、チベット語の詩だと想像しては自分で翻訳してみたりした。歩きながら俳句を考えれば、病気以外のこと、何か自然で、時間を超越するものに意識を集中できる。たとえばこんなふうに。「葉散る夏／橙の星ぼし／華やぎぬ」。家に戻る道すがら、ふと見ると、色とりどりのチューリップを背景に、黄色いシャクヤクが鮮やかなハンカチのように咲き誇っている。スパニエル犬の耳みたいな光沢のある紫色のアイリスが揺れるかたわらには、そのもっと野生的な黄色いいとこ、シベリアの大草原の原種からはるばる旅をしてきたシベリアン・アイリスが咲いている。私たちもみな旅人なのだ、とふと思う。どのみち私たちのかけらってことだが。私のなかで旅をしてきたかけらのいくつかは私とともに旅を終えるだろう。私には子どもがいないから。一瞬、この事実に私は悲しくなった。自分の本のことをそんなふうに考えたこともある。私が死んだあとも、私の一部として生き続けると。でもいまはそうは思わない。夏の朝のまだらな光のなか、シャクヤクやアイリスを前にただひとりたたずむ、この瞬間だけでじゅうぶんに思える。どこにでもあるこのつかの間の瞬間、ほかのどこにもないこの瞬間だけで。

＊＊＊＊

それから私はまたポールの部屋に戻った。部屋には自宅にいる気分になれるものがあれこれ置いてある。お気に入りの枕に無糖のチョコレートプリン、ブルーベリーとオレンジのヴィーガン（植物系食材だけでつくる）マフィン（これは私の元気のもと）、自分が誰か忘れないための友人や家族の写真、退屈なときにページをめくるクリケットの写真アルバム、お気に入りのバスローブ、それと「クマちゃん」。フロリダで私たちが養子にしたフラシ天のテディベアで、ポールはこの子にときどき話しかけ、一緒にテレビを観たりしていた。ポールの好物の食品を持ちこみたいのはやまやまだったが、お許しが出なかった。だからフィッシュ・ペーストにヴァーサ社のクリスプブレッド、ドクター・ブラウン・クリームソーダにチェシャーチーズといったいつもの風変わりな献立はおあずけだった。

「よく眠れた?」と訊きながら、私は目を閉じて、合わせた両手を頬の下に水平に添え、眠っているのを表す、マンガみたいな手振りをした。

「全然!」ポールはそんなこと考えたくもないというふうに声を震わせた。

　私は不安のなかで目覚めるポールを思いうかべた。空腹で惨めで一人ぼっちで、いまもまだ病院にいて、しゃくに障るほど舌が回らず、口がきけないも同然で、何もせずただベッドに寝て、読むことも書くこともできないポール。時計を見ても数字が読めないから、あと何分か数えることもできない。以前のように毎日腕時計をはめるようにはなったが、いつも逆さにつけている。私が「一時間で戻るわ」と言っても「一日で戻るわ」と言っても大差ない。一日は一時間よりも長くはないし、どちらにしてもうつろな目で過ごすだけだ。朝食は、寒々とした数多の時間が過ぎるまでやってこない。外からポールを訪ねてくるただ一人の見舞い客の私とて、いつまでたっても現れない。この空虚な時間の広がりがポールにとってよくないことはわかっていた。私は毎日、面会時間が始まるよりはるか前に来て、たいてい朝食の介助に間にあう。それから理学療法に行くようポールを説得するのだが、ポールはこれをとことん嫌っていた。信じられないほど退屈らしい。それに自分と似た問題に苦しむ男性をたくさん見るとよけい不安になるという。

　第一次世界大戦後、ポールの子ども時代のイギリスでは負傷した人が通りに溢れ、哀れみのためいきを誘ったものだ。この戦争の死者数は推定で一千万人を超えるが、負傷者はその倍の数にのぼり、脳を損傷した者も多かった。おそらく失語を伴う者も多くいたはずだが、それについてポールは聞いたことがないと言う。多くの医師は正式な神経学的検査を行う手間を省いた。そのかわり患者たちにアフタヌーンティーを出し、食べたり飲んだりするときの動きが安定しているかを観察した。患者は利き手を上にあげることができるか？　カップとソーサーを持つ手が震えていないか？　スプーンが磁器のティーカップに当たってカチカチ音を立てていないか？　だらりと垂れた指はないか？　カップを唇まで持っていけるか？紅茶を飲むときにむせたりしないか？

戦前は、村にいた脳卒中患者のほとんどは隠居した年寄りで、長くは生きなかった。けれど戦後になると健康な若い男性にも発症が見られ、彼らは通常の生活に戻ることを切望した。最初のリハビリ専門の病院はドイツで誕生したが、そこで医師が行った治療は、子どもが話し方を学習する方法に基づくものだった。つまり一音ずつ、それから一音節ずつ、一語ずつ、そして一フレーズずつ教えていくのだ。発音できない音があれば患者にタバコの煙を吐きださせ、その動作を、望ましい音が出るものに調節させた。ポールなら葉巻をまた吸えて大喜びしたことだろう。いまでは心臓病医から禁止され、葉巻は夢のなかや昔の写真、コニャックのボトルを抱いて眠った懐かしい思い出のなかに追いやられた。

ポールのリハビリ科では、二人の理学療法士が日常生活で身体を動かすためのごくありふれたスキルを患者にくり返し練習させる。こうした動きは何年もかけて身体に染みこんだもので、私たちがほとんど無意識に、当然と思ってやっていることだ。本能的なものでなく習得したスキルである。場合によっては――どうやってスプーンを持つかなど――揺りかごの時代から学習したものだ。子どもの頃は練習していてちょっと失敗しても絶好のシャッターチャンスになったし、両親が笑顔で励ましてくれた。けれどこのリハビリ科で患者はまた一から教えてもらわねばならず、今度はちょっとした失敗も可愛いどころか悲しげで、さらなる心配の種にもなった。

ポールのように気難しい患者は何とかだまして病室から連れださねばならず、リハビリ科に来た車椅子の患者たちは、するりと体をすべらせるか、あるいはひょいと持ちあげられ手早く椅子に移される。おもちゃの散らばる小部屋で輪になって座り、患者たちは赤いゴムボールをたがいに蹴りあう。あるいはテーブルに向かって座り、カラフルな積み木をゆっくりと積みあげる。最初は不安定なほうの手で、次にもう片方の手で、身体の両側を使ってこの動作を行うのだ。けれどポールは目と手の協調を改善するためのこうした運動を毛嫌いしていた。プライドが傷つくし、ひどく難しいからだ。脳卒中が起きたとき、ポールは右側の視覚経路を失ったが、これはよくある症状だった。卒中により両眼と視角皮質との間で情報を伝達する神経の一部が損傷し、右の視野に盲点が生じたのだ。そのため紙の右端や、皿の縁にのった食べ物を見ようとすると、意識して顔を右に向けなければならない。また利き手である右手で物をつかめず、曲がった二本の指は麻痺していて手触りを確かめることもできなかった。

奥の一角には簡素な白いキッチンが設置され、患者はそこで台所道具と格闘することもできた。つるつるしたボウルや柄の長いワイングラス、蓋がきつくしまった瓶や缶、なかなか開かない冷蔵庫のドア。理論上は、安全に調理し、火や熱湯でやけどせずにコンロを使うやり方を患者に教えるものだ。退院して家に戻り、自立して暮らしたいと願う人にとっては絶対に必要なことだ。ただしポールは視野に空白があり、段階を追った簡単な手順にも従えないので、料理するのは危険で、このピカピカ光る無人のセラピー・キッチンにはめったに足を踏み入れなかった。

「そこは無差別暴力の小屋だった」。あとになってポールは私にそう語った。「尖った物や不気味な形の物がぼくの手からこぼれ落ちて、何もかもがぼくに飛びかかってきた。それに、反射する鏡のような鍋がぼくの顔の幻覚をぼくに突きつけ——その顔は、丸い金属に映った顔のようで、ゆがんで、悪鬼の形相で、奇妙な白い剛毛がつんつん突き出ていた。いや、ぼく自身の顔のほうがはるかにもっと金属質な感覚がした。それからあのくだらない積み木やボールときたら——うすのろ用のオモチャだが、ぼくには積み重ねることも転がすことすらできなかった」

だがツインベッドのコーナーでの練習のほうがもっと重要だった。何を学ぶにしても、まずベッドから出たり入ったりできなければならない——このスキルは子ども時代の遠い記憶にしまわれ、あたかも遺伝的に備わっているかに思えるほどだ。それでも不思議なことに、これすら忘れてしまうことがある。作業療法室はありとあらゆる協調運動に対応するもので、ベッドから安全に下りることももちろんメニューに入っている。ベッドにもぐりこんだり、はい出たりするコツは、身体のさまざまな部分を、バランスを保ちつつ回転させることにあるが、バランスの中心は身体によってそれぞれ違う。脳卒中患者の多くは片方の腕や足が動かず重く垂れ下がるので、身体の平衡が変化する。そのせいで体が思うように動かず、患者たちがじりじりと足を引きずって進み、ときにバランスを崩すさまを見るのは忍びなかった。ポールが自分の手足の使い方を再び学んでいるのを眺めながら、私はどうすれば水に浮き、立ち泳ぎをし、しまいにふつうに泳げるようになるか、ポールに教えたあの夏をふと思いだした。誰もができることだが、体重や角度や手足の柔軟性によって誰もがちょっとずつ違ったふうにやるものだ。ベッドからうまく出られて、若い療法士たちから喝采を浴びるポールを見るのはひどく変な気分だった。誰だってこうなるのよ——私の気持ちは沈んだ——私たちみんなゆくゆくは。

つぎにポールが披露したのは、椅子に座るという偉業だったが、まるで高いところから落っこちそうな人のように見えた。頑丈な椅子がポールの背後と下で待ちかまえていたが、ポールは腰を下ろしながら手を後ろにのばし、ちゃんとそこに椅子があることを触って確かめずにはおれなかった。椅子から立ちあがるときは、体重を移動し、がくんと身体を揺らして飛びあがった。

ほかの患者たちを眺めていると、移動用補助具の使い方を習っているのが目に留まった。たくさんの杖や歩行器がずらりと並んで出番を待っている。ポールもいくつか触ってみて、しまいに一本の杖とともに一人残されたが、ポールは杖を決して使おうとしなかった。見栄っぱりで老眼鏡さえ嫌がるので、杖にしがみつく自分の姿を思うと耐えられないのだ。杖という支えがあればもっと安全に歩くことができるだろうに。ひょっとすると、第一次大戦で片目を失明した父親の姿を見ていたことに関係があるのかもしれない。父親は、所属していた小隊のうち前線で生き残った数少ない兵士の一人だが、無傷では戻れなかった。当時から比べて、近代医学は脳卒中を診断するための便利な機械を発明し、優れた治療法を編みだしたが、果たせるかな死んだ脳細胞の矢来を復活させるものはまだ何もなかった。

第七章

心身ともにくたびれ途方に暮れながらも、私はポールを支え励まそうとあいかわらず努力した。たとえ私が何を言っているのか理解できなくても、ポールは私の顔に浮かぶ愛情や共感や慰めの表情を見ることも、私の声の調子や抑揚を聞くことも——そして何より重要なのは——私がどんな気持ちかを感じることもできるのだ。ポールと私はいまも、「ミラーニューロン」という太古からの仕組みによって意思を通わせることができる。この驚くべき脳細胞のおかげで私たちは、誰かが何かをしているところを見るだけで――あるいは聞いたり読んだりしただけで！――あたかも自分が同じことをしているかのように感じることができる。脳の前方に位置するこの細胞は、私たちの祖先が、言語やスキル、道具の使い方、仲間内の微妙なジェスチャーを模倣するのを助けてきた。物書きの盟友ともいえるこの細胞があればこそ、芸術は人を感動させられるし、ライバルを出し抜いたり同情したり、冬期オリンピックを見て選手たちの興奮や緊張をともに味わったり、そして私が「土砂降りの雨のなかを私は走った」と書けば、読者はその場面を思いうかべ、自分の足の動きや、足もとのすべりやすい道路、頭や肩に降りそそぐ雨を感じたりできるのだ。どれも言葉を用いればできることだが、たとえ言葉がなくても、顔の表情やボディーランゲージ、身振りや感情から多くを知ることができる。終生言葉を使ってきた者にとっては、なんとも薄気味悪い話ではあるが。

「ぶわいと」。ポールは突然しゃがれ声で言った。「にっと、そっと、うぴど」

ぎこちなく唇を突きだしてはすぼめ、舌を丸めてひらひら動かし、ポールはあいかわらず言葉を発音しようと努力していた。でも途中まではうまくいっても、最後には疲れて降参する。

子どもとたいして変わらないわ、と私は思った。唇と口腔を連係させて言葉を話そうとしても、「木（トゥリー）」と言えずに「トゥイー」、「最高の（ベスト）」と言えずに「ベトゥト」と言う。それでも子どもの場合は、言葉をどんどん吸収していくのだけれど。

生まれたばかりの赤ん坊の脳には何十億ものニューロンがあるが、その多くはまだ不完全な状態だ。ニユーロンは猛烈な勢いで広がっていくが、六歳頃になると激しい刈りこみ作業が始まり、小枝は容赦なく枝打ちされ、あるものは強化され、あるものは放棄され、ついに脳はその頭蓋骨とその世界に見合ったものになる。それからおよそ一〇年後、また突如大掛かりな造園工事がはじまる。脳はどの配線を残し、どれを破棄するかをいったいどうやって決めるのか。すなわち役に立つものを残し、残りを抹殺することにより、脳はその魔法の杖のごとき連結を固定するのだ。そして魔法が振るわれる。だが脳はどれが役に立つのかをどうやって推測するのか。判断の基準は、いちばんよく使っているものなら何でもだ。だから大昔に丸暗記で覚えたことは忘れないし、虐待という許し難い行為や悪い習慣がいつまでも消えないのだ。ある特定の仕方で考えたり行動したりを何度もしていると、そのことに脳が長けてくる。子どもは大人と比べ脳障害からはるかに良好な回復を示しがちだが、それは大人の脳がすでに複雑に屋根葺きされ、型にはめられているからだ。また子どもの脳は大人とはまったく異なる配線の仕方をされていて、もっぱら近くのニューロン同士が短距離で繋がっている。いっぽう大人の脳は、離れた領域を繋ぐ長距離経路を入念に築くことで、複雑な情報を読みこなし、大局的に物事を見て、難しい決断を下すことができる——ときに私たちが「知恵」と呼ぶ、だぶだぶの服をまとった幽霊によって。とはいえ大人の複雑な配線は傷つきやすい箇所も増え、妨害に晒されやすい。いっぽうごく幼い子どもの場合、左脳半球全体を切除されても（制御できない発作を鎮めるため）、ときに右脳は驚くほど順調に言葉の店を切り盛りできる。

だが大人はどうなのか。私が思うに、固くなった雪の平原をクロスカントリースキーで進むようなものだろう。道を切り開く最初のスキーヤーには筋力が必要だが、次のスキーヤーはそれほどがんばらなくてもよく、さらに続く人たちはもっと楽に進める。人が通るたびに雪は踏みしめられ、しっかりした轍（わだち）ができ、ほとんど苦労せずに簡単にすべっていける。これがいわゆる「学習する」ということだ。深い雪のなかをスキーで進む。脳はその努力のせいで苦しむが、それでもその道を何度もたどればたどるほど、ますます軽快な旅になる。

私はポールの肩を抱きよせると、励ますように心から微笑みかけた。そしてポールはわかってくれた。左半球をひどく損傷しているにもかかわらず。

脳の左半球は子ども、あるいは私立探偵のようだ。ひっきりなしに「なんで？」「なぜ？」「どうして？」と詰問する。なぞなぞを解くのに夢中になり、何かをでっちあげるのに（虫の知らせや予言や迷信）に躊躇しない。というのも捕食者があとをつけてきたなら、間違った答えでもないよりましだし、完璧な答えがゆっくり出るより生半可な当て推量でもすばやく出てくるほうが身を守れる。神経科学者のマイケル・S・ガザニガは、左脳を「通訳者」と呼び、「出来事や感情体験に対する説明を求める装置」だと述べた。善かれ悪しかれどんなことが私たちの祖先に降りかかったとしても、将来の出来事を予測しそれに備えるためには、それがなぜ起きたか理由を理解する必要がある。脳は謎を前にするとむずむずし、合理的なおしゃべりという軟膏で鎮めようとする。左脳が詮索好きでおせっかいだとすれば、いっぽう右脳は黙り（だんま）を好む。

ガザニガによれば、左脳半球がしつこく物語を語り、必要なら作り話を広めることで、私たちは自分が分別をもち、自らの意志で行動しているという錯覚を抱くことができるという。左脳半球の通訳者がもたらすのは「内省とそれに伴うすべて……自分たちの行動や情動、思考、夢といった連続する物語であり……〔この通訳者は〕個人のあらゆる本能に対し、人生についての理論を語ってくれる」。そして、左脳は自我意識を生じさせるが、その理由は「こうした私たちの過去の行動の物語が私たちの意識にしみ込んで、自叙伝をつくりあげるからだ」

ポールの左脳、つまりポールの通訳者が、いま起きていることをなかなか理解できないのも不思議ではない。ポールはしょっちゅう両手のひらを空に向け、「どうなってるの?」という仕草をしてみせる。脳は言葉にできないことをそれでも身振りで伝えられるのだ。私にできることはただ、自分の顔から心配を慎重に払いのけ、穏やかな声でゆっくりと説明するだけだ。「あなたは卒中を起こしたの。会話をコントロールする脳の部分が損傷したのよ。でもだいじょうぶ。一緒になんとか乗りきりましょう。だからまずは休んでちょうだい」

奇妙なことに、ポールは話すことはできなくても、人への気遣いは失っておらず、礼儀作法の舞踏は心得ていた。医師の話に真剣に耳を傾けてはいるが、たぶんポールはほんの少ししか理解できず、覚えているのはさらにわずかだ。看護師が来ると丁寧な音を発して挨拶し、部屋に入るよう、あるいは椅子に腰かけるよう身振りで促す。プラスチックの小さなコップを差しだされれば、それが自分の務めだとばかり果敢に薬を受けとるが、そのようすはまるで軍人だった父親の幼い息子に戻ったみたいだ。

ポールの錠剤はナースステーションで砕かれ、強力な虹色の粉末になる。数粒の穀物ぐらいの量なのに野獣派(フォービスト)画家の雷光ほどの威力をもつ。瓶のなかで光る薬の粒つぶは薬と同じくらい害にもなりうる。腎結石と尿酸値を抑えるための「アロプリノール」はアップルソースを目の覚めるオレンジに染め、血液の凝固を遅らせる「クマジン」はバニラプリンを鮮やかな青に変え、血圧を下げる「プロプラノロール」はバタースコッチ・プリンをけばけばしい緑に着色する。だがほかの薬も一緒に混ぜるので、この混ざった薬は鼻をつく嫌な匂いがする。ポールの膨れた右手は力が入らず動作がゆっくりで、自分で薬が飲めるほどには動きを調節できない。そこでポールは素直に口をあんぐり開けて、小鳥のように口に入れてもらう。

いつも見慣れていた光景とそれはかなり違っていた。二〇年もの間、ポールは毎朝キッチンカウンターの前に立ち、薬を混ぜた白いプラスチックボトルをシャカシャカと振る。欲しい薬がてっぺんに来たらつまみとるのだ。この音を聞くと、野球のトレーディングカードを自転車のスポークにあてる音を思いだす──私の子ども時代の陽気な音だ。ポールは自分の薬についてよく調べていて、複雑な投薬スケジュールも暗記していた。薬の量が変わると、それに合わせて小さな錠剤を、鋭いナイフを使ってしっかりした手つきで割っていた。自動ダイアルシステムの迷宮に悪態をつきながらも、電話で薬の再調剤を依頼し、薬剤師や心臓医と冷静沈着に相談していた。私はわきに下がって、愛情を調合し、役に立つアドバイスをしようとしたが、ポールは自分の健康については自分で仕切っていた──手際よく、しかも科学に魅せられて。南米の毒マムシ「ハララカ」に由来する降圧剤を自分が服用していると知って、ポールは大喜びした。このヘビに噛まれたらそれこそ卒中を起こしかねないのだが、その毒液を賢く使えば卒中の予防になるのだから。

看護師はスプーンで少しずつ薬を口に運び、ポールは薬が味蕾に当たるたびに顔をゆがめ、数秒間口に含んだあとようやく飲みこんだ。とはいえポールは薬をつとめて平静に飲み、同じようにインスリン注射にも耐えた。これは背中の上部の皮膚に打つので、針を刺すところを見なくてすむ。ポールは過去にはインスリンを必要とすることはなかったが、私が自宅でポールに投与しなければならないときに備え、看護師が注射の仕方を教えてくれた。私が初めてポールに注射を打ったとき、注射針をダーツのように握ったので、ポールは痛くて悲鳴をあげた。ポールの目はどなっていた――そいつを投げるな、、、、ポールは自己注射ができないので、私が毎日ポールをぶすりとやることになるかと思うとぞっとした。注射器に慣れないとか、注射器を充填し酸素の泡をはじいて飛ばし、皮膚に刺すという一連の作業ができそうにないと思ったわけではない。もし充填する量を間違えポールに注射するインスリンの量が多すぎたら、ポールを殺しかねないからだ。責任の重さに怖くなった。私のちょっとしたミスが大変な事態を招くかもしれないのだ。

あるいはポールのちょっとしたミスが。ポールはこのフロアで「転倒リスク」とラベルを貼られた患者の一人だった。ひどく混乱し平衡感覚の狂ったポールは、動くとよろめき、視野はゆがみ――どれもが危険を増幅させた。「転倒リスク」の表示はポールの部屋のドアに貼られ、カルテにも記入され、警報器に繋がる紐が、ポールの病院着の、ポールの手の届かないところにクリップで留められていた。ポールは立ちあがるとき、ベルを鳴らして介助を頼むことになっている。だがポールはその指示を覚えていられず、たぶんそもそも理解すらしていなかった。トイレに行きたくなるか、なぜ自分は家から遠く離れて監禁されているのか解せなくなると、時間は柔らかいタフィー〔砂糖とバターを煮詰め練ってつくったキャンディー〕みたいに伸びて広がった。介助してくれる人を待ちきれず、ポールが自分でいきなり動くと、紐がはずれて警報が鳴る。「患者が脱走！」とナースステーションのベルが響く。すると看護師か看護助手が飛んできて、ポールが怪我をしていないか、はたまたトイレの介助が必要なのかを確認する。ただしナースステーションに人がいなくて、私もポールの部屋をはずしていたら、ベルが鳴ってもすぐに助けは来ないかもしれない。

家に帰ることが頭から離れず、ポールは脱走を試みるようになった。はだけた病院着をはためかせ、ひげ剃りに失敗して血がにじみ無精ひげの残る顔に、小型台風みたいなボサボサ頭のポールは、誰もいないときを狙っていきおい廊下に飛びだすと、よたよたと、それでもなかなかのスピードで通行人を縫い、いざ脱獄とばかり出口に突進するのだが、そもそも出口がどこだかわかっていない。一度などは、勘違いしたマゼランのごとくフロアを一周し、あわやエレベーターまでたどりつく寸前で看護師と看護助手に捕獲され、大声でわめきながらそのままベッドに連れもどされた。それからまた数日後、うまく身体を動かせないにもかかわらず、ポールは警報を鳴らさずに身をくねらせて病院着を脱ぎ捨て、左右反対にローファーを履き、裸で廊下に出ると、壁紙を張りかえているみたいに壁伝いに移動して逃亡を企てた。

「規則に従わない患者」だと、看護師たちはポールについて文句を言った。二五二号室の反抗的な患者、あのランニングマン。看護師たちが腹を立てるのも無理はない。ただでさえ働きすぎで、世話の焼ける患者をわんさと抱えているのに、いつ何時真に危険なことをしでかしかねない逸脱患者などごめんだろう。看護師が何より恐れるのは、自分たちが看ているときに、リハビリ患者が転倒し、腰や手首を骨折するか、頭を打つか、そのほか諸々の怪我をすることだ。看護師たちがポールの脱走につむじを曲げるのも当然だし、とりわけ私がマーサと呼んでいたベテラン看護師はおかんむりだった。ずんぐりした体型の愛想のない女性で、その口調は彼女の地位の高さを万人に知らしめる。私もまた彼女を相当いら立たせたのではないかと思う。しょっちゅううろうろして、ポールのことで何かあるたびに看護師に助けを求めたからだ。

警戒心の強い私は、病院で誤った量の薬を投与されてあやうく死にかけた親しい友人のことが頭から離れなかった。友人の場合、幸い医師助手を務める女性がたまたま見舞いにきて、友人が昏睡状態に陥っているのに気付き即座に対応してくれたため、命拾いをしたという。病院内で小さなミスは頻繁に起きるが、それは無理もない――シフトは変わるし、患者は病院にいるのが嫌でたまらず、厄介な患者も病院には付きもので、さらに医師や看護師のなかには経験豊かで思いやりのある人もいれば、それほどでない人もいるからだ。そしてポールは規則に従わない患者で、それがマーサをうんざりさせた。

それに比べて看護師のマーティは温厚で、棒のように細く、褐色の髪を伸ばした笑顔の優しい男性で、いつも不機嫌な顔でやってくるとポールに大声で話しかける。看護師のメリッサは二〇代前半の体格のいい女性で、昔の映画や宗教哲学を話題によくしゃべった。看護師のメリッサは二〇代前半の体格のいい女性で、いつも不機嫌な顔でやってくるとポールに大声で話しかける。ポールは話し言葉を理解できないから耳もよく聞こえないのだ、とでも思っているふうに。これは失語症者にとってはよくあることだと今回学んだ。友人や他人が良かれと思ってわざと大声で話しかけてくるのだ。言葉を金槌で打ちこめば頭に届くとでも言うかのように。ほかにも看護師が出たり入ったり、まもなく皆、制服の一様な流れに溶けこんだ。部屋の戸口に誰もいなくなったかと思うと、次の瞬間、まったく知らない人物が現れ、親しげに部屋に入ってくる。

ある日、この病院でインターンをしているリズという最高学年の看護学生が、例によって魔法のごとくふっと姿をあらわした。リズが学生だとわかったのは、すぐにそれとわかる看護学生用の白衣（クリケット選手と看護学生はこれが共通点）を着ていたから。それに廊下でたくさんの学生たちが看護教官と一緒にいるのも見かけていた。彼女、ちゃんとやってくれるわよね――私は警戒しながら、このさらなる新顔の看護師を品定めした――あんまり経験がなさそうだから、注意して見ていたほうがよさそうだわ。

メッシュの入ったブロンドのショートヘアで、おそらく三〇歳くらいのこの背の高いリズという女性は、逆三角形の体つきで、腰や脚はほっそりしているのに、肩は筋肉がついてがっしりしている。リズのことはあとからよく知ることになるのだが、当時からおいおいわかってきたのは、彼女の筋骨たくましい理由は、以前にサラブレッドの牧場で干し草俵を運び、馬小屋を掃除するアルバイトをしていたからだった。化粧はせずいつもすっぴんだが、健康的なアウトドアタイプの魅力的な女性だ。リズがきびきびと部屋に入ってくると、もう一人、リズよりやや年上で太目の女性看護士があとから影のようにぴたりとついてくる。

「あわてて急いで部屋に入ったの。いつも学生気分でいるものだから」。リズがあとから教えてくれた。「後ろに教官が控えていて、私がドジを踏まないよう見張ってるの。薬を投与するにも山ほど決まりがあって。もちろん当然のことだけど。最初に私たち、五つのRっていう訓練を受けるの。『正しい時間（ライト・タイム）』『正しい場所（ライト・プレイス）』——経口？　皮下？　それとも静脈内？——『正しい用量（ライト・ドーズ）』『正しい薬（ライト・ドラッグ）』『正しい患者（ライト・パーソン）』。『正しい患者』ってのは、患者が本人かどうかを確認すること、つまり患者にきちんと名前と誕生日を聞いて、手もとのカルテと患者のリストバンドとを照らしてダブルチェックするのよ」

「だから、ポールに会ったときのことははっきり覚えてる。薬をたくさん入れた小さなコップを持って自信満々に部屋に入って、いつもの手順でポールに名前と誕生日をたずねたとき、ひどく面食らったものだから。ポールは愛想よく、聖人みたいに微笑んで迎えてくれたけど、ちょっと困った顔をしていたわ——きみを手伝いたいのはやまやまだけど、どうしていいかさっぱりわからないんだ、と言ってるみたいに。それまで失語症の人に会ったことがなかったの。教官にしどろもどろに『どうすればいいんでしょう？』みたいなことを訊いたら、教官がこう答えたのをいまもはっきり覚えてる。『いいからとにかく薬をあげて。彼がポール・ウェストだってことは皆知ってるわ』って」

それ以来、リズはたいてい一人で来たが、彼女のポールへの接し方にはどこか私の心を動かすものがあった。一つに、ポールの現状を見てもリズには心配したりとまどったりする気配がなかったことだ。障害のある人の世話をした経験があるのかしら。もしかして脳卒中を起こした祖父か祖母がいるとか？　ポールにスプーンで食べさせる手つきも慣れている――子どもがいるのだろうか？　ポールの耳が聞こえないかのごとく大声を張りあげもせず、よく笑い、冗談を飛ばし、いつだって大人としてポールに話しかけている。ポールに対するリズの口調は厳しく、それでいて優しかった。リズがポールに、姿勢を変えるためベッドから出てしばらく肘掛け椅子に座ったらどうかと提案し、ポールが不機嫌そうに断ると、リズはポールの背中を起こし、両脚をくるりと回転させてベッドから下ろし、ポールの身体を肩にかついでひょいと椅子に座らせた――その間ずっと気さくにおしゃべりしながら――ポールには抵抗するひまもなかった。私は思わず吹きだした。ポールも笑い、リズも笑った。

「捕食的看護（プレダトリーナーシング）よ」。リズはそう言うと、いたずらっぽく笑ってウィンクした。

そして、彼女の靴下が私の目に留まった。服装は規則で決まった白一色だが、リズはなんと大きなオレンジの水玉模様の靴下を履いている。彼女、かわいい靴下が好きなのね――私の趣味とぴったりだわ。でも退屈な制服で個性を出すのもそうそう楽ではないはずだ。

リズがあとから話してくれたのだが、病棟の看護師たちがポールの脱走について愚痴をこぼすのを偶然耳にしたリズは、いけないことだと思うより、おかしくてしかも尊敬の念すらわいてきて良心の呵責を覚えたという。ポールはなかなか気骨のあるひねくれ者で、看護師が目を離したすきに病院着を脱ぎ捨てドアに向かって突進する策士でもあった。リズは自分がその点に感心していることを認めざるをえなかった。もちろん看護師の立場上、「まったくあの患者ったら規則に従わないんだから！」という嘆きに心から共感してはいたのだが。

あとで知ったのだが、リズがまだ幼いときに母親が脳卒中を起こしたため、リズは、廊下をよろよろと歩き、簡単な仕事をするにも苦労し、自分の身体の使い方をもう一度時間をかけて学びながら三人の幼い子どもを育てた母の姿を見ていたという。やがて母親はすっかり回復し、都会のワシントンＤＣにあるチャレンジング・スクールで幼稚園児を教える仕事に復帰した。私が思うにリズには、強い意志をもち、思いやりがあり愉快だが、反論は断じて許さない母親の気質が徐々に染みこんでいたのだろう。「ほらちゃんと座りなさい。さあこれからみんなで本を読む時間ですよ」といった、五歳のギャングたちを毎日追いかけ回して教えることに喜びを感じる教師の口ぶりだ。リズの父親は中西部の小都市で牧師をしている。私がだんだん身なりにかまわなくなってくると、リズは「看護者に看護」が必要だと私に忠告し、家に帰って温かい風呂に入り、ひと眠りしてはどうかと声をかけてくれた。

リズの言うことはもちろん正しかった。看病や介護は膨大な犠牲を強いるもので、私は途方もないストレスを感じていた。

第八章

誰もが驚いたことに、ポールはもっと言葉を発するようになり、しかもいくつかの言葉を繋げて話しだしたが、それでも気分は落ちこんでいた。

「おしまいだ」。ポールは投げやりな口調でつぶやいた。その顔は叩いた銅のように無表情だ。「おしまい、って気分なのね。落ちこんでるの？」そう訊く私も、心が蝕まれ空っぽなのだが、それでもポールの言葉が気になった。

ポールはこくりとうなずくと、それから長いこと言葉を探した。言葉が表に出たいと迫り、ポールの心もせりだしているかのようだった。それからポールの顔はまた生気を失い、これから言うことをあからさまに軽蔑する表情を浮かべ、それでもしかたなくこう言い足した。「もうつかれた」

三五年も一緒に暮らしているから、私はポールの絶望がいかに深いかが痛いほどわかった。「もうおしまいで、疲れたって感じてるのね？」

ポールの目から涙がぽろぽろこぼれた。私はポールの肩に手を回し、しっかりと抱きよせた。洗濯しての病院着から漂白剤の残り香がする。病院の匂いのせいで、ポールの体の匂いはしだいに馴染みのないものになってきた。

「わかるわ」。私は言った。ポールだけでなくなんとか自分も励ましたくて。「大変な目にあったわよね。でも少し言葉が戻って来たじゃない。きっとこれからも出てくるわ」

「しんだ」ポールは沈んだ声で言う。

「死んだように感じるの？」

ポールは私をじっと見つめた。私はポールのベッドの端に腰かけ、両手でポールの麻痺した手を包んだ。

「死んだほうがいいってこと？」

ポールはそうだとうなずいたが、その目があまりに冷たく寂しそうで、私は思わず身震いした。『心の錬金術』を執筆したときに調べて知ったのだが、突然悲しみや怒りの発作に襲われるのは左脳を損傷した場合によくあることだ。そして私が心配だったのは、ポールが自殺の方法を探せるほど身体も動くし頭も働くことだった。ポールのうつ気分は一日じゅう続き、私は心配で目が離せず、ポールのそばに付きっきりでいた。

ポールが眠っているあいだベッド脇に座り、ポールの脳の両半球について自分の知っていることを思いかえし、私はひどく重苦しい気持ちになった。脳の両半球はそれぞれ対照的な人生観をもち、特化する心の側面も違っている。左脳はおしゃべりで語り部、小説家で詐欺師で嘘つき。リストをつくり言い訳を考える達人だ。左脳はルールの格子を重視する（なければ喜んで自作する）。情報の断片をきちんと整理し、論理的に並べてから結論を導きだす。現実を大いに楽しみ、出会った世界に適応し、陽気に口笛を吹いて世渡りする。いっぽう右脳はというと、さながらムンクの怖い「叫び」の絵、否定的な情動の煮えたぎる大釜だ。右脳は洞察鋭い魔法使い、まず先に答えを直感し、大局を思い描いてから、詳細に目を向ける。微妙な顔の表情を読みとり、音楽の魔力を理解し、言葉を感じるのに長けている。私たちは文章により運ばれる情報を捉えるだけでは十分でなく、話し手の意図や信条、感情を拾いあつめることも必要だ。そこで右脳は手がかりを足し、文字通りの意味の並んだ廊下の向こうの、皮肉や激情、暗喩や暗示がひしめく迷宮へといざなう。空間のなかの一つの音に狙いを定め、反応する必要があるか、あるならどれほど熱心に反応すべきかを判断する。右脳はジャグラーで謎解き名人で芸術家、空想の蜃気楼が何より心休まる場所だ。

もちろんこの違いはそれほど厳密とはいえない。脳の両半球は、数学や言語、音楽、情動、そのほか諸々の好奇心をそそる事業で協力しあう。たいていの人は右脳と左脳をよどみなく組みあわせて使うので境界を意識しないし、片方がひっきりなしに質問をくりだすあいだ、もう片方が黙々と仕事をしていても気付かない。両半球を等しく使う人もいれば、もっぱら片側だけを使う人もいるが、私たちが心（マインド）と呼ぶものは決闘というより共同作業で、脳は死活に関わる抑制と均衡をこの共同作業に依存している。ポールのひどく損傷した左脳が右脳の陰に隠れ、ポールの感じる冷え冷えとした悲しみを相殺する力がほとんど失われたのではないかと私は心配だった。新しい環境、それも十分に気落ちさせる環境のせいだけではない。そもそもポールの脳のチアリーダーが怪我で動けなくなったのだから。

夕方になると、ヘビの踊るルンバのように陽光が窓に揺らめく。ポールと私は長いこと光の模様がのたくる窓を見ていた。

そのとき、ふいにポールが振りかえり、私を見て訴えた、「家（ホーム）」

「まだ退院は無理なのよ」。私はもう一度説明した。「もうちょっとあなたが落ちついてからじゃないと。ごめんね……」

ポールは両手を私のほうに突き出すと、何かを地面に植えるみたいに真下にさっと下ろした。「こ、こ、ここ！」またもポールは私にここにいてほしいと訴える。

疲れて蒼白の顔をした私は、くたくただから数時間だけ家に戻りたいのだと説明した。できたら少し眠りたいと。

「ぼく……を……みろ！」ポールは冷笑するようにささやいた。

孤独と退屈と恐怖、それらが雪崩のごとくポールに押しよせた。私にとっても、それは身も心も魂も押しつぶすものだった。

かわいそうにあなたの脳は細胞の小さな墓場になってしまったの?――顔をしかめたポールの傍らで私は、枕の位置を直しながら、私の考えていることがポールにわかるのかしら、といぶかった。

翌日に会うポールがどんな気分かはわからないが、それでも目の前のポールはあくびをし、ようやく眠たそうにしたので、どうやら今晩も無事に過ごせるにちがいない。

「明日の朝いちばんで来るからね」とまた声をかけた。疲れていてこれ以上説明する気力は残っていない。帰り際に担当の看護師にポールをよく見ておいてくれるように頼み、リハビリ科長宛にメモを書き、ポールがひどいうつ状態で、何度も死にたいと漏らしていると伝えておいた。私にはわかっていた。ポールにしてみれば、言葉を失ったらすでに死んだも同然で、やり残したことはただ自分の抜け殻を始末するだけなのだ。ポールの脳はまだ不安定で、損傷の程度もまだ十分にはわかっていなかったが、それでも医師に頼んでリタリンとゾロフトの投与をすぐにはじめてもらえないかと訊いてみた。この二つの薬剤は脳卒中後に処方されることもあり、どちらも有望な結果が出たという報告を読んでいたからだ。

リタリンは前頭前野を刺激することがわかっており、ここはいわば計画や分析を行う脳の執行部で、臨床試験では言語療法の三〇分前にリタリンを服用した患者の改善が早まった。ゾロフトは気分に作用するが、それだけではない。通常はうつ病に処方される薬だが、あまり知られていないものの、ゾロフトは海馬――学習した言葉の記憶を含め、記憶を処理する脳の肥沃な領域――において細胞の新たな連結の増加を促す効果がある。膨大な量の脳細胞が（何百から何千もの）毎日生まれ、そのほとんどは数週間以内に死ぬが、ただし脳が何か新しいことの学習を余儀なくされる場合は別だ。その場合、より多くのニューロンが復活し、兄弟たちと繋がっていく。課題が困難であればあるほど生きのびる細胞の数も増す。

ラトガーズ大学の神経科学者トレイシー・ショーズが行った試験によれば、「学習は新しい細胞を死から救う」という。うつ状態が長く続くと、細胞の誕生は劇的に遅くなり、海馬のサイズも縮むことさえある。形見ほどに大切な記憶も消失する。プロザックやゾロフトなどのＳＳＲＩという種類の抗うつ薬は、新しい脳細胞の誕生を誘発し、これらの細胞がおたがいに配線しあい、発火しあって記憶を促進し、その間に気分の変化を喚起する。だが残念ながら、この水源が現われるまでには通常、四週間から六週間はかかる。そしていまこの時期こそポールは言葉の候補を思いだし、それに意識を集中し、そのなかのたった一つに焦点を絞る能力を必要としているのだ。

アンフェタミンに類似した薬剤のリタリンが違法取引され、街なかで売られ、高校生や大学生の間でかなり広まったことも驚くにあたらない。ポールと私も学生だったらこの薬を使ったかしら。たぶんそう。それとも、この薬がこれほど熱狂的に支持されるのは、私たちのハイスピードの文化に特有の現象かもしれない。ただ速いだけでは遅れをとり、郵送なんて素人のやること、「一度に一つ」を運ぶなど時代遅れになったいま、リタリンは、せめぎ合う感覚の海のなかで脳が集中する力を高めることから、注意欠如障害の治療に――そして試験前の詰めこみ勉強にも――優れた効果を発揮する。

何か新しいことを学ぶとき、決まって脳は膨大なエネルギーを消費する。心は無数のニューロンをそのプロジェクトに専心させ、時間をかけてますます多くのニューロンのネットワークを補充し、やがてこの努力がみのって脳はスキルを獲得する。ただしそのためには細心の注意を払う必要があり、関連する細部に集中する間はうるさい外野を遮断しておかなければならない。ところがポールの脳は、どこかのフィルターがはずれて、あまりに多くの感覚の雑音が絶えず流れこんでいる。背景雑音をシャットアウトし、何かにしばらく集中することは、ポールを疲労困憊させる。脳卒中患者の半数を襲う「脳卒中後の疲労」について『ニューロロジカル・サイエンシズ』に掲載されたジャン＝マリー・アンノーニの論文を読むと、この症状は一年以上も続く恐れがあるという。通常の疲労感とは違って頭が混乱しふさぎ込んだ状態で、睡眠を多くとる必要があるが、休息によって改善することはない。考えをまとめるのが困難になり、記憶は蓋をされ障害物で塞がれる。それでもこれは記憶障害ではなく、注意を向ける脳のシステムに亀裂が生じているのだ。混沌に支配されると、脳は背景から物の姿を読みとれなくなる。森は木々の染みになり、疲れた脳は一本の木に集中できない。リタリンは脳の活動が低下した部分の神経伝達物質を増やすことで、この集中力を研ぎすますのだ。

ポールは一日の大半を睡眠か訓練に費やすが、夕食後は決まって元気をとり戻す。それなのに、空いた時間にすることがほとんどない。

ポールが脳卒中を起こす前の日々、私たちはしょっちゅう即興のゲームをしてひまをつぶした。たとえば二人がディングバットと呼ぶゲーム。これは勝ち負けを競うというより、いわばトランプの一人遊びを二人で頭のなかでやるようなもの。ありふれた物のめったにない使い方を考えるのだ。たしか最後にやったときのお題は「鉛筆」だった。鉛筆で何をする？——書くほかに？

では最初は私から。「ドラムを叩く。オーケストラの指揮を振る。魔法をかける。糸を紡ぐ。コンパスの針にする。『積み木とりゲーム』をする。眉毛の下にはさむ。ショールを留める。頭をお団子にまとめる。小人のヨットの帆に使う。ダーツで遊ぶ。日時計をつくる。火打石に垂直に立てて回して火をおこす。革紐をつけてパチンコにする。火をつけてロウソク代わりにする。油の深さを測る。パイプを掃除する。ペンキをかき混ぜる。ウィージャ盤〔心霊術で使う占い用仕掛け板〕の上で動かす。砂に水路を掘る。パイ生地をのばす。飛び散った水銀の球を集める。コマの針にする。窓を掃除する。オウムの止まり木にする……鉛筆バトンをあなたにタッチ……」

「模型飛行機の桁材にする」とポールが続ける。「距離を測る。風船をパンと割る。旗ざおに使う。ネクタイを巻く。小さなマスケット銃に火薬を詰める。ボンボン〔砂糖菓子〕の中味を調べる」

「それ気に入った！」

「邪魔しなさんな！　……お邪魔虫を刺す槍にする。粉々にして鉛を毒に使う。凧の糸を巻く。吊るして風向きを調べる。きみが野生のチンパンジーなら、木の幹から新鮮なアリをつつき出す。ペンキ塗りたての壁に扇模様をつける。生乾きのセメントに署名する……あとそうだな……ネズミの三銃士なら剣術に使えるし、騎士なら一騎打ちできる。流砂の深さをチェックする。タランチュラを追い払う。鼻を上に向ける。占い杖にして水脈を探る」

こうしておつぎは私、おつぎはあなた、をくり返す。頭のバネがゆるんでネタがつきるまで、あるいはいいかげん二人とも飽きるまで。

いまのポールのひまつぶしは、テレビを観ること。でも画面で何が起きているかちゃんとわかっているかは怪しいし、ごく簡単なリモコン操作にも苦労する。ナースコールのボタンとまだ混同してしまうのだ。この二つの使い方を、見本を見せて何度もくり返し教えたというのに、ポールの頭には残らない。またポールは沽券に関わるとばかりトイレの付き添いを嫌がるが、それでも私が手伝うのはポールが看護師を呼ぶのを拒んで（あるいはどうやって呼べばいいかわからなくて）よろよろ歩きだすからだ。ポールは濡らしたスポンジで身体をふいてもらうのが好きで、一度などは親切な看護師が両脚を力いっぱいマッサージしてくれた。そのあと私が、寝てばかりで感覚の麻痺した背中を掻いてやると、ポールは喜びのためいきを漏らした。ポールはしょっちゅう私を会話に引きこもうとするが、結局、私がポールの話をめったに理解できなくて、ただポールをいら立たせ怒らせるだけだった。

「き、き、きつね、もどる？」ポールが心配そうに言う。

「もどる」という言葉はわかったので、私は答えた。「ええ、私、出ていってもちゃんと戻ってくるから」

「ちがうう」。ポールは違う違うと手を振った。「めむ、めむ、めむ、どらいぶ、すかっち！」

「すかっち、ですって……ああ、フロリダの植物」。私は思わずひとり言を言った。「ごめんなさい。わからないわ」

ポールはお手上げだとばかり両手を広げて、こう吐き捨てた。「あっちいけ（ボグ・オフ）！」

私は思わず吹きだした。あれは十数年前のこと、ロンドンのヒースロー駅でポールの母親の待つエッキントンに向かう列車に乗ろうと二人してあわてていると、同じくらいあわてて反対方向に向かうパキスタン人の男性とポールが正面からぶつかった。二人の男はどちらも左、それから右、と同時によけてをくり返し、いよいよ二人とも怒りだした。

「あっちいけ（ボグ・オフ）！」とポールがどなった。

「この最低野郎！」相手の男が言いかえした。

それからお互いのわきをすり抜け、先を急ぎ、この寸劇は幕を閉じた。あとから私たちはこの出来事をよく思いだして笑ったものだ。ポールに言わせれば、これは昔日の大英帝国の失墜した栄華を表す格好の例だという。

ポールがいま、この一件を思いかえしていたかは疑わしいし、子ども時代から知っている悪態をとっさに思いついたのかもしれない。エッキントンの炭坑夫たちがこの言葉を口にするのをしょっちゅう耳にしていたから。

私がポールに手を差しだすと、ポールは私の手をとって、そっと握り、寂しそうな目をした。それからひと回り縮んだ体をベッドにどさりと投げだすと、片方の拳でマットレスをひと突きした。自分は途方に暮れ、滑稽きわまりない、ポールの目はそう言っていた。あとになって、果敢な戦いを終えたある日、ポールはこのときの気持ちをこう綴っている。

「思うにおそらく多くの者は許されるだろう。たとえ誰かを過去のがらくたの山に放りなげたとしても。衰え弱り、期待にそむく者として、あるいはつかの間名を挙げたあと、有象無象に身を落とした者として。こいつは誰だ？　連中は言うだろう。かつてはあれほど慎み深かったのに、いまでは不愉快きわまりない連中が。この石弓のごとき眼差しと象のごとき鈍重な態度のこの者は、いささかなりとも人間なのか？　哀れみやその他の奇異な感情を抱くに値する者なのか？　あるいはそのまま見て見ぬふりをすべきなのか？　いったいあの男はどこが悪いのか？　われらは知らないでおくほうがよかろう。男がどれほどの苦しみを味わっていようが、この男の粗末な獣の椅子籠〔人を運ぶ縦長の立方体の箱〕で朽ち衰えるより、われらは宴会好きの楽しい面々との交流を深めようではないか」

「粗末な獣の椅子籠」。そう、私にはありありと目に浮かぶ。野生の生き物の魂を内包する毛むくじゃらの乗り物。ぎこちない動きに野蛮な叫び声。それはポールの芸術家の魂を覆い隠す、粗野な失語症の外見だった。

第九章

家に帰った私は、脳に関する私の蔵書から失語症について書いてあるものをすべて探しだし、出窓の前の私の「学び舎」に引きこもった。ポールが病院にいるあいだ、ここはこれまでにないほど私の避難場所になった。ここに私は山のように本を持ちこんだ。解決策とまではいかなくても、せめて知りたいことの答えだけでも見つけたくて。入門書としてお勧めできるのは次の二冊。まずマーサ・テイラー・サーノとジョーン・ピーターズによる『失語症ハンドブック――脳卒中および脳損傷患者と家族のための手引(*The Aphasia Handbook: A Guide for Stroke and Brain Injury Survivors and Their Families*)』――全米失語症協会が推奨する必須の手引書だ。それからジョン・G・ライオンの『失語症への対応(*Coping with Aphasia*)』。これは患者と看護者の双方に向けた本で、失語症を起こすとどうなるかを時系列的に説明したものだ。さらに読むべきものとして、私はとくに役立つか、新しい発見に富む――あるいはそのどちらも兼ね備えた――書籍をリストアップした。

本によれば、失語症についての最初の記録は紀元前三世紀のエジプトのパピルスに残っているという。これはこれまでに見つかった最古の医療文書で、外傷外科手術の教科書だ。このパピルスに書かれた男性

は頭部を損傷し、鼻血を出し、「そして言葉を話さない。治療できない病気」だった。それでも古代の医師は、頭に軟膏を塗り、油分の多い液体を耳の穴に注ぐと有益な効果があると勧めている。ポールが聞いたら大喜びするだろう――『オシリスとお茶を（*Tea with Osiris*）』をはじめ、ポールは古代エジプトを舞台にした本を二冊書いている。この見通しの暗い不条理な場面を思いうかべてポールの楽しむ顔を想像し、私はひとりくすっと笑った。でもそれからはたと思いだし沈んだ気持ちになった。もう以前のように、こうした歴史のどれもポールと分かちあえないのだ。それにこの「彼は口がきけない」というヒエログリフ（象形文字）も。

　この三つのシンボルは、私には鳥とムチとテントに見える。以前なら、私はばかげた翻訳（「鳥を私にポンとはじけば、私は夢中で（インテントリー）あなたをムチ打つ」とか、『マルタの鷹』の予告編とか）をこしらえて、ポールに笑いながら披露し、ポールからいつものとんちの反撃を食らったことだろう。けれどポールはもうそんなゲームもできないのだ。何十年と言葉はポールの気晴らしであり慰めであり、ポールの心を虜にしてきた。いったいいま、ポールはどうやって時間を過ごせばいいのか。時間のほうがポールの前をただ過ぎていくかのようだ。たしかにポールにはいまのほうが前より毎日たっぷり時間があるが、ぼんやり過ごす時間だけで、言葉というゼンマイ仕掛けのオモチャもない。

　ポールの頭は言葉がすべて消された黒板のようだと思ったが、むしろ教室から締めだされたというほうが近いだろう。言葉はすべてなかにあり、おそらくごちゃ混ぜになっていて、かき集められて異星人の言葉ができあがる。ポールの脳は物事に正しい言葉を結びつけられず、自分の感じていることにぴったりの言葉を選べない。それでもたぶんポールには、頭のなかで言葉が絶えずぽたぽた滴り、言葉のシチューにぶくぶく溺れる音が聞こえるはずだ。

本によれば、失語症とは言葉を失うことではなく、回収上の問題、選別上の問題だという。言葉は次から次へと押しよせるが、もっぱら口から出るのは間違った言葉だけ。言葉を思いだすのには二つの段階があり、まず求めている言葉を正確につかまえ、つぎにその言葉を発するための音を探してとってくる。ただし神経細胞の連結が弱いため、前半部分、つまり言葉だけしかつかまらず、どうやって言えばいいかを思いだせないこともある。あるいは言葉の断片しか捕らえられないときも。私だってときどきこうした「のどまで出かかった言葉」を探すこともある。たいていその構造（文字の背が高いか低いか？　最初の音や終わりの音は？　多音節の言葉？）はわかっているが、言葉そのものが思いだせない。だからポールのいら立ちもよくわかる。ポールは自分が何を言いたいかわかっていて、脳の辞書も無傷なのに、表紙がのり付けされてぴたりと閉じたままなのだ。ポールの頭のなかにはまだ大人がちゃんといて、ただ配線が損傷し、連結部分がすり減っているだけだと、私は何度も自分に言い聞かせた。

デーナ基金（助成金・出版・教育を通して脳研究を支援する私的慈善基金）の友人にメールを出したところ脳卒中のスペシャリストを教えてくれたので、その医師に連絡をとるとすぐに返事があり、ポールのＭＲＩを見てくれるという。だがポールは心臓にペースメーカーが入っているので、ＭＲＩを受けるリスクは冒せない。チタン製のペースメーカーの設定が磁力で狂い、死に至る律動を誘発しかねないからだ。とはいえ、精密さでは劣るが、ＣＴ画像を送ることはできるだろう。私が訊けるのは予後だけだ。でも私はそれを本当に知りたいのだろうか。アン医師は賢明な忠告をしてくれた。「最悪の場合に備え、最善の場合を願いなさい」。病院で私が相談した心臓医や神経科医、そのほかの専門家たちが暗に伝えたところでは、ポールはもう本を書くことはできないし、話すことも理解することもどちらも大してできるようにはならないだろう、とのことだった。ポールの脳の損傷はあまりに広範囲に渡っていた。見通しは厳しかった。また別の専門家に同じことを言われたらどうするのか？　ポールに対する私の態度は変わってしまわないだろうか。ポールの限界がわかったら、私は希望を捨ててしまうのでは？　それでも訊いてみる？

はっきりしたことを必死で知ろうとして、かえって自分が迷宮に迷いこんだような気がした。道はどんどん狭くなり、垣根の向こうは何も見えない。少しでも刈りこめればいいのに。脳卒中のスペシャリストの予言がのどから手が出るほど欲しかったが、それで何かが変わるからではなく、ただ見通しが立てば、疑心暗鬼になりながら、情報がほとんどないなかで決断し、不安と戸惑いを覚えるいま、少しでも確信がもてると思ったからだ。私たちの未来も、私の人生も、いまほどゆきあたりばったりなものにならずにすむだろう。でも何もできることがないなら、ポールも私もこれ以上つらい神判を受けてどうなるというのか。

もし私が知らないまま、このはっきりしない状態を受け入れるなら、結果は誰にもわからないことになる。脳は足りないものがあっても間にあわせ、急場をしのぎ、配線をし直し、新たな目的のために隣人を駆りあつめることができる。死んだニューロンは再生できないかもしれないが、損傷したニューロンには可塑性があり、成長することも可能だ。健康なニューロンは新たな任務に就ける。人生の後半になってもニューロンは新しく誕生し、然るべき場所に移り住む。脳は資源豊かな囚人だ。その魔法も、その限界もまだ十分には探求されていない。シェイクスピアが『真夏の夜の夢』で見事に表現したように、「現実には在りもせぬ幻に、おのおの場と名を授ける」（『夏の夜の夢・あらし』福田恒存訳、新潮文庫）ことができるのだ。だから、いっそ何でも挑戦してみたらどうだろう？　新入りの細胞を召集できたなら――たとえゆっくりでも、涙ぐましい努力を要しても――そうだとしたら、同じ仕事をしてくれないだろうか。ひょっとしたら私はポールにばかげた期待をしているのかもしれない。でもポールにはポールならではの強みがある。七〇年ものあいだ言葉を巧みに操り、仕事をしてきたポールなら、そんじょそこらの人間より言葉にまつわる脳のネットワークを多くこしらえているはずだ。おまけにポールはとんでもなく負けず嫌いだ。結局、私はCTスキャンのデータを送らないことに決めた。知ればいっとき気が晴れても、正気を失う恐れだってある。そう自分に言い聞かせた。

私が拾いよみした本のなかにC・S・ルイスの『悲しみをみつめて（*A Grief Observed*）』（西村徹訳、新教出版）がある。これは魂の友ジョイが癌に臥したときにルイスが経験した試練と、彼女の死後に覚えた深い悲しみを、豊かに、緻密に、素直な心情をもって綴ったものだ。ルイスはこの散文に心の奥底の痛みをあまりに吐露したがゆえに、ペンネームでこれを出版した。私はこの本の多くに共感を覚えたが、とくにこの部分に目が留まった。「漠然とした、変調があるという、なにかしら狂いがあるという感じが、すみずみまでひろがっているからだ」。そう、本当にそんな感じなのだ。なにかが狂っているという漠然とした感覚。ルイスの悲しみのあまりの深さに私は心が揺さぶられた。ルイスは自分の経験を「狂おしい深夜の刻」と呼んだが、それでも狂気には至らなかった。ルイスの心は深い傷を前にして、その痛手から自らを守ることができた。痛みを和らげようと心を固くしたり、投げやりになったり、ただ呆然としたりせずに。瞬間瞬間に自らの感じることが、過ぎ去るか永遠に続くかわからぬまま、それでもルイスは、激しい怒り、自己憐憫、切望、傷心、冷笑といった、自身の変化する精神状態を存分に体験し、自分に何が起きているか考える力を失うことはなかった。それには勇気が要ったと思う。苦悩を、善かれ悪しかれ、存在の結果として意識しながら受け入れることには。

私は自分の声が変わっていることに気がついた。高くはずんだ声がいくらか消え、これまでになくしっかりしたうねりを帯びるようになった。語句は前より短く、ゆっくりと言い、口調は軽く飛びはねるものでなく、太く朴訥(ぼくとつ)としたものになった。いまでは言葉を一つひとつ切りだすように、輝く碧玉のかけらを差しだすかのように——形容詞をこれでもかと使ってわかりにくくせずに——ポールに向かって話しかける。ときおり不安が、胸郭に囚われた甲虫のようにざわざわとうごめいた。それでも私は、たとえ言葉では伝えられなくとも、私たちを結びつけ慰めてくれる、黙した愛情という心地よい温かな触れあいを慈しみ味わった。そして友人たちから寄せられる種々雑多な同情に耳を傾け、その顔にあからさまな悲しみや慈悲や哀れみが浮かぶのを見てとった。

この底知れぬ悲しみを抱え、私はこれからも希望をもって生きていけるのだろうか。紛れもなくルイスは私よりも勇気があった。宙ぶらりんのままに生き、本当の人生が戻ってくるのをひたすら待っていられたらどんなにいいか。でもこれがいまの私の本当の人生なのだ。人生とは予告なしに突然変化するもの。それも人のうらやむような変化とはかぎらない。これもまた生きるということの思いもよらない冒険の一つなのだ。風変わりなこの青い惑星で、壮大な夢をもつ、頭でっかちの二足動物として生きるということの。

「これもまた冒険」。私は幾度となく自分につぶやいた。「これもまた冒険」。マントラのようにくり返し声に出した。子どもだましに聞こえることもあったが、ときには悲しみに浸る心に染みわたる理解という香油にもなった。挫いた心を癒してくれる透明な塗り薬。希望のように、あるいは信仰のように。

偶然のいたずらか、ポールとC・S・ルイスはかつて文通していたことがあり、それはジョイがちょうど亡くなる頃のことだった。死は、火の消えかけた彼女の心を手早く始末した。彼女を看病していたルイスは、いったいどうやって手紙のやりとりをしたり、友人と会ったりできたのか。ポールが脳卒中になったことで、私と友人たちとの距離は大きく隔たることになるのだろうか。この途方もない悲しみを、どうしても親しい付きあいや仕事の場にもちこむことになってしまうからだ。たとえばある日、近所の直売所で友だち数人とぱったり会った。新鮮な地元の農産物や工芸品、エスニックフードの並ぶ棚の間をぶらついていればよくあることだ。

会う人ごとにまず訊かれるのは、「ポールはどう?」

以前なら、きまってこう訊かれたものだ。「ダイアン、元気にしてる?」

私の人間関係は変化するだろうし、それは意味のある変化であって、私のことを大切に思ってくれる人たちはいま起きていることを理解し相応に変わってくれるはず。そう願った。

地元の風景を撮る写真家の友人に、私はこう答えた。「ポールのことはちょっと忘れたいの。この話題は置いといて。あなた、いまどんな仕事してるの?」

だがポールの脳卒中は否が応でも私の言葉の端々に顔を出し、どんな話題もこのことに関係するかのようだった。私はどっぷりつかっていて、どんなに願ったところで頭から追いはらえない。精神的な痛みというだけでなく、まるで催眠術にでもかかったみたいで、払いおとせない強迫観念がくっきり歯形をつけている。

＊＊＊＊＊

病院に戻ると、ポールは肩を落とし悲しみに沈んでいた。

「しぬ」。ポールが厳かな口調で言った。

すでに気弱になっていた私はますます暗い気持ちになった。そのとき廊下でケリーの声が聞こえた。午前の言語療法に来たケリーを私は部屋に入る前につかまえて、ポールがひどく落ちこんでいて死にたいと言っている、とひそひそ声で注意した。

「今朝の調子はいかが?」ケリーはいかにも明るい声でポールに挨拶した。

ポールは肩をすくめた。慣れた手つきでケリーはポールのベッドを傾け、上半身を起こせるようにした。

「今日の言語療法の用意はいいかしら?」ケリーは何食わぬ顔でたずね、励ますように微笑んだ。

ポールはあきらめたようにこくりとうなずいた。ケリーには逆らえない。短く刈りあげたブロンドの髪に青い瞳をした小柄なケリーは、いかにもハイスクールのチアリーダーのようだ。陽気で溌剌としているが、その微笑みはいつも嘘偽りのないものに見えた。受けもつ患者の苦境を思えば、それは並大抵のことではない。ケリーは自分の患者が完全に回復すると期待しているわけではなかった。彼女の仕事はそういった類いものではない。ケリーの微笑みは、何か欠けたところのある人に献身する者、重度の脳卒中患者の治療に慣れた者の微笑みだった。ポールは、ケリーの落ちつきと専門家としての技能に敬意をもって応じていた。

合図をしたら母音の「ア」を発音するようケリーがポールに指示すると、ポールが言われた通りにできるのはケリーの指導を受けても五割だった。しかも初めに決まってためいきをついたりあくびをしたりする。ケリーは「エ」「イ」「オ」「ウ」を発音するには唇をどのような形にすればいいか、ポールに見本を見せた。幼い頃から私たちは顔のさまざまな筋肉を使って――舌を丸めたりひらひらさせたり、口をすぼめたり大きく開いたりして――片言を言い、人まねをし、筋肉全体を協調させるやり方を学習する。遊びながら、親たちの指導を受けつつ、何度もくり返し練習して、ようやく脳は言葉を声に出すには舌や口腔をいかに揃って動かすか無意識の記憶を徐々に蓄える。七五年も毎日使ってきたマリオネットも、糸を何本か失うことがある。不可能に思えても、それでもポールはもう一度アルファベットの発音の仕方を学び直さなければならないのだ。口をどんな形にして、舌をどこに向け、どんなふうに胸を膨らませるか。「誰(フー)」のような、フクロウの鳴き声みたいな短い言葉を言うのにも。

ケリーはポールにイエスかノーで答える簡単な質問をくり返し練習させたが、ポールの正解率はわずか五割だった(そのうちたまたま当たったのがいくつかは不明)。質問がしだいに難しくなると――「あなたはペンで文字を書きますか?」「あなたはトースターで文字を書きますか?」「コルクは水に沈みますか?」「石は水に沈みますか?」――ポールは答えるのに時間がかかるし、めったに正しい答えを見つけられない。つぎにケリーはポールに二枚の絵と一つの言葉を見せて、その言葉をゆっくり発音し、言葉に合った絵を指さすように言った。するとポールはまた五割しか正解しなかった。ポールは本当にイヌがどんなものかわからないの? コップを表す言葉をどうして思いつけないのか? それからケリーが部屋のなかにある物の名前を言ってポールにそれを指さすように言うと、これも当たっていたのは約五割だった。身体の部分についてはわずかに正解率が高く、ほかに比べて成績は目覚ましかった。左手を使って自分の名前を書くように言われると（右手は力が入らずペンが持てない）、ポールはかろうじて読める字で、P—A—U—Lと書いた。

「正解ですよ！」とケリー。

「それ本当に？」おもむろにポールが訊いた。いかにも驚いたという口ぶりだ。

いまの言葉、いったいどこから出てきたの？——私は不思議に思った。なんてすらすらとよどみない口調なの！

「ではウエストさん、こんどはあなたの名字を書いてください」

ポールは読める字でWと書いたが、そのあとの線はミミズのようにのたくって消えた。ケリーの顔にわずかに落胆の色が浮かぶのを見たポールは、マラソンの準備運動でもするかのように深呼吸を一回すると、何度かためらったすえに、ようやくしわがれ声でこう言った。「ご、ご……ごめん」

ケリーの午前中の記録にはポールの進歩が要約され、一〇パーセントの改善と反射的な発言二つが記録されたが、それでもやっぱり前と同じ旗印が並んだ。

重度の発語失行
発語器官失行
重度のブローカ失語症

リタリンを飲むことで午後の言語療法に集中できるようにはなったが、ポールはさらに興奮し、怒りっぽくなったようにも見えた。それとも午後の訓練のストレスやいらいらがポールをそんなふうにしたのか。あるいはただ疲れていただけか。理由はなんであれ、この状態は毎日のこととなり、そんなとき、私は何時間か部屋を離れ、夕暮れどきの、コウモリの大群が見られる時間までにはたいてい戻ってきた。コウモリたちが軒下から飛びだし、渦を巻きながら空にのぼっていくのを見ながら、午後の療法の試練が終わったことに感謝した。

第一〇章

家に戻って玄関のドアを開けると、一陣の風が吐息のように吹き抜ける。まるでこの家は人の心に反応するかのようだ。J・G・バラードのSF短編小説『ステラヴィスタの千の夢（*The Thousand Dreams of Stellavista*）』に出てくる家のように。この本に出てくる家は、その持ち主のノイローゼのせいでヒステリーを起こし、壁は不安で汗ばみ、持ち主が死ぬと階段が泣き叫ぶのだ。重たいドアを後ろ手に締めると、私は鍵をキッチンカウンターに放りなげた。チャリンという音が慣れない静寂を突きやぶる。

廊下をのろのろと進むと、何もかもがよそよそしく見える。奇妙な無秩序が私の書斎を支配していた。以前の私は定期的に書類をファイルにしまい、生け垣みたいにきちんと整理整頓していたものだ。ところがいまや絨毯には本が殺人現場のようにばたばた倒れ、机には散らばった請求書やコーヒーカップの隙間に未開封の手紙がどさりと積まれ、部屋は堆肥の山のように放置されたままだ。私の世界は内も外も散らかり放題。私の身体もほったらかしで、まるでなかに誰もいないかのよう。ささいなことの一つひとつが――化粧をしたり、着替えたり、髪を洗ったり――すでに耐えられない重荷にさらに大きな岩を積むかのように思える。あとほんの一粒でも足されたら、私はがらがらと崩れそうだ。食べるのも忘れ、どのみち冷蔵庫もスッカスカ。買い物する気力すらないのだから。へとへとになってベッドに倒れこみ、ふと不安になり目覚めると、ポールがいるはずの隣は空っぽで、ポールの書斎も奇妙に静まりかえっている。ときおり私は種々様々な悲しみを感じる。喪失の予感やうずくような不安の詰まった一組のタロットカードのようだ。ここ何年かで私は多くの人を失った。父に母、おじ、おば、いとこもみんな亡くなった。晩年の母は、子どもの頃の自分を知っている人が誰もいなくなったとよく嘆いていたが、母の感じた怯えが私にもわかるようになってきた。これ以上何かを失うことに自分が耐えられる自信がない。人は、心の発作、心配という発作にいとも簡単に屈してしまう。

自分の書斎の出窓にくると、詩人の私が暗がりから抜けだし、私は彼女の目、子ども時代の自分の目から外を見る。友だちのジーンが縫ってくれた心地よい星模様のキルトをたぐり寄せ、私は、鉱物の大地からそよとの風もない青空へと橋をかけるマグノリアの木を眺めた。幹はアイロンのかかっていないリネンのようだ。ミソサザイが二羽、パゴダ風の巣箱に入ろうとして、タイミングが合わず、何度かぶつかり、ようやくなかに飛びこむと、すぐにヒナたちの小さな鳴き声が聞こえてくる。アカリスが高枝の上の砦にクログルミの実を運んでくると、毛むくじゃらのマンモスの皮をはぐかのように分厚い殻を割りにかかる。

セミの金属的ないびき音が鳴ってはとまり鳴ってはとまり。一匹のハエが網戸にはりつきダンスを踊る。だ。西欧では人の平均寿命は八〇歳、もしくは二五億秒。だからポールは人間の基準からすればもう年寄りだ。それでも窓ガラスを叩くハエと比べれば相当の長老だが、カリフォルニア州東部のホワイト山脈に生える樹齢四八四一年のパインの木「メトシェラ」や、二〇〇歳かそこらのオオメヌケ〔魚〕、ホッキョククジラ、コイやカメに比べたらまだまだ青二才。それにクラゲにはまさしく不死の種もいて、最初はポリープから性的に成熟し、歳をとって衰弱すると、ふたたびポリープに戻ってまた成熟する——これを永遠にくり返すのだ。ポールのアングロサクソンの祖先は三〇歳か四〇歳までしか生きられなかった〔おもに病気が原因で。治るか死ぬかどっちかだから〕。ポールはもっと長生きしているが、それはペースメーカー〔これがあればポールの父親の寿命も延びただろう〕と血圧や糖尿の薬などの医学的介入の賜物なのだ。

夕刻の空の景色を眺めながら、ジョゼフ・キャンベル〔アメリカの神話学者〕が自ら感じた「光という立派な〔自然の〕贈り物にたいするある種のやさしさであり、目にみえるようになったさまざまな事物にたいする感謝の念」〔『千の顔をもつ英雄』平田武晴・浅輪幸夫監訳、人文書院〕というものを私もいくらか感じていた。私はいま、かつてないほど、この静かで変わらぬ籠り場を必要としていた。自然のなかで我を忘れることは、真の気付け薬になる。そこはいつも私にとって、不安が休暇をとり、足もとに揺るぎない大地を感じられる場所。しばらくして窓辺を離れ裏庭に足を踏みいれると、私はそぞろ歩きながら、頭を空っぽにし、かわりに夕露や急ぎ足で迫る影、地平線に低くたなびくピンクや紫の乱舞、そして静かに猛る黄金の太陽で満たした。それはいつもそこにあった。私が昨日あとにしたその場所に、いつもちょうどそのそのときに。それがどんなにほっとすることか。

驚きをもって素直な心で、この瞬間に浸ることで、私は元気をとり戻す。自然を眺めるのは、ある種の祈りにもなる。明瞭に生き生きと何かに注意を向けることで外の世界を遠ざける方法。それにより辺縁系の苦悩する扁桃(アーモンド)を鎮め、脳にしばしの休暇を与えることができる。太陽の光り輝く景色が私のいつもの思考をストップさせ、私はただ、つかの間夏の果実に囲まれていた。こんなふうにいつも自然のなかで忘我の気分に浸れるとは限らないが、そうできたときはかならず力がみなぎり勇気がわいた。

夕食後に病院に戻ると、ポールは起きてはいたがベッドに横になり、額にしわを寄せふさぎ込んだ顔をしている。最近よく見る顔。やっぱりまだうつ状態にあるのかもしれない。私は窓を背にして、ポールの右脇の椅子に座った。赤いオレンジ色の夕日が空に縞を描いている。「きれいな夕焼けね」。その色をぼかす一片の靄もない。これほど限りなく透明で単純なものなど、私の人生にはもうないように思えた。逆光で私の顔はポールにはよく見えない。ポールはまるで子どものように不安そうに見えた。

「こ、こ、こわい」。ポールがだしぬけに言った。

「こわいの？」と私が訊く。

ポールはこくりとうなずいた。

「何がこわいの？」

「めむ、めむ、きみが、めむ、めむ、いっちゃう。し、し、しかたない」。ポールはしどろもどろで言った。それでもこんなに長く話したのは初めてだ。

ポールの悲しみとは裏腹に私は胸を躍らせた。このささやかな進歩が嬉しくて。

私の顔がポールによく見えるようベッドの反対側に回ると、私はポールを抱きしめた。ポールは私の話す言葉を全部はわからないが、一種の読唇術のように、私の伝えたいことを昔ながらのスキルを使って読みとることができる。

「あなたを置いていったりしないわ」。ポールの額をなでて安心させた。「こんなことがあなたに、というか私たちに起きなきゃよかったって思うけど、でもいまだってあなたは私の大切な人で、私はあなたを愛してる。だからあなたを捨てたりなんかしない。心配は要らないの」

ポールはかすかにうなずき、ほっとした目をした。理解したのだ。私の言葉を信じたかはわからないけれど。私だって自分の言葉を信じているかどうか。この先に何が待っているかなんて誰にもわからない。ドロシー・パーカー〔米国のウィットに富んだ作家で詩人、批評家〕の言葉を思いだして、私はひとりくすっと笑った。「さておつぎはどんな地獄かしら？〔電話口や自宅訪問者への挨拶がわりに使う〕」。笑うのは気持ちい い。たとえ心のなかだけで、しかもちょっとブラックな笑いでも。それにポールと一度くらいは一緒にジョークを楽しめなくても。

＊＊＊＊＊

病院での五週間は、マンホールの穴から地球の中心に真っ逆さまに落ちていくように過ぎた。いったい病院で私は何をしていたというのだろう？　ただポールのそばにいて、眠って、見守って、苦悩して、警戒して過ごしただけ。言語療法と理学療法を受けてポールは憔悴し、一日の大半を眠って過ごした。不安を抱え、目を光らせ、ポールを理解しようと努力して私もまた憔悴し、しじゅう居眠りをした。待っている時間はゆっくり流れるというけれど、あっという間に過ぎたりもするのだろうか。来る日も来る日も毎時間が、予測のつかない混乱する新たな日課に吸いこまれるのだから無理もない。時間はいつもより伸縮自在になった――一分が何年にも広がったかと思うと、一日がふいにパチンと閉じる。

脳の温度が下がり、腫れがおさまってくるにつれ、ポールの発話と理解はやや改善したが、それでもまだ相手の言うことがよくわからず、話すのはもっぱら「めむ、めむ、めむ」が混じった支離滅裂な言葉だった。

ケリーがいつもの朝食時の訓練にやってくると、ポールはとてもわかりやすい身振りで歓迎する。まず、おいでおいでと手を丸めて招き入れ、それから手をさっと翻し、椅子をどうぞと勧める。

固いプラスチックの朝食用トレイには、使って色あせた濃紺のラバーマグと、分厚い砂色のプラスチックの皿とボウルがのっている。朝食はポリッジ〔オートミールなどの穀物のひき割りを水やミルクで煮た粥〕と、とろみのついたオレンジジュースと、とろみのついたココア。ピカピカ光るプラスチックの器にとろとろのプリンも入っている。ポールはとろみのついた液体が苦手で、そのことをケリーに伝えるのに、片手でしっしっと払いのけるふりをした。そこでケリーはもう一度、液体にとろみをつけるのは重要であること、脳卒中のせいで物を飲みこむ筋肉が働かないことを説明した。ポールはカップからとろみのついたオレンジジュースを飲もうとしたが、流れてこないのがわかって、さもうんざりだというしぐさをした。スプーンを使ってみたら、とケリーがポールに勧める。そもそもスプーンでしか食べられないものが液体と言えるのか？　言えないだろうと私は思うし、ポールも明らかに同感だった。

「どんなお仕事をなさってたんですか？」とケリーが訊いた。

彼女が過去形を使ったので、私はぎくっとした。

ポールは朝食をとる手をとめ、何度か出だしでつまずいたあげく、ようやく片手を宙でくるりと回しながら、くぐもった声で答えた。「ほん」

「まあすてき。ご自分で書かれた本の名前を言えますか?」

ポールはたじろぎながらも、必死で言葉を繋げようとしたが、何度も何度もつまずいては言葉を見失うかのようで、まるで断崖から落っこちて、意味不明の音のがらくたに突っこんだみたいだった。支離滅裂な言葉がだらだらと続き、ポールはますますいら立った。

ポールはそれでも踏ん張り、奇しくも元大学教授を名のるペテン師のように、肩をいからせケリーをじっと見すえた。ケリーもポールをまじまじと観察した。私は息をのんで、出てくる言葉を待った。ポールは気持ちを集中し、息を吸って、口を開くと、「めむ、めむ、めむ、か、かふん、ぐぐ、めむ、めむ、か、かふん、めむ」。それから、さらに長い支離滅裂の言葉のかたまりが続いた。

「ぼくはにんげんだ!」いきなりポールが叫んだ。私ははっと息をのんだ。これは二人で観た映画『エレファント・マン』の台詞をもじったものだ。一九世紀に実在した極度の奇形の男性を取りあげた映画で、当初は口がきけなかった主人公が、訓練を受け言葉を話せるようになる。ある場面で、怒り狂った群衆に追いつめられた男性はこう叫ぶ。「ぼくは動物じゃない! ぼくは人間だ!」ほかの脳卒中患者も自分のことを怪物のように感じているのだろうか? そう感じる人もなかにはいるにちがいない。脳卒中前の人生がどんなものであれ、ふつうの人にまた戻れることを待ち望むはずだ。私もポールにそれだけを望んでいた。話すと舌がクマ用の罠に挟まれたみたいにならずに。心に南京錠が掛かったみたいにならずに。

「ゆっくり深呼吸して、もう一度やってみて」とケリーがさらに促した。「鍵になりそうな言葉を使って。

ゆっくり話してみてください」

何回か挑戦し、「めむ、めむ、めむ」がひとしきり続いたあと、ポールはやっとのことで四つの言葉を、間を置きながらも引っぱりだした。「かふん……やどる……はな……ばしょ」。ポールはぐったりとクッションにもたれると、ためいきをついた。これが精いっぱいだった。ポールはこう言いたかったのだ。『花粉が宿る花の場所（*The Place in Flowers Where Pollen Rest*）』。ホピ族の祖霊カチーナの彫師についてポールが書いた小説だ。わかったけれど私は黙っていた。それから数年後、パリのガリマール出版社がこの小説のフランス語版を出版して広く評価されることになるのだが、いまこの時点では、ポールは自分で書いたこの作品のタイトルさえ発音できなかった。

それでも私はわきに座ってただ何もせず見ていたわけでない。黙って声援を送り、正しい答えを頭のなかでつぶやいていた――きっと親は子どもが学ぶようすをこんなふうに見守るのかしら。仕方のないことだが、夫婦のどちらかが深刻な病気になり、自分で何もできなくなって、相手にひっきりなしに要求ばかりしてくると、二人の関係は大きく変わる。私は自分がようやく大人になった気がした。その前の晩、ポールは泣きながら胎児のように身体を丸めたので、私は彼の首のあたりに頭をのせ、やさしく揺すりながら、こうささやいた。「おやすみ、ぼうや、心配しないでだいじょうぶ」。「ウィンケンとブリンケンとノッド」の童謡をポールに歌ってやると、ポールはようやく親の腕に抱えられ地上の喧騒から守られ安心しきった子どものようになった。炎からかばうように私はポールの体を抱えこんだ。彼の小さな命は私にかかっている。とうとうポールは深い寝息を立てて眠りの淵をさまよい、その間、私の警戒の探照灯は暗闇に円を照らした。

あとから知ったのだが、ポールはそのときまったく違うふうに感じていた。「いま彼女が抱いているのは、かつてはクリケット場で恐れられた、見た目だけが大人の赤ん坊。彼女の青ざめた、奇形の赤ん坊、無防備な被保護児。かつては年寄りだったのに若返り、不運で、人に世話ばかり焼かせ、それゆえひどく哀れみを誘い、やがては殺され埋められて、墓石もなく、ひょっとしたら墓荒らしに掘りだされ、見世物にすべく連れさられるのだ」

ポールがこうした不安定な状態のときに母親のように接するのは、ごく当然の看護のしかたに思えた。でもポールにとってそれは屈辱的なことだった。自分の面倒を自分でみられない人間になったのだから。ポールからすれば、自分の知っていた自分はすでに死んで埋められ、残された私が怪物の世話をしているというわけだ。ポールは哀れな怪物の自分が嫌でたまらなくなっていた。そして私も同じように嫌悪を感じているにちがいないと思っていたのだ。

ポールがそんなことを考えている、あるいはそんなことを考えられるなどと当時は思ってもみなかった。いま起きていることさえほとんどわかっていないように見えたのに。ポールの動物的な自己は、苦しみながらも私の看護を受けいれた。けれども苦しむ自分を観察するもうひとりの自己は、私がポールをもう二度と尊敬することなどないと思っていた。だがそんなことはいっさい私の頭をよぎらなかった。あえて知ろうとも思わなかったが。そんなことを知って看護を続けるなど誰にもできやしない。ちっとも感謝されず理不尽に感じて逃げだしてしまうだろう。

でも当時の私は一喜一憂しながらポールの傍らに座り、心のなかでポールと一緒に困難を乗りこえ、ポールの成功を必死に祈り、静かに声援を送っていた。

「すてきな題のご本ですね」とケリーは言った。「いつか読ませてくださいね」

「きみ……すき？」ふいにポールがたずねた。答えを待つように、ケリーに向かってあごを突きだしている。

「ええ、私、イラン人に追っかけられてる著者の本も買ったんですよ」

「サ、サル、マン……ラシュディ」。得意げにポールは言うと、胸を張って少年みたいににかっと笑った。

この正解にびっくりして、私たちは皆、声をあげて笑った。

それから四〇分後、ポールは疲れて横になり、ケリーは廊下で待っていたアン医師と私のもとに来ると、ポールの進歩について三人で話しあった。最悪の場合に備え、最善の場合を願いなさい――希望のバロメータはちょっぴり上がり、ようやく空気が軽く感じられた。どんなに小さな進歩でもそれはありがたく、喜ばしいものだった。このぶんならもっとよくなる可能性もあるのではないか？　またもとのように完璧に話せるようにはならなくても、また筆をとることはできなくても、たとえすぐに頭が混乱してしまうとしても、何はともあれポールは残された日々を、「めむ、めむ、めむ、めむ」とばかりわめきながら過ごす運命を免れたのだ。

第一一章

六月も終わりのある晴れた朝、部屋に入ると、ポールが私を待ってベッドの縁に腰かけ、なんだか興奮してそわそわしている。この顔には見覚えがあった。ポールは列車を待つ教授みたいにちょこんと座り、病院着を着ているが、私の目には蝶ネクタイにツィードのジャケット姿のポールが見えた気がした。

「きみ……お、おどろく」。ポールが口を開いた。

「私が驚くって？」

得意げに微笑むと、ポールは背筋を伸ばし、顎を上げ、ゆっくりと深呼吸をしてから、こう宣言した。

「ぼくはおいしいコーヒーをはなす！」

「おいしいコーヒーを話す？」正直、ちょっととまどった。

ポールはうなずいた。「ぼくはおいしいコーヒーをはなす」またくり返す。

「コーヒー？」わたしの眉がチューダー式アーチみたいにつり上がり、こう合図した。それちゃんと合ってる？——コーヒーで？

「ちがった」とポールは笑いながら言った。「ぼくはじょうずに英語をはなす！」そして、その通りだった。

「えらいちがいだ！」ポールはもっともらしく言った。一夜にしてポールはたしかに進歩した。自分で気付いているよりもはるかに。脳卒中以降、こんなに興奮して、希望に満ちて、流暢に話すポールを見るのは初めてだ。

「あなた、しゃべってるじゃないの！」私は夢中になって叫んだ。「すごいわ！」私たちは手をとって、しっかり握りあった。それから少しのあいだ、二人で、というよりポールがひとりで話をした。ほとんど普段と変わらずに、言葉は素直にすんなりと、ゆっくり流れでてきた。まるで泉の水のように爽やかに。

ケリーがいつもの時間通りに部屋に来たので、私はにこにこ顔で報告した。「ポールには今朝、あなたを驚かせることがあるの——前よりずっと上手に話せるのよ」

ところがケリーがポールに挨拶すると、ポールは照れたのか貝のように押し黙った。失語症が厄介なのは、話せと言われて話すのが難しいことだ。自分で気付く前に、とっさに自然な返事（「それ本当に？」）が口をついたら、失語症は引っこみ、はるかに楽にすらすら言葉が出てくる。

ケリーがポールを三〇分の言語療法と再度の嚥下検査のために連れていったので、私は部屋にひとり残り、帳簿の遅れをとり戻そうとポールの小切手帳や請求書を処理していた。ポールはいつも家計費の半分しか記録をつけていなかったので、この混乱のさなかに私は未払いの請求書をすべて見つけだし、ちゃんと清算しなければならなかった。窓辺に座っていた私は、湖上の雲が思いのままに形を変え、つかの間見覚えのある姿になるのをふと眺めた——電車、ラクダ、長い角のレイヨウ——これは私の脳の通訳係が確認作業を続けているからだ。ポールの脳でもまだこれは起きているのだろうか？　それとも通訳係も傷を負いそんな余裕もないだろうか。

ポールの口から文章の切れ端がたくさん出てくることも多くなったが、それでもポールはひどくいら立ち、不満げだった。自分の名前を書くと、ブロック体の大文字で書いたときだけは判読できる。それでも私はほっとした。この四文字を書くことで、ポールが自分自身の小さなかけらをとり戻したように思えたから。P—A—U—L、それはポールの細胞内でコード化された螺旋のフォントにも見える。あるいは明るい気分になるH—O—P—Eの四文字。さらに言語療法の最中に、ケリーから自分について何か話すよう言われたポールは、しばらく考え、さびついた古い機械をためすかのように口を大きく開けると、ようやくこう言った。「たくさんのほん……ぼくら……フ、フロリダ……いく……一四……いや、一四〇……

いや、一四……いや、四かげつ」。そして「およぐ」。それからこの完璧とはほど遠い答えに、やれやれと首を横に振った。

朝食のときに、スクランブルエッグが気管に入ってポールは激しく咳こみ、胃がまるごと飛びでるかのようにゲーゲー吐いた。それから、わずかにとろみをつけた牛乳をコップから飲むと、長くまとわりつくような咳をしたので、私はぎくっとした。ポールは恐怖に怯えた顔になった。だがケリーは動じず、ポールに前屈みになり横隔膜から深く咳をするやり方を教えると、ポールは気管から牛乳を吐きだし、白い液体が毒蛇のように周囲に飛び散った。それからケリーは時間をかけて、物を飲みこむ際の危険について——またもう一度——説明した。なぜ食事のときに背中をまっすぐにして座らなければいけないか。なぜ口のなかの食べ物を飲みこんでからでないと、つぎのひと口を口に入れてはいけないか。なぜ飲み物にとろみをつける必要があるのか。ケリーはポールに、食べ物を飲みこんだあとに舌を動かし、麻痺した口の端に食べ物が残らないよう掃除することを教えた。耳にたこができるほど教わったはずだが、真面目な顔でうなずくポールはまるで初めて聞いたといわんばかりの様子で、ポールの脳が短期記憶にどれほど問題を抱えているかがうかがえた。

長期記憶にもまた別の意味で厄介な問題があった。脳が長期記憶を蓄積するにはしばらく時間がかかり——ときには数日も——そのうえポールの傷ついた脳は記憶保存作業にまだ完全には復帰していなかったから、おそらくこの入院期間のことをポールはまったく覚えていない可能性がある。覚えているのは私だけかもしれない。そう思うとどきりとした。誰かの心の傷を記憶しておかなければならないなんて初めてのことだった——胸えぐられる思いで自分のことのように体験するばかりか、あとでポールから自分に何が起きたか訊かれたときに再現しなければならないのだ。ポールはきっと訊いてくるにちがいない。まるでポールの高次脳機能（意思決定、解釈、記憶保存）を自分がいくらか引きついでいるみたいな不思議な気がした。心の重荷を肩代わりし、それを自分の分に足しているかのようだ。一つの脳が二つの脳の面倒をみているのだ。

でもそれもべつだん珍しいことではない。私たちの脳は、じつはいつもさまざまな機能を他者——教師やベビーシッター、医師や警官、農夫など——に割りふっている。それにきわめて重要な仕事も瑣末な仕事も日々、配偶者に譲りわたしている。「税金のことは頼むよ、ぼくはローンの申請をなんとかするから」「食料品の買い出しはまかせるわ、私がネコを獣医に連れていくから」「庭の手入れをしてくれたら、ぼくが芝刈りと雪かきをするよ」といった具合に。私はいつだってフロリダへの旅行を手配し、家を切り盛りし、職人を雇う係だった。いつも助けてくれるのは手書きやパソコンで作ったリスト。脳の外で情報を保存できる、この便利でユニークな人間の才能はありがたい。だが、そのせいで規模もストレスも桁違いに大きくなった。私は自分の生活の詳細をほとんど覚えていられないし、自分の運命ですら責任がもてない。このことは「介護者のストレス」にどれだけ影響するだろう。脳がそもそも処理できる量を超えた実務仕事を山ほど課すことで。

指先もお腹もつま先もずきずき痛んだ。でもポールのほうがどんなにか苦しいことだろう。私なら耐えられるだろうか。ゴミ箱をひっくり返したみたいに間違った言葉が散乱し、胸の心臓は風車みたいに乱れて回り、手足は古びた納屋の張板のようにくたびれ、口のなかにはシック・イットのカスが残り、感覚はびっくりハウスの鏡みたいに当てにならず、安心して食べ物も飲みこめず、ひとりで着替えもできず、家から何光年も離れた騒々しい城に幽閉され、鍵も手がかりもなく、見知らぬ人間にちくちく刺され、絶望的なまでに退屈し、しかも口を開くたびに鬼のような警官たちに責めたてられ言いたいことの一つも言えないなんて。しかも自分が何をどんなふうに言ったところで——自分から見れば、力強い、筋の通った、昔ながらの切れのある口調で——誰にもわかってもらえないとしたら？

たった一日ですらポールの身代わりになるなど想像もできない。まして数週間なら……あるいは一生なら？　なんと恐ろしや、これが一生続くとしたら。そんなに長いこと、この底なしの沼で私は浮かんでいられるだろうか。たぶん無理だ。でも先回りして考えちゃだめ。口に出しちゃだめ。そう思って私は呼吸を整えた。ポールを落ちつかせるには、まず自分が落ちつかなくては。

ケリーが帰ると、ポールはひどく悲しげに、ほぼ原型をとどめない格言を私にたれた。「ことばの男は、もしかしたらぼくが聞くとき見えるものにはふさわしくない」

「いまはそうかもしれないけど」。私は言った。「続けるのよ。あなたはとにかく話してるんだから。それがいちばん大事なのよ……ずいぶんと疲れたでしょう。ちょっと昼寝でもしたらどう？」

ポールが眠っているあいだ、私は目をしょぼしょぼさせながら食堂に下りていった。広い部屋には肉や魚料理に総菜、サラダバーにスープバー、テイクアウトできる冷蔵の軽食が並んでいる。その向こうはダイニングルームになっていて、光沢のある木のテーブルが並び、たくさんの窓がある。今日は朝から緊張することばかりで、もう神経がぼろぼろだった。私には息抜きが必要だ。余計なことを考えずに、現実をもう一度、もっと破滅的でない見方で見つめることに集中できる心穏やかな時間。私は自分の心が漂いだすのを感じていた。ナチュラリストの私が陰から飛びだし、心地よい情景を探しにいく。階下の駐車場で陽射しを浴びて輝く色とりどりの金属の甲羅、心ここにあらずといった人たちがそぞろ入る正面玄関、こぽこぽと満足げに流れる小川のわきの、緑に覆われた丘とベンチ、それから食堂に座る人たち。こんどは上に目がいった。広々としたアーチが連なり、たくさんの円形照明がはめこまれた天井は、さながら星々の連なる銀河のよう。意図したものというより、夜空にならうかのように抽象的で、脳が幼い頃から読み解き、時間を知る術とし、世界を航海する標（しるべ）としてきた見慣れた光景だ。私は思わずにっこりした。病院の食堂でさえ、人は自然を呼びこみ、その形に包まれずにはおれないのだ。心地よいかすかな音楽があたりに漂う。騒々しくて邪魔になるような、あるいは脳があれこれ悩むほど聞きとれる音ではない。なぜ人は音でその場を満たす必要があるのだろうか。ひょっとすると、人は自然の環境音が聞こえるほうが心の奥底でほっとできるのかもしれない。私の心をポールと、ポールの病気から遠く引きはなしてくれるこうした非日常的な思考は嬉しかった。自分の世界の固い大地がひび割れていくとき、私には小休止がますます必要になっていた。そしてその機会は、そのすぐあとにもやってきた。

　エレベーターに乗ると、ボランティアの女性が車輪のついた小さな木製の本箱を押して入ってきた。本の題をちらりと見ると、いかにも気ままな読書向けの本。おもしろい本や暇つぶしに読める本を探して手にとったら、どれも最後まで読まずにおれないものばかり。いちばん下の段には、色鮮やかなきらきらした表紙の薄手の児童書がぎっしり詰まっている。ふとなつかしい気持ちになり、その瞬間、私の心は長らく休眠していたシナプスや記憶の小道を飛ぶように抜け、ここ何十年と思いだすこともなかったものに行き着いた――移動図書館。私が七歳のとき、イリノイ州郊外のわが家からほんの二ブロック先にそれはとまっていた。車輪のついたアラジンの洞窟。見た目はごく普通のトレーラーかバスのようだが、なかに入ると壁いっぱいに並んだ本がまぶしく輝き、木屑や銀磨きや埃の匂いがし、さながら本物の図書館のようだった。光沢のある頑丈な木棚にカード目録、高い棚から本をとるための移動式階段もある。階段にのぼっても三フィート高くなるだけで、どのみち私には届かなかったが。ただし、子どもの本はいちばん下の段にあるので、私は絨毯に座りこんで、いつも五、六冊選んだものだ。

エレベーターがとまり、車椅子の患者がゆっくりドアから出るのを待ちながら、現実の世界に戻るまで、しばし私は思い出に浸っていた。思いだすのは「ワールド・トラベラー」と呼ばれる、二〇×三〇センチメートルのクリーム色の厚紙にスーツケースのイラストが描かれたもので、これを私は初めて本を借りた日にもらった。それから毎週、自分のスーツケースに貼る新しい切手シールをもらって帰った。田舎道を走るピンクの移動図書館のシールから始まって、ノルウェー、インド、南米、アフリカ、スペイン、オランダ、ソ連、スウェーデン、それからスコットランド。旅の途中のどこかで「優秀読書賞」と書かれた青いサテンのリボンをもらい鼻高々になり、それを図書館の人がスーツケースに仰々しく留めてくれた。私のお気に入りは、この病院の移動本棚の下段にあった本と同じ、金の背表紙の小ぶりの本で、ページを開くとサンタがそりに乗って空を渡り、ピノキオがダンスを踊った。私の本好きの原点はここにある。あの車輪のついた小さな王国に。つかの間エレベーターでその幻と乗りあわせたことで、私は遠く彼方に運ばれた気分になった。なんて心地よい時空旅行。プルーストの場合はマドレーヌ、私の場合は車輪のついた本棚だった〔プルーストの小説『失われた時を求めて』の主人公は、ひとかけらのマドレーヌを口にしたとたん幼少期に休暇を過ごした町の記憶が甦る〕。

エレベーターのドアが再び開いて、本のワゴンがゴロゴロと出ていくと、私も一瞬ついていきたい誘惑にかられた。あの小説の数々は、現実逃避したい愛書家にとってはハメルーンの笛吹きだ。けれども私は反対を向いて、ポールの部屋にしぶしぶ歩いていった。

ポールはすでに目を覚ましていた。髪はくしゃくしゃで、目の前に置かれた昼食にほとんど手をつけていない。まるで移動図書館の冒険小説から抜けだした野生児のようだ。いままでどこにいたかを説明する間もなく、ケリーが午後の言語療法の訓練をしにさっと部屋に入ってきたので、私は部屋の隅っこのいつもの椅子に腰かけた。窓辺の、ポールからかなり右の位置で、ポールからは見えない場所だ。

「午後の気分はいかがですか?」ケリーがポールにたずねた。

「耳のなかにただ塵(ちり)の立ちのぼる気分」とポールは答えた。「今朝はこんなじゃなかった」。ケリーは一瞬とまどい、それからクリップボードに書き留めた。

この「耳のなかにただ塵の立ちのぼる」が、自然に生まれた詩の一節みたいで私は気に入った。人間についての聖書の記述みたいな響き。でもポールが何を言っているのかはわかる。

「耳のなかがちくちくするの?」と私が訊いた。「それはちょっと前から?」

ポールは私のほうを向いて、そうだとうなずいた。

ケリーによれば、それはよい徴候だという。麻痺した類の感覚が戻ってきている可能性がある。指が曲がっていて字を書くのが困難なため、ケリーはポールの前に大きなノートパソコンを置くと、自分の名を打ってみるようにと言った。ケリーの説明によれば、失語症者のなかには自分の言いたいことをタイプで打って、自分のかわりにパソコンに語らせる人もいるという。だがポールはひどく困惑したふうだった。まるで自分をハエに変身させ、ブラックホールに放りこむＳＦ小説のなかの機械でも眺めているかのようだ。ケリーはPを指さしてポールにこの文字からはじめるよう促した。ポールがタイプしたのはPPPPPUUUUUFFFFFF WWWWWES。同じ文字がくり返されるのは、ポールがキーを長く押しすぎたから。そのうえ綴りを思いだすのにも、正しいキーをキーボードから探しだすのにも苦労した（右側の文字が見えていないため）。

「速足だとうまくいかない」。ポールは浮かぬ顔でそう言うと、この奇妙な機械をわきに押しやった。憂うつな気分は変わらなかったが、それから数日かけて、ポールの発話と理解はゆっくりと改善していった。訓練のたびにケリーはポールに絵を見せ、その絵について説明するよう指示した。ところがポールが何か理解できる言葉を発するときは、往々にして一風変わったおもしろい答えを口にする。「赤茶色」のことを「朽葉色」、森のことを「荘厳な戦場」。ただしあいかわらず文字がひっくり返り、「セイルド・アウェイ」は「セルド・アウトウェイ」になり、「イグルー」は「レガロ」になった。それでも、じつにわかりやすい短い語句をいくつも言った。「膨れてはいないようだ（麻痺した自分の唇のことを）」「まったく役に立たない」「一学期もしくは一五年」、「ぼくは話せない」など。ところが絵を見せて説明するように言うと、まずほとんど返事が返ってこない。イエスかノーかで答える質問のほうがはるかによくできる。それは私にとってひどくショックなことだった。言葉の鍛冶屋はいったいどうしちゃったの？　かつてのポールの尽きることのない想像の泉は跡形もなく消えてしまったの？

ケリーはポールにリンゴの絵を見せた。「この絵を説明してください」

ポールは目を皿のようにして絵を見つめ、記憶を振って出すかのように首をかしげるも、黙ったままだ。

ケリーがゆっくりとたずねた。「リンゴは何色？」

ポールは答えない。

「青かしら？」ケリーが訊く。

ポールはちょっと考えてから「ノー」

「オレンジ色？」

「ノー」

「赤かしら？」

「イエス」

「よくできました！　では次に、どんな形をしてますか？」

ポールはまた黙っている。

「四角かしら？」

「ノー」

「長い？」

「ノー」

「丸い？」

「イエス！」

「よくできました。では次に、あなたはリンゴをどうしますか？」

ポールは嫌な匂いをかいだみたいに鼻をぴくっと動かした。ポールは果物が大の苦手なのだ。

「なにもしない！」ポールはぶるっと身震いしながら答えた。

リンゴは食べるものだ、とケリーは説明した。ポールはがっかりしたようすだった。けれど私は、昔のポールがちらりと覗いたみたいで嬉しかった。ポールはジョークを言ったのだ。ごく個人的なもので、ケリーには通じないし、ポールは説明する言葉ももたないけれど。

ポールの顔に悲しみが広がり、問いかけるような目で私を見た。

以前ならあんなに簡単に答えていたのに。リンゴで何をする？――食べるほかに？　愉快な答えが流れるように出てきたのに。半分に切って絵の具につけて壁にポンと押す。シナモンとクローヴを詰めて匂い玉にしてクローゼットに吊るす。テニスをする。中味を削ってハロウィンのおばけをつくる。ミツバチの巣箱にする……。

私は口をきゅっと結んで眉を上げ、ポールに微笑み、こっくりうなずいた。こう伝えたかった――私にはわかってる、だから続けて、その調子よ。

ポールの顔が少しばかり緩み、カードに視線を戻した。

ケリーが次にポールに見せたのは、スーツ姿の男性が公園を歩いている絵。ケリーが言った。「絵のなかの人物について説明してください」

長い沈黙のあと、ポールが答えた。「権威主義者（オーソリタリアン）」

ケリーは眉根にしわを寄せ、唇を開いてかすかに笑みを浮かべた。患者というのは、高尚な多音節の単語を答えたりはしないものだが。ケリーはただこう答えただけだった。「よくできました。では次は？」

続く二枚の絵のなかの人物から、またもひと言だけの答えが飛びだした。「平民（プレビアン）」そして「素人っぽい（アマチューリッシュ）」

ポールは、絵のなかの人物が何をしているかではなく、その人物の顔を見ているようだった。ひょっとしたら顔の表情を読みとるのは、もっぱら右の大脳半球の仕事だからかもしれない。

脳卒中が猛威を振るったとき、ポールの左角回が傷を受けたが、この部分を損傷すると、通常、「名称失語症」になり、言葉を見つけたり物の名前を言ったり絵を説明したりするのが困難になる。カテゴリーという概念が頭のなかからするりと抜けおちる。視覚皮質と言語中枢の連絡が損傷によって断たれると、患者はポールのように、単語を見ても、その単語に関する情報を提示することも、その単語に伴う音を召集することもできない。読むことも書くことも破綻する。だが、そもそも脳はこうした能力を必要としないのだ。話し言葉はいわば太古の熱病で、ざっと二〇〇万年の歴史をもつが、読み書きは近年の志向で、まだ四千年ほどの歴史しかなく、進化の基準からすればまったくの贅沢品だ。

ポールの障害はユニークで、彼独特の失語症の特徴をもつが、それは珍しいことではない。失語症は誰をも襲いかねないものだが、それでもその特徴は不思議なくらい個々人で違っている。失語症者のなかには、物の名前だけが言えない人もいる。あるいは自分で言葉を発明する人、誰かがが言ったことをオウム返しに言う人、ある言葉がひっかかるとその言葉を何度もくり返し言う人もいる。さらに不思議なことに、口笛を吹くのがやめられない患者や、強いフランス語なまりで英語を話しだす患者もいるという。すべては損傷部位がどの辺りかで決まるのだ。ポールがぶっ通しで口笛を吹いたり、フランス語の霊媒師にならなかったりしただけでも、私の強運に感謝しなくちゃ。でもそんなことは私にとって大した問題ではなかった。

ケリーとポールが終わるのを待ちながら、私は自分の心配ごとをあれこれと振りかえった。ポールの視覚障害はひどく、一人にしておくのは不安だった。ポールにとって真ん中から右にあるものはすべて別世界に存在するのだ。そちらに視線を向けると、ポールはその存在に気付いて驚きひるむ。七五年間、ポールは勝手知ったるやり方でこの世界を見わたしてきた。そのやり方でポールの脳は機械的に情報を処理し、とくに考える必要もなかった。かつて目の前にあったものを見るのにも、顔をもっと広角にぐるりと回さなければならないのだが、これを習慣づけるにはかなりの時間がかかるだろう。戸口の上がり段や火のついたコンロの鍋が見えなかったらどうなるか。

それにポールは歩くとふらつき、すぐに転んで自分では起きあがれない。そのうえ失語症があって助けを呼ぶこともままならない。ポールの弱った右手や右腕、右脚は以前のように体重を支えられず、ポールは入浴にも介助が必要だ。いくらかは今後数カ月のうちに改善するだろうと言われたが、いまのところポールは、たとえいっときでもひとりでは放っておけない。本当だったら家に連れて帰るべきだとは思うものの、自分ひとりでポールの面倒をすべてみるのは無理だとわかっていた。やろうと思えばできるかもしれないが、そうすれば今度は私の自由がなくなってしまう。私たちの生活は未来永劫、変わってしまったが、それでも私はポールの病気に飲みこまれたくはない――でもそうなる可能性は高いのだ。ポールには保護者のように付きっきりでそばにいて、外の世界との橋渡しをする人間がどうしても必要だから。ただしこの苦しい選択についてポールと話しあうわけにはいかなかった。ポールは自分の障害の程度をおそらく理解できていないし、いまのところ自分が人の助けがなければ生活できないことすらわかっていないからだ。これはひどく気落ちすることだが、ポールの脳卒中が起きた部位を考えれば予測のつくことだった。

ウェルニッケ野を損傷すると、脳はその知覚欠損を見落とし、正常に作動していると思いこむことが多い。ポールの思考力が損なわれたことで、ポールは自分に何が起きたかを十分には理解できなくなったが、この皮肉な運命を私はありがたいとも思う。ポールには休養が必要だし、ときには多少混乱し、何が問題なのか何を失ったのか気付かないほうがかえって幸いなこともある。でも、自分が知らないということがわかっていない人間と、どうやって意思疎通をはかれるのか。ポールの失語症はある意味、ポール本人より私のほうがはっきりと見てとれる。脳卒中を起こしてすぐの「めむ」しか言えなかった頃と比べ、ポールには自分が回復したという自信がわいていた。自分はいま、意思疎通がはかれているのだ、と。けれども、かつてのポールにとって成功を意味したものと、現状がどんなにかけ離れているか私にはわかっている。だからこそ、ポールがちょっとした言葉を発するたびに喝采を送りながらも、私はポールの心の慣れ親しんだ断片から何が消滅し、手に負えなくなり、場違いになったかを見極めようとした。

そうはいっても私は自分についての判断すらできていなかった。私の頭はいつも過去の日々の切れ端を選りわけ、会話や出来事を熱に浮かされたように思いかえし、答えを探した。現実を見つめ、いまのこの瞬間に生きようと努めても、私の心はますます制御不能に陥っていた。自分勝手な約束をして、明快から混乱へと迷いこみ、役に立ちそうなどんな些細な情報でもつかまえようと必死だった。

私が読んだ文献によれば、ポールの回復にとって何より大事なのは、ポールと一緒にいるときに私がつねに希望をもち、前向きな気持ちで彼を支えているように見せることだという。つまり、それは私が病院と自宅で二つの顔を使い分け、絶望を病室には持ちこまず、友人や医師だけと分かちあうということだ。それでも私はふさぎ込み、心ここにあらずで、声に張りを失い、表情もうつろになった。そして私の脳は、この耐え難い苦悩をなるべく考えないで受け流そうと努めていた。これは家族を介護する者にとってはごく当たり前の反応で、その間に自分の世界が陥った混乱に慣れていくのだ。脳は精神的ショックから身を守ろうと奮闘するが、それはかえって好都合でもある。人は空気力学を心にもとり入れて、なるべく抵抗を少なくし、余計なものを削ぎおとす必要がある。

だがそうはいっても、ストレスで私の頭は朦朧となり、集中や記憶に支障をきたし、私はちょくちょく物忘れするようになった。キッチンカウンターにたなびく色とりどりのポストイットのおかげで、毎朝家を出る前にたいていのことは思いだせたが、それでも車のキーをどこかに置きっぱなしにし、ノートを紛失し、電話をかけなければいけない用事を忘れた。

でもこの電話はちゃんと覚えていた。幸いにも地元のイサカ大学に評判のよい言語療法部門があったので、私は療法士に電話をかけ、訪問看護について問いあわせたのだ。ポールは身体面ではまだ退院するには不安が残り、発話についてもさほど進歩はしていないように思えた。だがこのところ理学療法を拒否し、あいかわらず看護師泣かせの問題児で、家に帰りたいとしつこく訴えている。「家（home）」という言葉はインドヨーロッパ語の「tkei-」に由来し、この言葉から「haunt（「幽霊などが」とりつく）」という言葉が派生した。ポールは以前の生活にもう一度、とりつきたくてたまらなかった。

「ほら、あるける……すわれる……よくできた。だから家！」とポールは要求するが、療法士はぎこちない笑みを浮かべ、ポールの言葉を聞きながした。

「では一人で歩いてみてください」。療法士は少し下がって、ポールが動けるスペースを空けたが、転びそうになったらすぐに捕まえられる場所で待機していた。

たしかにポールは歩いたが、ぶつぶつ文句を言いながら、療法士を肩越しに睨みつけ、そのたびに体が横にふらりと傾く。

「それがウエストさんのいちばん意地悪な顔？」療法士が訊く。それから優しくこう言った。「確実に進歩していますね。一週間前よりじょうずに歩いてますよ。では、つぎは右手を見てください」

この指示にポールはげんなりし、さっと手を引っこめた。

「いやだ、そ……そ……そんなの……」。ポールはよいほうの手をひらひらと動かした。頭のなかで言葉のページをぱらぱらめくり、逃げようとする言葉を捕まえるかのように。「そんなの無駄だ」といった簡単な言葉を。

理学療法士がポールの右手の曲がった小指を伸ばすと、ポールは悲鳴をあげた。「地獄だ！」

「私はカトリックですからね、念のため！」彼女は片方の眉をくいっと上げてからかった。私は思わず笑いをこらえた。

「もどる！」ポールが彼女を押しやると、体が一瞬ぐらりと揺れた。療法士は病院着をぐいっとつかんでポールの体を立たせた。それからポールの肩を両手でしっかり支え、隅の小さなテーブルまで誘導した。視界に気が散るもののないその場所で、ポールは再度、療法士の助けを借りてフォークを持ち、コップをつかみ、指でペンを握る練習をした。けれども療法士がポールの曲がった指を、これ以上いかない角度からさらに伸ばすたびに、ポールは怯えたようなうめき声をあげた。本当に痛くてうめくときもあるが、不機嫌そうにわざとらしいうめき声をあげるときもあり、療法士はそれをちゃんと見抜いていて、顔色一つ変えずに手を動かし続けた。

ほどなくポールはいきなり立ちあがると、「おしまいだ。あっちいけ！」と叫び、よろめきながら、病院着をはためかせ、お尻をちらちら見せながら、自分の部屋のおおまかな方角に向かうも、療法士に追いつかれ、とうとう療法士も疲れて不機嫌になりながら、ポールをようやく無事にベッドまで連れ帰った。

それから数年後にポールはこう振りかえった。「あのとき、ぼくはただそこにいるふりをしていただけで、うめき声も自分には聞こえなかった。というのも頭のなかでぼくはようやく自分の本に囲まれ、いつまでも夢中で泳ぎ、そばにダイアンがいたんだ。そう、見えないひざの上に。それに、ぼくは力がわいてきて守ってあげなくちゃと思ったのさ。この水の街道で迷子になったダイアンを。ぼくが抱きかかえたダイアンは、渦を巻くアフリカの川の土手に置きざりにされた、寄る辺のない小さな女の子のようだった。アマゾン川でピラニアやアナコンダを相手にしたあのダイアンが、そのやり手の過去と何ポンドもの体重を脱ぎ捨てて、小さくて勇敢な生き物になり、ぼくは襲ってくるカバやトラからその子を救いだし、勇者のふりしていつだって無事に向こう岸まで運んでやれるんだ」。ポールは自身の草原に立つ家で、もう一度、獅子のようなスーパーヒーローになりたかったのだ。

最後の訓練のときにケリーから退院にあたっての指導を受け、食べるときや飲みこむときにどんな危険があるかを教わった。「通常の食事に、液体はハチミツくらいのとろみをつけて、錠剤は砕いてピューレに混ぜること。食べるときは少量ずつ口に入れ、飲むときも少しずつ飲んで、食事中は上半身を九〇度に起こして座ること。十分に噛んで、口のなかのものを全部飲みこんでからつぎの一口を入れること。液体と固形のものを交互にとること。いいですね?」

ポールはこくりとうなずいた。言われたことをちゃんと理解し、指示に正確に従うといったふうに。けれども、ポールはケリーの言葉を聞いたとたんに片っ端から忘れるので、しじゅう思いださせ、指導し、たぶん口やかましく言わなければならないのはわかっていた。ケリーはもう一度、物を飲みこむときの決まりについて説明し、飲み物にはすべてシック・イットを入れる必要があると念を押した。そうしないと微量の食べ物が気道に入って肺炎を起こしかねない。肺炎のことはポールも理解していた。第二次大戦以前の、抗生物質がまだなかった頃に、ポールの村は肺炎の惨禍に見舞われ、ポール自身も子どものとき肺炎で死にかけた。ケリーはポールに説明していたものの、その指示は私に向けられたものだった。ポールの手はシック・イットを混ぜられるほど動かないし、ポールには必要な量を測れるほどの分別もないからだ。

病院にはもうかれこれ六週間近くいたことになる。これほどいれば二四時間の体内リズムが乱れてもおかしくない。病院にあるのは二つの時間だけ。これ以上ないほど殺風景な昼と、不安で心が粉々になる夜。この蛍光灯のドリームタイムを去るのは、私にとってははるか彼方の惑星から帰還するような感じがした。いっぽうポールにとってここを去るのは、昏睡状態から目覚めるようなもの——ポールはようやく光や音、動きや色の世界に解放された。奇跡のごとくポールの世界は戸外に繋がり、風景のなかをまたたく間に進み、とうとうポールは家に着いた。

わが家は無造作に横に広がった平屋建てで、道の行き止まりに立っている。ここは森林地帯の一画で、シカやスカンク、マーモット、アライグマ、ウサギ、それからシマリスをはじめたくさんのリスがよく顔を出す。それにここは小鳥たちの神殿でもある。ちょうど私たちが戻ったとき、キッチンを出た中庭の、がたつく蔓棚にかけた小鳥の餌箱に、鮮やかな黄色のオウゴンヒワが六羽つつきあって場所とりをしていた。リスが一匹、屋根から飛び下り餌箱にぶつかって跳ねかえり、種を派手にまき散らした（いちばんの目的はこれ）。このちょっと突飛な光景も、わが家では見慣れたものだが、ポールはひと月半もご無沙汰していた。庭はいまがいちばんよい季節で、バラは狂わんばかりに咲き誇り、スモークツリーは霞のかかったピンクに染まり、観葉植物は長い茎を揺らし、ポールは長い船旅を終え陸に上がった巡礼者のような表情を浮かべた。

ところがポールは車のなかで身動きできなくなり、どうやって車から出るかを私は苦心惨憺してポールに教えることになった。身体に染みついていたのに、いまではすっかり忘れてしまった動作を、ポールは突如、思いださねばならなくなったのだ。どの順番で何をするんだっけ？　まず片足を地面に下ろし、もう片方の足も下ろして、お尻を上げ、片手でしっかりつかみ（何を？　どこを？）、それからもう片方の手でもつかんで、立ちあがるんだっけかな？　ぎこちない動きで、一つひとつ順を追って、ときおり椅子に倒れこみながらも、とうとう車から姿を現したポールは、この奮闘で息を切らし、まるで体にぴったりの貝殻を脱ごうとする海の生き物のようだった。つぎに待っていたのは、玄関に続く小さな段をのぼること。これもまた何十年とひとりでやってきたことだ。それでも、こうした些細なことについての私の心配は、戸口をまたいだポールの顔に浮かぶ恍惚の表情を見た瞬間に吹きとんだ。ポールにとって家に戻ることは、新鮮な空気を吸って、太陽の下で肌を焼き、自分のベッドで眠り、おなじみのものに囲まれて目覚める喜びで煌めいていた。

わが家には、七月の古い家ならではの匂いが漂っていた。この季節は湿った空気が絨毯に染みわたり、微風とともに漂うかすかな芳香が、ほのかに感じる夏の気配を運んでくる。夏の日差しが幾筋も漏れさし、淡色の壁に柔らかな陽光が揺れる。おぼつかない足取りで部屋から部屋へと歩きまわるポールは、写真でしか見たことのない土地を初めて訪れた異邦人のようだ。慣れ親しんで新鮮味を失っていた物たちに、ポールの目は吸いよせられた。リビングにあるのは、ホピ族の精霊カチーナの色とりどりの人形、バートラムとビブロスと二人で名づけたウサギ型の重たいビーンバッグのブックエンド、ワルシャワ動物園から来た空気で膨らませたチータのとなりには、クリスマスにいつも飾りつけする五フィートもの生い茂ったハイビスカスの木。コルク張りの自分の書斎に入ると、ポールの目に飛びこんだのは、自分が置いていったそのままの道具やおもちゃ、そして自分の父や母、きょうだいの額に入ったセピア色の写真だった。

この家は、ある昆虫学者が一九五〇年代に建てたもので、傾斜した屋根は、夏は直射日光を締めだすが、冬は穏やかな日差しを招き入れる。はめ殺しの大窓は裏庭全体をリビンクに迎え入れ、まるで木々や草、そしてもちろん淡青色のプールまでも室内にあるかのようだ。はるか昔、家探しに奔走している最中に、暖炉の上に乗って傾斜した天井を調べていたポールはふと予感がし、ここは自分たちが一生暮らす家だとわかったという。そしてその通りになった。私たちは教えたり探究したりであちこち飛びまわってきたが、いつだってこの小さな二人の領地に戻ってきた。

プールは水を湛（たた）え、陽射しは暑かった。ポールを支えながら裏のポーチに連れだすと、ポールは陽射しを浴びて肘掛け椅子に座り、顔を空に向け目を閉じると、ここ何週間のうち初めて心から笑った。

第二部　言葉の家

第一二章

脳神経学者のオリヴァー・サックスがたまたまこの町を訪れ、頭蓋骨内の諸々について講演し、彼の頭のなかの壮大な珍奇の博物館から多様な物語を披露した。私たちは共通の友人を交えて夕食をともにしたが、ポールの脳卒中のことを知ったサックスは、明日の午後遅くに、わが家に立ち寄ってもいいかと訊いてきた。それはポールが人間という人間を避ける時間帯、テレビという一つ目巨人だけが、唯一安心できて自分を無条件に受け入れてくれるとき。一日のうち、ポールと地球のどちらもまぶしく輝くことのないつかの間の時間だった。

網戸の向こうに現れたオリヴァーは、白いひげをたくわえた顔に穏やかな笑みを浮かべ、ポケットには小さな拡大鏡をしまっていた。私も自分用に注文しようか迷ったことがあったので、この道具のことは知っていた。物体をもっと綿密に観察するための携帯可能な目。サックスは優しくてもの静かで、ひょっとしたらちょっと恥ずかしがり屋で、黒土色の目に若々しい顔つきをしていた。オリヴァーがポールの状態を見定めるのにそれほど時間はかからなかった。彼は私たちに励ましの言葉をかけてくれたが、それはきわめて役に立ち、また慰められるものだった。

「たいていの人は――医師も含めて――こう言うはずです。脳卒中の発症から数カ月以内は回復のチャンスがあっても、それ以後になると扉は閉ざされ、回復の見込みはなくなると。その頃までにとり戻せなかったものは何であれ二度ととり戻せず、そのままの状態が一生続くだろうと」

「そんな話には耳を貸さなくてけっこう！」オリヴァーは穏やかながら熱のこもった口調で語った。「あなたはいつまでも回復することができるのですよ。いまから一年後でも、五年後でも……私の身内には脳卒中から一〇年たってもまだ回復を続けている者もいます」

オリヴァーの言うように、私たちは二人とも医師や看護師、書籍や社会通念から、ポールの「回復のチャンス」は脳卒中後三カ月頃には扉を閉ざし、それ以降の進展は遅くなり、ほとんど感知できない程度になる、と脅かされていた。このメッセージに私たちは焦りを覚え、気分が落ちこみ、また考えただけで現実になりそうに思えたので、オリヴァーがこれを否定したことにほっと胸をなでおろした。失ったスキルを、たとえどんな些細なものでも、いつかはとり戻せるという望みを断たれたら、ポールの人生はどうなるのか。

話をするオリヴァーの顔からは、思いやりや敬意、善意の気持ちが伝わってきた――どれもみな言葉を介さずに。人の顔が、とりわけ言葉を失ったポールのような人間に、こんなにわかりやすく読みとれるとは驚きだった。ミラーニューロンのおかげだわ――そう思って、私は一人ほくそ笑んだ。私たちが見たり聞いたり忙しくしている間、このニューロンがせっせと働いてくれるのだ。それに、どうしてそんなことができるか不思議だったし、オリヴァー自身も自分で気付いてなさそうだったが、深刻な話をしているときでさえ、彼の目尻のしわはそれでも快活さや希望を湛（たた）えていた。

オリヴァーはいきなり両手で膝をポンとたたくと、一緒に「ハッピーバースデー」の歌を歌わないかとポールを誘った。誰の誕生日でもなかったけれど。それからつぎに二人はブレイクの詩に曲をつけた「エルサレム」の感動的な歌を見事にデュエットした。二人がイギリスで過ごした少年時代の定番の歌で、ポールは調子っぱずれながら情感たっぷりに歌いあげた。それは男二人が少年時代の歌を披露するというなかなか見ものの光景だった。ポールは自分でも驚いたことに、どちらの歌もほとんどの歌詞を思いだして歌うことができた。そこで、オリヴァーの思惑どおり、ポールはぴったりの言葉を見つけるよりも慣れ親しんだパターンを見つけるほうが簡単だと気がついた。とくに音楽がついていればなおさらだ。この効果をうまく利用した例は、ご存知のように子どもがＡＢＣなどを歌って覚える学習法だ。ただし、これは人間に限ったことではない。ザトウクジラの場合、雄は毎年変わる律動的なラーガ〔インド音楽〕風の歌の次第に低くなる二重母音を、リズムを手がかりに記憶する。

それから数年後、オリヴァーは『音楽嗜好症（ミュージコフィリア）』（大田直子訳、早川書房）を出版した。これは叙情豊かな情報と洞察と物語の宝庫であり、この本のなかでオリヴァーが取りあげた医師たちは、「音楽療法」を用いて失語症の患者にコミュニケーションをとらせようと試みた。とりわけポールのような左脳半球をひどく損傷した患者が対象だったが、その理由は「失語症者は、歌ったり、悪態をついたり、詩を朗読することはできるが、命題的な表現を口に出すことはできない」ことが多いからだ。オリヴァーはポールに、言葉を話すのがうまくいかないときは声に出して歌ってみるようにとアドバイスした。さらにオリヴァーはメロディック・イントネーション療法と呼ばれる有望な治療法について教えてくれたが、これは失語症者が、フレーズを歌い、音楽的に話すことを学習するものだ。それにより童謡を歌った子ども時代の楽しい記憶を呼び覚まし、脳の音楽野に協力を求めるのだ。フレーズを歌ったあとに、患者は徐々にその言葉を言えるようになる。努力を要する気の長い療法かもしれないが、失語症の苦悩を味わったあとでなら、言葉をとり戻すのにどんな苦労も厭わないのではなかろうか。

ポールとオリヴァーはすぐに気が合ったが、それは私が思うにオリヴァーがポールの失った世界と現在の失語症の世界を心から理解していたからだ。ともにオックスフォードで学び、さらに、伝統的な社会で一風変わった育ち方をした、知的で癖のある創造的な少年の覚える違和感を共有していたのだろう。オリヴァーはポールに待ちうける困難な道のりを控えめに語ったりはしなかったが、彼の言葉には励まされたし、オリヴァーがポールの回復力を信じていることがポールの気持ちを明るくさせた。

オリヴァーが帰ると、人付きあいの気苦労で疲れたポールは、プールに直行した。母親の透明な腕のなかにこそ逃げこむ少年のように。梯子を昇って下り、水中でバランスを保ち、虫や葉っぱをすくって出し、両手で水をかき、水中を歩く。こうしたすべてがポールの身体にとってありがたい理学療法になる。

満足げに揺れる波がポールをくるみ、ポールは疲れた耳や口を休ませ、かわりに皮膚という大きくて寡黙な器官に感覚を委ねる。ポールが言葉で表せないほど嬉しそうに微笑むのを見て、私もまた元気をもらえた。

脳卒中を発症する前、プールは、ポールにとって言葉にならない、言葉など要らない陽気な気分をもたらした。外で星がきらめく夜更けから明け方まで、ひとり元気闊達に執筆するときの恍惚状態とはまた違ったものだ。そのうち自分よりプールのほうが頭がしっかりするだろう、とポールはよく冗談を言った。それとも私が言ったのかしら。もうわからない。わざわざ「私たち」と言わなくても（あるいは考えなくても）、二人の間で発想や言葉がどんどん生まれてくるからだ。家に戻ったポールは、午後になるときまってプールで泳いだ。それは去年の夏と同じだったが、今年はちくりと胸を刺すものがある。

「いつも楽しいのは、ここだけだ」とポールが言うからだ。

淡青色の波やうねりに漂い、プールに差す光の菱形模様にうっとりしながら、ポールは秘密の王国への扉を見つける。そこは肉体を離れた無重力の世界。そして脳卒中前のポールはいつも止めどなく流れる音楽をそこに持ちこんだ。クラシック音楽、とくに印象派やロマン派の音楽は、ポールの人生を喜びで満たすとともに母親の記憶を呼び覚ました。ポールの母親は素晴らしいピアニストで、故郷の村の子どもたち全員にピアノを教えていた。だが脳卒中後のポールは、「ハッピーバースデー」のような簡単な歌は歌えるものの、音楽への熱い想いはぱったりと冷めていた。だから水泳を楽しむときに、クロード・ドビュッシーのきらめく夢幻の境や、レイフ・ヴォーン・ウィリアムズの心地よい旋律のキルト、フレデリック・ディーリアスの緑濃き田園詩はもうそこにない。

いまでは家のなかも静かなものだ。前はポールの書斎から音楽がこぼれだしていたのに。私は一日中、小鳥のさえずりを聞いていれば満足なのだが、それでも音の風景が明らかに変わって、ときにそのあまりの静けさに驚くこともある。なぜ音楽は無くなったのか？　音楽の様々な要素（ピッチ、リズム、情緒など）は脳全体に広く分散し、ポールのように脳卒中後に突如として音楽に魅力を感じなくなる例も多く報告されている（私自身も、脳しんとうを起こしたときにつかの間だが同じことを経験した）。それどころかいまのポールは音楽があるとかえっていらいらするようだ。ポールの傷ついた脳にとって、音楽は単に感覚の負荷が強すぎるからかもしれない。

ポールの脳のＣＴスキャンからはさほど多くの手がかりは得られなかった。左中大脳動脈に大きな血栓があり、前頭葉と頭頂葉の複数箇所に「わずかな低吸収域」がある——つまり菲薄(ひはく)化するか衰弱して、ニューロンが対話しあう頻度も強さも低下したということだ。またほかにも血液が供給されず弱った細胞の痕跡もいくつかあった。ＣＴ画像から数箇所の広い領域に損傷が生じたことはわかったが、ＭＲＩほど詳しいことはわからない。ＭＲＩでは、その人が何を失ったか指紋のようにはっきりと読みとれる。それでも正確に何がどこで起きたかを判断するのはやはり難しい。というのも、たとえば人間には誰にも同じ基本部分として足があるが、そっくり同じ足は二つとないのと同じく、皆、一つの脳をもつものの、そのしわも溝もさまざまに異なっている。脳は、服をぎゅうぎゅうに詰めこんだジム用バッグみたいに中味がぴっちり詰まっていて、誰の脳もそれぞれ形やしわのパターンが微妙に違う。基本的な標識構造はすべて同じかもしれないが、ある多事多端な領域が、溝から半分のぼったところにある人もいれば、畝のもっと近くにある人もいる。画像撮影の最中に脳が何かをしていると、ある領域が活性化を示すことがある——ただしそれは、その領域が近隣住民よりもその仕事に熱中しているというだけで、ほかの広く分散したニューロンもまた同じくらい関与していることもありうるのだ。

ポールの脳のどこが損傷したか正確に知ることは難しいが、それにもまして難しいのは、結果の全容を推測することだ。というのも、健康な脳は入念に抑制と均衡をはかるからだ。この風変わりな綱引きによって、ある脳葉が損傷されると、単に競争から降りたために別の脳葉の優位性に影響を及ぼすこともある。たとえば芸術家はそもそも右脳半球の後部が活発に働いている、と主張する脳神経学者もいる。ここは外界に対する複雑な感覚反応を統合する領域だ。そのため理論上、芸術家は生まれながらにして鋭敏で興奮しやすい感覚の持ち主だということになる。複雑に絡みあった匂いや味、触覚、光景、音は、通常、優位な側の前頭葉によって濾過され抑制されるが、脳卒中により前頭葉が損傷を負うと力の均衡が変化する。感覚の幻想曲を抑えるものがなくなると、脳の後部は音や色に焦点を絞り、その結果、創造性のほとばしりが生じるかもしれない。その善し悪しは程度で決まる――手に負えなくなった場合は悪くて（おそらく一部の統合失調症における厄介な問題）、意識の高まりが得られたらよいものとなる（芸術家の頼みの綱）。これがポールに起きたのだろうか？　ブローカ野に脳卒中が起きたということは前頭葉が損傷したということだ。おそらくポールにとってこの世界は、以前より騒々しくて、まぶしくて、感覚にいちいち響くものになったのだろう。

印象派の作曲家モーリス・ラヴェルは、あの有名な「ボレロ」を書いたときに、この種の脳損傷を負っていたと言われている。ボレロにはブローカ失語症の特徴が見られる。一七分にもわたり、単純なスタッカートのフレーズがこれでもかとくり返される。たった二つの低声部と二つの旋律テーマが三四〇小節にわたって執拗に反復され、その間に楽器が重なるように増え、次第に音量と音の厚みが増していく。一説によれば、これは性交時のテンポを捉えたもので、男性の性的幻想を描いた映画『テン(10)』ではまさにその通りに使用された。ただしこの曲は本来、バレエ音楽として作曲されたものだ。バレエではひとりの踊り子がスペインの宿屋の酒場に飛びこみ気ままに踊りだすと、ペチコートがダークウッドの床でふわふわと翻り、とうとう酒場にいた酔っぱらいたちも魅せられ、皆が浮かれて踊りだす。ラヴェルは一九三一年に新聞のインタヴューで、この作品のことを「全体が音楽のないオーケストラの要素でできていて――あるのは一つのきわめて長い緩やかなクレッシェンドだけだ。対比もなければ、実のところ創造的な要素もない……」と述べた。ラヴェルは自分の作品が演奏されることを誇りに思ってはいたが、それでもその源はある意味、「音楽がない」ものかもしれないと認めていた。

思春期のポールはボレロのレコードを買い、際限なくかけつづけて母親を滅入らせた。ただし脳卒中を発症する前、ポールが泳ぐときのお気に入りのラヴェルはボレロではなかった。もの悲しげで画趣に富むものを生涯愛するポールは、「ダフニスとクロエ」の豪華なハーモニーのほうがはるかに好みであり、このラヴェルの描いた管弦楽による豊かな水彩画は、ポールの叙情的な作品に情熱と胸揺さぶる要素をもたらした。高度な技巧と子どものような驚きを結びつけ、ラヴェルは何よりも自然の揺らめく動的な感覚を伝えるのに秀でていた。たとえば水のさまざまな趣、木の葉のざわめき、ネコのミャーオと鳴く声、白く冷たい神のごとく天高く昇る月。完璧な細密の世界を生みだすラヴェルは、「複合的だが複雑ではない」を座右の銘としたが、これはバイオリンも弾いたアルベルト・アインシュタインの格言、すなわち物理学は「できるかぎり単純なものであるべきだが、しかし単純すぎてもいけない」に共鳴する。森の精のように、ポールは泳ぎながらラヴェルの波のなかに、水の波、光の波のなかに浸っていた。

ポールが「ハッピーバースデー」と「エルサレム」をオリヴァーと一緒に喜んで歌ったことが私には嬉しかった——過去のポールの隠れた銀貨を見つけたみたいな気がする。ポールは自分の音楽嗜好症をいっさい失ったわけではなかったのだ。たとえ人生に絶えず響いていたクラシックの調べは消えたとしても。

第一三章

ふたたびポールは何時間も、陽光を浴び夢心地のなか水をかきわけ過ごすようになった。迷いこんだ虫や葉っぱ、針葉樹の針を探して水面を念入りに調べ、何か発見すると律儀にすくいとる。これはポールの午後にある種、太極拳のようなリズムをもたらした。周囲に秩序をとり戻すためにできる数少ないことの一つで、いわば僧侶が禅寺の庭を掃き、見事な砂の流れをこしらえるようなものだ（砂の波は水を表している）。でも脳卒中にやられたポールの目は、針をかまえて水に落っこちパシャパシャ暴れる小さな「水の乙女」のミツバチをいつも見つけられるとはかぎらない。ミツバチたちの使命は無害なものだ——小さなバケツに水を汲んで、隣の裏庭の隅にこしらえた自分たちの巣を冷やすのだ。だが彼らにはおおよそ九万匹ものきょうだいがいて、なかにはどうやら、ミツバチに優しい隣家の瀟洒な水飲み場をお気に召さないものもいるようだった。

私も水に入りポールを傍らで見守っていたが、自分は青いうねりのなか神秘のドリームタイムに浸ったりはしなかった。私もいままではミツバチやスズメバチをすくいとる係だ。ポールを視界に捉えつつ水面に浮かびながら、私は人生の巡りあわせを感じていた。一三歳の夏に行ったサマーキャンプで、私はただおもしろそうだという理由から、ライフセービングの技術を教わったことを思いだした。万が一、ポールがいきなり水中深くもぐったときのためにも、知っていてよかったといまさらながら思う。

驚いたのは、脳卒中からポールが予期せぬ感覚の贈り物をもらったことだ。何もかもが前よりも輝いて見えるし（ただしすぐに目が回るが）、音が大きく聞こえるし（騒音のせいで前より気が散るようになったが）、触覚もたしかに高まった。糖尿病と皮膚炎のせいでポールの指先の神経はかなり麻痺し、ここ何年も、触っても熱いか冷たいか、尖っているか丸いか、ざらざらしているかなめらかかを判断できなかった。指の皮膚は日焼け跡のようにすりむけて、ひりひり痛み、そのうち指紋も消えてしまった。けれどこの輪っかの気圧配置みたいな指紋にも役目はちゃんとある。生活のなかの細やかな手触りを感知して、指紋は、小さすぎて目には見えない細密に刻まれた地形や建築物の世界を報告する。布に指をすべらせると、触覚の受容体（痛み、圧力、形、温度などの）の一団が発火しては消え、行く先々で情報をフィルターにかけ、鮮やかな三次元の地図を脳に提供する。絹のようになめらかで、温かくて、軽やかで、薄くて、樹皮のように波打つもの――それは、輪に通せるほど薄手のカシミアのショール。指紋の畝に物の表面が垂直に当たったときだけ受容体は発火するが、指紋は波うち、渦を巻いているので、一部の受容体が活性化しさえすれば、指がどの方向から触ろうと関係ない。何に触れてもその喜びは増幅する。証拠を残さないために指紋を消す犯罪者は、この繊細な気付きのひだを犠牲にしているのだ。脳卒中前のポールは、それでも多くの物を手で触って推測できたが、何もかもというわけではなく、健康な指ほど細やかな感覚は得られなかった。ところが脳卒中のあと、ポールの脳全体がひどく動揺したことで感覚が活性化され、いまのポールはうやうやしくいろいろな物を触っては、日々の感覚を心から味わうようになった。

「肌……とても……やわらかい」。ポールはある日、二人で日光浴をしているときに、そばかすだらけの私の腕をなでて言った。「たいよう……とても……あつい」。それからあとでプールに入って、「空気……とても……さわやか……水……とても……とても……」

「ふわふわ?」とちょっとふざけて訊いてみた。ポールの先を読んでもむだ骨を折るだけだ。そうかといって、凧のしっぽみたいに目の前でひらひらしているときは、失語症者の文章を完成させたい気持ちをがまんするのも楽ではない。とりわけポールが何かを伝えようと必死で奮闘しているときは。

ポールは首を横に振った。

「ビロードみたい?」

「……絹みたい!」とうとうポールの言葉が出た。

ポールは家のわきに咲き誇るピンクのハイビスカスをほれぼれと眺め、これは新しく植えたのかと訊くにしげしげと見つめていた。

――少なくとも一〇年前からそこにあったのだけれど。それから小鳥の歌声にも喜んだ。そのひだ飾りのついた花びらをポールは嬉しそうにしげしげと見つめていた。

むことなくセレナードを歌う美しい声のミソサザイに聞き惚れた。ポールも励ますように口笛で答える。庭に水、それから空――病院の白い冬から脱出したポールは、無垢な目で自然を見つめた。まるで遠い星の軌道を回る惑星を探索しにきたかのように。

けれど新たな心配の種も生まれた。ある日、プールまで数メートルの距離を歩いていたポールは、つまずいて花壇に倒れこんだが、幸いにもフロックスの絨毯が転倒の衝撃を和らげた。ほかにもプールの梯子を昇り、最後の段に上がったとたんによろめき、芝生にどすんと尻もちをついた。起きようとしても自分では起きられない。ポールの身の安全を考えて（家に誰もいないときに倒れたらどうしよう？　ポールの声が聞こえなかったら？）、私は業者に頼んで裏口からプールの梯子まで手すりを設置してもらうことにした。どの高さにすればいいか私から職人に伝えるのは簡単だが、そうすればポールはただ受け身で眺めているほかなく、自分の自由がますます減ったと感じるだろう。自分で考えた手すりの位置と、単に押しつけられたものとでは、微妙な差異が生じる。そこでポールは固い管のような手すりが設置されるさまを黙って監督し、理想的な手すりの高さを時間をかけて見きわめ、業者にここだと手で合図した。

天気がいいと、ポールは郵便受けまで歩いて郵便をとってくると言ってきかないが、あるとき転んで立ちあがれず、ひどい痣をこしらえたことがあった。あのときポールの叫び声を聞いて、私はあわてて助けに飛びだした。そんなことがあってから、網戸がパタンと音を立てるたびに、私は正面の窓に一目散で駆け寄り、ポールが短い散歩を終えるまで目を光らせ見守った。家のなかでもポールは家具にぶつかり、部屋に敷き詰めた絨毯につまずき、いくどか転んだが、私にいつも教えるとはかぎらず、膝に新しい痣や絨毯による擦り傷があるのを見つけて初めて気付くこともあった。これもまたとくに珍しいことではないという。多くの研究によれば、恐ろしい話だが脳卒中患者の三分の二が最初の半年で転倒し、また脳卒中患者が腰骨を骨折する確率は四倍も高く、さらに骨折が卒中の再発に繋がる恐れもある。というわけでポールに付きまとう新たな〝暗殺者〟に「転倒」が加わった。脳卒中は身体を衰弱させるだけでなく、患者の自信も萎えさせる。芝生をのんきに闊歩するクリケット選手はもういない。さっそうと直立歩行する類人猿ももういない。

「自分の目をサーチライトのように使うのよ」。家の前を歩きながら、私はポールにそう教えたが、それは子どもの頃の第二次大戦時のイメージにポールが反応するかもしれないと思ったからだ。

ポールは理解したようで、目の前の地面をくいいるように見たが、頭を左右に振るかわりに、自分のつま先をまっすぐ見つめ、じりじりと前に進んでいく。

「違うわ、こうするの」。見本を示そうと、私は頭をおおげさに左右に振って、目の前の一メートルほどの地面を見渡しながら少し歩き、それから回れ右して、同じことをしながら戻ってきた。ポールは真剣な顔で眺めていた。微動だにせず、ひたすら見つめ、明らかに混乱している。私はこの動作をもう一度くり返した。

親鳥がひなに飛び方を教えるやり方を思いだす。翼を丸め、尾羽を大きく広げ、親鳥はスピードを落とし「ほら、こんなふうに！」とばかりに巣に戻る。それから小枝のしなる先端に飛びうつり、身体を前に傾け、まっすぐ飛びおりてすぐさま羽ばたく。連日、日が暮れるまで何度も、この「よく見て同じようにして」をくりかえす。その間ずっと、コーチの笛がひな鳥を励ます。「ここにいるから。あなたならできるわ。お母さんはここよ」

「もう一度やってみて」。私はささやいた。「あなたならできるわ。私はここにいるから」

ポールは何かぶつぶつ独りごとを言って歩きだし、それからきょろきょろし、そしてまた少し歩いた。それから私をじっと見たが、その顔はこう言いたげだった——まったく、大の男がなんで歩き方なんか教わらなくちゃならないんだ！

つぎのレッスンは家のなかだ。この頃になると、転倒したときに自分で起きる術をもう一度学習する必要があるのがわかっていた。そこでなんとか言いくるめ、ようやくポールは練習することに承知した。

カウチにつかまると、二人一緒に身体を低くして絨毯に寝そべった。

「ここまでは上出来ね！」私はふざけて言った。

「ふふん！」何か言おうとしたというより、成功の見込みについてのコメントらしい。

「わかったわ。とにかくやってみましょうよ。まず、いま転んだって感じで寝ころがってみて」。言葉の不吉さにドキリとする。

ポールは絨毯に寝そべり、星を見るようにあおむけになった。それから何かを伝える言葉を見つけようともがき、とうとうしゃがれ声で「……わん！」と言った。

「わん？」

「ほら……」。ポールは片手を床に平行にのばし、はめ殺しの窓から差しこむ明るい陽射しを指さした。

「ああ、スパニエル、スパニエルしたいのね」。「スパニエル」とは、私がつけた呼び名で、寒い日に絨毯の暖かな日だまりでイヌみたいにごろんとねそべって日向ぼっこすること。州北部のひどく寒い冬に、二人はよく一緒に「スパニエル」したものだ。

「悪いけどいまはだめ。立つコツを覚えなきゃ」

「ああ」。ポールはためいきをつくと、パッとひらめいたように目を輝かせた。響きで思いだしたのだ。それは私も同じ。

「それとも立っているという心、をね」と言って、私はイギリスの詩人で文芸評論家ウイリアム・エンプソンの痛切な詩（「夜明けの歌（*Aubade*）」）の一節にひっかけた。戦時のつかの間の逢瀬を詠うなかで、この一節が何度もくり返される。「立っているという心は、逃げられないということ」

「エンプソンを覚えてる?」

「ああ!」とポールは笑った。

もう何年も前のこと、ケンブリッジで学んだエンプソンは、ポールが教鞭をとっていたペンシルベニア州立大学の客員教授をしていた。この町に初めて来たときにエンプソンは入れ歯を置いてきていたが、彼が言うにはいま修理中であとから船便で送られてくるとのことだった。少なくともそう言ったように聞こえた。というのもエンプソンは話すときに上顎と下顎がくっつき、ケンブリッジ特有の舌足らずの発音も加わって、アール(r)がすべてダブリュー(w)みたいに聞こえるのだ。不明瞭な話し方に学生たちはついていくのに苦労したが、どのみちエンプソンはのど元までシェリー酒につかって一日の大半を過ごしていた。ある日の午後、ポールはエンプソンが深い雪のなかをよろよろとキャンパスに向かっているのを見かけた――痩せ細って髪はくしゃくしゃで、ツィードのコートとスクールマフラーに寝室用のスリッパを履いて――あんまり気の毒に見えたので、ポールはエンプソンのためにゴムのオーバーシューズを購入し、自分の部屋からいくつか扉を過ぎたところの彼の部屋に律儀にも届けにいった。ポールが部屋に着くと、悲しいというよりいささか衝撃的なものを目撃した。エンプソンは一見すると質問受付時間の最中のようで、一人の若者が大きなオークの机の後ろのエプソンの傍らに座っていた。エンプソンはまだコートとマフラーをつけたまま、驚くほど愛想よく、酔っぱらって何かを暗唱していて、傍らの学生がふざけてエプソンを椅子ごとゆっくり回転させていたのだ。ポールがゴム靴を手にドアのわきをノックすると、若者はあわてて退散した。

ある晩、私たちはエンプソンを夕食に招待したのだが、入れ歯が届くまでは「流動食」しか食べられないと本人から聞いていたので、私は野菜スープと、オーブンでフレーク状になるまで焼いたハドック〔タラ科の食用魚〕、デザートにイングリッシュ・トライフル〔シェリーにつけたレディフィンガー〔細長い指の形をしたスポンジケーキ〕に、バニラプリンとストロベリーのジェロ〔粉末タイプの素でつくるゼリー〕とホイップクリームを重ねたもの〕をこしらえた。エンプソンはすでに千鳥足でやってきた。そして何とも仰天したことに、彼はスープをスプーンからすすって口に入れ、いったん口の中で冷まし、それから吐き出して、また飲んだ。スコッチウィスキーを勧めたとき以外、私は彼の興味をまったくひかなかったらしく、エンプソンはひたすらオックスフォード時代のポールの指導教授だったフレディ・ベイトソンの思い出を語っていた。夕食後、望遠鏡に目を留めたエンプソンが土星の輪を見られるかと訊いてきたので、私たちは喜んで彼の希望に添うことにした。というのもその晩はよく晴れていて、土星が屋根の上でイエローダイヤモンドみたいに輝いていたからだ。最初エンプソンは体がふらつき接眼レンズを覗くのに苦労したので、ポールが両肩をしっかり支えてやった。

「あれか！　あれが土星――なんとも美しい！　輪っかが見えるぞ！」エンプソンは興奮してまくしたてた。この宇宙の小さなきらめき、消化を促すような冷たいシャーベット状の世界をエンプソンに見せることができて私たちは喜んだのだが、それもつかの間、私は彼が接眼レンズなど覗いておらず、その下の、通りの向こうの家の玄関灯を見ているのに気がついた。

あらら、どうしよう。私はポールの目を覗きこみ、それから小首をかしげ、ポールにあの玄関灯を見て、と合図した。ポールはぴくりと眉を上げたが、何も言わなかった。

帰り際にエンプソンは、新品のゴムのオーバーシューズを履いて戸口に立つと、聞きとりにくい声でこう言った。「来週はハートフォードまでバスで行って、ウォーレス・スティーヴンスに会ってくるつもりだよ」

ポールと私は顔を見合わせ、こんなふうなことを目で伝えあった——笑い話にするにはちょっと悲しすぎるね。詩人のウォーレス・スティーヴンスはもう何年も前に亡くなっていたのだ。

エンプソンに恥をかかせたくはなかったし、なんと答えていいかもわからず、ポールはひと言、こう言った。「だいぶお変わりになられたでしょうね」

かつての偉大な精神の残骸を見てしまったときの心痛を思いだした。エンプソンは病気だったのかしら？　それともぼけていたのか？　何はともあれ、アル中のうわばみに呑まれたのはたしかだだろう——かわいそうな人、どうして私はもっと思いやりをもてなかったのか。

私が言ったのはただ、「エンプソンが望遠鏡を覗いたの覚えてる？」

「輪っかが見えるぞ！」ポールはくすくす笑った。「ねえ……わ、わくせいをさがそうか？　天井をみ、みて……」

「悪いけど、これ以上道草はなし。さあ練習の時間よ」。私は、診察室でじっくり見てきた図を頭に浮かべ、転倒してから起きあがるいちばん簡単な方法を思いだし、さっそく指導を開始した。

「まず頭を横に向けてね。そっちじゃなくてこっちに。それから同じ側に肩を回して、お尻も回して。その調子よ。つぎは右腕をこんなふうに前に持ってきて手のひらを床につけて」と手本を見せながら、私はちょっと途方に暮れた。まるでひっくり返った巨大なウミガメに体の戻し方を教えているみたい。ところがポールはちょっと頑張ったたけで、手本どおりにできた。

「じょうずじゃない！　ではつぎは、両手と両膝を床につけるの。赤ちゃんがハイハイするみたいに」

ポールは言われた通り四つん這いになり、得意満面な顔をした。「朝飯前さ。さておつぎは？」

「膝を曲げてしゃがんで」。私は膝を曲げた。

ちょっとぐらついたが、ポールも同じようにし、私はいつでもポールを支えられるよう片手をのばした。

「それから両手を使って起きあがるの」。そうやって私は立ちあがったが、ポールは絨毯につんのめった。

ポールを見おろし、励ますように微笑みながら、私はポールがこれをやり通せるのか不安になった。

ポールは不機嫌そうにつぶやいた。「わかった……もう一度！」

「ちょっと待って。ひと息つきましょう」。立つ動作はなかなか手強い。「そうね、別のやり方もあるわ。四つん這いになって、椅子かカウチ、それか壁のところまで這っていくの。それやってみる？」

「ぼく……え、えらべるの？　そっちがいい！」　がまんできずにポールはカウチまで這っていくと、カウチを片手でつかみ、もう片方の手でもつかむと、よいしょとばかり起きあがった。

「おみごと！」私は歓声をあげた。「息が荒いけど、だいじょうぶ？」

ポールはこくりとうなずくと、こう言った。「息が荒い（ブリージング・ハード）――ほうがいいな、ええと……ええと……あれ、ほら、あれよりも」

「あれって？」

「あれだよ」ポールがきっぱり言った。

息が荒いほうがいい、あれより……あれより……ポールは何が言いたいの？

「息が(ハードリー・)できないよりも(ブリージング)」とうとうポールは言えた。

私はポールに抱きついた。「おめでとう！　立てたじゃないの。それに言いたい言葉も言えたわ。二つとも大当たり！」

ポールが私を見つめる目を見れば言葉など要らなかった。ポールがいかにどん底にいたか、そして成功の基準というのはいかにあっという間に変わるものか。

「リチャード・ファリーニャの本のタイトル覚えてる？——『あんまり長く落ちていたんで、ぼくには上がっているように見える（*Been Down So Long It Looks Like Up to Me*）』」

ポールは目を閉じて、わびしそうにうなずいた。「大当たり」

ポールはもう夜の廊下を歩きまわることも、夜更かし族用の古い映画を観ることも、原稿を書くこともない。生まれて初めて昼行性になった。ポールと私は一緒に起きて一緒に寝床に入り、同じリズムに合わせた二つの呼吸のようだ。私たちの夜は早い。夜の一〇時かそこらで疲れはてて眠りに落ちる。とびきり過酷な探検旅行の最中に泥のように眠るみたいに。以前は明け方の五時に眠りにつき、六時間寝ていたポールだが、いまでは一〇時間眠って爽快な気分で目を覚ます。いっぽう私は九時間眠ってお疲れ気分で目を覚ます。

夜しょっちゅう夢のなかで、私は必死に家に戻ろうとする。そこは静かで安心できる雲に覆われた世界。長旅のせいで薄汚れ、途方に暮れ、ひとりぼっちの私は、もうポールにこの航海を助けてもらえない。よく見る夢はイギリスにいて、買い物に出かけ、生鮮食品の詰まった袋を抱えていると、雨が宙を舞うように落ちてくる。私は疲れてぐったりしていて、タクシーを拾って帰ろうとするのだが、驚いたことに自分の住所も知らないし、そもそもここに住んだことすらない。ポールはすでにアパートに戻っていたので、私は携帯から電話をかける。けれどポールまでもが住所をどうしても思いだせない。私はひどく疲れていたが、ポールに思いだしてと辛抱づよく頼む。それから、どこかに住所が書いてある封筒が転がっていないか探して、それか玄関のドアの番号を見てきてほしいと。だんだんいらいらしてきたけれど、夢のなかでさえ、自分が冷静さを失ったらポールをまごつかせるだけで、彼は自分の状態をどうにもできないのだとわかっていた。だから私は静かに話をした。けれども自分が帰り道を見つけられるのか不安で、思うにこれは、私がもうポールには助けてもらえず、まして指示などもらえない状況に夢のなかで順応しようとしていたのだろう。

それに私たちは、時間に関しても縄張りを守れなくなっていた。ポールのかつての縄張りは、人にわずらわされることのない、暗い星降る夜。ポールはもっぱら書き物をしていたものだ。いっぽう私の領地はあけっぴろげの、きらめく朝の寄せ集め。私は胸躍らせて早起きし、家人も隣人も目覚める前に、この世界を独り占めしたものだ。

いまではポールが一緒に起きてくるので、朝食のときに自分だけの時間をたっぷりとれなくなった。そこで日課だったエスプレッソコーヒーを入れるかわりにショウガを入れた緑茶を一杯飲むことにした。一日の始まりをひとりで過ごせなくなったことはかなりの痛手だ。平穏なオアシスを奪われ、自分自身を見失いそうになる。このひとりの時間に私は心を解き放ち、自由を謳歌し、ちょっとだけ羽をのばす。いや、ひょっとしてそれほど受け身なものではないかもしれない。むしろ私はこの時間を自分の意のまま、最大限に、執筆や何かをして使いきる。夜が白々と明ける頃、私はときおりこの世界に自分がたったひとりしかいないような気がして、壮大な解放感に浸ることができる。時計が時を刻む音の合間に、夢と覚醒の隙間に私は物を書き、認知と思考の潟湖をさまよい、コーヒーか紅茶のお代わりをしに出窓から離れる頃には、何について書いたかほとんど意識しないまま、二、三ページを書きあげている。私はよくふらりと外に出て、しばらく朝の見回りをし、わが身よりはるかに大きな太古の生気に包まれ、地衣類やシカたちを身近に感じ、諸々の自然とともに日の出を迎える。

突然、ポールがキッチンにいた私の前に現われたのでぎょっとした。

「まだ早いわよ、あなた」。私はポールに声をかける。「もうちょっと寝たほうがいいんじゃない？」

ありがたいことに、日によってポールはまたベッドにのっそり戻り、数時間寝てくれる。でもそうでない日は、朝ご飯が食べたいと言ってくる。「だって腹がすいたんだ」。そうなると知らん顔はできない。こうして鮮かな靄と曙の光に輝く私の寝ぼけ眼の印象派の世界は、割れて瓶詰めにされ、私はスパッと頭を切りかえ、そそくさとポールの血糖値を計り、薬を飲ませ、インシュリンを注射し、朝食を用意し、ポールが朝食のかけらをのどに詰まらせないかやきもきするのだ。

ポールが脳卒中を起こす前の数十年、私はよく一人で旅をし、また二人とも別の町で教鞭に立つため学期がはじまると離れて暮らし、自分の時間は基本的に自分のもので、二人の関係は電話や手紙、小包といった次元で繋がり、肌の温もりや指先や息遣いのやりとりはめったになかった。電話婚《テレガミー》と自分たちで呼んでいた、あの遠距離夫婦の生活に戻りたいとは思わないし、別々に暮らすほうがいいとも思っていない。それでも大切な一人の時間をいくらか取りもどさなければならないとわかっていたが、どうすればいいか私には見当もつかなかった。

そのうえ、教師で世話係で看護師、つまりこの「介護者」という役割に、ときおりいら立ち憤慨しないでいるのにも苦労した。簡単そうに聞こえても、この仕事は人を消耗させ使いきりぼろぼろにするからだ。そうは言っても、気が重くなる面ばかりではない。介護には多くの恩恵もある。たとえば誰かに滋養を与え、身なりを整え、体験を共有し、ともに遊ぶといった感覚の喜びが味わえる。自分が道標（みちしるべ）の星になり、誰かにとことん必要とされていると感じるとこの上ない満足感を覚えるし、愛する人の生活を楽しいものにしようと工夫するのもまたおもしろい。けれども介護はボタン穴のように人を留めて、一カ所に縫いつける。子ども相手なら世話することも未来への投資と思えるし、子どもは学んだことをスポンジのように吸収できる。ところが脳卒中患者が相手だと、その人の過去の遺物を保存するようなものだ。子どもたちは上向きの弧を描いて学習し、翼を広げた不器用なアホウドリのように、最初はつまずいても日々高く飛べるようになり、強く美しく育っていくが、ポールには学習曲線などなく、ぐるぐると堂々巡りから抜けだせないかのようだ。前方に飛び立っても、結局はまた一周してもとに戻り、地面に落っこちる。

たとえばある日のこと、ポールは電話に出ることを何度も予行演習した。受話器を取り、大きなピンクの通話ボタンを押し、小さな穴に向かって話すのだ。それから二日後に、ポールは鳴っている電話のそばに立ち、とうとう受話器を取ったはいいが、ピンクのボタンのことをすっかり忘れ、すぐさま間違ったボタンを手当り次第に押して、しまいに自動音声が流れてきた。「この電話は留守番電話にはなっておりません」

「もしもし?」とポール。自動音声が自分に話しかけていると思ったのだ。

そこで私はもう一度、電話の使い方の見本を見せなければならなかった。

ポールの作業記憶は損傷していた。情報を利用しながらその一端を書き留めておくこの頭のクリップボードがなければ、一度にダイアルできないほど長い電話番号を覚えることもできないし、そもそも最初に何を話していたのかさえ忘れてしまう。通常、覚えられるのは七つのことに限られる。だから電話番号も七桁なのだ〔米国の電話番号は地域番号のあとに七桁の数字が続く〕。ポールは前日に「学習した」こともまた学び直す必要があった。指示を受けても、それがとくに何段階かに分かれたものだと覚えていられないのだ。「学習する」というのはいかにも精鋭の技に思えるが、わずか三〇二個のニューロンしかもたない最下層の酢線虫でさえ、どの細菌なら食べてもよくて、どれを食べれば病気になるか経験から学習できる。ミバエ（フルーツフライ）はキニーネ〔苦味物質〕を加えたオレンジゼリーは遠慮すべきだと学習する（研究者とは奇妙なことを思いつき、ひどく残酷になれるものだ）。アオカケスは、オオカバマダラの羽を食べると嘔吐することを学習する。ホタルは仲間の線香花火のようなモールス信号を学習する。神経系をもつどんな生き物も学習することが可能だ。ただし時間がたっぷりあって、退屈して途中で投げだしたりせず、また刺激が強すぎてノックダウンしないかぎりは。そう思うと希望はわくが、いったいポールはどれほどのことを学習し直すことができるのだろう。

たしかに介護には希望もあればそれなりの魅力もあるが、マイナス面は、一時間と邪魔されずに過ごせないことだ。毎日、仕事をするための数時間を確保するのもままならない。とはいえ当時の私は執筆中の本を抱えていて、これは第二次世界大戦時のポーランドが舞台で、ありがたいことに時間も空間もはるかに越えたものだった。そこでポールが言葉をとり戻そうと懸命に励むあいだ、私もまた、気を散らされながらも仕事に集中する特別なスキルの学習に励んだ。これは親が子どもを育てるときに初っぱなから学習するスキルで、親なら学ばなければならない必須のワザだ。それだけでなく親は、子どもが友だちと喧嘩をしていないか、何か困ったことはないかつねに注意しながら仕事をする術を学ぶ。こうした親業のスキルは私には初めての経験だったが、ほかにもすることはたくさんあった。スプーンやフォークの持ち方を教え、何十年も使ってきた照明のスイッチのありかを教え、どうやって車に乗りこむか、縁石をまたぐか、プルタブ式の牛乳の箱を開けるかを教えなければならないのだ。

ある朝ポールは「ぼくは、お尻すらまともにふけない」とこぼしたので、私はポールに、半分麻痺した右手をまだ使っているけれど、かわりによいほうの左手を使ってみてはどうかと根気強く説得した。するとその日の遅くにポールがトイレに座り、私のアドバイス通りにしているのを目撃した。

「うまくできた？」と訊くと、ポールはこくりとうなずいた。

ポールは何もかもにすっかりまごつき、とくに家のなかのちょっとした機械にめんくらった。一つには目も悪くなっていたし、家電には腹立たしいほど小さな黒いボタンがやたらとついているからだ。ポールがなるべく自分の力で、なるべくいらいらせずに安全に暮らせるよう私は家に工夫を施すことにした。まず電子レンジの一分と二分の表示に大きな赤いマルを貼り、ポールが自分で食品を温められるようにした。コンロは使用禁止にした。それからポールは簡単な数字の列を覚えられないので、ボタンが大きくて、電話番号の登録機能のついた電話を買った。これならポールは私の携帯電話、緊急電話番号の九一一、かかりつけ医、そして二人の友人に短縮ダイアルで電話できる。テレビのリモコンも大きくて操作が簡単なものにとり替えた。それでもポールはうまく扱えなかったが、それは記号が幾何学的な顔に見えるからだ。当然ながらポールは間違ったボタンを押し、それからボタンの連打がはじまり、事態は悪化の一途をたどる。困りはてたポールは幾度となく私を呼びつけ、ただテレビをつけるか消すか、あるいはチャンネルや音のボリュームをどうやって変えるか教えてほしいと頼むのだ。

ポールは安全剃刀を使い、ぎこちない手つきでひげをそり顔を血だらけにしたので、電気シェーバーも買ってやった。だがそれもまた使うのに四苦八苦。自分ではちゃんと剃ったつもりで浴室から出てきても、三分の二しか剃っていなくて、剃った部分もところどころに白いひげがもさもさ残り、右頬の右半分（自分では見えない箇所）はまだ無精ひげがびっしり生えたままだ。ただしやり直すようポールに言っても同じことだった。

こうした些細なことが外の世界との繋がりの質を変化させる。ポールはまだ自分が失ったもののすべてを理解してはいなかったが、ある日だしぬけに、自分の人生で何か重要なものが消えた気がすると訴えた。

「それは何？」と私が訊く。自分にもよくわからないし思いだせないが、何かが欠けている気がする、とポールは言う。そして自分のしたいことはただ、座って窓の外を眺めるだけだと。

「悲しいの？」と私が訊いた。

「いいや、ただ……」。ポールはその先を言おうとしたが、口まで出かかった言葉がひったくられ、どこかにさらわれてしまったみたいだ。ようやくポールはこう言った。「ただ座って眺めてるだけ」

ポールが言ったことは本当にちがいない。感覚に訴えるような思考をするには、それなりにたくさんの言葉が必要だ。だからある意味、自分が何を失ったかわからないことはかえってありがたいことでもある。『いまここにある無限（*The Immensity of the Here and Now*）』——私が欲しくてやまないものを題にしたポール自身の著書のなかで、彼は九・一一のあとに自分の哲学を失った哲学者について書いている。主人公は親友から新しい哲学を授かったのだが、それは哲学者ルートヴィヒ・ウィトゲンシュタインのそれだった。だが自分の言葉を失った言葉の鍛冶屋に、私はいったい何ができるのだろう。

私たち現代人とその祖先とをはっきり分けるのは、あり余るほどの、そしてときに突飛ですらある一連の自意識だ。私たちにつけられた科学的な名称がそれを物語る。私たちはただのホモ・サピエンス——知恵がある人——ではなく、むしろホモ・サピエンス・サピエンス——知恵があり、かつ自分に知恵があることを知る人——なのだ。今日、知るということにはおしなべて、言語、発話、筆記——明らかに別個の三つの作業——が求められる。ポールの広範な脳卒中は、ホモ・サピエンス・サピエンスのうち二番目のサピエンスをあやうく奪い去るところだった。ポールは言葉を学習してはいるが、自分が知っていることを「知る」ためには、もっとたくさんのニューロンの連結が必要で、名詞の山を思いだすよりはるかに多くが求められる。たとえば「パラシュート」と「枝付き燭台」と「伯父」といった名前を知っていたところで、あなたの伯父さんが「おれのパラシュートを盗んだだろう」と言って枝付き燭台を持って襲いかかってきたときには何の役にも立たない。むしろ必要なのは網目状に広がる理解だ。まず純銀製の燭台がどんなに重たいかを知っていなくてはならないし、母方の伯父がいつもあなたへの恨みを口にしていたことやパラシュートが何の役に立つか知っていて、伯父が追いかけてくるスピードや自分が逃げきれるかを計算できて、伯父に気をつけろという母親の忠告を思いだすことも必要だ。さらにはあなたと、あなたの周囲、この世界に住む人や物との複雑な関係を明らかにするもっと多くの込みいった言葉も必要になる。

ほかの生物とは異なり人間は、即時の知覚経験という迅速で反射的だが限られた世界に幽閉されているわけではない。たしかにいまを生きることは爽快で魅力的だ——あなたが人間で、自己破滅的な疑念の大火にのみこまれずにすむのなら。おそらく未来永劫、消えゆく瞬間瞬間に生きる定めの動物たちはまた違うだろう。もちろん私たち人間もまた消えゆく瞬間に生きており、自らの感覚にも縛られている。けれども人間は、いまこの瞬間に肉体的な感覚ではとうてい知りえない輝く精神世界を想像できる。知覚できなくても頭に思い描ける世界。なぜならそれは人びとが、あるとき、その世界について語り、書きしるしたからだ――歴史やファンタジー、宗教といった世界、予想しうる未来、あるいはいまは存在しなくても理想とする社会。私たちは言葉を介して起こりそうなことを想像する。言葉を使って自分が誰で何者かを思いだす。言葉を通して愛する気持ちに磨きをかけ、また言葉を使って問題を解決する――それは一つに、「問題」という言葉をもつ言語は、必然的に「解決」という言葉をもたざるをえないからだ。どちらの言葉にも、人間はこの世界に働きかけ問題を解決できる動物だ、という心奪われる発想が含まれる。こうした言葉を使うことで人間は、この世界を理解すれば、すなわちこの世界を支配できる、と教わるのだ。言葉が複雑になればなるほど、物語もいっそう層を成し、私たちの理解もさらに洗練されたものになる。よく整理された言葉の篩(ふるい)にかけてこそ知恵の穀粒が得られるのだ。『白鳥との日々(*Life with Swan*)』のなかで、ポールは私たちについて次のように書いている。

私たちの好きな言葉に「突出」がある。何かがあなたに向かって突きでて、いかにあなたを「捉える」か。私たちはつねに突出するものに囲まれている。この世界は毛を逆立て、火花を散らし、こちらに向かってくる。そして私たちもまた向かっていくのだ……

座って庭を見つめながら、ポールはもうこんなふうに言えはしない。「今日はいい天気だけど霧がかかってるね。昨日とは違う。そのうち霧も晴れるか消え去るだろうよ」。かわりにポールの口はこわばり、それから緩んで、またこわばり、また緩んで、ようやく出てきた言葉は、「は……は……はん……はん……はん……はんとうめい」。それからソファの溝に深く体をうずめて満足げに笑った。ここ一カ月の間にポールは痩せてきて、背にあてたクッションが首の曲線にちょうどよくおさまっている。

あらまあ！「半透明」と「透明」の違いがわかるのね――光は差しても澄みきってはいない状態と、澄みきった何かを光が突きぬける状態。いまでもポールの脳は言葉を使って微妙な違いを表現できるんだわ。それにあの微笑みは何？　それは自分に知恵があることを知っているから？

「私の可愛いホモ・サピエンス・サピエンス」。そう言ってポールをぎゅっと抱きしめると、ポールは満面の笑みを浮かべた。

第一四章

この家はひそひそ声に満ちている。というのもポールの脳は、肺と顔の筋肉を協調させ、息に響きをもたせ声にして吐きだすことができないからだ。私たちは文字の発音練習のために顔の筋肉の柔軟体操をし、キスするときのように口をすぼめてダブリュー（w）の音を出す練習をした。夜になると、バラ模様の古びたカウチにゆったりと腰掛け、ポールは一つの言葉を見つけるのに三〇分もかけ、私はその間、ポールが何を言いたいのか推測しようと努めた。それはどんな種類のものか、と私はたずねることにしていた。

「ライト、ハウス、キーパー」。ポールは、それぞれの単語をしゃがれ声で、どれも同じように平坦な調子で発音した。ヒントになるような身振りも、抑揚も、強調も、顔の表情もいっさいない。

いったいポールは何が言いたいのか？　灯台（ライトハウス）を管理する人のことを言っているなら、最初の「ライト」という単語を強調するはずだ。それともちゃちゃっと軽く掃除する人なら「ハウス」を強調するだろう。明る（ライト）い髪の色の使用人なら「ライト」という言葉を強調して、それからちょっと間をおいて「ハウスキーパー」と言うはずだ。

「それって人？」

「ちがう……」ポールはもどかしそうにカウチをぴしゃりとたたいた。

「あなたに何か関係あること？」

「そう」。ポールが前屈みになったので、どうやら答えに近づいているようだ。

「あなたの薬？」

「ちがう……」

「食べ物？」

「ちがう……もっと下等な……」

「それって気持ち？」

するとポールの顔はちょっとゆがみ、「まあそんなとこかな」といった表情になり、両手の指をパッと開いて左右に振った。

「何か物のこと？」

「ちがう……ライトハウスキーパー……」

　回り道はしたが、とうとうポールの言いたいことに近づいた。あと、ほんのちょっとのところまで。ポールは正確な言葉ではなく、同じ概念を表す言葉で間にあわせたのだ。どのくらい近づいたのかはわからないが、ポールが「レプリカ」という言葉を発したとき、その勝ち誇ったような表情からそれがわかった。ポールの脳は過去の自分のレプリカのようだ、と言いたいのだろうか。私にはそれしか思いつかない。それとも、かつては灯台守（ライトハウス・キーパー）だった自分が、いまではちょっとだけ家事（ライト・ハウスキーピング）をする人に落ちぶれたということか。このやりとりにポールは熱を入れすぎ汗ばんでいる。

「暑い？」と私がたずねた。

　するとびっくりしたことに、ポールはこう答えた。「いいや。小さな西風が庭を一分半ほど放浪したせいで心地よかった」

　私は声を立てて笑い、ポールも笑ったが、ただし一瞬、間を置いて、自分が何かおもしろいことを言ったのに気付いてからだ。私はポールの腕を、でかしたぞ、とばかりつねった。

　ポールが言いたかったのはただ、そよ風が網戸を抜けて入ってきた、ということ。でもそれを言えずに、同類の言葉で間にあわせたのだ――何でもいいから捕まえた言葉で。なんて生き生きとした言葉の反転だろう。詩人の私はこんなイメージを捕まえようといつも骨を折っているのに。庭を眺めながら、私は小さな人の形をした西風、その見えそうで見えなそうな姿を想像してみた。

　私は綿のように疲れていたが、そんなことは気にならなかった。星の天蓋の下で静かに座り、この世界に感覚を解き放つことほど甘美なものはない。月は東の空に明かりを灯す。またたく星が増えるにつれて、ビロードの漆黒にダイヤ模様に星の終わりが輝く。壁越しに響くかすかな音に耳をすますと、反対側の、大きな窓が二つある寝室から聞こえてくるようだ。木々の枝がポルターガイストのように窓ガラスをたたく音。だが私の心の眼に浮かぶのは、痩せこけて曲がった指。コツコツコツとたたくのは、小枝か指か。茂みを抜ける風のようにネコがするりと現われる。ひょっとしてこれもまた風の呪文が呼びだした幻か、さだかではない。夜の帳が降り、脳がこの世を見る輝くレンズを失うこのときは。私たちは生来、夜に徘徊すべきものでなく、だから感覚は鈍くなる。背中の赤くて長いリボンをひけらかし、生温かいプールの縁と香ばしい大地のすきまに巣くう、この庭のガーターヘビの契約とは違うのだ。

傍らのポールが何を考え感じているのか知りたかったが、たずねるのはやめておいた。一日中言葉と格闘したのだから、しばらくは休ませてあげたい。幸いポールも座ってじっと眺めるのが好きだし、いたって退屈などしないのだから。『白鳥との日々』はいくらか私たちの生活に基づく小説だが、ポールはそのなかでこう綴っている。

餌箱のなかの雌のショウジョウコウカンチョウを三〇分も眺めて過ごせる夫婦なら……ほかのことだとてできるだろう。たとえばアマリリスとダリアを溢れんばかりに飾ったテーブルにつき、もう春だというふりをしたり、爪を切るときにその湾曲やねじれを眺めたり。

この静観の楽しみはつねに私たちのものだ。憧れるものでも、またどこかで読んだものでもなく、それは侮りがたい自然なうずきなのだが、その含むところは単純なものだ。ごくありふれたものにさえ、私たちが気付くよりもつねにもっと多くの、見つめるべきもの、驚くべきものがある。私たち二人にとってそれは、いままさに起きている計り知れぬ要素から成る奇跡のなかに、いきなり放りだされるということだ。「あるがままを見つめる」。私はいつもそう呼んでいる。この営みを説明するのに、これほど巧みな言葉はない。だからご覧のとおり、私たちはしょっちゅうこうして飽きずに眺めているのだ。ヒツジや小鳥、草や木、そして一匹のカヤネズミを……。

一緒に見つめるのは簡単だが、意思疎通をはかるのは容赦なく難しいことで、それは私との間に限ったことではなかった。それから数週間後に、私は永続的委任状を取得し、それによって法的にポールを代弁し、彼の請求書の支払いを手伝えるようになった。ポールは小切手の書き方をすっかり忘れてしまっていたので、私がかわりに書いたものを、ポールが左手を使って、奇妙なごつごつした殴り書きで署名するのだ。私が大学進学を希望したとき、父から初めて小切手の書き方を教わったときのことがふと思いだされた。ある日、近いうちに小切手が送られてくることを朝から私になんとか伝えたくてポールはだんだん激高していった。医療保険会社からの還付金なのだが、ポールは言葉を見つけられない。だがそれから数日後に現物が到着してようやく訳がわかった。郵便物を処理して、請求書を払う――いっさいが疲労困憊する仕事になった。しかもポールが話しだすと――私に、あるいは銀行の出納係に――落ちついて然るべき言葉を見つける前に、どんな言葉が行き当たりばったりに飛びでてくるかわからないのだ。

おそらくなにより紛らわしいのは、ポールが代名詞を正しく使わないことだ。だから代名詞がしょっちゅう文の最初に出てくる。ポールが何を言っているのか懸命に理解しようとして、あとからようやく男性ではなく女性のことを言っているとわかることもある。あるいは自分のことを「私」ではなく「彼」と呼ぶ。これは単に言葉の問題なのか、それとももっと深刻なもの、一貫した自意識の喪失を意味するのだろうか。自分のことを見知らぬ人間のように感じ、皆から修理の必要な物として扱われる状況で、ポールの自意識が「私」から「彼」へと揺らいでいたのか。

言語療法士が初回の評価のために訪れたとき、記録したメモのなかに次のような文があった。「重度の」という言葉を何度もくり返すことでポールの限界を強調したあげく、インパクトが弱まったため、療法士はさらに太字で目立たせるほかなかったようだ。

患者は**重度の**言語表出障害を呈し……患者は**重度の**読解力障害を呈する。大きな活字の単語を見せれば、患者は単語を声に出して読むことができるが、その単語に対する理解を示すことはできない。患者は**重度の**書字表出障害を呈する。

ポールの言語療法は標準プログラムに沿ったもので、文字や音節を発音し、一般的な物の名前を学習し、基本的欲求を伝達し、短い文章を読み、話し言葉を理解するというものだった。けれどもすぐにわかったのだが、これは差し迫った問題に対処すべく考慮されたもので、脳卒中患者に、日常生活の主だった活動をいかにこなすかを教えることを目標としていた。つまり失語症者が、失った言葉の宝をとり戻したり、繊細なことを表現したり、微妙なニュアンスのわかる聞き手になるのを助けることは目的としていない。療法士がまず基礎からはじめてポールの語彙を回復させようとしているのはわかるのだが、ポールにとってそれは面倒で退屈で、しかも見下されたような気分になるものだった。言葉を失ったとはいえ、それでもポールは一人前の感情や経験、心配や問題を抱える大人に変わりはない。幾年月もの教育を受けてきたポールはいま、小学一年生の教科書と同程度の問題に苦労し、そのことに意気消沈してしまうのだ。そのうえ、脳の損傷した部位が原因で、ポールは簡単な物の名前を思いだすことさえできない。夜になると、おなじみの書斎の隠れ家にひきこもり、ポールはその日の宿題と格闘した。

ポールに気付かれないままそっと覗きこむと、照明の光が横から机の上に差しこんでいる。まるでオランダの巨匠の絵画に描かれた場面、一人の男が作業台にかがみ込み、手強い図面を読みこなそうと苦心しているようだ。あんまり没頭していて、ポールは私がいることに気がつかない。どっちにしても右にあるものは見えないので、私は首をひょいっとのばして覗いてみた。かつてはひと目で見分けられた家族の肖像画でも拝むかのように、ポールは神妙な顔で椅子やランプ、イヌの絵を眺めたが、反対側のページの囲みに入った言葉と結びつけることができない。緊張のため額にしわを寄せながら、とうとうポールは椅子の絵を「イヌ」という言葉と繋げた。そしてしばらくじっと見ていた。どういうこと？ どちらも足が四本だから混同したのか？ ふとルネ・マグリットの「夢の鍵」を思いだした。この絵では、四つの物のうち三つに間違った名前がついている。ウマは「扉」、時計は「風」、ピッチャーは「鳥」、そして旅行鞄だけが「旅行鞄」と書いてある。無関係な言葉とイメージを結びつけ、マグリットは見る者を意図的に混乱させる。

次のページにいくと、わかる問題がいくつかあったが、ひどく手強い問題もあり（「果物の名前を五つ挙げなさい」）、私がこっそり抜けだし三〇分後にまた戻ってみると、ポールはまだ四つしか答えを思い浮かばず、しかもそのうち三つは間違っていた。それからまた三〇分後にふたたび部屋に戻ってみると、ポールはその四つも書き直していた。修正液や修正テープでミイラみたいになった欄にさらに書いた答えもやっぱり間違っている。

ポールがしぶしぶページをめくると、またしても分類分けが待ちうける。まるでドラゴンを一匹倒したら、子どもが一〇匹生まれたみたいに。ため息をつき、ポールは両手でごしごし目をこするとフェルトペンをとった。ペンの軸の部分は、握りやすいようゴムの持ち手をつけて太くしている。意を決したように力いっぱい黒い線を二本ひき、ポールは「月曜日」を「月」、「八月」を「日」と間違って繋ぎ、さらにつぎのページをめくった。

脳の選別係が負傷し勤務をはずれたせいで、分類分けを考えるのは悪夢になった。それでも分類は言語にとっては欠かせないし、そうしないと言葉をまとめる概念の湖がないままに、名詞や動詞がただ流れだすことになる。そもそも分類をするのは私たち人間だけではない。ほかの動物たち――チンパンジーやオウムからボーダーコリー、チンチラ、マカク〔アジア・アフリカ産の短尾のサル〕、ウズラにいたるまで――もまた重要な物事を分類し、混沌を頭のなかの便利な箱に執拗に選りわける。脳はこうした箱を別々の場所にとっておくが、ここでは小さな傷でも大混乱を生じかねない。患者によっては驚くほど特異な分類に問題を抱える人もいて、色を区別できなかったり、動物や果物、有名人、野菜、花、道具の名前が言えなかったりする。

ポールは息を吸いこむと、古地図の北風みたいにほっぺたを膨らませ、それから考え深げにふうと息を吐いた。そして「不透明」のとなりの「色」という分類にマルをつけた。なぜ色なのか？　まあときに色の役目を果たすこともあるだろうし、まぶしい陽光は南極に新たな色を塗るようにも見える。以前のポールならその考えも気に入ったかもしれない。だがいまはそんな発想を楽しんでいるわけもなく、ただ心の猛吹雪のなかで言葉を必死で手探りしているのだ。

ポールは疲労困憊してとうとう中断した。長い試験を終えたあとの鉛筆みたいに、頭もなまくらになっている。宿題はポールの頭から余ったエネルギーを一滴残らず絞りとり、ポールはものも言えずに寝室に向かって廊下をよろよろと歩いていった。ふつうは勉強のあとに睡眠をとれば、覚えたことを記憶のなかに封印するのに役立つものだ。けれどもポールの場合、身体という都市国家を機能させるのに必要なワット数はほとんど残っていなかった。鳴くツルが巣に戻るように、ポールもまた英気を養うべく本能的に睡眠という薬を求めていた。

ポールがうたた寝をしているすきに、ポールが書き直した宿題を、信じられないという面持ちで私はぱらぱらとめくった。正しい言葉にマルをつける問題でポールはマルのかわりにバツをつけ、五問のうち三問は答えが違っていて、あとの四問は手つかずのままだ。さらにページをめくると、「ラジオ」を「目で見るもの」に間違って分類し、「気象予報士」は「交通整理をする人」になっている。

マルをつけた項目を見ると、「塩は緑色である」

人は鏡を「通して（through）」向こう側が見えるかどうか、ポールには判断がつかない。

「夜に自分の影は見えますか？」という質問に、ポールは「いいえ」と答えた。私は苦笑いした。「いいえ」は正しい答えだ。でもたとえ真実ではなくても間違いともいえない答えだってある。月の影はどうなのか。それにそもそも夜そのものが影とはいえないだろうか。地面に落ちる影ではなくても、回転する地球が太陽に顔を向けるときに集結する暗闇。こんなちょっとしたことを、以前のポールなら話の種にして楽しんだことだろう。きっと二人で食事しながら世間話でもしているときに。でもいまのポールは、ただ基本的なことを理解するのに悪戦苦闘しているのだ。

つぎの問題は、「適当な言葉を入れて、つぎの格言を完成させよ」というもの。よく知られた諺の一部が示してある。

「歳月——を待たず」
「転ばぬ先の——」
「早起きは三文の——」
「習うより——」
「リスクは——せよ〔一つのことにすべてを賭けるな〕」
「木を見て——を見ず」
「犬は人間の最良の——」

ポールは綴りを間違えた答えを律儀に空欄に書きこんでいたが、こうした常套句は脳卒中前のポールにとって口に出すのもおぞましいものだった。ところがいま、ポールはこれらを難なく思いだせる。こうした常套句は通常、右脳にある、ごく聞き慣れた表現の書庫に保存されているからだ。これは日々の言葉の自動機械で、忠誠の誓い〔米国民の自国に対する誓約〕や聖歌、お気に入りの罵詈雑言、コマーシャルの短い歌もここに入っている。無傷の右脳には、きわめて風変わりな残存種が保存されていることもある。ポールは突如、「ペンシルベニア・ダッチのゴールデン・タッチ」と、ドイツ系ペンシルベニア人訛りで歌いだした。ペンシルベニア州立大学にいたときによく耳にしたエッグ・ヌードルのコマーシャルソングを思いだしたのだ。

＊＊＊＊

つぎの日、ポールはキッチンにいる私を見つけると、あんぐり開けた口を指さした。

「お腹すいたの？」と私が訊く。

ポールはそうだとうなずくと、何か話そうと口を開いたが、何も言葉は出てこない。さらに二回、挑戦したがだめだった。それからポールは、狭い道で自分を支えてもらうかのように私の手をとると、何か伝えたそうにしながらそっと揺すって、こう言った。「ナイス・アイス」

一見、いや一聴すると「ナイス・アイス」には可愛い響きがある。奇抜で、子どものように無邪気な響き――真実よりもっと慰めになることを教えてくれる。ポールは、手の届かないものを埋めあわせる術を知り、ちょっとした失敗も自分なりにちゃんと帳消しにできる聡明な大人なのだということを。だからこそ、ポールはある感覚に「ナイス・アイス」という言葉をあてて、覚えるために韻を踏んだ。私は小さな紙のカップに入った無糖のレモンシャーベットを取ってきてポールに渡した。

「あ、ありがとう……あ……あ……えっと……」。ポールの声は深い悲しみに沈んだ。

「ダイアンよ」

ポールは、まったく嘆かわしいといったふうに首を横に振って、くり返した。「ダイアン」

人の名前は――私の名も母親の名も含め――ポールの脳の枯れ谷から投げ縄で捕らえるにはひどく手強い獲物で、まるでこっそり逃げだすムスタング〔小型の半野生馬〕の群れのようだった。

あとからポールは私にこう語った。「ごくまれに、探していた言葉が天使みたいに目の前に現れて、さあお使いくださいと頼んでくるんだ。たとえ一本調子の妖精の短い歌に使われても結構ですからと。ぼくは言葉のはじまりをつかんでいた。ぼくはただ、この子どもじみた幻に惑わされていたのだろうか、それともそこにはたしかに何かがあったのか、ひょっとしたらはるか先、いつも使うには遠すぎるところに。それはただ人を惑わす夜の先触れ、生まれ出ない言葉のままで、ぼくの失語の愚行のせいで完成されず、鼻歌――あるいはブーンという機械音――のように、語られない定めにあるものだった」

言語療法の訓練――物と言葉を結びつけ、空欄を埋める――の多くは厳密な線形思考に重点を置くが、ポールにとってそれは自身の奈落、損傷を受けた左脳半球の茫漠たる廃墟を訪ねるのに等しかった。いちばん弱い部分を訓練するよい練習法ではあったが、それでも激しい挫折感を味わわせるものだった。これまでの人生でいつも期待以上のことを成し遂げ、並外れて優秀な生徒だったポールにとって、答えの半分が間違っているなどはじつに惨憺たる成績だ。しかも簡単な問題でこれほどの惨敗を喫したポールは、またもうつ状態になりかけた。

いかにも晴天ならではの綿雲のかかった青空がまぶしい日に、私がリビングに入っていくと、ポールが陰うつな顔で床を見つめている。その朝早く、私たちはおたがいに相手に腹を立てていた。約束があって急いで出かけようとしていた私を、ポールが呼びとめたのだ。どうやら何か頼みがあるらしい。

「あれ……もって……きて……」。ポールは真剣なまなざしで、指で宙に四角を書いた。「……長いウマ……ちがう！　長いウマじゃなくて、ええと……」

「封筒？」私がせかすように訊く。

「……いや……ちがう……ええと……」

私はポールをさえぎった。「スリムベア〔アイスチョコバー〕は切らしてないわ。それはたしか。もしかして切手？」

「はやすぎる！」ポールがゆっくり頭を整理しているそばで、私は時間が蒸発していく気がした。じりじりとドアまでにじり寄ると、ポールがあとから追いかけてくる。

「ちがう……ほら、あれ……あの……」。ポールはまたも小さな四角を宙に描いた。

「何かの紙？」

「ちがう！」

「チーズ？」

「ちがう！」

「紙に書いてみてくれない？」

「はやすぎる！……なんだって？」

私はゆっくりくり返した。「紙に書いてみてくれない？」

「いやだ！」　ポールの眉は褐色の煙のように跳ねあがり、いまにも耳から蒸気が吹きだしそうだ。でもこっちだってぐずぐずしてはいられない。

「遅刻しちゃうわ。二時間で戻ってくるから。ね、それからでいい？」

「ふうう！」ポールは私を睨みつけ、手でしっしと追いはらった。「女ってやつは！」

私はカチンときたが、それでもポールの努力を無駄にしてしまったことはすまないと思った。すでに憤慨していたポールは、言いたいことを私に伝えられず、ますます自分に腹を立てていた。

私が家に戻ったときには、すでにポールは何を取ってきてほしかったかすっかり忘れていたが、それでも私に何か伝えようとしてうまくいかなかったことだけは覚えていた。私は自分があわてていたことを謝った。ポールはあきらめたような陰うつな顔でうなずいた。カウチに並んで座ると、沈黙が霜のように降りてくる。昔から夫婦円満の秘訣はコミュニケーションにある、とよく言われる。だが相手が言葉をほとんど失ったときはいったいどうすればいいのか。

私はポールの手をとり、ゆっくりと落ちついた声で言った。「あなたが一生懸命コミュニケーションをとろうとしてるのはわかるわ」

なんとかポールを元気づけ、自分の気分も明るくしたくて、私は必死で言うべきことを整理した。ポールを混乱させたくはない。

「でもね、話すこととコミュニケーションをとることはまた別なのよ」と続けた。「うまく話せなくてもコミュニケーションをとることはできるわ……そう、時間はかかるし、大変だし、完璧にはいかないでしょうけど、でも不可能じゃないのよ！　進歩すれば一緒にいられて、一緒にいられればコミュニケーションをとれるってこと。たとえ何もかも言葉にしなくても……あなたが話すことだけであなたという人間が決まるわけじゃない。いまはそう感じるかもしれないけど……二人で一緒に乗りきりましょう」。口には出さなかったが、もしポールが進歩しないなら施設での介護が必要になる心配が、この言葉には隠れていた。

私の方針は、中西部の、ある失語症の在宅プログラムに触発されたもので、とにかく安心させることを目的としていた。これは『失語症への対応』から拝借したやり方だ。けれど作家であり教授であるポールのアイデンティティにとっては、やはり言葉が必要である。これまでの生涯でポールは言葉にかじりついて慰めを得て、言葉を駆使して生計を立て、言葉を操り自らを表現し、言葉を蝶のごとくピンで留め、はかなく消えゆく発想や感情を捕まえてきた。手紙や電話を介して、言葉はいつもポールと海の向こうの家族とを繋いだ。それから私とのあいだも。私が傍らにいるときも電話の向こうにいるときも。ポールはいつも言葉で自分の世界をやりくりしてきた。他のいっさいを排除し、いわば「精神生活」を送ることをあえて選択し、自分のエネルギーを執筆と、同じく言葉を愛する妻のためだけにとっておいた。ポールから言葉をとりあげるのは、ポールのおもちゃ箱を空っぽにし、ポールをただの怠け者にし、その自我をすげ替え、愛する者との絆を断ち、天与の糧を奪いとるようなものだった。

言葉は脳にとっては紙吹雪みたいなたわいもないものだが、それでもあらゆるものを色付けし明晰にすることも、あるいは心を汚し、気持ちをねじ曲げることもできる。小説家のウィリアム・ギャスがワシントン大学〔私もここでかつて教えたことがある〕の学生に語ったときに誉め称えたのは、「詩人が情熱を語るときに、あるいは歴史家が時を超えて真実に迫るときに、あるいは精神分析医が夢の底に残った茶葉から人の欲望を見抜くときに用いる言葉」だった。

かつてのポールは空想に耽りながら何時間も机に向かい、無意識の小樽から言葉を注ぎ続けたものだ。コープランド〔二〇世紀の米国を代表する作曲家〕の交響曲第三番が続けて五回も本格的な反響言語よろしく轟きわたるなか、キッチンカウンターに貼った付箋がヒューヒュー口笛を吹き、コウノトリみたいに片足をあげていたのを思いだす。あのとき、茶色の肉用包装紙に青い絵の具を塗って即興でこしらえた地図を、ポールが広げて見せてくれた。そこに描かれていたのは塩田と紅海と砂漠地帯。ポールがくっくと笑いながら旗を描いた砂丘は、さまよっていたダナキル族と道に迷ったパイロット二人が鉢合わせした場所だ。それからポールは再びコープランドを調子っぱずれに鼻歌で歌いだす。ちょうどその頃、小説の新作がポールの頭をふらつき、ようやく腰を上げ現実のものになった。ポールが無理やり水夫にされて、ラムに浸った空想の波止場を駆け下りるのを見て、私はどんなに嬉しかったことか。ここでは波止場人足の発想だってまっとうな労働になりうるのだ。いったい言葉なくしてポールが生きていけるのか。そして私たちもまた。

第一五章

ポールが眠っているあいまに、私は繁華街のベジタリアンレストラン「ムースウッド」で友だちのジーンとランチをした。学生時代から、私にとってはこの店が出す食事こそ、まさに元気が出る料理。ムース（ヘラジカ）のグッズが飾られた炉棚のそばの、光沢のあるオークのテーブルに腰掛けると、すぐ前の「本日のスペシャル」と書かれた黒板が目に留まる。金髪の混じった褐色のショートヘアに榛(はしばみ)色の目をした小説家のジーンは、ここからほど近い、ニューヨーク州のジェニーバという小さな町で育った。ジーンはそこの教区立学校に通ったあとに、ここイサカに引っ越し、画家のスティーヴと結婚した。スティーヴはコーネル大学で美術を教えているが、副業として曲芸飛行の複葉機パイロットをしていて空の芸術家でもある（飛行機雲で空中に四次元立方体を描く）。ジーンは古きよき時代の暮らしを誰よりもよく知っていて、台所仕事や庭仕事に長け、手縫いで見事なキルトをこしらえる。けれどジーンのいちばんの得意技は、くだらない話と真面目な話をまばたき一つで切りかえられること。

ジーンにポールのことを話すと、その目が心配そうにぎゅっと私に抱きついた。

「少しずつ言葉を話せるようになったけど、おかしなことや訳のわからないことをよく言うのよ」

「たとえばどんな？」

「ええと、そうね……私が気に入ってるのは『エルドリッチ』とか」。私は一瞬にこっと笑った。

ジーンは楽しそうな顔をした。「それって妖精（エルフ）と魔女（ウィッチ）の混血みたい！」

「ほんとね。でもその意味は『奇妙で得体が知れなくて不気味』ってことなんだって。たとえば『空飛ぶ円盤がエルドリッチな沼から静かに浮かびあがった』みたいに使うのよ」

「いつそんな言葉覚えたの？　ていうか、どこで？」

「神のみぞ知るだわ」

その前日のことが頭をかすめた。ポールはリビングの窓辺に立って、夕闇が梢のあいだをくすぶるさまを眺めていた。ポールは長いことぴったりの言葉を探して苦しそうな顔をしていた。そしてようやく満足げに私の方を向くと、ひと言こうつぶやいたのだ。「エルドリッチ」。どこかで聞いた気がして、念のため辞書をあたってみてから、またポールを見にいくと、ポールはまだ窓辺にたたずみ、スプリンクラーがリズミカルに庭に額手礼をするのを眺めていた。ポールの腕をとり、私もうやうやしく「エルドリッチ」と答えた。

「でもね、人が言ってることを、まだほとんど理解できないの」と私は続けた。「読むことも書くことも――何もかもがひどく遅くて。言語療法士の訓練を受けてもあまり成果は出てないし。それに物を飲みこむのもまだ問題があって……でも私が悲しいからってあなたまで悲しませたくないわ」。いきなりそう言って、私は話を切りあげた。

「ばかなこと言わないで。あなたはこの町でいちばん古くからの友だちよ。何も教えてくれないほうが傷つくわ。それは大変だわね。私だったらどうするか想像もつかないわ。もしもそんなことが、縁起でもないけど、うちのスティーヴに起こったら」

見ていると彼女の顔が恐怖で青白くなったが、また穏やかな表情に戻り、気の毒そうな顔をした。

「あなたの調子はどう?」そう彼女に訊かれた。

そんな大それた質問、答えようがない、そんな気がした。自分がどうかなんてこれっぽっちも考えていなかった。当たり障りのない返事だとまずいかな（「私は元気よ。あなたはどう?」）。でも精神的にいっぱいいっぱいで、新しい報告など何一つ思いつかない。取り乱してばたばたの状態と茫漠とした悲しみの狭間をうろつき、悲しみの粒が細胞に入りこみ、細胞一つに一粒ずつで、どっしりと重たくて、あげくにうなだれ肩を丸め、晩年の父や母のように足を引きずり、まだまだ新しいことに挑戦できる歳の女にはとうてい見えない。私は不安（「自分の仕事をほとんどしていないわ」）の島と、私の気力を削いでどこかにやってしまう疲労の島のあいだを幽霊みたいに徘徊している。悲しみが、脱げない大理石の上着のようにのしかかる。

「自分がどうかなんてわかんないわ」。フランスレンズ豆とキャベツと角切りトマトのスープをむだにかき混ぜながら、私は言った。「たぶん私、ショックを受けてるか、傷ついてる。ときどき自分がスローモーションで自動車事故にあってるみたいな気がするの。スピンし続けてとまらなくて、どうしたらいいか必死に思いだそうとして――足をブレーキペダルから離して、次は回転に合わせて――でも何をやってもだめ、車はコントロールを失ってぐるぐる回り続けるの」

「まあ、なんて怖いこと！」

「外からは見えないけど、そんなふうに胸やお腹のなかがひっかき回されてる感じ。そうでないときはゾンビみたいに朦朧として、なのにそれでも会話して、動いて、仕事して、ポールのことをいろいろ決めたりもして――でもそれも全部、私がこの現実の悪夢のなかで眠っているときに起きていて、この悪夢はあっちこっちに広がってどんどん深くなって。ときどき自分がひどくか弱くなった気がして、毎日毎日揺さぶられるぬいぐるみ人形みたい……ほらね？　だから言ったでしょ。自分がどうかなんてさっぱりわかんない。めちゃめちゃだってこと以外」

ジーンの目が曇った。「ねえ、彼を回復させる責任が自分にあるって思うのが、ストレスの大本になってない？」

「自分に責任があると思ってるわよ。ポールはこれまで自分のことは自分でやれたけど、いまは違う。すっかり変わっちゃって、ぜんぜん勝手が違うの。とにかく知りたいのは、これ以上回復する見込みが本当にあるのか、ポールをがんばらせるのはやめるべきかってこと」

自分の心が心配から解放されて気ままに散歩したのはいつだったのか、もう思いだせない。

「医者はなんて言ってるの？」

「医者だってわからないのよ。まだそれほど研究が進んでいないから。脳についてわかっていることは少ないの。しかも壊れた脳のことはなおさら」

ジーンは身を乗りだし、私の目をじっと見つめた。「何か私にできることない？」

私はしばらく考えながら、香り豊かなスープをスプーンでひと口すくった。ようやく彼女と目を合わせたが、その目はまだ心配の色を浮かべていた。

「正直なんにも思いつかないの」

＊＊＊＊

家にいるときの私は、現実逃避と苦悶のあいだを行ったり来たりしていた。現実逃避に陥るのはつかの間だがしょっちゅうで（ときには午後じゅう台無しになることも）、そんなあるとき、私は、あの昔のポールの面影を、しばらく戦地に赴いたあとに帰還し、かつての自分に戻ったような、あの懐かしい伴侶の姿を垣間見たのだ。

ポールは自分の机の前に座り、一九一九年のヴェルサイユ会議の写真を眺めながら一人かっかと笑っていた。病気の老人と、若者が隣あって彼の目のなかから覗いている。ポールが何を考えているのか訊くまでもない――彼の脳が新たな物語をひねり出したときのこの謎めいた空気は覚えている。ポールは私が隣にいるのに気付いているにちがいない。

くるりとこちらに振り向くと、いきなりポールが言った。「じつに見事だ……花の名前を言ってみて……」

「バラでしょ、ライラックにラッパズイセン、チューリップ、シャクヤク、シャクヤク――？」

「シャクヤク」ポールがさえぎった。「あの黄色いやつか」

私の頭がぐるぐる回る――どのシャクヤクのこと？　ああ、うちのシャクヤクね、あの玄関前の。「本当に見事よね！　あの大きくてふわふわした黄色いカフス、私大好き」

「カフス」。ポールは言葉を堪能するかのように、ゆっくりとくり返した。ひょっとしたら一九〇〇年代初頭のマンハッタンの夜会を彩った、ひらひらカフスの長袖シャツにオニキスのピンを留めた男たちを思いうかべたのかもしれない。いかにもヘンリー・ジェイムズの小説の舞台にぴったりだ。

「五年前に私が植えたのよ。それから三回も別の場所に植え直して、ようやくあの花に合った土と日光とお隣さんの組みあわせを見つけたの。ひどく神経質な植物だけど、美しいわ――まるで小さな愛玩犬みたい」

「きみは大胆（プラッキー）！　ぼくは……」。次に言おうとしていることがおかしくて、ポールはにやりと笑った。「幸運（ラッキー）。きみはプラッキー、ぼくはラッキー」。ポールは韻を踏んでくっくと笑う。

いつもなら、今度は私が言葉のドミノをつつく番だ。たとえば「あなたはプラッキー、私はラッキー、じつにけっこう（ダッキー）」。するとポールがこう答える。「きみがプラッキー、ぼくはラッキー、じつにダッキー、でも肥やしだらけ（マッキー）じゃないよ」。そんな感じで続いていく。付け足す言葉がネタ切れしたほうが負け。でも今回は、ポールにハッパをかけるのはやめておいた。できるかどうかわからないもの。

それでも、この希望がふっと見えた瞬間に、私は思った。私の人生のすべてが崩れたわけではなかったのだ。二人の関係の残ったわずかな断片にただ感謝するだけでなく、またあの頃に、霧のなかに見失っていたあの「変わらぬ世界」に私は戻れるのだ。

けれどそれから少しして出窓で寝そべっていたとき、私はさらに激しい喪失感に襲われた。私は重機で押しつぶされ、ウィステリアの見事な蔓棚も、ミソサザイの長いカンタータでさえ、どんなものも、私を底なしの気分から救うことはできなかった。

信じることは諸々の強さをもたらす美酒であり、しばしばそれには偶然が風味をつける。真昼の太陽が光と影の地図を描く芝生を見渡しながら、あのクローバーの花の一つひとつに蜜が含まれていることを、私は信じた。けれどもポールが回復し、言葉を使えるまでになることを信じる心は、その日その日、一瞬ごとに変化して、いったん消えると、何をもってもその穴を埋めることはできない。お気に入りのロバート・フロストのソネット『かまどどり（*The Oven Bird*）』の最後の一節が私の頭をよぎった。

だれもが耳にしている歌い手がいる、
真夏の森で賑やかに啼く、
その鳥の声は木々の硬い幹にこだまする。
木の葉は古びたと彼は言う、そして
花々にとって真夏と春を比べると一対十だと。
晴れた日のいっときを曇らせて
梨や桜の花が驟雨（しゅうう）のように降り散ると

春の落花は終わったと彼は言う、
そして　秋と呼ぶもう一つの落葉の期がくるのだと。
大路の埃はすべておおったと。
鳥はなりを静めて、他の鳥たちのようになるだろう
彼はなおも歌いつつ、やがて歌わないことを知っている。
彼がことばにならぬ仕草で纏(まと)め上げた問いは
しだいに廃れゆくものをどう考えようかということだ。
〔『ロバート・フロスト詩集』安藤千代子訳・解説、近代文藝社〕

「しだいに廃れゆくものをどう考えようかということ」、そうそれが知りたいのだ。脳の損傷は永久的なものだと私は自分に言い聞かせたし、それはポールもまた理解しなければならないことだ。運がよければ、ポールのスキルはこれからもいくらか回復するかもしれない。だがたとえそうだとしても、おそらくは何年もかかるだろう。それでも脳の傷は消えることはなく、脳卒中以前の生活には決して戻れないのだ。それは現実的な目標ではない。私にとっても、ポールにとっても。ポールには自分のことを新たな視点から見ることが必要だ。かつての自分のどうしようもなく色あせた写真ではなく、現在進行形の作品として。そして私もまたこのことに折りあいをつける必要があるのはわかっていた。

どれくらいの希望がまだ私の意識に編まれていたかはわからなかった。明々白々なことをいかに否定していたか、小さな成功をいかに過大評価していたか、かつてのポールやその才能や私たちの生活はもう消

え去ったことを、いかにかたくなに認めようとしなかったか。でもいまとなってははっきりわかる。残されたものがしだいに形や大きさをあらわにし、私の気に入っていたものの多くが、私のお気に入りの夫婦の形が姿を消した。彼が過去の自分に、そして私が過去の私に戻れるふりをしたところで、戻りたいと望んだところで無駄なのだ。この家でかつて暮らし、私の人生の多くを占めた「私たち」にとって、ともに生きる同種の配偶者とは、それこそともに進化し、慈しむものだった。だがもとのようには戻れない。これは受けとめなければならないつらい現実なのだ。たとえ誰もが、何もかもが、以前のままではなくなったとしても。

どこもかしこも見渡せば、自然は原子の一つの川として分割できないままに流れていく。ポールは単に宇宙から四×一〇の二七乗の炭素原子を拝借し、いつかそれを返さなければならない。ひょっとしたら地衣類か樹木になって。どちらにしても星々の手間仕事なのだ。「おれはおれ自身を土に遺す、やがては愛しき草地から生え出るように」。ウォルト・ホイットマンは『草の葉』に綴った。「もしおれをまた求めるなら、おまえの靴底の下を探すがいい」(『おれにはアメリカの歌声が聴こえる――草の葉(抄)』飯野友幸訳、光文社古典新訳文庫)。何一つ、誰一人、変わらぬものはない。草の葉も自分も一瞬前のそれとは違っているのだ。

ポールのいまの状態を脳卒中以前とは比べずに、むしろ脳卒中直後の最悪の状態と比べようと、私は精いっぱい心がけた。脳卒中以前というのはもう存在しないのだ。けれども自分の苦悩を隠すのはたやすいことではなかった。それにポールが私を見る目は、幾度となくはっきりとこう言っていた――何をたわけたこと言ってるんだい？　お馬鹿さん！

第一六章

最初にわが家に来た在宅看護助手――ここではフレッドと呼んでおこう――は、スキンヘッドでそばかすだらけの顔をした、やや気取った物腰の中年男性で、骨董品を収集し、大の料理好きだった。力は強いが繊細なところもあり、大人をベッドから軽々持ちあげたかと思えば、小ぶりの花瓶に花を細やかに生けたりもする。彼を知るようになってしばらくたったある日、フレッドがこんな話をうちあけてくれた。高校生の頃、自分の息子が将来ふつうの結婚生活を送ることはまずなさそうだと案じた母親から、「独身男性のための家事」と称する講座を勧められ、受けてみたら楽しかったのだという。医療サービス制度を熟知した聡明な看護助手として、フレッドはポールの服薬や毎日の日課を管理し、着替えを手伝い、家のなかをポールが安全に歩けるよう手を貸した。

フレッドはなかなかおもしろい人物だったが、残念ながら彼についてはもうあまり話すことがない。というのもしばらくしてわかったのだが、フレッドはポールから現金を盗み、ポールのクレジットカードを使って自分の買い物をし、そのほかいくつかの悪事も露呈したため、辞めてもらうほかなかったのだ。このとき初めて「高齢者虐待」というものを私たちは身をもって経験したのだが、この事実を認めるまで私はずいぶん長いことかかり、決定的な証拠が出てきてようやく納得したのだった。私よりもポールのほうが早くからフレッドを怪しいと感じていた。以来、左半球の脳卒中経験者はポールのように人の顔を読み、嘘をかぎつける能力が実際に高まるのだと、あらためて私は学んだ。そして残念ながらもう一つ学んだのは、高齢者の虐待は決してめずらしいものでなく、しかもすぐに発見されるとはかぎらないことだ。周囲もそんなことするわけがないと疑わず、また虐待者がときに感じのいい人間だったりもして発見が遅れるのだ。さらに悲しいことに、被害者になるのはとりわけ病気が重く弱い立場にある人だという。

フレッドの窃盗の件で、看護助手を頼むことにポールはますます乗り気でなくなった。ホームヘルパーがなぜ私にとってそんなに重要なのか、ポールにはなかなか理解してもらえない。ポールは一生懸命話そうとしてくたくたに疲れるが、私だってポールを理解しようとしてくたくたに疲れているのだ。ポールにあわせて頭を切りかえテンポを遅くするのだが、時間の流れるままに耳を傾けるといった悠長なものではなく、全神経を集中しなければならない暗号解読のようなものだ。さながら愛に仕えるスパイといったところだが、そんな任務をすばやくてきぱき疲れ知らずにこなせるわけもなく、数時間もたてば私の頭のヒューズは飛び、脳は解読をストップし、頭痛がはじまり休憩が必要になる。以前は頭など酷使せずに交わした夫婦のたわいのない会話も、いまでは厖大なエネルギーを要するものになった。私よりもポールのほうがどんなに大変で苦労が多いことかと思う。それでも、ごく簡単なことを伝えようとポールが言葉を探すのを待つあいだ、ときどき私は五分か一〇分もすると、さっさと言ってといわんばかりについそわそわしてしまう。急ぎの用事があると、言いたいことをポールが伝えられるまで座って待っていられないこともある。だがたいていはポールの気持ちを察し、気の毒に思って座っていた。

フレッドは、ポールが言葉をあれこれ探すのを長いこと待っていられたし、むしろ一日の大半を静かに空想にふけって過ごしていた。ポールにあまり話しかけもしなかったが、本来ならポールには、研究室のネズミのように脳細胞の連結を促すため、あらゆる面で「豊かな」環境が必要なのはわかっていた。ポールには、起きている時間はつねにどっぷり言葉につかってほしかった。さらにおしゃべりを楽しみ、何かに集中し、言葉を背景雑音にさせておかないことも必要だった。そんなふうに思っていたとき、リズのことがふと頭に浮かんだのだ。あの溌剌とした看護学生。機転がきいて、天性のおしゃべりで、ポールとかなりウマがあっていた。さっそくリズに電話をかけると、私は彼女にこう説明した。服装規定は超カジュアル、おしゃべりは絶対条件、そしてポールとたくさんプールに入ることになるだろう、と。

夏真っ盛りのある日、息をのむような雲一つない晴天、カレンダーの青空、デイヴィッド・ホックニーの描くプール、ポール・ニューマンの青い瞳、そんな空の下、リズがトロピカルフラワー模様の真っ赤なワンピース姿でやってきた。水泳パンツとベロアのジョギングスーツしか着ないくせに、なぜかファッションセンスにうるさいポールは、リズが入ってくるやそのドレスをちらりと見て、私に振り向き、合格とばかりにうなずいた。ノースリーブのドレスから、たくましい筋肉質の腕がはちきれんばかりに突きでている。顔はよく日焼けし、いかにも人生を全身で謳歌している人間というふうだ。

リズは、ポールのパートタイムの看護師、文筆業のアシスタント、そして気さくな遊び相手になり、何しろ最初からとんでもなく陽気で明るかった。毎朝リズはポールの血糖値を計り、空腹時の値を見て必要だと判断すれば、長時間作用する一日一回のインスリン「ランタス」を注射する。ポールに自分で管理させるのは論外だった。注射くらいはできるかもしれないが、そもそも注射器の充填線が読めないし、おそらく血糖測定器の数値も理解できないだろう。ポールにとって数字はもう何の意味もない。数字の「8」は雪だるま、「1」は電信柱みたいなもの。自分の住所も、電話番号も、誕生日すらわからない。そして数字がポールを混乱させるだけでなく、ポールもまた数字を見事に混ぜかえすのだ。

キッチンテーブルの椅子に座ってリズは薬を注射器に充填し、目の高さに掲げて光にかざし、小さな銀の泡を見つけると、指で一、二度はじいて泡を消す。そのあいだ、ポールと私は窓辺に腰かけ、ホシムクドリの群れが揃って前後左右に揺れながら、空いっぱいに羽ばたくのを眺めていた。群れが流れるように下降すると、鳥たちがいっせいに柵にとまった。

「何羽いるかしら？」と私がたずねた。

「四〇〇……いや五〇〇かな」。自信なさそうにポールが答える。

「どっちが、多いかしらね？」私はゆっくり訊いてみた。「五〇〇……それとも四〇〇？」

ポールは長いこと考えて、ようやく口を開こうとした瞬間、嫌な予感がした私は優しい声でこう言いそえた。「あてずっぽうで答えなくていいのよ。本当にわかってる？」

「五〇〇」

「いいえ、四〇〇のほうが五〇〇よりずっと多いわ」

「五〇〇のほうが、四〇〇より、ず、ずっとおおい」。ポールは頑固に言いはる。

ポールはもともと数学の達人で、税金の計算から水道メーターの読みとりまで数字にまつわる家の仕事は当然ながらほとんどポールが引きうけていた。私がパイロットの筆記試験——計算機やコンピュータではなく、円形計算尺を使って解かなければならない航法や荷重の問題がたくさん出る——で一〇〇満点をとったことは、よく二人のジョークの種になった。私は数学がなかなか頭に入らないのだ。計算や代数、幾何が得意だなどとは口が裂けても言えない。掛け算表〔英米では一二×一二まである〕は言えるけれど、速くは無理だし、急かされたらもうアウト。だから突風のなか、教官の指示どおりに「涙の雫型」の空中待ころかアメーバを空に何匹もこしらえた。

機経路を飛びつつ、機種方位を再計算するなどパニックもので、練習ではしょっちゅう間違え、涙の雫ど

いっぽうポールは数学を楽しんだ。虜になるほどではなかったが臆することもなかった。一度などは、いつになく退屈なゼミの最中に、自分の一時間あたりの給料をキャンベルのスープ缶で計算したそうな！数字や割合や測定値や度数にまつわる一生分の経験——そのいっさいが消えたのだろうか。脳卒中によってポールの右脳半球はどの程度やられたのだろう？左脳半球のネットワークは数字に割りふる言葉を特定するいっぽう、右脳半球はその規模を思い描く助けをするのだが、後者もまたいまのポールには抜けおちてしまったようだ。

ポールは私ににじり寄り、腕が触れるほど近づくと、「二ドル」と声を忍ばせささやいた。

「二ドルですって？」

人差し指を後ろにくいと曲げて、ポールがリズを指さす。

「リズに二ドル借りてるの？」

ポールは私を一瞥すると、「なんで覚えてないの？」と言いたげな怒りのためいきを吐いた。

「料理」。ポールは小声できっぱりと言った。一時間前に起きたことすら覚えてない私が、自分の回復をどうやって手伝えるのか怪しいもんだ、と言わんばかりに。

「インド料理をとってきてもらったこと？」

「そう！」

「それは二〇ドルよ、二ドルじゃなくて二〇ドル。二に〇を足さなきゃ」

ポールはしかめ面をして首を横に振る。「ちがう――二ドル」

こりゃだめだ。とにかく当分、ポールには血糖値の測定もインスリン注射もまかせられない。数字は言葉とまたつくりは違っても、いまでは意味のある記号の役目を果たしていない。

そのうえ、とりわけ三つ以上の段階を要する指示は、ポールを混乱させた。ポールの「手続き記憶」――「ハウツー」にまつわる長期的なスキルの記憶――が脳卒中の発症時にかなりの損傷を負ったのだ。血糖値が一五〇を超えたらインスリンを投与して、一五〇以下なら投与しない、ということをポールが理解しているかどうかは怪しい。どの薬をいつ飲むかわかっているとも思えない。こんなに何もできなくなったポールを見るのはつらかった。とはいえ私とリズは一〇本ずつまとめて注射器に薬を充填し、冷蔵庫に保存しておくことにした。

私たちは、シック・イットでとろみをつけた、無糖の冷たい〝ホットココア〟（子ども時代の大好物）ではじまる定番の朝食メニューを用意したが、この飲み物はつくるのが驚くほど難しかった。シック・イットはお湯に入れるとダマができ、粉末ココアは水で溶かすとダマができる。そこでリズと私は泡立て器やミキサーを片っぱしから試してみて、右手が疲れたら左手でかき混ぜ、モリス（膝にベルをつけて男性が踊るイングランドのフォークダンス）やシミー（腰や肩を激しく震わせ踊るジャズダンス）、フラメンコやヘンテコなルンバを踊りながら振りまくった。数多の試行錯誤と爆笑のすえ、ようやく粉末ココアをお湯に溶かしてかきまぜてダマをなくしてから、あらかじめとろみをつけた牛乳を加えることに落ちついた。それでもやっぱりポールにたくさん食べさせるのは簡単なことではなかった。

食べ物や液体が肺に入ると肺炎を起こす恐れがあることを、ケリーをはじめ言語療法士がポールに警告したのには、もちろんもっともな理由があった。だがそれを聞いたポールはひどく怖がるようになり、ポールにたくさん食べさせることも、またたくさん水分をとらせることさえできなくなり、かえって危険が増した。ポールの体重は二〇キログラムも減って、もともと太りすぎだったから以前より健康そうに見え、血圧も下がりはしたが、ただし体重をこれ以上は減らせないところまできていた。それに、水分をとるとかならずむせるから口のなかがつねに乾いた状態のポールは、牛乳を飲みたがり、よく冷蔵庫からこっそり失敬しようとする。そのたびにくり返し説明しなければならないのだ（言われるそばから忘れるので）。なぜのどの乾きを癒す冷たい牛乳を飲んではいけないのか。あの洗い立てのシーツのように真っ白で新鮮で、かすかにバニラの香りのするつややかな液体を、どうして飲んではいけないのか。牛乳が口のなかに膜を張り、飲みこんだあとにしばらく残る感じが好きだ、とポールは前に言っていた。雌の乳房からとれる点も気にいっているらしい。いくら飲んでも飽きたらず、以前は一日二リットル近くも飲んでいた。ところがいま、決められた量のシック・イットを加えたら、ポールは牛乳そのものをまったく飲もうとしなくなった。

ポールが血液検査を受けたあと、アン医師から電話があった。

「まだ脱水状態なんですよ」。医師は心配そうに切りだした。

「でも食べないし飲まないし」。私は泣きついた。「思いつくかぎりいろいろやってみたんですが」。なんだか自分がいけないような気がしてきた。

「私から話してみましょうか？」医師が提案した。「家に帰る途中で寄ってもいいですよ」

かかりつけの医師が往診してくれるなどいまの時代にはめったにないことだ。彼女の優しさがありがたかった。

「ええ」。私はほっとした。「お願いできますか？」

それからしばらくして約束どおり医師が家に来て、ポールと一緒にカウチに座っているあいだ、リズと私は心配でそばをうろちょろしていた。ポールは、優しいゴルゴン〔ギリシャ神話の怪物三姉妹。頭髪がヘビで見る人を石に変える〕に追いつめられた人間みたいな目をして、私たち三人をおっかなびっくり見つめている。

「何か企んでるんじゃないかって心配は要りませんよ」。医師は気さくにそう言って、ポールを安心させた。「でもね、これからお話ししますけど、じつは私たち、本当は企んでるんです。あなたに食べたり飲んだりしてもらおうって。そうすれば病院に戻らなくてすむんですよ！　あなたはもっと食べなくちゃだめ。とても大事なことよ。栄養と水分をこれまで以上にとる必要があるんです。食べ物を吸いこむかもしれないって怖がるのはわかるけど、だからって食べないわけにはいきません。背筋を伸ばして座るか、前屈みになって、ゆっくり時間をかけて飲みこめばいいんですよ」

ポールはこれまでも幾度となく自分の命をアン医師に託してきた。この様子を見守りながら、なんて心温まる部族的な場面だろうと私は思った。病気の少年を囲んで三人の女たちが心配で大騒ぎしているのだ。

あくる日、私は悲しみと疲労の色をどうしても隠せなかった。まるで自分が、ポールのコーチにチアリーダー、チームメートに先生に通訳、そして親友に妻という役目を全部まとめて背負わされた気がした。こんなにたくさんの役を果たそうとしたら誰だって燃え尽きてしまう。

「どうしたの？」ポールがたずねた。

言わないつもりだったのに、つい口からこぼれ出た。「いっぱいいっぱいになっちゃった」

するとしばらくして、驚いたことにポールがこう言ったのだ。「つまりきみ……めむ、めむ、めむ……えと……うちそと――ちがう！　ばか、うちそとじゃなくて……うちの……そと。そとで晩ごはん？」

「そうね、しばらく外で晩ご飯を食べていなかったわね」。私はためいきまじりに答えたが、ポールが元気づけようとしてくれたことに心を打たれた。久しぶりに一緒に外食がしたかったし、ポールが出かける勇気を出してくれたことがひどく嬉しくて、それにポールがもう一度食べるようになるかもしれない絶好のチャンスだとも考えた。そこで地元の日本食レストランに、ひげをまだらに剃り残し、格子縞のフランネルのボクサーショーツにブルーの半袖シャツという格好のポールを連れていくことにした。もともとしゃれた服装には縁遠いが、それでも付きあいはじめた当初、二人で外出するときのポールは、スラックスとシャツにベルト、薄い靴下、靴は紐付きのオックスフォードという出で立ちだった。コルゲート大学の客員教授をしていた一九八〇年代のある年にかぎっていえば、ポールは青のベロアのブレザーに、小麦色のコーデュロイのズボン、軽く襟にのりをかけた白シャツ、そして色鮮やかなネクタイという豪勢な衣装にまでレベルアップした。当時のポールは、女は派手な色使いや豪華な生地で自分を表現できるのに、男は味気ない服を着なければいけないと嘆いたものだ。

けれどもしだいにポールは、死んだ皮膚を脱ぎ捨てるように、どんどん薄着になっていった。いまでは半袖のコーンフラワーブルーのシャツだけでこと足りるどころか（幸いにも二枚あったが）、履くのはローファー、靴下はなし。白の膝上までのショートパンツは、普通の半ズボンにどうにか見えないこともない丈が長めの海パンに席を譲った。脳卒中になって以降、海パンはさらに、格子縞の色違いを揃えたフランネルのボクサーショーツになった。ボタン留めはあってもなくても。ただしときどき——ボタン穴がのびていたりすると——ショーツを後ろ前に履いたりする。ポールはできるだけ楽な服を着たがった。ほかの服を着るよう波風立てずにポールを説得しようとしても無理だろうし、ささいなことでけんかになるのも嫌だった。「けんかは売らない」というのがこれまでの結婚生活で私が身につけたルールだ。そういうわけでクローゼットには、過去の衣装を祭った神殿のごとく、絶対に着ることのないポールのジャケットやスラックス、長袖のシャツ、数十本のネクタイやアスコットタイがずらりと並んでいる。二〇一〇年には、自分で選んだお気に入りのものも加わった。よりによってH1N1型インフルエンザウイルス柄のど派手なネクタイだ。

レストランに着くと、椅子やテーブルをすり抜け、奥まったボックス席にポールをなんとか連れていった。ここならちょっとばかりだらしない格好をしても大丈夫だろう。メニューには美味しそうなメインディッシュの豪華な写真がのっていて、ポールはまるでメールオーダーで花嫁を選ぶみたいに目を皿のようにして眺めている。

「何か食べたいのある?」

ポールはそわそわして顔をあげた。どうしていいかわからないのが見てとれた。大声を上げるだろうか? それとも逃げだすか? 接客係が来たら、うまく注文できなくていらいらし、ばつの悪い思いをするだろうか? 予測がつかない。とにかく安心させようと私はポールの手をとって「今日は私がかわりに注文する?」と訊いてみた。

ポールは額にしわを寄せ、私の声を周囲の雑音から必死で聞きわけようとした。壁の上のテレビの音や、お祭り気分の学生たちが囲む火鉢のくすぶる音がする。大事なことは何でもくり返して言うといいことを、私はこれまでに学習していた。

「今日は私がかわりに注文する？」

いくらがんばっても、ポールは私の声を外の喧騒から聞きわけられないようだった。テーブルに身を乗りだし、私は大きな声でゆっくりと話しかけた。するとポールはようやく安堵のためいきをつき、メニューを下に置いた。

私が注文したのは、脳卒中になる前にポールが好んで食べていた一品。「シュウマイ」と名のついた料理で、エビの詰まった団子のようなものがいくつかと、一口サイズのエビと野菜の焼き串。私たちはもっぱら黙って食べ、大げさに目を丸くしてにっこり笑い、「おいしい！」と伝えあった。ポールはかつての二人の日常を少しでもとり戻せて喜び、私もまたポールがいつもより固形の物を食べたのを見てほっとした。

車で家に帰る途中、嬉しいことに、ポールがつっかえながらも丁寧にこう言ってくれたのだ。「ありがとう……日本の……ブーケを」。「晩餐（バンケット）」と言いたかったらしい。

ポールはまたいつも通りに食べるようになったが、こんどは毎日、まったく同じ物を食べると言いはった。気分転換にとか、祝日だからとか、健康のためにとか、たまには変わったものはどう？　と勧めても、ささいな変更さえ許さない。夕食のメニューは、健康食品信者には悪夢の、ただしイギリスの変人にとっては夢の食事。缶入りのホワイトポテトをつぶして、瓶詰めのグレービーソースをかけたものと、缶詰のチキンもしくはハム。そして朝食はというと、エッグビーターズ〔卵の代用品〕のオムレツ、オリーブオイルで焼いたトースト、大豆製のスマートベーコン。さらに夜には大量の無糖バニラアイスを二リットル容器から直接食べる。これはポールが守るべきカロリーと塩分を控えた糖尿病食ではないのだが、とにかくいまは食べてくれるだけでありがたかった。だがこれだけの量のアイスを食べるので、ポールはどんどん太りだした。そこでカロリー制限の目的で、ポールは無糖のアイスクリームサンドイッチとアイスバーを十数種類も慎重に食べくらべ、苦虫を噛みつぶしたような顔でほとんどを却下した（風味がないという理由で）。そしてとうとうクロンダイク社の「スリムベア」に落ちついた。ミルクチョコレートでコーティングされ、個別包装された、「砂糖は入っていません」が謳い文句の四角いバニラアイス。ところが「スリムベア」という名前はポールの頭をするりと抜けおち、かわりにきまってポールは違う名前で呼ぶ。「スキニーエレファント」。デザートが食べたくてしかたないポールが言う。

頭に浮かんだ絵に私はくすくす笑った。「やせっぽちの象？」

「ちがったな」とポールは上機嫌でつぶやいた。自分の言葉にあきれながら、それでも自分がこしらえたイメージをおもしろがっているふうだ。宙に描いた言葉を片手で振り払うようなしぐさをして、ポールが言った。「スキニーエレファントじゃない」

そして両手で宙に四角を書いた。

「ええと……ええと……スキニーエレファント……」

あくる日、ポールは大真面目で、こんどこそ合っているはずだと自信満々におねだりした。「マイナーベア！」じゃなくて！　スキニーエレファント！　ポールのリクエストはごくありふれたものだ。ポールは正しい名前を言ったつもりで、冬の星座を欲しがっていたわけではない。

「マイナーベアはちょっと違ってるけどね」。私はついおかしくて笑みをこぼした。「マイナーベアは、本当はこぐま座（アーサマイナー）、それか小びしゃく（リトルディッパー）っていうの」

ポールはしばらく考えてから、にんまり笑った。それから「アーサ」とくり返し、わかったとうなずいた。

失語症にはほかにも奇妙なことがある。母語の言葉は出てこなくても、以前に習った外国語の言葉を覚えていたりするのだ。ポールは半世紀も前にラテン語とフランス語を勉強し、さらに天文学にも強い興味をもっていた。「アーサ」は「熊」のラテン語で、天文学者のあいだでは「リトルディッパー」は「アーサマイナー」、「ビッグディッパー〔大びしゃく〕」は「アーサメジャー〔おおぐま座〕」と呼ばれている。

「スリムベア……」。はい、続けて言ってみて、という抑揚をつけて私が言った。

「ベア」。ポールはくり返した。「ベア」

「スリム……ベア」

「スリム……ベア」

だがポールの脳はこの商品名をどうしても覚えたくないらしく、とにかく何か大きいものが小さいと言われているという逆説の印象だけが頭に残ったようだった。そこでポールはこの毎晩のおやつを、「巨大なネズミ」から「ちびのゾウ」までありとあらゆる名前で呼び続けた。そして言っているそばから間違ったとわかって笑いだし、正しい名前は何かと訊くので私が答える。それでもポールの頭にはいっこうに残らない。かわりに「クロンダイク」も試したが、しばらくすると二人ともあきらめて、ポールの脳のスロットマシンが叩きだすこのナンセンスな言葉を一緒に楽しんだ。

ときおりポールは両手で宙に四角を書くというパントマイムで代用することもあった。ところが同じ手振りを、言葉が見つからないものに形かまわず片っぱしから使うので――切手やフェデックスの封筒、どこかにまぎれた原稿――ふだんからさほど役には立たない。そのうち私は、この四角をラテン語の「テンプラム」（英語のテンプル〔寺院／神殿〕の起源）のようなものではないかと思いはじめた。古代では予言者が四本の棒で四角（テンプラム）をつくって高く掲げ、この空間を横切るか、あるいは四角のなかに見えたものをもとに予言を行った。スズメやコウモリ、星や太陽、あるいはドラゴンの頭の形をした雲など。それはどんな実体ある物よりも神聖な囲いであり、壮大な建築物ではないものの、まさに宙に浮かぶ神殿や礼拝堂だった。予言者はときに四本の棒を使わずにすますこともあった。古代ローマの鳥占官は杖を用いて宙に四角を描き、どこにその四角を描いたとしても、それは未来を映す窓枠になった。ポールが何を求めていたとしても――スキニーベアでもひとかけらのチーズでも――それは、ポールの頭に描かれた同種の神聖な空間に存在するかのように思えた。

ポールがまた食べだしたことに私はひと安心したが、水分をとることにはまだ厄介な問題があった。近頃はようやくハチミツくらいの濃さの液体を飲んでもいいことになったのだが、それでもポールにはモーターオイルのように粘っこく感じられる。とろみをつけた無糖のレモネードを作りおきしたピッチャーは、シック・イットで固めたココアやミルクとともに、ポールののどの渇きを癒す定番ドリンクになった。私たちは週に二、三度、新しい分を混ぜて作り、古くなった残りはシンクに捨てた。そのせいであとからどんなトラブルが待っているかも知らないで。

ある日、排水溝が詰まって溢れてきたので水道工事の業者に電話をかけたのだが、私はごくありきたりな作業をお願いしたつもりだった。キッチンの床に座り、ぽっかりあいた排水口に、コイル巻きした金属の〝スネーク〟を何ヤードも差しこんでいた水道屋は、取っても取っても黒いヘドロ状のものが出てくるのでびっくり仰天した。とうとう不屈なヘビは三〇メートル先の道路までたどり着いた。大量の黒いタール状のものでいっぱいになったバケツが何個もたまり、ひどい悪臭を放ち、キッチンはさながら石油の掘削場か捕鯨船の甲板と化した。水道屋は何度も首をひねり、奇妙なことがあるものだとつぶやいた――まったくこんなの初めてだぞ……。水道屋が帰ったあと、ようやく私たちははっと気がつきくすくす笑いだした。触れたものをすべてゼラチンに変える、あの「シック・イット」を排水溝に大量に捨てたせいで、巨大なべとべと沼をこしらえたのだ。シンクを覗きこんだ私たちは、水がふたたび奇跡のように排水溝に流れていくさまをほれぼれと眺めた。

「料理したね！」勝利に酔ったかのようにポールが叫んだ。もちろんこう言いたかったのだ。「水道屋が排水溝を直してくれたね！」

何かに固執する能力は芸術家の十八番（おはこ）であって、どうやらこれは発話とともに消えてしまってはいなかった。執着する対象は変わっても、ポールの執着熱はあいかわらずだ。リストからはずれたのはフィッシュ・ペースト、サーモン、そしてイギリスの子ども時代を思いだすトライフル。そのかわり脳卒中後は、チョコレートを食べたくてしかたなくなったが、糖尿病なので無糖のものしか食べられない。そこでまたもや食べくらべをし、有名ブランドではない無糖のビターチョコバーに決めたのだが、これは近所の店ではなかなか見つからなかった。そこで在庫が減りだすと、私は大あわてでニューヨーク市かロチェスターから大量に注文した。ときにはリズと私がわざわざ車でシラキュースかコーニングに買いつけに行かざるをえないこともあった。店の人も不信に思ったことだろう。銀行強盗さながら私たちが店に乗りこみ、ありったけの量を、もちろん倉庫にあるものもいっさいがっさい出せと迫るのだから。五〇個まとめて持ち帰ったこともある。ポールはこれをひと晩に一、二個食べるのだが、医学的に見てそれが必要だと思っているふしもあった。マルチトールが含まれているので大量に食べると軟便になる恐れがある、とチョコバーのラベルに警告がのっていたからだ。チョコバーはかなり長期にわたって、ポールの便通改善食の贅沢な根幹をなした。あるショッピングモールのしゃれたチョコレートショップで、私はチョコバーをケース買いするお得意さんとして顔を覚えられた。まさか下剤用に使っているなんてとてもじゃないけど言えないが。そして最近は同じ店にリズが出没し、どうやら同じものの虜になり、この特定のチョコレートに埋もれずにはおれない人物がもう一人増えた。

だいぶ前に、グスタフという名のリズの大家が、テイスティ・バイトという夕食用の簡易食を気に入って皆に勧めていた。インドカレーのレトルトパックで、グスタフはモンゴルをはじめ世界を放浪する際に、緊急時の食糧として荷物に詰めていくという。ある日、リズは夫と二人で食べて気に入ったので、以来、キャンプに出かけるときは大量に買いこんでいく。リズはテイスティ・バイトを二種類、家から持ってきた。マドラス豆とボンベイポテト。私たちに試食させようと思ったのだ。冷たいままでも食べられるが温めると美味しくて、私も気に入ったのだが、ポールはすっかりこれにハマってしまった。チョコレートやコーヒーみたいにどうしても食べたくなる何かがあるようだ。ひょっとしたらポールには、子どもの頃のイギリスの植民地時代が想起されるのか、はたまたオックスフォード大で毎日のように出てきたビーフカレーを思いだすのか。何がそれほどまでにポールを魅了したかは謎だが、ポールはそれから夕食に、いっさいほかのものを食べなくなった。テイスティ・バイト二袋を深皿に入れ、トウガラシの辛さを和らげるためプレーンヨーグルトを加え、しっかり混ぜて電子レンジで三分チンする（赤いマルを三回押す）。これが以後五年間、毎晩、ポールのお気に入りの夕食メニューになり、たまに例外として中華のテイクアウトか冷製むきえび一皿を食べた。これがヘルシーなベジタリアン用食品でまったくもって幸いだった。ポールはいままでにこれを一五〇〇日ぶっ続けで食べたことになるからだ。三カ月分の予備を確保しているわが家の食料庫は豆カレーを崇める神殿となり、猛吹雪が来てもハリケーンが来てもわが家の備えは万全だ。味もさることながらポールはこれがインドで製造され、アポロ宇宙計画用に考案されたパウチに密封され、極端な温度や高度——海抜以下から月面まで——に耐えられると試験で検証済みだという点が気に入っていた。テイスティ・バイトはインドの軍隊とともにエベレストまで、またコンラッド・アンカーとともに南極までの旅に耐えたのだ。いかにも、失語症でイギリス人の変わり者、元クリケット投手で元教授で作家の誰かさんにうってつけではないか。

第一七章

書庫の棚に、私は毛糸やギフト用の包装紙、そのほか友だちや知りあいに贈るためのさまざまなプレゼント（気のきいたものから、ありえないほどおチャラけたものまで）をストックしていた。旅行先で、あるいは誰かにちょうどぴったりなものに出くわしたときに買ったものだ。だから誕生日やクリスマスが近づいても、私はちょっとしたプレゼントにことかかない。でもいまは書庫に入ると、決まってポールにあげようとこっそり溜めていた、言葉にまつわる贈り物が目に留まる。たとえば回文の本とか。これをどうすればいいのか? 「Madam, in Eden, I'm Adam（マダム、ここはエデンで、ぼくはアダムだ）」とか「Rats live on no evil star（不運なネズミはいない）」とか「Do geese see God?（ガチョウは神を見るか）」とか。かつてのポールならきっと喜ぶにちがいない。それからシェイクスピア調の悪態でびっしり埋まったマグカップ。「このひよっ子、裏切り者のチビめ（You egg, you fry of treachery）」とか。あるいはヨーロッパの各都市の文学案内。こんな贈り物はひたすら残酷なだけだろう。

以前に私たちが暮らしていたのは、お菓子の家ならぬ言葉の家。二人だけに通じる言葉には、たとえばまったくのナンセンスという意味で使う「フラッフ（flatt）」とか、相手がどこにいるか確かめたくて発する物悲しげな叫び「ムウォーロック（mrok）」があった。「子はかすがい」とよく言うけれど、私たちを繋ぎとめるのは、言葉という賑やかな家族なのだ。自分たちだけに通じる暗号や慣用語句の世界に私たちはどっぷりつかっていた。

あるとき、私は郵便受けから取ってきた手紙や雑誌を両手に抱え、家に戻ったことを知らせるのに――別に特別の意味はなく、ただ頭にふと浮かんだから――「ポスト・トラウト〔鱒（ます）〕」と歌うように叫んだ。「ポスト・トラウト!」廊下の向こうの書斎から、ポールがいかにも愉快な声でくり返した。すぐにポールはニヤニヤ笑いながら姿を現した。

「きみがぼくのポスト・トラウト?」そう訊くポールは、この新しいあだ名が気に入ったようで、魚のように口をすぼめて私のおでこにキスをした。以来、トラウトはわが家では、郵便を配達するか、何か魅力的なものを届けてくれる人、という意味で使われるようになった。

何を運ぶかによって、コーヒー・トラウトにもなれば、ベーグル・トラウト、そのほかもろもろになることができる。トラウトは、その運ぶ能力や、まして毎日の面倒を減らしてくれる能力で知られるわけではない……（いずれにしても、トラウトはその働きをするのだが）いわば面倒を買ってでる側の化身そのものなのだ……お互いの関係を大切にする教養ある家庭は、こうした一風変わった遊びがなくていった い成り立つものだろうか。こうしたことが絆を強め、響きの範囲を広げるのだが、この鐘の鳴る小さなバベルの塔を人はどう思うか……私にはさっぱり見当もつかない。

——『白鳥との日々』

私たちは、簡単にくっつけられる言葉は何でもひねって遊んだ。平日は、マンダルスデイ、チューゼルデイ、ウェンデルスデイ、サーゼルデイ、フライダルデイ、エッグデイ（私がポールに卵を焼く日）、それからサンダルスデイになった。「ハンド（手）」は「ハンドル」、「ブレックファスト（朝食）」は「ブレイクファスト」、「マウスウォッシュ」は「マウス（ネズミ）ウォッシュ」、「レンズ」は「レンズネス」になった。「セルフ（自分）」は「シェルブスト」、「スリープ（眠る）」は「シュルッフィー」、テレビの「ジョニー・カーソン・ショー」は「カーソニエンシズ」。皮膚科医に行くのは「ほくろ（モール）パトロール」。「あなたはシクラメン？」は「具合が悪いの？」という意味だ（語源を説明すると、sick（病気の）に指小辞がついたsicklaminは、響きが「シクラメン」に似ているから、「花のような小さな病人」を指す）。私たちのとびきりのお気に入りはA・C・H・Mと略して呼ぶものだ。しばしば「Achmed」とも書くのだが、これはセントルイスの植物園で二人が遭遇した、これまで見たこともないほど小さなネズミを語り伝える言葉「A

Certain Harvest Mouse（ある一匹のカヤネズミ）」である。ポールは次のように綴っている。「ぼくらの私的な動物寓話は、コックニーの押韻俗語のように秘密めいた二人だけの世界をつくってくれる」

これはよくやることなのだが、柔らかなスリッパを履いたぼくの足の上に彼女が乗って、ぼくがゆっくり後ろ向きに歩いて立てる音は、病院の検査室の前にかかった細密な水彩画のベニヘラサギを思わせる。パタ、パタ、パタ、パタ、パタ。ぼくたちは一緒に鳥になって進み、潮溜まりを出たり入ったりするのだ。

どんな夫婦も二人だけの言葉や暗号をこしらえるものだが、なぜ私たちがこれほどまでに縦横な言葉をつくる必要があったのかはわからない。ただ言えるのは、これまでの仕事人生で私たちはかなりの時間を、ごくふつうの言葉を法の許すかぎり手玉にとっては積み上げてきた。それから仕事を離れても、自由気ままに言葉をいじくり、茶目っ気たっぷりの意外な組みあわせをつくって遊ぶのが大好きで、文学の流行にはずれていようが、そもそも意味をなさなくたって気にしなかった。あるいは、二人とも密かに先史時代の祖先の仲間入りがしたかったのかもしれない。彼らは彼らなりの必要に迫られ、またただ楽しみのために多くの言葉をこしらえた。これらの言葉が、現代では一見関係のなさそうな、サンスクリット語やヒッタイト語、英語、リトアニア語などの言語を結びつけている。たとえばsun（太陽）、winter（冬）、honey（ハチミツ）、wolf（オオカミ）、snow（雪）、woman（女）、awe（畏れ）といった言葉たちだ。

おそらくこうした言葉の前身は、ぽつぽつと出てきた粗野で野性的な音として語られた。ポールはかつてお遊びでアメリカの愛国歌「アメリカ・ザ・ビューティフル」をインドヨーロッパ語に翻訳し、コーネル大学の、「ゼウス神殿」と呼ばれるコーヒールームで歌って披露した。ここは埃っぽいギリシャ彫刻の石膏のレプリカ（本物と同じく頭部や腕、その他の身体部分が欠けている）に囲まれた、文士仲間の溜まり場だった。言葉は人に仕え、人もまた言葉に仕える――私たちはときに言葉の主人で、ときに家臣にもなる。私たちが生きるアメリカ社会もまた、言葉といういわば「文化」のなかにあり、それは独自の要求もすれば、特別な罠を仕掛けてもいる。

＊＊＊＊＊

ある朝早く、私はポールのためにアイスクリームメーカーを買おうとディスカウントショップ「ターゲット」に急いで出かけた。小型家電のコーナーに行くためには、事務用品コーナーを通らなければいけない。けれど今回初めてポールから、いつもの文房具（黒いフェルトペン、マニラ紙の封筒、スティックのり、修正テープ、高輝度印刷紙）を買ってくるよう頼まれなかったと、はたと気付いて胃がぎゅっと締めつけられた。ポールはこういったものを、もう二度と必要としないのだろうか――よく二人で事務用品コーナーをネズミみたいにちょこまか物色していたのを思いだす。これもまた、ほとんど気にも留めなかった、よくあることの一つにすぎない。長い付きあいのなかで少しずつ染みこんだ習慣。雨のようになじんだ、書くことへの深い敬意。思いだされる喪失、奪われたささやかな楽しみ、失われた日常のかけら。私の感じた痛みは言葉にできない――言葉を超え、言葉では足りず、言葉で紛らわせられないものだ。「もうたくさん」と一〇〇回嘆いたとて、このお腹の底からくる、まったく初めての痛みを言い表すことはできない。このディスカウントショップの一角で――派手なピンク色のノートに動物柄ののり付きメモ、ラメ入りグッズに色とりどりのペンの森、さまざまな色調のテープが溢れ、母親たちがいっぱいの買い物カートを押してせかせか歩き、子どもたちがはしゃぎ、陽気な音楽がひっきりなしに流れるなか——私は体をこわばらせ立ちすくんだ。私たちのお気に入りの娯楽が消えたのだ。一緒に楽しんだ言葉のゲームもすべて。それからポールが即興でこしらえるあのちょっとした歌の数々も。

鳥類の世界では、二羽の仲睦まじいつがいが特徴的な歌をつくることがある。それぞれが自分のパートを歌うのだが、継ぎ目がわからないよう上手に交替で歌うので、たった一羽が歌っているとよく勘違いされる。そして片方の鳥が死ぬと、歌は途切れて終わる。けれどしばらくすると、これはよくあることなのだが、悲しみに沈む相方の鳥が、二つのパートを歌いはじめ、完璧な歌を甦らせる。自分でも気づかぬうちに、私もまたポールから、わが家の歌スズメの役を引きつぎ、おバカな歌をこしらえてポールに聞かせるようになっていた。

キッチンテーブルの椅子に二人で腰掛け窓を眺めていると、中庭に来た鮮やかなアオカケスが桜の枝から落ち葉で覆われた地面に飛びおり、餌を探しはじめた。そこで私は歌いだした。

アオカケス、木の上のアオカケス
わたしと一緒に遊びましょうよ
あなたが踊るはホウセンカ
わたしをちらりと見ませんか
あなたはなんて美しいおかた(フェロー)

こんどなりたい色は黄色(イエロー)？

ポールはこの韻に笑ったが、言葉を理解したかはどうかはわからない。

「あなたはなんて可愛いショウジョウバエ」と私が褒めると、ポールは嬉しそうに微笑みかえした。「可愛い」という言葉はわかるし、いまでも人付きあいのマナーはちゃんと心得ているからだ。ところが「ショウジョウバエって何か知ってる？」と私が訊くと、ポールは首を横に振った。

「ぼくは馬鹿じゃない！」ポールが言った。もうこの言葉を何度聞いたことか。自分を哀れむ気持ちと軽蔑する気持ちが同じくらい混じった声だ。

辛抱強く励ますように、私もまたもう何度言ったかわからないが、こう答えた。「そうよ、あなたは馬鹿なんかじゃないわ。コミュニケーションに障害があるの。言葉はまだあなたの頭のなかにあるけれど、ただ自分の言いたい言葉を選べないだけ」

それから私は説明した。ショウジョウバエとは、切った果物のまわりを飛びまわる小さなハエのことだと。果物って何かわかる？　と訊いたら、それはわかっているという。それから「飛びまわる」という言葉も理解していた。

「ドロソフィラ・メラノガスター」。突然、ポールが得意満面の顔で言った。シーラカンスを釣りあげて自分でも仰天した漁師のようだ。

「あらまあ！　どっからそんな言葉出てきたの？」驚いた私は、まるでたったいまポールがマジックを披露したみたいに目を丸くしてポールを見た。

そのとき、私の頭はふと、付きあい初めてまもない頃に二人で休暇で過ごしたジャマイカの、ある日の午後にスリップした。あのときたまたま入った海辺のホテルのレストランのメニューが間違いだらけで、それから数日のあいだ、二人で思いだしては笑ったものだ。「シェフの腸（バウエル）〔bowel〈腸〉とbowl〈ボウル〉の綴り違い〕のサラダ」だけで、もうじゅうぶん気味が悪いが、私のお気に入りは、「お客様の似顔絵（ライクネス）〔likenessに〈好み〉の意味があると誤用した〕入りのステーキ」。焼けた牛肉にエレノア・ローズヴェルトのシルエットが浮かぶのを、二人で想像してみた。

そのとき、新鮮な甘いパイナップルの角切りが盛られた皿に、ショウジョウバエが数匹寄ってきて、その一匹が私の手のひらにとまり、ゆっくり歩いた。

「ドロソフィラ・メラノガスター」。ポールがどうだと言わんばかりの口調で言った。大学の一学年で学んだギリシャ語を少々引っぱりだしたのだ。私はこの言葉の飛びかかってくるようなリズムが気に入ったが、それでも英語の翻訳のほうがだんぜん好きだった。

「ねえ、英語で何て言うんだっけ?」といまのポールに訊いてみた。

ポールはずいぶんと長く考えこんだ。ポールの頭の森でセミが啼くのが聞こえるようだ。

「前は知ってたのに」。とうとうポールは悲しげに言った。

「ブラックベリード・デュースィッパー（black-bellied dew-sipper）よ」

ポールの顔が一瞬、わかったと輝き、その言葉をくり返そうとした。「ブラックベリード」を忘れて、先に「デュー」と言ってしまったので、また初めからやり直したが、今度は「スィッパー」を忘れてしまった。「ブラックベリード・デュースィッパー。まず頭に思いうかべてみましょうよ。お腹が黒くて露（ブラックベリード・デュー）を吸うもの（スィッパー）」ポールをいらいらさせないよう、私は小声で言った。そしてしばらく黙って座ったまま、二人で茄子のような黒いお腹や、つんつんした剛毛、赤レンガ色の目のプリズムを思いうかべた。

その朝、ポールは「財布（ワレット）」と「小切手帳（チェックブック）」と「飲みこむ（スワロウ）」という言葉を探していらいらしていた。ポールがにっちもさっちもいかないときは、その言葉はどんな部類に入るかと質問し、壁を壊してやろうとするのだが、いつもうまくいくとはかぎらない。「飲みこむ」は口に関係するため、言葉の綴りを正確に言うことだと勘違いしかねないからだ。自分が言わんとする物や身体部分の言葉が見つからないときは、心の眼にそれを描けるかポールにたずねることにしている。言葉を用いなくても、イメージや気持ちを伝えることはできるからだ。ただしそれがうまくいかないときは何が残るのか。頭のけいれん、言葉ではっきり表せない思考や感情。大混乱した頭のなかで、ある当てにならない言葉を使って別の当てにならない言葉を定義するのは、激流に揉まれながら話すようなもの。言葉はもやいを解かれ、嵐にのまれた船のように漂流し、ロープを留める金具は割れ、防舷（ぼうげん）材ははずれ、しがみつけるものは何もない。

ポールは文章を話そうとして、よくさい先のよいスタートを切る。ところが最初の半分まではすらすら出ても、いきなりとまって、最後の大事な名詞の前で立ち往生する。そして突如、文章がどこに向かっていたのかさっぱりわからなくなる。ごく簡単な会話の最中にもこれが起きるのだ。数字が多少使えるようになってきたポールは、華氏八〇度〔摂氏二七度〕の日は、六〇度〔摂氏一六度〕の日よりも泳ぐのに適しているのがわかった。そこで外にくりだす前に、裏窓の温度計を念入りにチェックしはじめた。だが直射日光が当たると、目盛りが決まって四〇度高く表示される。一二〇度になっているのを見ると、ポールはトゥーソンのアリゾナ大学で教えていた当時を思いだしてにんまり笑う。あそこは気温が一〇〇度を超え、大気は可燃物の味がし、靴底の歩道が焼けるように熱く、サボテンさえも干上がる。冷たい雨ばかりの島からやってきたポールは、生涯、暑さに恋い焦がれていた。この問題ありの温度計を、当てにならないにもかかわらず、いやひょっとして当てにならないからこそ、私たちは「楽観的な温度計」（正面の日陰の庭にある、もっと冷たい温度計とは正反対に）と名付けて使いつづけた。

ポールはタオルを抱えて温度を読みあげる。六月の、ある幸運な日に、ポールがうきうきと宣言する。

「七五度！　あの壊れた……むむ。いまのはナシ。あのおん……」

ポールが続きを言うのを、私は両手をだらりと下げて待っていた。時計がチクタク時を刻んでいる。

「あの壊れた……」。また口ごもるとポールの脳は非協力的になり、ポールは腹立たしげにこう言った。

「あの使えない……」

私は小首をかしげ、まだちゃんと聞いているわよ、という合図を送った。「もう一回言ってみる？」

「あの壊れた……壊れた……むむむ」

ポールがおろおろしはじめたので、そろそろ助け舟を出したほうがよさそうだ。「温度計？」

「おんどけい。ひゃくど」。そうきっぱり言って、ポールは安堵の表情を浮かべた。緊張が解けたようすのポールはいきおい外に出ていき、手すりをつかんで、そろそろと進み、ようやくプールの梯子までたどりついた。

ところがその日は、またしても六〇度の日だったのだ。

こうして文章が尻切れとんぼで終わるのが、新たな習慣になった。私がじっと耳を傾けているあいだ、ポールがむなしく悲痛な骨折りを続けるのだ。消えさったのは、ポールからのお知らせ、お決まりの文句、小気味よいおしゃべり。かわりにポールは自分に腹を立てていた。どうしていつもどもって、オウム返しに言って、何度も言いかえ、しまいに怒りだすはめになるのか——傷ついた言葉、欠陥ありの言葉がポールの脳にとめどなく溢れてくる。お一人さまお席にどうぞ！——置いてけぼりされた自分に、私は給仕係よろしく心のなかで声をかけた。

　言葉を探すポールの苦しみは、サミュエル・ベケットの作品を思いおこさせる。ベケットは破天荒なアイルランドの劇作家で小説家。第二次世界大戦ではフランスのレジスタンス運動に参加し、ジェイムズ・ジョイスの筆記を手伝った。いちばん有名な戯曲『ゴドーを待ちながら』のなかで、ベケットは神の真意が読めないのは「聖なる失語症」だと説明し、神は「クワクワクワクワ」といった失語症者のようなちんぷんかんぷんな言葉を発すると語った。ベケットの登場人物のうち、私はワットの評価をあらたにした。ワットは失語症者のように話し、語順や文字、感覚をごちゃまぜにし、とうとう突飛すぎて誰からも理解されなくなる。ベケットがワットについて書いた部分を読むと、不吉にもポールのことが頭に浮かぶのだ。

「彼の頭蓋骨の内部では、埃（ほこり）のなかを小さい灰色の爪でひっかきながら駆けめぐっている二十日鼠（はつかねずみ）たちの足音のような音をたてて、声たちがその低い追復曲（キャノン）をささやいていた」〔『ワット』高橋康也訳、白水社〕

　沈黙の擁護者ベケットは、舌がもつれたり声が出なくなったりといった言語の障害に苦しむ人物を創造した。ユーモアと情熱と徹底した不条理をもって、ベケットは、名付けえぬもの、死ぬと決められた人生を生きること、そして文字通り最初の咆哮から最後の沈黙まで、人間の言葉による茶番劇を語るのに生涯を費やした。ポールはベケットを好み、とりわけその奇妙な、失語症の響きをもったフィクションをむさぼるように読み、学生たちと語りあった。運命のいたずらか、いまのポールはベケットの作中人物のように、まさにベケットの小説のなかに存在するかのように話している。
ベケットへの嗜好が再燃し、私は彼の最後の創作にふとめぐりあった。それは失語症の詩だ。言葉の混乱や救済を超えたところに行きついたあらゆる人びとについての詩！　一九八八年の七月にベケットはキッチンで転倒し（おそらく脳卒中が原因だろう）、目覚めたときには失語症になり恐怖で混乱し、その後、完全に回復することはなかった。最後の作品となった「なんと言うか」は、失語症の容赦ないもがきの責め苦の詩だ。五〇行にわたり、この失意の嘆きが形を変えて執拗にくり返される。「とおくどこかむこうにかすかになにを……なんと言うか――」（『いざ最悪の方へ』長島確訳、書肆山田）
この詩のくり返しや音の脱落、つかえやどもりの雪崩のなかに、私は失くした言葉を必死に探し求めるポールの声を聞いた。ベケットが脳卒中後に失語症になったことも、彼の最後の詩の詳細もポールは知らないが、私は言わないでおくことにした。ベケットは卒中から一年と半年後に亡くなった。最後の日々を失語症のまま、家具もまばらな狭い部屋で、サッカーやテニスの試合をテレビで観て過ごした。少年時代から持っていたイタリア語の『神曲』だけを傍らに置き。これはポールの頭蓋に入れるにはあまりに陰うつな光景だ。ポールはいまも回復のウィッシュボーン（鳥の叉骨。両端を二人で引きあい、折れたときに長いほうをとった者は願いがかなうという）を信じているし、ポールにまだ手をのばしていてほしかった。私も同じ。私たちが二人とも一生懸命に手をのばせば、どちらか一方は勝つはずだし、誰が勝つかは問題ではない。

第一八章

友人から私はありがたい励ましの手紙と言葉の贈り物をもらった。「ホロピス・クーントゥール・バリス（Holopis kuntul baris）」というインドネシアの言葉。これを言えば、重い物を運ぶときには不思議に体に力がみなぎり、精神的な重荷に苦しむときには気力がわいてくるという。私はこの言葉をいつも自分にささやくことにした。このアメリカには標語や労働歌、チャンツ（話し言葉をリズムにのせて表現したもの）など元気づけの言葉はいろいろあるが、消えかかった気力をかき集める自分だけの言葉を使ってもいい。ただ意志を強くもち踏んばるために発する声の気付け薬として。

ポールは大きな危機を乗りこえたかもしれないが、小さな危機はまだこれでもかと続いていて、つねに心配がつきまとった。転んだりしないか？　またうつに襲われたりしないか？　言語療法を投げださないか？　九一一にダイアルできるようになるか？　杖を使ってくれないだろうか？　料理しても危なくないか？　錠剤を飲みこめずにのどを詰まらせたらどうしよう？　これは困ったことにしょっちゅう起きて、錠剤が吸着カップみたいにのどにくっつきひりひりし、取りだすのにやけに時間がかかり、ポールはのどにひどい炎症を起こした。それから、派手な鼻血をまた出したりしないか？　足を擦りむいたり、とげを刺したり、虫さされをかきむしったりしないか（どれも細菌感染を起こしやすい）？　肺炎にならないか（ただの風邪から発症することもある）？　血糖値は高くないか？　血圧は高くないか（通常は頭痛の前触れがあるが、頭痛もまた日常茶飯事なのだ）？　食べ物を気管に吸いこんだら、こんどこそ取りだせないのでは？　転んで骨折したら？　来る日も来る日も、どんな恐ろしいことがポールの身に待ちうけているかと気が気でなかった。

それから、もっと小さな困りごともわんさとあった。請求書や税金の謎解きに挑み、電話番号をダイアルし、コピー機を使い、手紙を書き、外出し（銀行、レストラン、病院）、あるいは必要に迫られ知らない人とポールが直接話すときなどだ。田舎道に迷いこんだ気がする日もあれば、隠れた穴だらけの通りを運転する気分の日もある。どっちが車のシャーシを傷つけるのだろう。

こうした試練を乗りきるにはどうしても息抜きのクッションが必要だ。毎朝、寄りそいくっつき合って、ただの恋人同士になるひととき。ポールの睡眠は、しだいに夜更かしで朝寝坊のかつてのリズムに戻ってきた。だが時代が変われば新たな儀式が当然生まれる。そこで夜明けに目覚めたあと、私はいつも午前一一時になるとまたベッドにもぐりこみ、ポールを起こして三〇分かそこら二人して寄りそっている。するとまもなく、おなじみの音が聞こえてくる。バッタン、チーン、ガチャガチャ、ジャーッ、ガッチャン――つまりリズがドアを開け、コーヒーの湯をレンジで沸かし、食器洗い機から食器を取りだし、薬の用意をし、ポールの朝食の支度をして、それから朝の残りの仕事にとりかかるのだ。

幸いにして脳は自分なりのやり方を見つけるもので、週末と祝日、それからリズが幾度となく出かける旅のあいだ、私は潜水艦の司令官と乗組員を兼任するようになった。いつもの朝食の支度、つぎにひげ剃りかシャワー、着替えを手伝い、昼食時の薬を飲ませ、プールで泳ぎ、プールと家の往復を慎重に監督する。それから夕食の支度をして、夕食時の薬を飲ませる。そして、悪意を感じるほど複雑なリモコンの、果てしないチャンネル替えがはじまる。リモコンに並ぶボタンや矢印は、宇宙のビンゴのルーン文字だ。あるいはポール宛てのメールを私が読みあげ、請求書を処理する。そうやって数日もすると、私は心底、骨の髄までくたびれはてて、時間を忘れ分厚い地層に埋もれるように眠りに落ちた。

ポールと過ごす日々には、さながらドラマのような事件も起きる。たとえばある日の午後、私が外出先から戻ってみると、家になんと雷が落ちていた。ブレーカーが飛び、煙探知機がピーピー鳴り、テレビがぶっ壊れている。この災難のさなかずっと一人でいたポールが誇らしげに私に語った話では、目の前の床から光の球がのぼり、天井を突き抜け、その勢いで自分はカウチに投げだされたという。「一瞬たりとて退屈なし」というわが家のマントラでさえ控えめな表現に思えてくる。

安全のため、私はポールのバランス感覚・筋力・視野の喪失に対応できるよう、試行錯誤しながら家の模様替えにとりかかった。ポールがぶつかるか、つまずきそうなものはすべて移動し、まずは絨毯を捨てた。ポールのお皿やマグカップはすぐ手に届くところに置き、スプーンやフォークはカトラリーの引きだしに表に向けて並べた。こうしておけば、モダンでスマートで、ただしそれで食べるのは危ないデンマークのきょうだいと区別できる。ポールの好物の食べものは、冷蔵庫の前の、とりやすい所定の場所に置いておいた。ポールは牛乳を、注ぎ口のある紙パックから自分でコップに注ぐのだが、かならずといっていいほどこぼす。だから洗えるランチョンマットとよだれかけは重宝するし、手もとに多めにタオルも用意した。電話コードはつまずかないよう、ピンクのダクトテープでサイドボードに貼ってある。トイレの便座を高く上げる補高便座も設置した。右半身の筋肉が落ちているから、立ち上がるときに危ないのだ。身体を支えるためにカウチのクッションも増やしておいた。キッチンのゴミ袋などのささいなものも取りかえた。上で結ぶ袋はややこしすぎるのだ。

ほんの少しずつ、ごくごく小さなことから、この家の生活はポールの病気に合わせて進化していった。ポールの病気はひとり歩きをはじめ、この家のもう一人の住人になった。しかも中心人物で、特別な食事や日課も用意されている。クリストフ・デートレフの死のようだ、とときどき私は思う。ライナー・マリア・リルケの唯一の小説『マルテの手記』の叙情的な一節をふと思いだす。「クリストフ・デートレフの死は」リルケはこう綴ることで、デートレフの病気をも語っていた。「もう何日間もウルスゴーに居座って、あらゆる人たちと話をし、要求を突きつけていた。運ばれることを要求し、青い部屋……を要求した。犬たちを連れてくるよう要求し……要求し、そして叫んだ……クリストフ・デートレフの死は、急き立てられても動こうとはしなかった。その死は十週間の予定で来ており、そのとおり十週間とどまった。そしてこの期間中、死はクリストフ・デートレフ・ブリッゲがかつてそうであった以上に領主として君臨していた」〔『マルテの手記』松永美穂訳、光文社古典新訳文庫〕

私は大学生の頃、この一節をドイツ語でまるまる暗記した。この優美に装飾的な文章にひどく心を揺さぶられたのだ。当時の私は、誰かの病気が家の隅々にまで浸透し、ひとり歩きすることを心から理解してなどいなかった。だがこれに囚われると、徐々にあらゆるものが進化していく。スケジュールに登場人物、食事に家具、旅行に日課、家の空気に会話に部屋のレイアウト、さらには「平穏」「自立」「自由時間」あるいは「娯楽」といった言葉の定義さえ変わっていく。静寂は狭い場所に隠れるので、見つけたら大事にしなければならない。幽霊のようにまたこっそり消えてしまうから。日々の暮らしの目標値も変化する。ときおりクリストフ・デートレフの場合のように、病気や死が、その人自身よりも存在感があるように思える。自由に選べる下宿人とはいかないが、どんな面子とも同じく、誰しもなじんでいけるものだ。そしてついには新たな日課が習慣になり、新たな心配が染みこみ、新たな顔が見慣れたものになり、日々の感触がふたたびなじみのあるものになる。

頭ではこのことを理解していたものの、それでも新たな日課がどっさりあって、私にはやはり何もかもが一時的で不確かなものに思えた。毎日のたくさんの作業——たとえばポールの錠剤を揃えるとか——は、よくよく注意が必要で、一度のミスが恐ろしい結果を招きかねない。私には取り乱すことさえ許されないのだ。いつだって行き先の分からぬ旅、人生は警告もなしに日常から崖っぷちへと変化する。私には医療関係の訪問者や雇い人の相手をする必要もあったし、新たな薬や療法に対応するにはしばしば私の内なる潜水艦の司令官を探しだし、指揮をとらせねばならなかった。けれどもときには、ただごろりと寝転んで、自分も誰かに世話してもらいたいと心底思う日もある。誰かを介護をしている人ならわかるだろうが、自分の心配や悲しみを癒すための余裕などほとんどないのだ。

脳卒中は家族の誰をも変化させる。しだいにわかってきたのだが、介護は驚くことに人を相手との関係から切りはなし、ただの役割におとしめかねない。それも往々にして一人があまりに多くの役目を背負うのだ——恋人であり親であり、サルの赤ちゃんから高校卒業パーティのクイーン、戦士に花屋、知りたがり屋に召使い、学者などなど——キャンプの歌からフルートソロに変わるがごとく、どれもが一目瞭然、期間限定の明確な役割分担だ。いったい何が変わったというのだろう。私はかつてのポールを失っただけではない。もうとり戻せないポールのかけらと関わっていた私自身のかけらを失ったのだ。たとえば、あのエッシャーのだまし絵のような、おたがいが相手の子ども、といった逆説を。いまとなってはこれもいかにアンバランスなものになってしまったことだろう。

「あなたはまだ私の子どもだけど、私はもうあなたの子どもじゃないわ」。ある日、目に涙を溜めて、私はそううちあけた。

両手を伸ばしてポールは私を抱きよせると、麻痺した右手で私の髪をなで、左手で頬をなで、鼻のてっぺんにキスしてこうささやいた。「ねえ、ぼくの大好きなきみ」。それから私の胸に手を当てて、たどたどしくまじないをかけた。「だいじょうぶ」

私の気質もしだいに変化を見せてきた。以前よりも愛情深くなったのだ。ポールはひどく心許ないとき、いつも私にそばにいてほしがり、私もまたそばにいてもらいたかった。

あるときポールがこう言った。「どこかいく……さびしい……きみわからない」

「きみがどこかにいくとぼくがどんなにさびしいか、きみにはわからないってこと？」

そうだ、とポールはうなずいた。ポールは、ほんの一、二時間ほど私が外出したことを言っているのだ。この混沌とした新たな世界で、たしかにポールにとって私だけが唯一変わらないものだった。

あらゆる面で、私はポールの役に立つ部品になってきた。そのつもりはなくても、ときどき私はまるでポールがそこにいないかのように、ポールのかわりに自分が誰かと話していることに気付く。それはわけのないことで、長らく一緒に暮らしていれば、相手が最後まで言いたかったことが直感でわかるのだ。

「手の調子はいかが？」ある日、診察室でアン医師がたずねた。緊張したり、ストレスを感じたりすると、失語症者は吃音者と同じく、いつもにまして言葉を話せなくなる。何の考えもなしに、私はさっさとこう答えた。「まだうまく使えなくて困ってて。でもどっちにしろ悪いほうの手で食べたがって、左手を使おうとしないんです」。介護者として、私は反射的にポールの声になっていた。

「そうなんですか？」と医師はポールに話を振り、まだ日焼けの残るポールの右手を調べ、曲がった指をそっと開き、ほかの指も動かして、どの程度動くかを調べた。「右手で食べてるんですか？」医師はまっすぐポールの目を見た。

　ポールはそうだとうなずいた。

「それは驚きですね」

　ポールは得意げに小さく微笑んだ。

「手の訓練になるから、そのまま続けてくださいね」。医師は、相手を尊重した優しい声でゆっくりと言った。アン医師は灰緑色の丈の長いドレスに濃緑のジャケットをはおり、その色にぴったりの緑のアイシャドウをしている。肩までのびた褐色の髪がバレッタで片側に留めてある。彼女には緑がよく似合う。うっとりと眺めるポールの目から、ポールがその草原のような緑に見とれ、彼女がどんなに美しいかを伝えたがっているのが見てとれた。だがポールには言葉が見つからない。

「使ったほうが手にもいいんです。思い通りに動かないこともあるでしょうけど」。そう言いながら、医師は続けてポールの心臓と肺をチェックした。新しい薬やその使い方についての説明をポールは理解できないのが私にはわかっていたが、それでも医師は私たち二人に向かって話をした。

　ポールにかわって私が話したのは、ただ手助けしようと思っただけだ。愛する誰かが言葉に詰まると、人は本能的にあとを引きついで話すものだが、それはかえって逆効果になりかねず、相手がいっそう無力に見える。そこでそれ以後、私はつねにポールを会話に入れるよう心がけた。私たちの話していることを、ポールがすべてわかっているかのように振る舞った。ポールに自分が幽霊のように――ただ黙っているだけでなく心もなく目も見えないみたいに――感じさせないように。

　看護助手や医師や言語療法士の前では遠慮して、私はポールを、母親から生誕時に授かった聖人の名前、世間に知られた名前で呼ぶこともあった。つまりふざけて二人でこしらえたあだ名ではなく。それに私はごく月並みな、他人がいる場での話し方をした。どんな家族にもあるような、あの居心地のいい自分たちになじんだ話し方ではなく。すると二人の会話は妙にかしこまったものになり、おたがいの距離まで離れた気がした。だからそばに誰もいないときは、また二人だけのジャズ調の抑揚（アス・パ・ラアーガスとか、カーリ・フ・ラアーワ）や「ムウォーロック」の咆哮などの騒ぎに戻って、ふつうの言葉などなくたって二人でコミュニケーションがとれることを素直に喜んだ。毎晩、夕食が終わると、二人でカウチにくっついて座り、炎の揺らめく暖炉のようなテレビを眺めた。一日のうちなにより幸せなひとときだ。

「モンキーベビーの声、聞きたい？」ある晩、二人だけのとき私は訊いてみた。このとき、言葉はポールからすっぽり抜けおちていたからだ。

　ポールはこくりとうなずいた。

　私はくんくん甘えた声を出し、いたいけな赤んぼうみたいな顔をした。ポールは私を引きよせ抱きしめた。誰でも何かしら反応するだろうし、それはイヌだって同じ。ある種の音はほ乳類にとっておしなべて心を揺さぶるものだ——とりわけ幼児が苦痛を感じているか、誰かが痛がっているときに出す声は——またサルや類人猿にはとくに惹きつけられる音があり、膨大なデータや微妙な感情を、感情を込めた声や表情、ジェスチャーで伝達できる。マッチョなワニだって、赤ちゃんワニの甲高い鳴き声をまねすれば駆けよってくるだろう。私たちに生まれつき備わっているこうした原始的な仕掛けは、自動的な反応を誘いだす。言語が、喜びや痛み、嬉しさや好奇心などの感情の高まりの無意識の声から進化した理由もここにあるのかもしれない。その晩、私たちは感情をたっぷり込めた赤ちゃんザルの声を出し、うなったり、ミャーと鳴いたり、くんくん鼻を鳴らしたりして過ごした。この新たなコミュニケーションの泉が嬉しくて、言葉があろうがなかろうが、二人でまだこんなおバカなことができるのかと笑いあった。

第一九章

ポールは毎日一時間、書庫の机でおとなしく言語療法士と向きあい、ぐったり疲れ、意気消沈して出てくる。自分の脳をむち打ち、空欄を埋め、同じ仲間の言葉を挙げて（花の名前をいくつ言えますか？　ゼロ……動物の名前をいくつ言えますか？　ゼロ……）、言葉と絵を線で結び、ほかにも言語スキルを使うべく悪戦苦闘してきたのだ。言語療法士は、この言葉が何に分類されるのか、その物はどんな色や形をしているのか、自分に訊いてみるようポールに言って聞かせる。たくさんある言葉の候補を除外できれば、ポールの探求の旅ももっと見通しがよくなる、というわけだ。けれどごく簡単な問題なのにポールにはレベルが高すぎて、ときには手も足も出ないことがある。

それからしばらくあとで、ポールが宿題のページを開いて頭を悩ませているのを私はそばで眺めていた。跳ねまわるビリヤード玉のような言葉を、たった一つの概念という三角に並べる（ラック）べく奮闘し——ポールは頭を絞って（ラック）いた。

まず「お椀（ボウル）は泳げるか？」という質問。求められる答えはもちろんノーだと私にはわかる。けれどお椀は浮くし、たとえ重たいお椀だって、平たくて大きければ浮くかもしれない。それに、たとえば遠洋船の平底だって巨大なお椀とは言えないか。そんなふうにポールも考えたら、間違った答えを書くだろう。だがこの問題で問われているのは、小さくて動かない食器のお椀のこと。海流やサンゴ、植物や生物を懐に抱く深海の窪み（ボウル）ではない――けれどこれもまた鉄やニッケルから成る地球の液状の核の上に浮かんでいて、この液体の揺れが地球の磁場を生んでいるのだ。そしてもちろん宇宙に浮いている――あるいは数多の生命体と一緒に泳いでいる？――地球という円形劇場（ボウル）でもない。

〝正しい〟答えを選ぶのは至難のわざだ。だが、世間の人と同じく私にだって衆目の一致する答えはわかっている。ただし、その答えを選ぶとき、私は頭に浮かんだ答えや、経験からこっちのほうが正しそうに思える答えを全部黙殺せざるをえない。傷ついたポールの脳にそれができるのだろうか？　言葉の飼いならされた意味を理解し、野生の獲物を追いはらえるのか。それともそんなことなど考えないほどポールの脳は単純化されたのか。わずかな言葉が引っぱるものを何でもくっつけ合う柔軟な思考を失ったのか。

困った顔でポールは私に宿題のノートを見せた。答えが書いてある質問はほんのわずか。私は黙って質問を読み、あきれて首を横に振った。質問のなかには、簡単そうに見えて恐ろしく曖昧なものがある。そこには文脈だけが欠けている。文章の意味を推測するのに必要な手がかりがまったくないのだ。

「コップ一杯の水を飲むか、コップ一杯の川を飲むか？」私は声に出して読んでみた。私の目の前にアマゾン川流域の記憶が甦った。蔓植物がうっそうと茂るジャングルの、生命の息吹きに満ちた林冠の下、船に乗り歩を進めた数週間。ある晩夕食後に、水中用の懐中電灯を手に、私は同じ船の仲間と一緒に、石英のように透明な暗い水のなかをスノーケリングした。たまにアカエイに遭遇するほか怖いことは何もなかった。まあ目に見えるほど大きなものはいなかったのだ。興味本位で私は川の水をゆっくりと味わうように口に含んだ。錫（すず）を含むような、まろやかな味がした。まるでホテイアオイと機械仕掛けの時計とイルカでかき混ぜられたみたいな味。大失敗だった。

「私がアマゾンの水をちょっぴり飲んで、あの恐ろしい寄生虫にかかったの覚えてる？」私がポールに訊いた。

「うひゃあ！」ポールは口をあんぐり開け、目をひんむいて、お土産に私が持ち帰った部族の青い仮面のまねをした。ほかのお土産は、マホガニーを削って磨いたえび茶色のつややかなコウモリ、それからショウガ色と黄土色と黒で蝶を描いた樹皮布。黒い色はウイトーの木の実をつぶしたものからできている。この実から、見えないインクのような液体がとれるのだ。刷毛で塗ったときは透明なのだが、あとから空気に触れると酸化され、豊かで光沢のある黒に変わる。

次の瞬間、頭のなかで果てしなく広がるアマゾン川は姿を消し、私はポールの指さすものを目で追った。それは「テーブルの前に座る」か「テーブルの下に座る」のどちらが正しいか？という問題。そして次に指さすのは「セメントは固い」か「セメントは柔らかい」か？それからポールは手の指を開いてこわばらせ――思うようにならない二本を除いて――苦悶のポーズをした。そしてつぎに何か重いものを持つまねをした。それから部屋の空気をすべて吐きだすかのように不規則なためいきをついた。

なるほどね、と私は思った。注ぐときのセメントは柔らかいし、敷かれたセメントは固い。

「これはどう？」と私が指さしたのは、「橋は運べる」か「ラジオは運べる」か？それから「髪を縫う」か「髪を梳く」か？

「イエス！」とポールは言うと、ほころびを縫うまねをした。

たしかに髪の毛でも縫うことはできる。機械で大量生産する前は、糸のかわりに動物の毛を使って縫っていたのだ。

「クワイ」とポールが付けたした。たった一言。ちょっとのあいだ、私はこの言葉を頭に思いうかべた……クワイ……クワイ……最初は響きだけ、するとイメージがつぎつぎにわいてきた。『戦場にかける橋〔原題は『クワイ川にかける橋』〕』は、ポールのお気に入りの第二次世界大戦の映画で、捕虜たちがサボタージュをしながらもミャンマーの鉄道のために木の橋をつくる〔ただし建設工事の途中で、橋を立てる場所が当初の位置から岩盤の硬い下流に移された〕。

「そんなこと想像してるの？――橋を運ぶとか、髪を縫うとか――この文を読んでるときに？」

「そうだ」。ポールは腹立たしげにきっぱり言うと、よいほうの手で眉をこすった。

たとえすべての言葉を理解していたとしても――それはどうだかわからないが――ポールはこうした問題をやるにはあまりに想像力がたくましすぎる。この手の問題にはまた違った脳の習慣が求められる。問題を聞いたり読んだりした瞬間、ポールの頭には「キャベツを散歩に連れていく」とか、「詩を着る」とかが反射的に浮かんでくるのだ。あるいは「お金でいっぱいの壁」を見つけてしまう。シロクマのことを何でも想像し、考えないようにすれば、かえってしつこく頭に浮かんでくる。脳は耳にした言葉を考えないようにしたらどうなる？

「キャベツを散歩に連れていきたい？」私はにやっと笑ってからかった。「キャベツ用のリードをどこかで買ってこなくっちゃ」

「そうだな」。ポールはいかにも何でもなさそうに答えた。愛犬のスパニエルを散歩に連れていくよう妻に頼まれた、どこにでもいる夫みたいに。

ポールは総じて五人の言語療法士から訓練を受けたが、皆もっぱら同じスキルを同じやり方で教え、誰もさほどポールの進歩の助けにはならなかった。最初の療法士はキャサリンという、小麦色に日焼けした美人の中年女性で、遠慮がちな笑みを浮かべ、深い思考からときどき戻ってくるかのように縁なし眼鏡の上からちらりと覗く癖があった。

「つぎの言葉を使って文章をつくってください」とポールに言うと、彼女は五枚のカードをテーブルに並べた。それぞれのカードに言葉が一つずつ書いてある。「パット」「ジョン」「下に」「食べる」「座る」

ポールは長いことカードをじっと見つめたままで、触ろうともしない。あとになってポールが話してくれたのだが、ときどきカードが流氷の上で跳ねまわる虫や、墓壁に描かれたヒエログリフのように見えたという。どれがどれだかわからず、どれもどうでもよくなった。文字を読むのは、もはや努力せず無意識にできるものではなくなったのだ。脳は言葉をまるごとうのみにするわけではない。枝脈に分けて、別々になった文字や音節、音を再び組み立てて意味をつくる。こうした脳のステップの一部が、脳卒中が起きたときに損傷したのだ。どのみちポールには、この散らばった言葉が何を意味するかわからなかった。これをどうしろというのか？　並べろっていうのか？　まもなくポールは退屈して椅子に体を沈め、指でテーブルをトントン叩きだした。

「あらあら、そんなにすぐにあきらめないでください」。そう言うと、言語療法士はカードのほうに身を乗りだし、そのうちの二枚を「ジョン」「食べる」と並べた。「ジョンは食べる」。彼女はゆっくりとていねいに発音した。「ほらね？　簡単でしょ。さあつぎはウエストさんの番ですよ」

そこでポールは言葉の上に片手をのばしてふらふら動かし、それからゆっくり下ろすと、カードをいくつかつまんで、何度か並べかえ、ようやく落ちついたのは「パット」「下に」、それと「ジョン」「座る」だった。終わりの時間が近づいた頃、たしかこれで五回目の訓練だったが、彼女がこう宣言したので私たちは驚いた。「ウエストさん、残念ですが、もうこれ以上あなたの訓練にはうかがえません……」

私はどうして？　という顔でポールを見た。何かまずいことでもあったのかしら？　ポールも同じく困惑している様子だった。

「じつは今週末に、私、結婚するんです！」彼女の顔がパッと輝いた。「それで結婚式が終わったらそのまま新婚旅行に出かけるので……ヨーロッパに。夏じゅうずっと向こうにいる予定なんです」

つぎにやって来た言語療法士のロジャーはひげを生やした若い男で、いつも来るときまって握手をしてくるのだが、手がじっとり湿って骨張っている。ポールも同じことを感じているかなと思ったが、ポールがわかるようにどう言えばいいかわからなかった。

「次回の課題に備えて……」キッチンで作業をしていたとき、近くでロジャーの声が聞こえた。「子音に続けて母音を発音する練習をしましょう」。言葉と言葉の間隔をやけにあけて話すので、声に自然な抑揚が失われる。

「よく聞いて私のあとからくり返してください。まず子音のmから始めましょう。いいですか？」療法士は口を開け、それから唇を大げさに動かし、音符のようにはっきりと「マ」の音を発音した。

「ム・ム・マ」。ポールはつっかえながらもくり返した。まるでヤギの鳴き声のようだ。意味ありげな間があいた。

療法士は唇をきゅっと内側に丸め――入れ歯をはずしたおじいさんのように――それから大きく口を開

けて「メイ（MAY）」と言った。

　ポールは目を見開いて、ロジャーの唇がどんなふうに動いてその音を出したのかを観察した。

「ムー・メーイ」。ポールはMとAの二つの音をそれぞれのばして発音した。それからまた間があいて、

「マイ……マイ」とロジャー。

　つぎにロジャーは「メ」そして「モ」、それからまた「マ」に戻って、文字と、発話で使う音とをポールの脳が結びつけられるように、何度もくり返し発音した。

　私たちはロジャーが気に入って、それから数週間、ポールはロジャーの訓練を受けたのだが、イサカ大学で新学期が始まったのでロジャーは大学に戻らなければならなかった。

　三人目の言語療法士のジュリーは、二〇代のほっそりした、大きな青い目の女性で、まだ声が「変わって」いなかった――思春期の少年の「声変わり」の女性版で、女の人も、若い女の子に特有のさらさらとしたソプラノから、中年になるとやや低い音域に変わる。

　彼女がポールに「イエス」か「ノー」で答える質問をしている声が聞こえてきた。どの質問にもポールはゆっくり時間をかける。じっくり考え、答えを呼びだすチャンスを自分の脳に与えているのだ。

「あなたのお名前はジャックですか?」

「ノー」。ポールはしわがれ声で答えた。

「ではあなたの名前はポール?」

「イ、イ、イエス」

「あなたはいま、家にいますか?」

「イエス」

「あなたはいま、起きていますか?」

「イエス」

「部屋の灯りはついていますか?」

「イエス」

「よくできましたね、ウエストさん。では、これから絵をお見せしますから、絵のなかに何が見えるか答えてくださいね。いいですか?　ではははじめます」

一三センチ×一八センチのカードを数枚、チークのテーブルの上でトントン揃えた。

「これは何ですか?」

長いことポールは黙っていた。それから、未知の言葉を探すかのように、つっかえながらこう言った。

「カモ?　ちがう、スマード。グラプ。ルーチ、めむ、めむ、めむ、スノク……」

ポールの声から必死さが伝わってきて私は胸がつぶれそうになった。その瞬間、ポールを助けられるなら何でもしたいと思った。古代ギリシャの癒しの女神にお香を焚こうか。

「違いますよ、それは意味のない言葉です」。ジュリーはそう言うと、はじけるように小さく笑った。「これはほうきですよ、ほ・う・き」

「ほーおき」。ポールはそうくり返し、のどまで出かかった言葉を言われたみたいに、ためいきをついた。

それから数週間後、ジュリーはほかの州の大学で仕事に就くため去っていった。

ポールがいちばん苦手としたのは四人目の言語療法士だった。背が高くがっしりした体つきの女性で、ポールは彼女を「カナダ人」としか呼ばなかったが、それは名前を覚えられなかったからだ。彼女との訓練はポールの怒りを沸騰させた。ある日の訓練のあと、ポールは彼女を丁重に玄関まで見送ると、さよならと手を振り、作り笑いを浮かべ、泳ぐ仕草をし、「アウェイ」と言葉を発し、これから自分は休暇でカリブ海に出かけるのだと説明した。

彼女はそわそわした様子で腕時計のすわりを直した。時計を内向きにつけている。「いつお戻りになりますか?」遠慮がちに彼女が訊いた。

「も……も……もどらない」。ポールはきっぱりと答えた。

「あとからお電話しますから」。あわてて私が言いそえた。

それきり彼女には会っていない。

ポールの言語療法士は誰もが仕事熱心で、どんなときも礼儀正しい態度を忘れなかったが、ポールには自分を見下し間違いを指摘してばかりいるように見え、それが気に入らなかった。言語療法が効果を発揮するには、アイスダンサーのように患者と療法士のペアの相性がよい必要がある。全員のなかでいちばん優しくて経験豊かな療法士は、中年のサンドラという女性だった。褐色の髪を長くのばし、母親のような温かな雰囲気をもっている。彼女は忍耐強く接してくれたのだが、それでも言語療法の訓練はポールにとって苦痛だった。

ある日。お昼前にサンドラが帰ったあと、ポールは両手のひらに力を入れて高く上げ、稲妻を集めるか、戦いの踊りをするような仕草をした。

「彼女、ポスティリョンに失敗した!」とポールは嘆いた。

「ポスティリョンが何だかわかんないけど……」と私は答えた。「でも失敗したのは残念だったわね」

あとから辞書で調べてみると、「ポスティリョン」とは、馬車の先頭の馬に乗り、駅舎から駅舎へと馬車を誘導する人のことだとわかった。ケーキやペーパーといった言葉は思いだせないくせに、またしてもポールはわかっていたのだ。サンドラが、ある段階から別の段階へと自分を導く者であることを。

サンドラはそれからも予定通りにわが家を訪れ、つぎに来たときはいつものフラッシュカードのほかに、気分転換になるかと私が前もって渡しておいた絵はがきを何枚か使ってみた。ポールからはたぶん見えない、ポールの右手の窓辺のカウチに座り、私は十数枚ものフラッシュカードや絵はがきと格闘するポールを観察していた。どのカードを見てもポールは黙りこむか、間違った言葉を言う。絵はがきの一枚はラファエロの有名な絵画で、子どもの天使が二人、丸々とした肘をバルコニーにのせている。

「チェ・ルウー・ビーム！」ポールが勢いよく答えた。

「いいえ」とサンドラが訂正した。「これは天使です。エ・ン・ジェ・ル」

私は小さくくすっと笑った。サンドラが聞きつけ、私に振りかえった。

「チェルブは子どもの天使のこと」。私は種明かしした。「でも複数形だと、チェルビムになるんです」と言って、私はなるべく人のよさそうな笑顔をつくった。

それからまたフラッシュカードが続いた。次に、ポールがやった宿題をサンドラがチェックし、根気よく訂正した。訓練が終わってサンドラが帰り支度をする頃には、ポールは憔悴しきって不機嫌な顔になり、すっかり自信をなくしていた。

「順調に回復してますよ」。サンドラがポールを励ました。

ポールは首を横に振ると、こうこぼした。「ターディグレイドみたいに言葉が出てくる」

サンドラは、それは意味のない言葉ですよ、と言いかけてやめた。それから私と視線を合わせ、私がにこにこしているのに気がついた。

「クマムシのこと」と私が教えた。「顕微鏡でしか見られない小さな生き物なんです。脚が八本あって、クマみたいにのそのそ歩いて、どんな場所だって生きられるんですよ――温泉でも、絶対零度でも、宇宙空間でも、大量の放射能のなかでも……」

「カワイイ！」ポールが割って入った。誰かにわかってもらえたからか、やけに嬉しそうだ。それから両手の人差し指で宙に四角を書いた。またしても「テンプラム」――封筒にはがき、箱にポストイット、切手、スリムベア……何にでも使えるポールお得意のパントマイム。そして今度はクマムシだ。

前にポールと私は、このずんぐりむっくりしたクマムシの白黒写真を雑誌で見つけてうっとり見惚れ、さらにこの生き物が排水溝や落ち葉や池のなかで暮らし、五〇年も長生きし、華氏マイナス四〇〇度でも耐えられると知って畏敬の念を覚えた。水たまりが干上がれば彼らも干上がり、宇宙飛行士のように軽やかに宙を漂う。そして水をひと撒きすれば、目が覚めて膨らんで、また食べ物を求めてうろうろするのだ。

「ほんと、可愛いわ」。まるっこくて、思わず抱きしめたくなるような姿を思いうかべ、私もうなずいた。

サンドラは、巨大な虫に遭遇したみたいに顔をしかめた。「……こういうのが好きな人にはですけど」。と私はあわてて言った。

ある日のこと、私が家の書庫にたまたま入ると、ちょうどサンドラがポールに、テーブルの上に電話がのっている白黒写真を見せていた。

「これは何ですか?」サンドラがテーブルを指さしたずねた。

「スカイ・ラー・グル?」ポールが小さな声で答えた。

「いいえ。それは意味のない言葉ですよ」。サンドラはやんわりと言った。「これはテーブル。ではこれは何?」こんどは電話を指してサンドラがたずねた。

「テセ・ラ・クト?」思いきってポールが答えた。

「いいえ。それも意味のない言葉です」

その瞬間、私がこれまで理解していたこと、それからポールの療法、そして私たちの人生の軌道が突如として変わった。私はぎょっとし、くるりときびすを返すと書庫に戻った。

「いいえ。テセラクトはちゃんとした言葉です!」と私は言った。「四次元空間に拡張した三次元の立方体のこと。ちょっと変わった見方だけどポールは正しいんですよ。電話ってそういうものだから」

私が言ったのは、「宇宙時間」と呼ばれる時間の四次元のことではなく、いわゆるメビウスの輪をつくるような物理的な四番目の次元――縦、横、広さなど――のことだ。

ポールは激しくうなずいた。なんて不思議なんだろう。子どもの頃に覚えた言葉――「机」や「椅子」などの言葉――は、ポールの壊れた主要な言語野ではたしかに被害を受けた。けれども高尚な言葉、大人になってポールが覚えた言葉は、むしろ第二言語のようにどこかほかの場所で処理されているのかもしれない。医師も言語療法士も脳卒中に関する本もこの点に触れていないが、そう考えるとつじつまが合うし、この発見がポールの進歩にいかに重要かを私はこのとき悟ったのだ。「プレビアン（平民）」や「ポスティリヨン（騎乗御者）」、「チェルビム（天使）」や「ターディグレイド（クマムシ）」。こうした言葉をポールが使ったことに驚いたのだが、そのわけが突如として腑におちた。

それからというもの、私はポールの言語療法について考えをあらため、ポールのこれまでの人生で培った強みや言葉、独創性に合わせたオリジナルな宿題をつくることにした。練習問題はちょっと愉快でちょっぴりセンスがよくて、上から目線でないもの。足りなかったユーモア（脳卒中患者やその家族には縁遠いものだ）をまじえた、いわばおかしな「マッド・リブ」（言葉遊びゲーム。あらかじめ物語をつくっておき、空欄に入れる適当な言葉を誰かにまとめて言ってもらい、完成した文を読みあげて皆で楽しむ）のようなものにした。ポールが落ちこむことのないよう簡単な問題もあれば、いささか頭を使う問題もある。退屈で子どもじみた筆記問題はやめて、大人の語彙を使い、家にある一般的な物だけでなく、ポールの知っている人物やポールのまわりで起きたできごとを題材にして問題をこしらえた。もしもポールが溶接工とかプロゴルファーとかだったら、その仕事にちなんだものを入れただろう。私がポールに出した問題はつぎのようなものだった。

太った女の人がスウーニングカウチ（背に曲線のあるアンティークな形のソファベッド。「スウーニング」は「卒倒する」という意味もある）に座ったら、彼女は（　　　）。

農場でロバートが絶対に見かけないものは、（　　　）を着たニワトリ。

ダイアンのクローゼットを覗けば（　　　）が見つかる。

ハミングバードが恋をしたら、彼らは（　　　）する。

その身長と老衰にもかかわらず、彼はポケットに（　　　）を入れている。

（　　　）のことを考えただけで、私の胸はドキドキする。

飛行機は（　　　　　　　）して（　　　　　　　）する。
小麦粉と卵とバニラとゴキブリ七匹で、（　　　　　　　）がつくれる。
王様は言った。「わしのところに青銅（ブロンズ）のサル八匹と（　　　　　）を持ってくるのじゃ」
この地球上で（　　　　　　　）ほど美しいものは、めったにお目にかかれない。

この空欄を埋めるマッド・リブ式の宿題を、ほとんど毎日、私はポールのためにこしらえた。そしてポールもまた、骨折りながら友人たちに宛てて短い手紙を書くようになった。いまもって判読できない代物ではあったが（言葉というよりのたくった殴り書きで、スペルは間違い、言葉も抜けおち、あちこち線で消してある）。さらに小切手を書き、時計の針を読み、本を読む練習もした。

ある日、一回分の宿題をしに書斎に戻ったポールは、こう宣言した。「鉄を打つなら従うべし」。つまりこういうことだ、「仕事をしたくなったら、さっさと始めたほうがいい」

こうした練習がすべて功を奏したようだった。ポールは、自分だけにあつらえた宿題で一気に解放感に浸っていた。もともと陽気で、ときにひょうきんなポールは、頭の回路が単刀直入の問題向けにできていない。私が出したクイズに対するポールの答えには、いつものことだが笑わされる。たとえば次のように。

質問：なぜあの男の人の耳から煙が出ているのか？
答え：ドライアイスがいっぱい入ったバスタブに座っているから

ポールはちゃんとした文章をいくつか言うようになり、自分が何を言ったかも完璧に理解できるようになった。「夕食を外に食べにいかない?」とか「へとへとに疲れた」とか。さらに日がたつにつれて、しょっちゅう珍しい言葉を、正確に、ただし自分でそれが何かをはっきり説明できないままに使いだした。「ぼくはスパヴィンドになった」。ポールはひどく疲れると、決まってこう言うようになった。

「スパヴィンドってどんな意味かわかってる?」と訊いてみた。わかっているかはどうも怪しい。しばらくポールは考えた。まるで手をのばして星をつかもうとするかのように、必死になって顔をほてらせている。「いいや」。とうとうポールはしょんぼり答えた。「昔はわかってたのに」

そこで私は事務的にちゃっちゃと説明した。スパヴィンドとはウマやウシの脚の一部が膨れてまともに歩けなくなったことを指す言葉で、ポールはこの言葉を正しく使っていて、ひどく疲れているという意味でも使うのだと。

ほかにも気に入ってポールがよく使ったのは「スカイヴィング・オフ」。これは「仕事をサボる」という意味のイギリスのスラングだ。この言葉が伝える解放感は、何もすることがなくて生じるのではなく、差し迫った大量の仕事からうまく逃れることで得られるものだ。

人の名前はポールの脳の特別な引き出しにおさまっているようで、ポールがそれを開けるのは容赦なく難しかった。そのうえ脳に刻まれた言葉や、いきなり飛びだす言葉があまりに行き当たりばったりで、私はしょっちゅう呆気にとられた。なぜ「小切手帳」や「財布」といった言葉がたえず行方不明になるのか? ポケットの底にもぐりこんで永遠に忘れられた鍵のように。なのにどうしてスパヴィンドはいつも見晴らしのいい場所にいるのだろう。おそらく名詞と動詞は脳の別の採石場から切りだされるにちがいない。

「チャヴルしないで！」あるとき私はポールにしかられた。ポールに代わって封筒を開けようと、人差し指をのりしろに差しこみ乱暴に引っぱろうとしたときだ。

「チャヴル？　……チャヴル」。私が記憶の奥底をがさごそ探しまわるあいだ、ポールは満面の笑みを浮かべている。これはナンセンスな言葉ではない。それだけはわかった。でもどこで聞いた言葉だっけ？

そのときある光景が浮かんだのだ。ポールの母親のミルドレッド、灰青色の目をした八〇歳を超えた母親が、狭い三連の階段で繋がるエッキントンのテラスハウスのキッチンに立っている。シェニール織のテーブルクロスの上にジャムの空き瓶と不揃いの食器が並んでいる。モダンな装飾品はほとんどない。割高だったガス灯に変わって電気の灯りがついている。けれど電話もなければ、銀行口座も、冷蔵庫さえもない（食品は地下の石板の上で冷やしていた）。この記憶が私の心の眼によぎり、彼女のとなりにはほっそりした四〇代のポールがいた。黄土色のコーデュロイのズボンとストライプの長袖シャツを着て、スパイス入りのケーキを一切れナイフで削ると、ミルドレッドがポールをふざけてしかる。「ほらほら、チャヴルしちゃだめ！」

チャヴル――「食べ物を雑に切る」というダービシャーの方言だ。

ある晩、外で夕食をとっていたとき、同じくらいエキゾチックな言葉がポールの口からぽろりと飛びだした。私たちが選んだ店は、市街から離れたところにある静かなレストラン。ここならポールが知りあいと鉢合わせして、会話に冷や汗をかく心配もない。中央の大きな暖炉のわきを回って、テーブルとテーブルの狭い隙間をすり抜け、私はなんとかポールを無事に席まで連れていった。もうこの頃には、ポールがレストランでどんなふうに注文すればいいか事前に練習しておくことにしていた。ポールはシャツの胸ポケットからカンニングペーパーを取りだすと、ウエイトレスからもうそれ以上何も訊かれる心配のない簡単な注文を読みあげた――「エッグ・ビーターのオムレツ、プ、レ、ー、ンで――マッシュポテト、グレービーソース、スキムミルク」――なるだけ自然に聞こえるようポールが懸命に努力しているのがわかる。

幸いにも平穏無事に食事を終えると、ポールは財布からクレジットカードを取りだし、ウエイトレスに差しだした。これも事前にリハーサルしておいたことだ。ポールは紙幣の数字が読めないし、五〇ドルは五ドルと違うのを覚えているとはかぎらない。ところが、ウエイトレスがカードをさっととって姿を消すと、ポールが私にひそひそ声で訊いてきた。

「いくら……いくら……」ポールは言葉を探しながらテーブルをトントン指さし、それからとうとう両手を投げだした。そして、ぴったりの言葉じゃないけど、これが精いっぱい思いつく言葉なんだ、とばかりに、「バクシーシュ?」とたずねた。

そうそう、「バクシーシュ」とはトルコ語でチップや施しという意味の言葉だ。この言葉を自分がどこで知ったかはよく覚えていない――ひょっとしたら母と一緒にイスタンブールに旅行したときか。当時の私は不機嫌な一六歳。だがあのときすでに母は旅慣れた魅力的な四六歳の女性で、私は彼女のティーンエージャーのお目付け役といったところだった。

「ああそうね」。わかったというふうに私はうなずいた。「チップは私にまかせて」

「チップ、チップ、チップ」。ポールが声をひそめてくり返した。

「何か素敵なこと言ってくれない?」夕日が沈む頃、家に戻る車のなかで、私はちょっとからかってこう訊いてみた。ポールがどんな外国語を使うかはどうでもよかった。ただ毎日できるだけコミュニケーションをとる努力をしてほしかったのだ。

「できるかな」。弱々しい声でポールが言った。この短い言葉は深い沈黙に吸いこまれ、私は自分の質問を忘れかけ、夜の闇が繭のように私たちをすっぽり包みはじめた。

するとと思いがけないことに、ポールはいささか苦労したものの、静かに堂々と、こう言ったのだ。「きみはぼくの人生のハパクス・レゴメノンさ」。ハパクス・レゴメノン。ある言語で綴られたあらゆる記録のなかで、たった一度しか出てこない言葉を指すラテン語だ。たとえば「flother」のように。これは一三世紀の文献でたった一度だけ使われたもので、「ひとひらの雪」を表す言葉。あるいは古期英語の文献でやはりたった一度だけ使われた、「眠りすぎて疲れた」ことを意味する「slaepwerigne」。「ハパクス・レゴメノン」に私が遭遇したのは、ある日、辞書という「永遠なる迂回の地」を散策していたときのことだった。

「おみごと！」私は歓声をあげた。

あなたはちゃんとそこにいるのね！——ポールの創造の息吹きが垣間見えて、私は小躍りしたい気分になった。いろんなことがあったけれど、途方もない努力をしてきたけれど、それでも言葉を鍛える職人は、いまもポールの脳のどこかでせっせと働いているのだ。

第二〇章

実験室のネズミをすくすく成長させたいなら、豊かな環境を与えなくてはならない。そのためリズと私は、ポールにノンストップで「会話療法」を行った。ほぼ毎日、リズは隣人のグスタフの話を披露してポールを喜ばせた。グスタフは、まるでポールの小説に出てくる滑稽なキャラクターが現実世界に抜けだしてきたようで、その無鉄砲な冒険の数々にポールはいつも夢中で聞きいった。

「グスタフがね、チェルノブイリから戻ってきたの！」とリズが言った。「お金を節約するために野宿したんですって。橋の下で寝たりもしたのよ！　ある朝起きたら、銃を構えた大男にロシア語でどなられて死ぬほど怖かったって。知ってるだろうけど、グスタフは身長が二メートル超えてて、真っ黄色のベルボトムを履いてたから、たしかに風景に溶けこんでいたとは思えないわね」

　また別の日、私の耳に漏れ聞こえたのは、「グスタフが、立ち入り禁止になってる日本の無人島に非合法で上陸する計画を立ててるの……凧にのって降りれるんじゃないかって。海岸から一マイルしか離れてないから、ちょうどいい風が吹けば……」

「グスタフのところにテキサスから来た男がいてね、フーターズ〔タンクトップとホットパンツ姿のウエートレスで有名な米国の外食チェーン〕の宣伝バスにペイントしてるんだけど、自分の車の片側に二メートル半もの裸の女の人の絵を描いたんだって」

「グスタフが新しいオモチャを買ってきたの！　なんとバネのついた重力に反するブーツ、見たところ超危険なやつよ。三メートルも飛びはねることができるんだって。グスタフったら腰にハーネスつけて、ヘルメットかぶって、前の庭の木の枝にロープで自分を繋いでね。ジャンプの練習して、飛んだり跳ねたり……ご近所の人たち、みんなそれ見てはらはらしてるのよ！」

「グスタフがまたオンタリオ湖にカイトサーフィンに行ってね……」

リズは生来のおしゃべりで、彼女にかかったらどんなものだって格好のネタになる——超常的な軍事計画から前衛的なガラス作品、絶滅危惧種のヒキガエルまで。そのため網戸越しに何が聞こえてくるか予想もつかない。途切れ途切れに耳に入る話があまりにおもしろく、いつも聞き流せなくなる。しょっちゅうリズは以前にしていた仕事の話でポールを楽しませる。それはまさにアメリカ人の職業の寄せ集め。リズに言わせれば、わが家の仕事がこなせるのは、その経験の賜物だという。ワシントンDCではバイクメッセンジャーで首都の渋滞をかわし、路面電車の轍を抜けた。それから全米農村電化共同組合と国立標準技術研究所でも働いた。ユタ州では、モルモン教系のトレーラーパークに寝泊まりし、米国地質研究所のために火山と断層の調査をした。それからクプクジアック（QUPQUGIAQ）カフェ（リズがポールにスペルを教えているのが聞こえた）でのありとあらゆる仕事。これはアラスカ州アンカレッジにあるコーヒーハウス兼ホテルで、その名は一〇本足のシロクマにまつわるイヌイットの伝説にちなんだものだ。さらにアラスカではホームレスの男性専用シェルターでの住人の管理。そしてロサンゼルスで高層ビル建築業者のための契約業務をこなし、ネジンスコット・ファームでチーズをつくり、有機ミルクを積んだ牧場の小型トラックで海岸の岩場を疾走した。イサカに来て最初の仕事は、農産物直売所に出す有機農法のハーブの収穫作業だったが、リズの本音を言えば「ハーブはあんまり速く動かないからちょっと退屈」だったそうだ。それから看護学校に入って人の身体や諸々のチェック事項を学ぶ前に、サラブレッド牧場で数年働き、凄まじい量の鼻息と汗をものともせずに、馬小屋の掃除から獣医や蹄鉄工の手伝いまでなんでもこなした。

リズはまた、最近出かけた旅行の話も披露した。新年を祝いにサンフランシスコからサイケなヒッピーバスに乗ってメキシコのババカリフォルニアまで出かけ、カナダでは女友だちとカヌーキャンプ。オレゴンでは義理の両親とワインの試飲。母親とフィラデルフィア美術館でセザンヌを鑑賞し、ミズーリ州農産物品評会の豚肉ブースを覗き、DCのローズヴェルト記念館（ここでは逃げた馬を首都の警官が自転車に乗って追いかけたがつかまらなかった）に、壮大なドラゴンボートの大会――モントリオール・オリンピックのカヌーコースから、地元のフィンガー・レイクス国際ドラゴンボートフェスティバルまで。このフェスティバルでは仏教の僧侶が競技に参加する船を祝福し、船首像の目に瞳を描いて目が見えるようにするという。

そんなわけでポールには、話し言葉のインプットが足りない心配は一切無用だったが、いまも本人が困るのはやはりアウトプットのほうだった。

ポールにわからない言葉があると、リズか私がポールに自分で探すよう声をかけ、ようやくポールの頭はバリケードを迂回し別の経路から言葉を見つける。それは時間がかかるし、ときにポールの頭が迷宮のなかで息を切らし、袋工事に入りこみ、逆戻りして別の方向に向かっているように見えることもある。

「いつ鼻血が？　……いやちがう、鼻血じゃなくて……走ったり銃で撃ったり、いや銃じゃない……ボール……ほら……イギリスの町で……キック、キック、そうボール……」

「アーセナルとマンチェスター・ユナイテッドのサッカーの試合のこと？」と私が見当をつけた。

ポールの顔がほころんだ。「そうだっ」。そう言ってためいきをつく。

疲れて言葉と戦うのをやめたいとき、ポールは言葉を省略するようになった。

「あとで！」と言うと、しっしっと手を振り、私たちを追いはらう。その目はこう訴えている――ぼくの頭は働きすぎて居眠りしてるんだ。だから休ませて。

「女子の社交クラブに入るってどんな気分？」リズがからかった。ポールが答えを思いつけると期待して。ポールが乗ってこないわけはない。「ぼくは女がだ～いちゅきだもん」。そう言って、わざといやらしい目でこっちを見ると、ポールはごろんと転がりカウチの溝にすっぽり顔をうずめ、それから小一時間ぐっすり眠った。

生来、言葉が豊かで読書家のリズは、しょっちゅうおしゃべりしながらキッチンで立ちまわり、私も負けずに早口で応酬していると、ポールが朝食をとりにのっそり起きてくる。ポールは一度に一つのことしかしたがらない。でもリズと私は仕事をしながら流暢に会話を続ける。これはわが家に限ったことではない。女性は男性よりも会話の速い流れに楽々と乗れる。私たちが二倍の速さで話しているように見えたら、たぶんそうしているのだ。女性は男性よりも言葉を速く発音できるし、一定の時間内でより多くの文章を言える。その理由はおそらく、女性は音を探すのに脳の両半球を使うが、男性はもっぱら左半球だけを使っているからだろう。ニューロン間がふんだんに連結し、配線の密な「脳梁」のおかげで両半球の行き来が盛んな女性の脳は、言語に適した仕組みになっているのかもしれない。理由はなんであれ、女性は吃音や読字障害（ディスレクシア）、自閉症などの言語の障害にかかる割合が低く、失語症もしかりである。

朝きまってポールは私たちのむだ話を聞いて生きかえり、私がはしゃぐと自分のことのように嬉しそうで、リズの新ネタのあれこれに耳をそばだてる。家であったことや、夫のウィルの感動的なお馬鹿ぶり、もちろんグスタフの無尽蔵の冒険談も。

「速すぎる！」とポールが文句を言う。「ぼく……目が覚めてない！　あ、あとで教えて」

「カフェイン入りの女の惑星にようこそ」と私がポールをからかった。すると、青天の霹靂（へきれき）のごとく、あの懐かしいいつもの声でポールがぽつりとつぶやいたので、私はぎくっとした。

「どんな家（ハウス）も、ときには精神病院（マッドハウス）になる」

私の脈が跳ねあがり、心臓が早鐘をうった。昔のポールが、あのひねくれたウィットと、イーディス・ウォートンの短編からとったお気に入りの格言とともに戻ってきたのだ。

「いま、なんて言った?」私の聞き間違いか、はたまたこれは幻聴か。

ほおばったオムレツをゆっくり慎重に飲みこむと、ポールはくり返した。「どんなマウスも、いらいら（マッド）マウスになる」

「ああ……そうね、私のマウスちゃん」。ポールの肩をポンとたたいた。「私たちのおしゃべりであなたをいらいらさせたりしたいわ——とりあえずいまのところは!」

なるほど、あの完璧な引用は私の切なる願いから生まれたただの錯覚だったのだ。たまに同じようにはっとすることがある。晴れた日に、通りを歩く母の姿を間違いなく見たと思うときだ。母が亡くなってもう何年もたつというのに。脳は失った大切な家族を探し求めるものだ。その声や姿や考え方がつきまとい、消せない痕跡やささやかな真実となり、脳は心許ない世界でそれを寄る辺にする。

ポールの失語症で何より寒心に耐えないのは、ポールがもう人生の喜びを何かと結びつけて語る術をもたないことだ。それは誰にもましてポールらしからぬことだった。ポールが何を言葉で書き表しても、それは色彩豊かで、何層にも重なりあい、派手できらびやかなものだった。惜しげもなく言葉を混ぜてポールが生みだすイメージは、圧倒的な存在感で脈打ち、挑発的で、混沌とし、懐古的で、好戦的で、強烈で、人を惑わせる生気に溢れていた。ある物は他の物の存在のなかで、自らの存在を見失うこともある。ときにイメージは、物事を結びつけるというよりも、他の現象のぬかるみのなかそれを追い求め、脳や心や細胞深くにその振る舞いを想起させる。このようにしてポールの本の言葉はしばしばその主題をくり返す。同郷の詩人で作家のディラン・トマスと同じく、手術後に縫合する外科医のなかに、ポールもまた死装束を縫う者を見る。ポールのイメージは決して行儀のいいものではなく、つねに明白とはかぎらない。ただしそれは大胆かつ眼識鋭く、野性的で官能的、そしてときにその営みは繊細である。

チーズは、葉緑素の谷にすべり落ちたアルビノ猿のように、薄緑色の頬を見せている。リンゴは、しっかりと握った二つの手が離れるように、ぱかりと割れるのを待っている。

——『ポータブル・ピープル（*Portable People*）』

あるいは……

日の入りとともに不用意に訪れる静けさ、西の山並みにかかるサフランが朱に染まり、アンテナやパラボラがいつしか手旗信号で助けを求める変異体に見え、飲みこまれそうな緋色にその輪郭を描く。

——『ストローク・オブ・ジーニアス（*A Stroke of Genius*）』

いまのポールは、短い簡単なフレーズで絵を説明できることはあっても、似通った物の明らかな類似点を見つけることができない。傷つき焼かれたポールの連合野では、形容詞はめったに姿を現さない。分類用のビーカーは全部、いつ崩れるとも知らぬ廃墟に転がっている。

「今日は空がきれいよ、ほら見て」。私はふと目を留めた。ポールはデルフト陶器のようなまぶしい青空に大喜びするにちがいない。「あれは何色?」

「ブルー」とポール。

「今日はどんなブルー?」

ポールはずいぶん長いこと考えて、それからこれで精いっぱいとばかりくり返した。「ブルー」

午後遅くになると、日が落ちてきて、脳卒中やアルツハイマーの患者がときになるといわれる「夕暮れ症候群」の時間が訪れ、患者は混乱し不安な状態になる——たいていは、その日のさまざまな要求で疲労困憊したすえに。その他大勢の私たちなら、「いつものどたばたとカフェインのとり過ぎでダウンしそう」なだけのこと。だがポールにとって「夕暮れ症候群」は、言葉の月食のとき。言葉につかえて黙りこみ、ポールの恐れる長い沈黙が戻ってくるときだ。

こんどばかりは、私もポールをたわいのないおしゃべりに引きこめず、ポールはテレビも観たがらなかった。二人して黙って座っていると、ぷっくりと白い古傷のような月がのぼっていく。一日じゅうポールは意思疎通をはかろうとむなしく努力し(失語症の壁は日によってかなり異なる)、とうとう降参したかに見えた。両手の拳を額に持ってきて、手のひらを内に向け、そっと額をたたく。私ははっとした。このジェスチャーは前に見たことがある。手話でコミュニケーションをとることを教わったゴリラのココが、同じことをしていたのだ。これは「本当に馬鹿だ」という意味の手話。ポールは、私が観たのと同じココの映像をどこかで観たことがあるのだろうか?

「何か言いたいことがあるの？」私は静かにたずねた。

ポールはそうだとうなずいた。が、それ以上の努力は放棄した。

アメリカ手話に用いる語彙を使い、ココは彼女の世界を説明し、自分の欲しいものを伝え、質問を投げ、複雑な感情をも共有できる。しかもココは、私たちが人間独特のものだと思うもの——抽象的思考——を理解し、自分の心のさまざまな状態を手話で訓練者に伝える。ココが使った手話は「このことで私は悲しい」「私は恥ずかしい」「それは偽ものです」「私は怒っている」「痛い」「ごめんなさい」「あなたの助けが必要です」「そこに行きたい」「愛している」「時間」、そのほかにもたくさんの表現がある。そのうえ彼女は創造性に富んでいた。カンバスに喜んで何枚も絵を描き、ときにはテーマを説明したりもした。彼女の描いた真っ赤な〝鳥〟はずいぶんとたくさん羽があるように見えたが、ひょっとしたら飛んでいるところを描いたのかもしれない。なにより重要なのは、自分が手話を使ってコミュニケーションをとっていることを、ココがわかっていたことだ。彼女の獲得した語彙には、およそ一〇〇〇の言葉が含まれる。サルの赤ちゃんみたいな声でポールとはしゃぐと、うちとけて、それはそれでいいのだが、それでも夕暮れ症候群のときのポールはゴリラのココ以下の言語レベルなのだと気づいた私は、底知れぬ悲しみを覚えた。

第二一章

驚いたことに、ポールも私もリズのことがますます好きになっていった——ときには、あっという間に大人になったわが娘のようで、またときにはきょうだいや大学時代のルームメイトみたいだった。リズはじつに楽しい。読書家で、おしゃべりで、頑固で、ちょっと変わったところもこの家にぴったりだ。何にでものめり込み——地質学でもドラゴンボートでも——その熱の入れようも私たちにはよく理解できた。私たちもまた未来永劫、何かに恐ろしくとりつかれているからだ。リズはいろんな意味で私たちのファミリアー（familiar）になったが、それはとりわけ（1）親しい友、そして（2）超自然的な精霊を宿し、魔女が魔法を振るうのを手伝う動物、という意味でである。

　脳卒中の患者は、とくに失語症を伴う場合、得てして昔からの友人をいくらか失うものだ。たとえ夫婦でも以前よりはるかに遅いペースでコミュニケーションをとり、少ない言葉で返答するのは大変で、どうしてもひとりでベラベラ話したり、何を言えばいいかわからず気まずい思いをしたりする。古くからの友人のなかにも、ポールの失語症に付きあいきれずポールを見捨てた者もわずかながらいた。そんな友へのポールの深い悲しみや怒りに私は耳を傾けた。だが実際こういうことはよくあることだし、脳卒中になったあとのポールという人間を知って好きになってくれる新しい友だちをつくったほうがいい。そんな人たちがいくらかいて、リズはそのひとりになった。

　明るいストライプ柄のビキニを着たリズは、プールのなかで、しょっちゅうポールに医学的な話を聞かせている。ときおり書斎の窓から微風とともに漂ってくるその断片が私の耳にも聞こえてきた。

「抗生物質の重度の副作用の一つはね……体じゅうにじくじくした水ぶくれができるの。手のひらも足の裏も……」

　またあるときは、「今日は真空システムの外科用ドレーンってのを抜かなくちゃならなかったの。グリネイドって呼ばれてるのよ！　本当に小さな手榴弾（グリネイド）にそっくり。ひねって真空をつくって引っかけておけば、手術部位から血液や厄介な液体を全部吸いだしてくれるの。いっぱいになったらチューブを引きぬけばいいだけ……」

リズはポールに覚えたての医学用語を教え、言葉遊びに無理やり引きずりこんだ。プールでポールと過ごすまったりした時間、自分にとっても気晴らしになるからだ。

「あなたに教えてあげたい言葉があるのよ」。リズがからかうように、あるいはプレゼントでも用意してきたみたいに言った。「無快感症（アンヘドニア）って知ってる？」

わずかなヒントでときどきポールは、記憶の貯蔵庫から奇跡のように言葉を引っぱりだせることもある。

「私が今習ってるもの何だと思う?!」ある日、私がリビングの奥のドアを通り過ぎると、リズの陽気な声が聞こえてきた。「錐体外路系副作用（エクストラピラミダル・ニューロレプティック・サイドイフェクツ）！」

「静坐不能症（アカシジア）って聞いたことある？　あ、そう。じゃ、これ知ってる？　筋失調（ジストニア）、神経不安（ジスフォリア）、運動不能（アキネジア）？」

「もっと簡単なのはどう？　抜毛癖（トリコチロマニア）？　気胸（ニューモソラックス）は？　ならおつぎはちょっとばかり地質学はいかが？　無水石膏（アンハイドライト）？　魚卵状粒子（ウーイド）？　向斜（シンクライン）？　圧砕変成（カタクラスティック）？　角礫岩（ブレッツィア）？」

「前立腺手術の四つのおもな種類を聞きたい？」

リズは答えを待たずにとめどなく話し続ける。「ええと……侵襲性がもっとも低くて、もっとも快適な選択肢は、フォーリー社のカテーテルみたいにペニスに通すやつ、でもこれってまさにミニチュアのロトルーター〔米国の排水管修理業者の製品〕だわ……」

ポールは、このプールの相棒とのおしゃべりタイムを楽しみにしていた。二人はいささか下品で不遜な笑いのツボを共有していた。ぞっとする話ほどいいのだから。それにポールにしかめ面をさせるのをリズは楽しんでいるようだ。

「私こう思うことにしてるんだ」。ポールに聞こえないところでリズが私にこっそり言った。「ときどきね、ひどく不幸な患者さんの話をしたら、自分はまだありがたいほうだってポールも思うんじゃないかなって……ポールに教わった言葉でいえば、まあ『人の不幸は密の味（シャーデンフロイデ）』ってこと。だってね、ポールはお日さまを浴びてプールで午後じゅう泳いでるってのに……かわいそうにあの人たちは病院でドレーンだらけになってるんだから！」

裏庭を見渡せる書斎の窓から、リズの声が私の耳に聞こえてきた。ポールを話に誘いこもうと、家のなかの物についてあれこれたずねている。

「書庫にあなたとダイアンの写真があるでしょ。小さな飛行機の前で、もう一組のカップルと並んで立ってる。すてきな写真ね。どこに行ったときの？」

こんどばかりは耳をそばだてた。ポールがなんて答えるか知りたかったのだ。

ポールは答えに詰まった様子だったが、おかまいなしにリズはヒントを出して、ポールの記憶を引きだそうとする。

「たしかカリブ海とか言ってたような」

ぼんやりと片手で水面にうずまき模様を書きながら、ポールが言葉を懸命に探しているのがわかる。

リズはカリブ海の場所を言わせようとした。「ドミニカ？　ケイマン？　バージン諸島？」

ようやくタークス・カイコスまでたどりついたが、そこに私たちは一九八二年、友人のジーンとスティーヴと一緒に飛行機で出かけたのだ。スティーヴのビンテージものの双発機「アパッチ」に乗りバハマ諸島を経由して島に降りたつと、パステル調ののどかな風景が広がっていた。けれども帰りのフライトで、立ちのぼる積乱雲の中心に針路を向けてしまい、大気が邪悪な緑色に光ると、突如濃い霧のホワイトアウトに遭遇し、動いている感覚がいっさいなくなり、指針盤がくるくる回りだした。上昇気流と下降気流に体当たりされ、雲のなか機体がジェットコースターのように乱高下する。幸いスティーヴは曲芸飛行のパイロットだから、迅速に計器を読み、機体の立て直し方もわかっていた。視界のまったくきかないなかで宙返りするのだ——たとえ四人を乗せたこの双発アパッチが、曲乗り飛行でふだん巡業するときの小さな単発型ピッツ複葉機でなかろうと。同じく幸いしたのは、アパッチには胴体と翼を繋ぐ頑丈な支柱がついていたことだ——そうでなければ翼がもぎれていただろう。副操縦席に座ったひよっ子単発機パイロットの私は、揺れる計器類を見て何が起きているかは察しがついたが、どのみち私が皆を救えはしなかっただろう。でもスティーヴなら絶対だいじょうぶだと信じていた。スティーヴに指示されて操縦桿（二つの操縦桿が同時に動く）を私がそっと握っているのを見たときの、スティーヴのひきつった顔を私は一生忘れない。

「練習してる場合じゃない！」スティーヴはぴしゃりと言った。「なんでもちゃんと押さえてて！」

あわてて私は機内で飛びそうな物を手当たり次第にしまいこんだ。飛行機が宙返りしたら落ちてくる諸々の機器や身のまわりの物、それらには名前がある——それは「ガビンズ」。これはポールのお気に入りの言葉だった。そしてそれから、人がめったに遭遇せず、まず遭遇したら命はない不思議な光景が広がった。スーツケースが宙に浮かび、バルサ材のいかだのように前方に泳いできたのだ。後部座席で震えおののき青ざめていたポールとジーンが、あわててスーツケースをひっつかんだ。それからようやくもとに戻って水平飛行に入ると、いつものなんてことのない土砂降りのなかをありがたくも飛んでいた。

この旅行の記念にと、スティーヴがあとからくれた絵はがきには、白黒の写真が印刷してあった。ジーンとスティーヴ、ポールと私が、あの南行きのフライト直前に飛行機のわきでポーズをとっていて、こうタイトルがついている。「タークスへの気ままな旅——空の芸術祭」

ポールの記憶の篩を通って、いったいどれほどのことが出てくるだろう。プールのなかで「タークス・カイコス」という言葉を聞いたとき。

「ああ、そう！　友だちとガビンズ」。ポールが答えたのはそれだけだった。

二人のやりとりを聞いていて、私は思った。リズに旅の詳細を教えられずポールはどんなに歯がゆいことか。この寸詰まりの短い言葉「ガビンズ」は、このドラマへの扉を開く、ポールの脳のカギなのだ。

それからも続けてリズは、リビングに飾られた数々の珍品についてポールにたずねた。叩いた真鍮の大釜はどこからきたのか（私が一六歳のときのママとのイスタンブール旅行）、暖炉の前になぜ空気で膨らませたチータがいるのか（ワルシャワ動物園からやってきた）、太陽系と星座が描かれた透明の天球儀はどこで手に入れたのか（隅に組み立ててあるポールの巨大望遠鏡の付録）、あの紫色のベルベット風のスウーニングカウチはどこで買ったのか（ウェストパームビーチの店）、本棚の本は何か特別な並べ方になっているのか（その通り。ただ一見そうは見えないだけ）、それから花柄のカウチの後ろで踊ったり呪文をかけたり何かよからぬまねをしているホピ族のカチーナの人形はどこで見つけたのか（トゥーソン）。

せっかく言葉を思いだしても違っていたり、あげくにリズが答えを当てたり、あるいはポールがこう言ってゲームを終わらせた。「あとでダイアンに訊いてみよう」

プールに入っているときのほうが、乾いた地面にいるときよりもポールは上手に話せる。重力から解放されて心が穏やかになるのか、あるいはたわいのない会話で、心理的な負担がないからかもしれない。ポールが両腕をのばしてゆっくり水をかき、網じゃくしで飽きもせずに弧を描くかたわらで、リズはプールの縁につかまり、両足をバタバタさせ、あるいはプールの深い方を歩きながら、おしゃべりしたり、ポールが答えるのを待ったりしていた。二人の水中滞在記録は、皮膚もふやける三時間だ。

　このフローティングクラブに私もちょくちょく加わった。プールでポールと話をするとき、私たちはポールの気分に注意を払った。ひとり離れてぼんやりしていたい様子か、あるいは質問に喜んで答える気分か？　リズと私はポールに少しだけ質問をし、おしゃべりもちょっとだけして、あとはポールの脳に静かに休む時間を与えた。それからまたいくらかおしゃべりし、質問をあと一つか二つ。答える時間はたっぷりあげた。ただしポールが言葉を思いだすのを助けるジェスチャーはなるべくしないことにした。そして必要ならコーチを買ってでた（たとえばこんなふうに。「そう、都市（シティ）ね……ニューヨークの。それってつまり……北部のってこと？　ロチェスター？　オールバニー？　バッファロー？　それともサラトガ？」）。これだと、正式な言語療法の訓練よりも心理的な負担が少ない。訓練だと集中してやらねばならず、長い休みをちょくちょくとるような贅沢は許されない。でもここでは答える時間がもっとあるし、プレッシャーも少なく、リラックスした気分でできて、会話の中味もポールの生活や興味に合わせたもので、いろんなヒントがたっぷりある——さらに半分水につかっているときがいちばん流暢に話せることに、ポールは自分でも気付いていた。

　脳卒中後の最初の夏にポールがまったく泳がなかったことで——プールにのんびりつかっているのがどんなに楽しそうでも——私はずいぶんと心配した。シャツのボタンを留められず、小型家電を使えず、指示を覚えられないだけでなく、「手続き記憶」が深刻な損傷を受けているのがうかがえたからだ。手続き記憶とは、物事がどのように起きたか、あるいは物事をどのように行うかに関する無意識の記憶だ。これは何かが起きたという記憶ではない——こちらはまた別の脳のシステムが関与する。入浴する・着替える・歩く・泳ぐ、などといった、脳の多くの領域（小脳、大脳基底核、さまざまな感覚および運動経路など）が関与するこうした繊細なスキルは、言葉では説明しにくいが、身体がこの世界での作法を覚えているのに役に立つ。そのおかげで、自転車の乗り方のように、バランスをとる複雑なスキルが求められるものも忘れずにいられるのだ。どうやって浮くかを考えなくてはならないのは学習しているときだけで、その後は頭で考えなくても、両腕や胴体をどう動かせばいいか身体が記憶している。ほとんどの人にとって、こうしたスキルは言葉を超越したものだ。

ポールは、泳ぐとはどういうことか、どこでするものか、また水にすべりこむのがいかに心地いいかも覚えていた。失った記憶のピースとは、どうやって両手を動かし、両足を蹴り、すべるように進むかということ——そしてそれをすべて同時に行うのだ。練習の成果があってポールは、スプーンや椅子、櫛、トイレの使い方はまた思いだせたのだが、それでも家での動作のなかにはまだ思いだせないものもあった。ポールにとって缶切りは悪魔の仕掛け。ペンは指からすべり落ちる。ひげ剃りには大変な気力と集中力が必要で、電気シェーバーを掃除するのはお手上げだ。分解して、正しい順番でまた組み立てなければならないからだ。病院で作業療法をもっと受けさせればよかったといまになって私は後悔した。

脳卒中以降、右手の指二本は内側に曲がったままで、毎日無理に開いてのばさなければならなかった。脳卒中になる前、ポールのかかとは乾燥してひび割れ、ひづめのように固かったが、定期的に足のマッサージをしてもらって血液の循環がよくなり、かかとはいつも柔らかいままになった。平日はリズがストレッチやマッサージをしてくれたが、週末やリズがいないときは私が交替する。どんなにのばしても、ポールの指はもうまっすぐにはならないが、それは筋肉だけの問題ではないからだ。それでもストレッチとマッサージをすればしばらくは楽に動かせ、そのあいだにペンを握ったり、筆記の練習をしたり、夕食時にフォークやスプーンを握れるようになった。また痛みが和らぎ、筋肉の収縮が悪化するのを防ぐ効果もあった。

毎日の日課はまず変わらない。プールの前に手のマッサージ。プールはいつも四時五〇分きっかりに上がる。そうすれば「ジャッジ・ジュディ」〔米国テレビの法廷ドキュメント番組〕に間にあうからだ。これはポールが新しくハマったもので、ただちに言語のリハビリの主力メニューになった。この一時間にわたる法廷ドラマと問答が終わると、ポールは真面目なＢＢＣニュース、それから全米ニュースを観て、その後夕食をとり、映画の時間まで私と話そうと努力をする。

毎晩私たちはテレビかレンタルで映画を観るのが習慣になった。ポールがいつも話の筋についていけるとはかぎらないが、話がどこまでいったか私がちょくちょく教えて質問に答えてやる。前に観たことがある古い映画はついていくのが楽なのだが、登場人物が多いか、話が交差するものだとポールはとまどい混乱する。夕暮れ症候群のときでも、この受け身のやり方で言葉とつきあったが、それはハリウッドの魅惑的な映像や音楽の助けを借りてのことだった。ただし、あまり刺激が強くなくて負担の少ない映画にかぎられたが。

皮肉なことにポールは、ケネス・ブラナーが映画化して主役を務めた、あの凝りに凝った感動的なシェイクスピア劇を私よりも理解できる。子ども時代にこれらの劇を学んでいたし、当時のイギリス中部地方で使われた英語の話し言葉には、シェイクスピアの時代の言葉とそれほどかけ離れていないものもあったからだ。地元の炭坑夫がたがいに「シラ！（「おい！」とか「こら！」といった、目下の者や子どもへの呼びかけ）」と呼びあうのをポールはよく耳にしたが、エリザベス朝時代ではこれは「サー」を表す言葉だった。

シェイクスピアを私も敬愛するものの、あんな自然な速さで語られるエリザベス朝の英語など半分しかわからないし、ポールと違ってシェイクスピア劇をそらで覚えてもいなかった。それでも『ヘンリー五世』や『ハムレット』『から騒ぎ』『恋の骨折り損』に登場するブラナーやエマ・トンプソン、ポール・スコフィールド、ローレンス・オリビエといった名優陣がじつに表情豊かに演じるので、語彙のいくつかにつまずくことはあっても、彼らのいわんとすることは、ミラーニューロンの助けを借りて私にも理解できた。こうした劇を観ていると、失語症になったポールの気持ちがほんの少しだけわかる気がした。知ってはいるのに速くて聞きとれない言葉を理解しようと四苦八苦し、顔の表情や声の調子、ボディーランゲージといった、見事な演技が伝える太古からの手がかりに頼らざるをえないのだ。

私たちが大切にしてきた言葉のいっさいは、このミラーニューロンという、言い得て妙の名前がついた脳細胞のおかげかもしれない。これがあるから人は相手があくびしたり満足の笑みを浮かべたりするとそれを模倣する。この細胞はブローカ野に多く存在するのだが、この領域は、人では言語、サルでは身振り、またほかの動物ではコミュニケーションを処理している。言葉が生まれる以前、私たちの祖先はジェスチャーや顔の表情を用いて意思疎通をはかっていた。そして自分たちが伝達すべきことが、しだいにただのパントマイムでは伝わらないほど繊細で複雑なものになってくると、必要に迫られ一連の言葉へと才気煥発な跳躍を遂げたのだ。ときおりポールは、この古代の知恵者たちを思わせる——ポールが二歳の幼児やターザンや「ピジン」語〔異言語間の意思疎通のために生まれた混成語〕の話者のように言葉をつぎはぎし、ある種の共通基語を再生するときなどは。「ナイスアイス」と注文し、じつはレモンシャーベットが欲しいときなど。この瞬間、ポールの脳は進化のページをさかのぼり、言葉が最初に現われた古樽の栓を開けようとしているのかもしれない。

ただひたすらポールの脳の水車を回し続けよう——そう私は思った。それがカギなのだ。陽光に照らされたアディロンダック山脈の峡谷と、なだれ落ちる滝がふと頭に浮かんだ。週末にオペラを観にクーパーズタウンに行く途中、一度だけ二人でそこにある旧式の穀物用水車を訪ねたことがある。脳はときに鈍重でおおざっぱに見えることもあるが、じつは実用主義で欲得ずくだ。ポールの水車は、新たな調整や水門をいますぐ必要としている。臼を修復し、篩を修理する手伝いがいる。外部調達も必要となるかもしれない。だがそもそも大量の穀物がなければはじまらない。だから手を替え品を替え、朝起きてから夜寝るまで、私はポールをどっぷり言葉に浸らせようと心がけた。これこそがまずイロハのように思えたし、決定的に重要なことだとはっきりわかったのだ。もちろんポールは気力を使い果たし、日中に何度か昼寝が必要になった。けれどもそうすることでポールの脳は、否応なしに言葉を刈り、ノンストップで臼挽くことを余儀なくされた。ニューロンの荒野に、成長の種が播かれることを私は願った。

第二二章

私にとってとりわけ奇妙で、また同時にありがたくも思ったのは、ポールの気性が脳卒中以後、穏やかになったことだ。教鞭をとったり、本を出版したりするストレスから解放され、いまのポールは朝から激怒し血圧が上がることも、怒りを溜めこみ爆発寸前になることもない。出会った当時のポールは気性の荒い魅力的なアル中患者で、言葉の才輝くジェイムズ・ジョイス型の芸術家だった。ポールの怒りがいつ爆発するかわからないことに次第に私も慣れていった。とはいえ、いつも激しやすいわけではなく、たいていは愛情に溢れる優しい人だった。ただし隠れた地雷を踏むと、決まっていつものパターンになる。突拍子もなくポールが怒りを爆発させ、私が怯えて泣き叫び、二人とも距離を置き、それからポールが後悔して誓いを立て、私が許し、もう一度よりを戻す。結婚して何年ものあいだ、私はポールを怒らせないようびくびくして過ごした。ほんのささいなことが、ポールいわく「アイルランド人のぶち切れ」の引き金になるのだから。

でもいまは違う。脳卒中を起こして数週間後、ポールのかんしゃくは驚くほど姿を消し、以前と比べて穏やかで、辛抱強くなり、なにごとにも深く感謝するようになり、このポールの意外な心境の変化はありがたかった。ポールの奮闘や目標は誰かと競いあうものでなく、いまのポールはおおっぴらな愛情や励ましにくるまれ、そして人生で初めて抗うつ剤を飲むようになった（ゾロフトを五〇ミリグラム）。こうしたことが重なって――そして脳卒中の発症時に何が起きたとしても、それがいっさい合わさって――以前より優しくて波風立たないポールが誕生し、この新しいポールを私は諸手をあげて歓迎した。

こうした気分の変化が起きるのは、何もめずらしいことではない。脳卒中の発症後に人格が一八〇度変わることだってある。よいほうに変わりもすれば、ときに悪いほうにも変わるのだが。穏やかだった人が衝動的で怒りっぽくなり、いらいらし不安に駆られ、ひどく落ちこんだりもする。ヴェルサイユ平和会議の最中に脳卒中を起こしたウッドロー・ウィルソン大統領の場合は、劇的な変化が衆目の知るところになった格好の例である。

脳卒中によるマヒはなかったものの、ウィルソンをよく知る人は、彼の人格にたちまちネガティブな変化が生じたことに気づきました。以前は先のことをよく考え、妥協することができたのに、彼はいらいらし、柔軟性を欠き、意地が悪くなったのです。また、社交性も低下しました。最初の発作から数週間後、もう一回発作が起きて、左半身がマヒしました。衰弱は明らかだったのに、彼は何も問題はないと否認しました（右半球に異常があるとき、否認は非常によく見られる症状です）。彼の周囲の人たちは困り果てました。医学的な状態を閣議で話し合おうとした国務長官を、彼はクビにしました。彼の脳卒中は、第二次世界大戦を引き起こしたきっかけとも関わりがあったと思われます。脳卒中を起こしてから、彼はもはや国際連盟でまともに議論することができなかったのです。

——〔ダニエル・G・エイメン『脳の健康が人生成功のカギ』廣岡結子訳、はまの出版〕

ポールの人格の変化は脳卒中が原因なのか、それともそれに伴う環境の変化によるものなのか。どちらとも言いがたい。私たちが「人格」と呼ぶものは、それだけで孤立して存在するものではなく、他者とどのように関わるかで決まってくる。外界から影響を受けない幻想ではなく、対人間で生まれるものだ。そして脳卒中以降、ポールの人との付きあい方はがらりと変わった。以前はいくらか被害妄想の気があったが、いまのポールにとって人はもっと思いやりをもって行動し、寛大で、好意的に見える。この点だけいえば、ポールのこの心の変化を私は嬉しく思う。知的な相棒を失ったことは胸が詰まるが、ポールは以前より、もっと私そのものを愛してくれるようになったからだ。だから私がこうしてがんばるのは、ひょっとしたら、ただポールに生きていてほしいからとか、自分が喪失を経験したくないからだけでなく、ようやくポールの存在が私にとってある意味もっと生き生きとしたものになったからだ。

けれども私は次第に精根尽きて、とうとう自分の仕事の締切を守れないことに気がついた。『ユダヤ人を救った動物園』を書き終えるには、あともう一年かかるだろう。それに春と夏の講演会や朗読会はキャンセルせざるをえない。『ディスカバー』誌に連載を書く約束もしていたのだが、当時の編集者スティーヴ・ペトラネクにメールを送り、ポールの脳卒中のことを話し、いまの自分には仕事をする時間も気力も残っていないと正直にうちあけた。するとスティーヴは自分の父親のことを話して、私を励ましてくれた。指揮者でヴィオラとヴァイオリンの名手でもある父親は、ポールと同じぐらいの歳で脳卒中を起こしたという。スティーヴの父親もやはり話す能力を失った。といっても彼が失ったのは英語の語彙で、シダーラピッズ〔アイオワ州東部の都市〕のチェコ人コミュニティで育った当時に学んだチェコ語は、まだ話すことができたのだ。大好きなヴィオラを弾く技量は戻らなかったが、根気よく理学療法を続けて、なんとヴァイオリンはかつてないほど上手に弾けるようになったという（この二つの楽器はかなり似ているのだが）。そのあいだに、子ども向けのクロスワードパズルにも挑戦しはじめた。亡くなる少し前には、『ニューヨークタイムズ』のクロスワードパズルを毎日楽しめるまでになっていた。これぞまさに脳の可塑性と練習の威力の証である。

ペトラネクから教わったのだが、人は、ある言葉をおおよそ二千回くり返して聞かないと長期記憶に深く刻みこむことができないという。さっそく私は、ポールがとくに問題を抱える日常の言葉をインデックスカードに書きだしてみた――たとえば「ポール」「ダイアン」「飲む」「小切手帳」「ハチドリ（ハミングバード）」「財布」――ポールの宇宙からどうやら消えてしまったこの言葉たちを、私はできるかぎり文章に含めることにした。

「ハミングバードは小切手を持ってるかしら?」ある日、ポールに訊いてみた。ポールは笑ってこくりとうなずくと、宙に小さな小さな長方形の小切手帳を書いた。それから私はポールに「小切手帳」と続けて一〇回言わせた。ところが三〇分後、ポールはもうこの言葉を忘れてしまった。まるでポールの脳が見えないインクでメモしたみたいに。

「見て!　餌台に小鳥が来てる――あれ何だっけ?」

お目当ての言葉を探し、途中で挫折したポールは、自分でもわからない言葉を口にした。「亜鉛（ジンク）の四分（クワド）円（ラント）」

「違うでしょ。のんきな音を立ててるから、なんて名がついたんだっけ?」私はヒントをあげた。「ハー……ミー……ンング……」

「ハミングバード!」ポールが意気揚々と声を弾ませ叫んだ。

「正解!　ハミングバード。ではハミングバードはお財布に何を持ってる?　ピンナップ写真?」

「お砂糖かな?」ポールが自信なさそうに答える。

「ぼくの……フールズキャップはどこ?」だしぬけにポールが訊く。

フールズキャップですって？　ポールが言っているのは、あの宮廷の道化師がかぶる帽子のことかしら？　派手な色の帽子が頭に浮かんだ。あちこちつんつんとんがっていて、それぞれの先っぽにちりんちりん鳴る鈴がついている。それとも――こっちのほうが合っているという嫌な予感がするのだが――ポールは「馬鹿帽子（ダンスキャップ）」のことを言っているのだろうか。これは、昔、覚えの悪い生徒がかぶせられた円錐形の紙帽子のことだ。

　ポールは何かを書く手まねをした。なるほどそうか！　厚手の紙。最初にこれを製造した会社は、小さな鈴のついた三つのとんがりのある道化帽子を透かし模様で入れていた。あの模様を最後に見たのはもう何年も前のことだ。でも厚手の紙がどこにあるかポールは知っているはず――ほんの小一時間前に私の書斎の棚からポールが何枚か取っていったのを見かけたからだ。

「ひょっとしたら小切手帳のこと？」と訊いてみた。

「そう！」ほっとしたようすのポールを、自分の小切手帳をしまってある特別な引き出しまで連れていった。

　こうしたとんちんかんな言葉はときに愉快だが、とことん厄介なときもある。ポールが本気で何かを伝えたいときに頭を塞いでしまうのだ。

「第二段階のあくびがぼくの足に重くのしかかる」。ある朝、ポールが文句を言った。ひどくためらい、話しかけては失敗をくり返したあげく。言葉がバンパーカー〔遊園地でぶつけあって遊ぶ電気自動車〕みたいにぶつかっては跳ねかえる。私は必死にわかろうとして、ポールいわく「封鎖」をくぐり、さらにはポールが言葉をおおまかに分類分けできるようなイエス・ノーの質問をさんざんしたあげく、ようやくポールが何を言いたいのかを理解した。それはありふれたほんのちょっとしたことだった――昨日の夜、私がポールにかけてやった緑色の柔らかな毛布が足に重たく感じたのだ。「毛布」や「ベッド」といった簡単な言葉を、いまもポールは思いだせない。昼間に何度もくり返して言う言葉のリストにこの二つも加えたが、リストはどんどん増えていった。

この頃に理由ははっきり覚えていないのだが、私はポールをときどき「ウォンバット」と呼ぶようになった。でもそれはとくに変わったことではない。私たちはいつもお互いにトーテムっぽいあだ名をたくさんつけていたから。この新たに加わった「ウォンバット」は、なかなか素敵な愛称だった。私がポールに見せた写真には、可愛らしい赤ちゃんウォンバットや長い爪で穴を掘るウォンバット、お日様の下でくっついて眠るふわふわの毛のウォンバット夫婦が写っていた。オーストラリアの友人が羊毛でできたウォンバットのぬいぐるみを送ってくれて、それに私たちはウッドローという名をつけ、紫のカウチの玉座を進呈した。

ある朝、まだベッドのなかで私はポールに声をかけた。「おはよう、ミスター・ウォンバット」。するとポールがこう答えた。「おはよう、ミセス・ウォンバット」。ポールはよく寝ぼけ眼のときに、まだプレッシャーを感じないせいか、すばらしく流暢になる。

眠そうな声で訊いてみた。「ねえ、ウォンバット夫妻の名前は何かしら。そうね、旦那さんの名前は……ハイドロエレクトリック（水力発電）……ハイドロエレクトリック・ウォンバットよ。奥さんの名前は？」

ポールはしばらく考えて、「クロピドゲレル」と答えた。

「クロピドゲレル?!」それって何？　それからやっとピントときた。これはたしか薬の名前、テレビのコマーシャルでポールが聞きかじったにちがいない。「いいわ——ハイドロエレクトリックとクロピドゲレルのウォンバット夫妻。二人に子どもはいる？」

「六匹」。ポールが答えた。「半分、半分」

「男の子が三匹に、女の子が三匹ってこと？」

「そう」

「なら、子どもたちの名前は？」

それを聞いてポールはくっくと笑いだし、とうとうこう言った。「ドイツの……」。だがつぎの言葉が出てこなくて、ポールは片手で水にもぐるまねをした。

「飛行機？」

「ちがう」。ポールの手は水面下を横に這うように動く。

「Uボート？　それとも戦艦？」

「そう！」目が輝いた。「でも病気」

「子どもたちに、沈んだドイツの戦艦の名前をつけたってこと？」

いたずらっぽい笑みを浮かべて、ポールは言った。「ビスマルク、グラーフシュペー、ティルピッツ……」

私たちは吹きだし、笑いが止まらなくなった。私が笑ったのは、ポールがこんなに想像力を膨らませてまた言葉遊びができたことにほっとしたから。二人は頭のなかで、ハイドロエレクトリックとクロピドゲレルのウォンバット夫妻が、ドイツの沈んだ戦艦の名のついた六匹の子どもたちを紹介しているようすを思い浮かべた。それからようやく二人で寝室から出ていくと、午前のポールの世話をしにすでに来ていたリズが、にこにこしながら声をかけてきた。「いったい何の騒ぎ?」まだくすくす笑いながら、二人でリズにことの次第を嬉々として披露した。

どちらかが脳卒中になったら、夫婦にとって「遊び」どころではなくなるが、私たちは幸い遊びによってまた無邪気に繋がることができた。もう一度、一緒に言葉を使って笑ったり遊んだりできるのは何より心地よかった。

昼食のあと、ジーンとスティーヴがわが家に立ちよりおしゃべりをしていたとき、テレビに出てくるカトリックの尼僧の話題になった。スティーヴの高齢の母親は信心深く、一日じゅうテレビでシスター・アンジェリカ〔全米最大のカトリック系テレビ局の創設者でもある尼僧〕の説教を聴いているという。そのため毎週のように母親を訪ねるスティーヴは、毎度「シスター・アンジェリカ」一挙連続放送に付きあうはめになる。するとポールが思いがけなくスティーヴの母親のことを、「聖なる警官」と呼んだので、皆がどっと笑った。この日はとびきり楽しい一日だった。笑うことはすばらしい万能薬なのだが、不幸の陰に隠れると見つけるのは容易ではない。

二人が帰ったあと、ポールは夕暮れ症候群になり、家にはおなじみの静けさが戻ってきた。二人で座って沈黙に耳をすますと、ときおり鳥のさえずりがマーブル模様のように漂い混じる。太陽が木々の梢に朱を振りかけはじめた。

「何か心配ごとでもあるの?」と私はポールに訊いてみた。

「いいや」。ポールは答えた。「木を見てるんだ。初めて気づいたよ。なんて見事なのかって。なんて高くて。じつにさまざまで」

「官能的な緑色があんなにたくさん」と私が言うと、ポールがうなずく。「官能的」という言葉にいたく納得したようだ。

「植物が蛍光している」。ポールがさも嬉しそうに眺めた。

蛍光鉱物のように美しい葉が育ち、色鮮やかなネオンの花を咲かせる様子が私の頭に浮かんだ。ひょっとしたらポールのほうは、森に潜む蛍光の真菌類を思い描いていたかもしれない。その肉眼で見える部分、つまり「キノコ」は、腐敗した木々に何食わぬ顔で触手を忍ばせ、不気味な緑色に輝くので、木の幹がなかでちらちら燃えるかのように光る。キノコにホタル、それから「光の棒」を手にしたハロウィンの子どもたち。みんな同じ冷たい緑の炎に照らされているのが私にはおもしろかった。

ポールは子どもの頃に実験セットを持っていて、そのなかに入っていた蛍石の結晶が暗闇に煌めいたという。うらやましくなった私は、ある年ポールに「イギリスの男の子のクリスマスが欲しい」とリクエストして、実験道具セット（蛍光に光るものは何も入ってなくて残念！）に飛行機観察の手引き、それと金属製の組立玩具「エレクター」のセット（二人で組み立てた、電池で動く四輪荷車は、ときどき郵便物を運んで廊下をブンブン走った）をもらって大喜びした。

だがこのときのポールは、こう言いたかっただけだった。「花が咲いている」

こうした静かなひとときを、ただそばにいるだけでも、ポールと一緒に過ごせないときはなんだか後ろめたく思った。とはいえ私にはやるべき仕事が山ほどあった。ポールが恐ろしく退屈している姿がどうしても脳裏をよぎるのだが、それでもしだいにわかってきたのは、じつは私の予想に反して、ポールは静かにひとりその時間を過ごしていたのだ。前の瞬間に縛られることなくつぎの瞬間にただ流れていく時間を。

ずいぶんあとになってから、ポールは私にこう語った。「ぼくのことを誰かがちょっとだけ見たら、ぼくには考えることなどできないと思っただろうよ。だがそれとは真逆だったんだ。ぼくは失語症の時間を生きていた。黙ってはいても、ぼくの体内のあらゆる臓器がめまぐるしく懸命に思考していた。ぼくの脳は生気に溢れ、ぼくのお尻をけっとばした。神に感謝するよ。この強いられた沈黙を生き抜く術をぼくに授けてくれたことを」

私たちは静かにまた話をしたが、こうして二人でいるのは気楽で心地よかった。

「脳卒中って何だい？」私が話のなかでこの言葉を使ったら、ポールがまた訊いてきた。これまでにも、私をはじめいろんな人が、何が起きたかをポール本人に何度もくり返し話してきた。けれどポールは、「脳卒中」という言葉は知っていても、その意味を覚えていられないようだ。血栓がはがれて漂い、脳にとどまり、血液や酸素が脳の諸々の領域や細胞に流れる道を塞いだのだ、という説明も、ポールにとっては、文章ではなく、たなびく雲のようにつかみどころのないものだった。

「あなたの場合はね」と私は何度もくり返し説明した。「右の前頭葉と側頭葉が傷ついたの。ブローカ失語症とウェルニッケ失語症と呼ばれるもの」。私は自分の頭のその部分を指し、失語症だと何ができて、ふつうはどんな結果になるか、というおなじみの長たらしい説明をまたはじめた。

私が語ったすべての症状をポールは経験していたし、こうした特徴がごくふつうの予測されるもので、さらに失語症を経験したおおよそ一〇〇万人にかなり認められるものだと知って、ポールは安心したようだった。この状態は治るものではなく、ポールは以前の自分と一〇〇パーセント同じ状態には戻れないが、運がよくて、しかも努力すれば八〇パーセントまでは戻れるかもしれないし、それはすごいことなのだ、と私はくり返し説明した。そしてあなたは運がよいのだ、ともつけ足した。

「ぼくの脳は壊れた……運がいいなんて思えない」。ポールは悪臭を嗅いだみたいに顔をしかめて反論した。

「そうね。たしかに卒中になったのは運がいいとはいえないわ。でもへたしたら死んじゃってたかもしれないのよ。それか重度の麻痺が残ったり、失禁しちゃったり、言葉がまったく出なくなってたかも。そういうことだってよくあるんだから」

「きみも大変だったね」。ポールがつぶやいた。私の髪をなでながら、遠くを見るような目をしてポールが言った。「かわいそうに。きみのことを話して」。ポールの声には、長く言葉にできなかった後悔の思いが込もっていた。

私の目に涙が浮かび、ポールは私をしっかりと抱きしめた。

「あなたの命に関わることだったから」。言葉が口をついた。自分の気持ちを話せる機会をもらえてありがたかった。「あなたは自分の殻に閉じこもってて。脳卒中のあとは誰だってそうなるものだけど。だから私がいつも表に出て、あなたのことでやきもきして、あなたのためにいろいろやって。仕事する時間もないし、一人になってゆっくりできる時間さえなかった。遊ぶ時間も、静かな時間も、心配から解放される時間もいっさいなくて。息が詰まりそうだった」

「心配してくれたんだね。ぼくのことをとっても」。ポールの声は少し震えていた。まったくなんてことか、というふうに。「ぼくに何かできる?」

私の答えを待たずにポールはぱちくりまばたきすると、また口を開いて何か話そうとした。それから鋭い短刀みたいに言葉をジャグリングしながら、こう言った。「あらゆる天空に、きみ、自分の部屋に急ぎ、著すのだ。何かを、何でも……きみがしたいこと……白墨で書く?」

なるほど、「日」のかわりに「天空」、「行く」のかわりに「急ぐ」、「書く」のかわりに「著す」と「白墨で書く」とは、なかなかうまいことを言う。それからいきなりポールは身を乗りだし、優しく笑いながら私にたずねた。

「きみの新しい本はどう?」

「わからないわ」。私が答えると、ポールは驚いた。「……連絡とってないから」

いつも私の仕事を熱心に応援してくれていたポールが――以前は出版の際に助言をくれ、締切が迫って余裕のない私を理解し、朗読会にふさわしい服を選ぶのまで喜んで手伝ってくれた――いままた私に、編集者やエージェントと連絡をとって、なんならニューヨークまで会いに行き、ついでに友だちにも会ってきたらと勧めてくれたのだ。

とうとう私はニューヨークに数日出かける決心がついたのだが、そうなるとこんどはポールを夜一人にしておくのが心配でしかたなかった。これは初めてのことだ。はたしてポールはうまくやれるのだろうか?

「ぼくなら平気」とポールは言いきった。「心配ない」。自分の面倒は自分でみられるとやけに自信満々だ。だがそんなこと絶対に信じられない。ポールにはわかっていなくても、私にはわかる。

「心配ないですって？　それ本気？　お薬はどうするのよ？　インスリンは？」

「リズ」

「リズは昼間しかいないのよ。それに転んだらどうするの？」転倒が高齢者の死因のトップにくるのは重々承知している。ポールの母親もそれが原因で亡くなった。来客にあわててキッチンの丸椅子から転げおち、腰の骨を折って長いこと寝たきりになったあげく、肺炎を起こしたのだ。

「ころんだりしない」

「それか、何か緊急事態が起きたら？」

ポールは目もよく見えないから、うっかり火傷したり手を切ったりしかねない。脳卒中以降、ポールはときおり目で見ておおまかな形はわかっても詳細を捉えるのに苦労することがある。動きを察知し、それが何かはわかっても、触ろうと手をのばすと、その手は幻の物体を探して宙をさまよう。空間で物の位置を正確に捉えるのが難しいようだ。見当違いなところに手をのばすから、しょっちゅう何かをこぼすし、コンロを安心して使わせられない。何かを見てと声をかけても、ポールの目はあちこち探し回って、ようやく偶然発見するという具合なのだ。ポールは「間違ったところに手をのばし」「間違った方に目を向ける」。このことからも脳の「空間視系」、つまり空間で物体を把握する機能を司る頭頂葉部分の損傷がうかがえる。

それに心臓の具合が悪くなる危険もつねにある。もちろん、ここ二〇年もその可能性はあったが、いまのポール、とりわけ夕暮れ症候群のときのポールは、はたして九一一のボタンを押せるほど頭が回るだろうか？

「だいじょうぶ。心配ない」

おたがいにわかってはいたのだ。たしかにポールが自立した気分を味わい、私が自由な気分を味わうのはいいことなのだ。だから私は出かけることに決めたのだが、留守にするのはひと晩だけにしておいた。さてそれから入念な準備がはじまった。リズは午前一一時、ポールがいつも起きてくる直前に到着し、夕方六時までいてくれる。そうすればその日の夕方と夜と翌朝の心配だけをすればいい。冷蔵庫のドアには救急隊員への連絡事項を貼っておいた――ポールの医学的な重要事項をすべて書き留めたメモで、薬と病気の詳細、かかりつけの医師と緊急連絡先が書いてある。ポールの処方薬はプラスチックのケースに入れてわかりやすく表示し、どの薬をいつ投与すればいいか書いたメモを添え冷蔵庫の上に置いた。錠剤はいつものように揃えておいた――朝食時、昼食時、夕食時、それから就寝前に飲む薬を、洗面所の小さなコップに別々に入れておいた。落とすこともありえるから、予備の錠剤もディナー用の皿に入れて書庫の机に置いた。リビングにある大きなボタンつきの電話機は、ボタン一つで、私とリズと九一一に繋がるようにセットした。けれどもこれには留守番電話の機能はない。それは私の書斎のコードレス電話についている。そこで、ポールが電話に出るために押すべきボタンには、明るいピンク色のテープを貼った。あとは、誰が電話をかけてきたかポールが耳をそばだて、話したいと思ったらどうやって電話をとるかをあらかじめ練習しておいた。そして以前と同様、しょっちゅう電話で話そうと二人で決めた。これで準備万端と言いたいところだが、それでも心配がちょくちょく顔を出し、「もし……したら?」という悪魔のささやきに悩まされた。

離れているときも私たちはかならず日に数回電話をかけあい、おたがいにからかったり、いちゃついたり、恥ずかしげもなく愛を誓ったり、近況を教えあったり、悲しみを吐きだしたりしたものだ。いまも以前と同様、私はちょくちょく家に電話を入れるのだが、ポールはコードレス電話の使い方が覚えられず、電話に出られたとしても、然るべき言葉が見つけられず言葉につかえ、あげくに最後は黙りこむ。だから旅先で気づいたときはつらかった。電話をかけても、あのおなじみの、ほっとするおしゃべりを交わすことはできないのだ、と。今回、ポールは私の留守を何ごともなく乗りきり、その後も私の本が出版され、私が何度か家をあけたときも、まあたいていは問題なかった。というのもポールとリズは私を心配させたくなくて、ずるいことに二人して私が帰るのを待ってから、私の留守中に起きた「ハラハラドキドキ」のできごとを洗いざらい報告するのだ（飲んだものを吸いこんで肺に炎症が起きたとか、トゲが刺さって膿んだとか、ひげ剃りで顔を切ったとか）。それでも私は家のことが気が気でなく、空港で待ち時間があるとポールは大丈夫かしらと心配になった。プールのはしごで足をすべらせてないか？　郵便を取りにいく途中で転んだりしてないか？　寝る前に絶対に飲まなくちゃならない血圧の薬を飲み忘れていないか？

私は自由な時間を楽しみ、ポールは自分だけの時間が増えるのをありがたがったが、それには代償もついてきた——胸騒ぎの数々、離れていて確認できない諸々についての心配、そして新たな悲しい真実。もうひとつ、ポールとの絆を失っていたことにあらためて私は気がついた——電話が繋ぐ切っても切れない仲。いまの二人の電話は短くて、あまりおもしろくもなく、さほど打ちとけたものでもなく、私にとってライフラインの役目ももたない。旅先の私は、ときおりなぜか自分がどこかに放りだされたような、自分が消えかかっているような気持ちになった。そんなとき愛する人の空想に自分がすっぽりくるまれていると知って、心からほっとするものだ。たとえいつも思ってくれてはいなくても、それでも相手の心のなかに自分はちゃんと存在しているのがわかるから。電話で相手の声に触れながら、私たちの腕はいつも電話線を伝い、あるいは何エアマイルも飛び越えて、互いをしっかり抱きよせる。この天空の抱擁のないいま、家ははるか彼方の星のように感じられた。

第二三章

ポールが言葉を話すのを助けることだけに集中しよう、と私は決めた。それが何よりポールの人生の織地に彩りを与えると思ったからだ。ところがポールは、またもう一度執筆したいと願っていたのだ。この世にあらぬ人びとを創造する七転八倒を楽しみたいのだ――口紅で唇をくっきり描き衝動に胸震わす若い女や、でこぼこ道のようなしわを額に刻んだ老人、太い一本眉の船乗り、白い肌にゴジュウカラのような茶色の瞳の地中海の美女。ポールは自分でこしらえた登場人物を罠にかけてそそのかし、彼らの掛けあいに耳をそばだて、気まぐれや記憶、妄想の狂った締め綱をその心に詰めこむことに、屈折した喜びを感じていた。

脳卒中後のいま、ただ話すだけでも苦心惨憺するというのに、なぜまた創作活動がそれほど重要性を増したのか。それから数年後にポールが私に語ったのだが、その理由は、自分が話せることと、思考できることのあいだに途方もない隔たりがあったからだという。ポールの発想は発話のなかではのろのろ進むが、頭のなかでは氷上ヨットのように猛スピードで滑走していた。

「先のことを考えたとき、こうした違いがあることに自信がわいたんだ。これは単に二つを同調させること。ぼくのペルメル球技〔英国で一七世紀に流行した球技。地面に鉄の輪を固定し、木槌で球を打ってその輪を通過させる〕の思考と失語症とをうまい具合にマッチさせるんだ。半年か、一年かかるか、あるいは永遠に無理なのか？　それがぼくの人生で最大の謎だった」

毎日、ポールはページの上に言葉を集めようと骨折った。ペン書きも少しずつ上達し、自分が何を言いたいのかわかっていて、その言葉も知っているように見えるのだが、その手に伝わるメッセージは支離滅裂な言葉の羅列になる。

「文字の一つも書けないことにうんざりしたんだ。どのみち書いたものもひどかったが。ぼくの筆運びは時代を越えた匠の技だと自負していたのに、いまでは不鮮明な断片に、間違った出だし、ぞんざいな戯言の寄せ集めに成りはてた。早い話、ぼくはものすごくいらいらして、しかもぼくに使える文字はこの地球上に一つも残ってなかったんだ」

この問題を私はしばらく考えてみた。言語スキルを高めて、自分の考えを明確にするためにも、ポールに字を書くことは続けてほしかった。けれどもある行動をどう説明するかで、その感じ方も変われば、それに費やすエネルギーも変わる。ポールに必要なのは「宿題」ではなく「プロジェクト」なのかもしれない。

「あのね」。私は何気なく提案してみた。ポールがとくにふさぎ込んでいたある午後のことだ。「失語症者の初めての小説とか回想録とか書いてみたくない？」

ポールが私を見た。その目に突然、光が射した。

「そいつはいい！」あんまり興奮して叫んだので、あのいつもの「めむ、めむ、めむ、めむ」までこぼれだしたが。こんなふうにポールが食いつくのは、以前にも見たことがある。新しい本のアイディアが浮かんでお尻に火がつき、靄のようにおぼろげでウサギみたいにすばしこい何かを追いかけていたときだ。何はともあれポールはいま、自分の進む道を見つけることができた。それがどんなに曲がりくねった、先の見えないものでも。ポールがたくさん書いたり、じょうずに書いたりできることは期待しなかった。私が願っていたのは、この努力がポールにとって過去の自分とを繋ぐライフラインになることだ。そしてこれが胸踊らせる言語療法になって、ポールの気分を底上げし、私たち二人が一歩前に進めれば嬉しいと思った。

リズがその日の用事で帰り、言語療法士が来てまた帰ると、私はポールを定期的な血液検査のために病院に連れていき、そのあと銀行に寄ってから、ようやく家に戻り二人でリビングのソファに倒れこんだ。二人とも一日じゅう他人とコミュニケーションをとる努力をしてへとへとに疲れていた。まあ私はさらに、ポールというくらか見知らぬ人物の相手もしたのだが。

「脳卒中について何か書いてみる?」

ポールはこくりとうなずいた。

線の入ったメモ帳とペンを渡すと、ポールは身をくねらせて、何かを、とにかく何でもいいから読めるものを書こうとしたのだが、結局書いたのは輪っか状のものがたくさんと、あとはでたらめな殴り書き。不安と困惑が、コマ送りの画面のようにポールの顔に広がっていく。

「平らなところのほうがよくない? テーブルに行きましょうよ」。私は提案した。

キッチンテーブルの前に座り、しっかりしたほうの手で書いても、やはりたいしてうまくはいかなかった。見ていてつらくなるほど長いこと、ポールは紙の上に手をぐいぐい走らせた。ペンがウィジャ盤の針のようにぴくぴく動いたが、とうとうポールはうんざりして書くのをやめた。それから腹立たしげにペンをテーブルに叩きつけ、降参とばかり椅子の背に寄りかかった。

「無駄だ」。ポールは吐き捨てるように言った。

ポールをなぐさめようと私は必死で言葉を探した。「もしかしたら、あなたの脳に一度にたくさんのことをさせたからかもしれないわ」

ポールが小説『祝祭（*Gala*）』（実物大の銀河をつくる男の話）を書いていた頃を思いだし、そのあまりの違いに胸が痛んだ。ペンシルベニア大の近くに借りた一軒家の、じめじめとした薄ら寒い、ヤスデの巣窟のような地下室で、ポールは嬉々としてペンを執っていた。あの夏は灼熱の暑さで、車の金属部分をうっかり触ると火傷し、庭のホースからお湯が出た。学生たちは小川の浅瀬に腰までつかり、冷たいビールを飲んでいた。ゼリーのように吸いつくエアコンの冷気を求め、数少ない店に客が吸い寄せられていく。どの店のドアにも、青白い流氷の上に立つペンギンのキャラクター「ウィリー」やタバコ銘柄「クール」のマスコットの絵が貼られ、その上に「店の中はクールだよ！」と貼り紙がある。私たちは小型の窓用のエアコンしか買えず、それを寝室に取りつけた。寝室から一歩出ると家のなかはどこもかしこも熱気がよどみ、私たちはインフルエンザの患者みたいにへたりこんだ。ところがポールといえば、ほかと比べれば涼しい地下室のむき出しのコンクリの壁に跳ねかえる、パウル・ヒンデミットのオペラ「世界の調和」を聴きながら、この永遠に貼りつく暑さにほとんど気付かないでいた。この音楽は、ヨハネス・ケプラーが一六一九年に書いた同名の本に触発されて作曲されたものだ。この本の中でケプラーは天体の調和を解き明かしかべていた。

たが、ポールはヒンデミットのオペラの壮言な神秘の調べにのった、苦しげなケプラーの息遣いを思いう

旋律のごとく回転する星々の衝突を肌で感じたくて、ポールは壁にバルサ材を縦六〇センチ×横一・二メートルの長方形に並べて釘打ちし、そこにスカイブルーの紙を貼って、宇宙の絶対零度のなかを旅した。それから持っていた星図を開いて、お気に入りの星座——琴座、ベテルギウス星、コールサック——を入念に調べた。あたかも写生の授業でポーズをとるヌードの女性を見るかのように。そしてしっかりした手つきで、画鋲にそれぞれの星の色を塗ると、しかるべき位置に留めていった。この宇宙創成の合間に、ポールは大きなオークの机で執筆した。

「冷たい飲み物どう?」私は階段の上から声をかけ、冷たいレモネードが入ったガラスのコップを手に持って下に降りた。

「ヒンデミットを聴いてるの?」そうたずねながら、ひび割れた灰色のセメントの床にいた一匹のムカデをまたいだ。

「ヒンデミット風に……あのね、ぼくがいつも驚くのは宇宙の静けさなんだ——だが宇宙を構成しているパーツに近づくと、聞こえてくるのはひたすら不協和音の轟きなのさ!」

当時のポールには、諸々の作曲家の熱情を天空の鍋で煮るなど朝飯前のことだった。

それに比べていまのポールの困りようときたら。手がうまく使えないだけでなく、頭まで右往左往している。ポールの脳は、自分が何をしているかわかっていないし、たとえわかっていてもポールに教えようとしない。

文章を書くためには、ポールの脳は自分の考えていることをまとめ、それをしかるべき言葉と結びつけ、言葉の綴りを思いだし、それから自分の手に、その言葉をつくる文字を書くにはどう動けばいいかを教える必要がある。そしてさらに、自分の目に、いまでは見えなくなったページの右端に対処するよう通達することも必要だ。こうしたことにはじつに多くのさまざまなプロセスが求められる。その一部でも省略できれば助かるかもしれない、と私は考えた。

「カウチに戻りましょうよ。私が代筆してあげる」。私はそう申し出た。「わからないことがあれば質問するから」

そうすればポールはただ、言葉と思考を繫ぎとめることだけに集中すればいい。それでうまくいかなければ、おそらくまだ時期尚早だということ。ポールが望めば数週間後にまた挑戦すればいいだろう。あるいは、もとからそれほど名案でもなかったということか。

ポールはお気に入りのソファの隅に深く腰掛け、私は前屈みになってポールの顔を見て、メモをとるためにかき集めたたくさんの日記帳の一冊を手にとった。一つは柔らかくてビロードみたいな紫色の表紙のもの。この紫色、ポールのペンからかつて流れた紫の散文〔過度に装飾的な文章を指す〕みたい。けれども言葉を使わなければポールはどうやって思考できるというのか。たとえ外の世界の言葉とはだいぶ違っていようとも、言葉は手引きになり、余計なものを省いて判断を合理化してくれる。たとえば韓国・朝鮮語では、ある物が何かにぴったり入るか〔封筒に入れた手紙〕、余裕をもって入るか〔バケツに入れたゴルフボール〕によって別の言葉を使う。そのため韓国・朝鮮の人は、他の国の人よりも、隙間があくかぴったり合うかを見きわめるのに長けている。

私たちは言いたいことを何でも言葉で表せるわけではない。自然は原子の集まった一本の川として不可分に流れるが、人はこれを言葉を使って分割して組み立てる。けれども、どんなに雄弁で表現豊かな発言でさえ、言葉を発したあとにはかならず沈黙があり、そこには省略されたあらゆるものがざわめいている。

「黙っていても、あなたが考えてるのはわかるわ――それって言葉を使って考えてるの？」私はおそるおそる訊いてみた。

「そうだよ」。ポールはきっぱり言った。「頭に詰まってる」

「頭に詰まってる」。私は線の入った日記帳の最初のページにそう書き留めると、空欄のページをぱらぱらめくった――だいたい五〇ページくらいあるかしら。

脳卒中以後、私はちょくちょく不思議に思っていたのだ。ポールはいまも、人がふつうにするように、頭のなかでひとり言を言っているのだろうか。たずねるならいまかもしれない。「頭のなかで言葉はどんなふうに聞こえるの？　誰かが話す声がする？」

ポールの視線を追って天井を見ると、小さなクモが一匹、細い糸を伝いそろそろと降りてきた。

ポールはしばらく考えて、それからこう言った。「一人じゃなくて、三人の声」

「三人の声ですって？」私は仰天した――それどういうこと？　その三人の声っていったいどこから来るのか。「どんなふうに聞こえるの？」

ポールは頭を振り絞って考えたが、しばらくすると顔を曇らせ、うめくように言った。「説明できない」

「誰かの声に似てる？」

集中するうちにポールの視線が右にさまよった。「一人は……ＢＢＣのアナウンサー」

「ＢＢＣのアナウンサー？」私は心のなかでつぶやいた――まったく思いもよらない答え！

錆びた蛇口をひねって開けるように、ポールはゆっくりと、咳きこむように、言葉を吐きだした。

「そうだよ」

「なら、ほかの声は？」

「さ、さ、さいしょの……堆積したこ、こえ。じょうひんな、ＢＢＣのアナウンサー……ジョン。ジョン。ジョン……スナゲ〔ＢＢＣの実在するアナウンサー〈一九〇四〜一九九六年〉。第二次世界大戦中にラジオニュースを報道〕、とおくの世界の、おど、おどろき、おどろきで、彼をたのしませた。ただしい……アクセント。かんぺきなことば。それで、ちょ、ちょ、ちょっとうぬぼれや。そ、そのあとたいてい、ちんぷんかんぷんな声が、べ、べらべら。それからまた声。ほとんど、彼自身……抑圧された饒舌のアンプル、アンパーサン、最中（アミッド）に……消えた。けれど、ほかの二〇〇、じゃなくて、二人が、隷属の余白に退くと、も、も、もどった。彼は、何か、ま、ま、まほうで、もういちど話せるように、な、なった。それは、何か、さ、さ、さいしょの男たち……おかげ……おかげ……プラネット、それでパースニップ、じゃなくて、もしかしたら（パーハプス）、あ、あと、あとに続く失語症の者たち……みんなの……も、もって生まれた権利」

ポールは静かになった。脳卒中を起こしてから、ポールがこんなにたくさん話したのは初めてで、私はポールに休憩をとらせたかった。ところが私はあっけにとられ、言葉を失い、固唾をのんでポールがしゃべり続けるのを見守った。ポールはつかえて口ごもり、言葉を見つけるのに助けも必要としたが、それでもポールの語ったことは、失語症者はもちろん誰にとっても興味をひくものだろう。三人の人間がポールの頭にとりついているのはたしかに驚きだった。実際、ポールの頭のなかにはつねに、おしゃべりな人間が一人いて、長い文章や会話をせっせとこしらえていたのだ。そして私が思うに、ポールが「ほとんど、彼自身」と説明した声の主こそが、はるか昔、もっと自由が欲しくて本の頁のなかに飛びこんだのだ。だが、もっと不可解なのは、この三人の声についてこれほど見事に語っているのは、いったい誰なのか？　この仕事をさせるには、ポールは頭のなかで幽霊をもう一人雇わなければならない。この点がとりわけ不思議に思えたので、私はどうしてもポールに訊いてみずにはおれなかった。

「どうして自分のことを三人称で語ってるの？」

「ぼくの声は……本当の自分とはちがって聞こえた。ぼくの頭のなかで話している連中は、ぼくじゃなかった」

「私に聞かせてもらえる？」

「たとえば？」

「なんでもいいわ。スナゲはどう？」

ＢＢＣのアナウンサーの口調でポールはすらすらと話した。「本作戦地域で英国空軍は戦闘機一一機を失いました」

「頭のなかでスナゲがそう言っているとき、どんなふうに聞こえるの？」

ポールはひと呼吸して続けた。「彼は……爆撃隊の……せ、生存する……権利を否定するように、はなした……はなした……彼らをシャンデリアで一撃、じゃなくて、亡くなった者の、正しい抑揚の、こ、こ、こえに追いやった。だから、プランツ、じゃなくて、飛行機（ブレイン）が失われたように、ちっとも。思えなかった。むしろ高慢（ホーティ）な、じゃなくて、高い（ハイ）、じゃなくて、最高（ハイエスト）のリング。いや階級（レンジ）。の神秘的存在に、た、たか、たかめられた」

それから、自分がたったいま言ったことについて、こうコメントした。「否定するスピーチのブル、ブル、品質（ブランド）は、ど、ど、どうだったかな。どんなだった？　ス、ス、スナゲは本当に。本当に。そんなふうに話した……マンネリのスピーチ……ほ、ほとんど。げん、げんじつみない……キレも、魅力も。興奮に沸き立つもの……なにもなにもなにも……ない」

「まだ疲れてないなら、もうちょっと聞かせて」

ポールは一時間近く言葉を探したが、言葉はいつも舌先まで出かかっては隠れるようで、私はなんとか理解しようとポールに質問して先を促した。文章を口述するのは容易なことではない。失語症ではない熟練した文筆家だとて、特別なコツが要るだろう。テープレコーダーに声を吹きこむのを好む作家も何人か知ってはいるが、彼らが言うに、口述は講義をする感覚に近く、臨機応変にやればうまくいくという。かつてのポールは、その日の時間帯など関係なく、いつだって講義の達人だった。インデックスカードに書いた簡単なメモだけで、聴衆を惹きつける話を即席でこしらえた——何より目を見張るのは完璧な文章がすらすらと出てくることだ。けれどいまのポールにとって口述とは、壊れた短期記憶を使って言葉を探すことを意味する。それでもなんとかポールの脳は、文筆家の自分を捜してゆっくり洞窟を探検し、懸垂下降する文章や、ジグザグ進む段落や、文法のパチンコ、節の巧みな装いを見つけていった。

いかにもそれは骨の折れる作業で、ポールを遮ってはいけないと私はすぐさま理解した。そんなことをすればポールの思考の列車が脱線するからだ。ポールはときおり文の途中でひと休みする。だがあまり長く休んでいると、文の初めを忘れてしまうので、ポールが道に迷わないよう、タイミングをみはからって最初の部分を再び読んで聞かせた。

ポールの文章は往々にして混ざりあう。あるいはちょっとした冠詞や前置詞、繋ぎの言葉を省略する。ポールの脳は内容語〔名詞・動詞・形容詞のように辞書的意味を表す語〕はわりと簡単に見つけるが、統語的な機能しかない言葉は抜けおちる。けれどたいていは、苦悩の色をありありと浮かべながらも、最後には狙った言葉を釣りあげるか、何はともあれ用を成す言葉を見つけることができた。手の動作を指示する必要がなくなり脳の仕事が減ったから、ポールがすべき作業はただ、グランドセントラル駅のラッシュ時にお目当ての言葉を探すだけだ。たとえ不正確でもぴったりの代用品が、むしろ驚くほどうまく機能することもよくあった。だがそれらを発音するのもまた、至難の業ではあった。

ポールはポールなりの正しい文法でこう語った（そしてそれを私が書き留めた）。「そこにあるのは。修辞的(レトリカル)な、こ、こ、こえ……むじゅ――。むじゅ――。むじゅんを、こ、こ、こわがらず……こわがらずに、ぼくが言いたいことすべて。についての。技巧的発言。それからほかの声……こ、こわいのは。たくさんのぎざぎざ(バー)、じゃなくて曖昧(ブラー)。ぼくがファーム。調子(フォーム)がいい、とき。この二〇〇が、別べつだけど、重なってる」

「誰かが……コントラ、コントロールをなくして……眠くなると、このコントロール不能の、こ、こえが、言いたいこと、何。でも。かみつく……ほとんどどんな、セイ……ストーン。じょ・う・きょう(サー・クム・スタンス)でも……間違った言葉が出て……しかも。恐ろしい衝動にかられ、刺す(スタブ)、じゃなくて沈める(シンク)、じゃなくて、言う(セイ)、ひっきりなしに言いたくなる。それで、どう、どうしても、てい、てい、てい、訂正できない。だから店に発砲して、ね、寝たほうがまし、なぜなら人として。まったく、コ・ミュ・ニ・ケーションしない……

それでもぼくには、修辞的な技巧の声が残り、それでぼくは。ゆっくりだが、知的な会話ができる……ぼくの……ぼくの……ぼくのコウイーバルたちと」

コウイーバル——私は不思議に思った。なぜコウイーバルなの？　これは「同世代の人」という意味だけれど、なんで「友人」とか「ほかの人たち」といった言葉ではないのか？

私がたずねる間もなく、ポールがこう振りかえった。「ほ、ほかの人がこれを経験するかはわからない、けど、それがなければ、ほか、ほかの人の人生がどんなかはわかる……幸運にも生き延びた。者たちに。力を与える……役に立つ贈り物。ぼくは感謝してる、なぜなら、ユナ、ユナ、ユニークな贈り物とは思わない。でもぼくにはルビーのように、か、価値がある」

一瞬、ポールの声がポールの身体から離れ、外からポールの奮闘を眺めているかのように見えた。

「がに股（ボウレッグ）でも、よ、よみとれる、ほかはたいてい意味不明。ときどきぼくは、こ、ことばを忘れて、そのうちの一つ……人びと……思いつく」

口述筆記はそれから一時間ほど続き、ポールは私の手伝いにうやうやしく感謝した。

「きみが神から授かった能力に感動してるよ……この……行き当たりばったり。でたらめの。考えを整理して、しかも我慢強く」。それからもてる力を振り絞り、さびついたバネがほどけ最後にきしんだ音を立てるかのように、こう言った。「もうじゅうぶん……ぼくは……できる」

私は耳を疑った。このやけに流暢な言葉はいったいぜんたいどこから出てきたの？　額は汗で光り、心の刃はなまくらになり、ポールは脱ぎ捨てた服のようにカウチにどさっと倒れこんだ。なかなかの耐久レースだったわ——私は驚き、ただただ圧倒されていた。ポールは横を向いてクッションに鼻をうずめ、深い眠りに落ちた。

何人かの声が聞こえる——これは統合失調症のおもな症状だ。統合失調症の患者の七五パーセントが、命令や嘲笑の声にしつこく悩まされ、いわくありげなささやきに怯え、裁判官や監視人に絶えずつきまとわれ逃れることができない。一瞬、心配すべきかどうか私は迷った。

それでも、私もこうした言葉が頭に浮かぶし、頭のなかで語られるのを聞いたりもする。これは誰にでも日常的に聞こえる幻聴の一種だ。というのも、脳は生まれながらのツアーガイド、宣伝マンでおしゃべりだから。脳は褒めたかと思うと、抗議し、叱責する。「おいこら！」脳は静かに憤慨する。あるいは「いいか覚えてろよ！……まったく」とためいきをつく。「なんでそんなことしたんだ？」と食ってかかる。脳はノンストップでしゃべりつづける。生涯のリスナー、つまり自分自身に向けて。

脳卒中を起こす前、ポールは亡くなった母親と、とりたてて話すことがなかったときでも、しょっちゅう心を通わせ、母親が返事をする声がはっきりと聞こえたという。ポールは一度、この現実離れしたやりとりのことを私に話してくれた。

「母さん、元気？」ポールが母親にたずねる。

「まあまあよ」。母親の答える声が、ポールの心のクレバスにしみ渡る。一本調子ではあるが、まったく変わらない、母親らしい穏やかな、かすかに北イングランドなまりのある口調だ。

「母さんがいるところは晴れてるの？」

「いいえ」

「何か言いたいことない？」

「どういう意味?」

「何か足りないものない?」あいかわらず殊勝な息子だ。

「まさか。必要なものは全部あるわ」

「全部?」

「そう、全部」

「そろそろ、さよならを言わなくちゃ」

「身体に気をつけるのよ」

「うん、わかった」


こうした和やかな会話を経験したポールは、一三パーセントの人びとの仲間入りをしていた。いわゆる「悲嘆による幻覚の経験者」と呼ばれる人たちで、いまは亡き愛する人と語ることは悲嘆の心を癒す助けになるという。

こうした声が発生するのが頭の中か外かは、そもそもそれほど問題なのか。この二つの線引きは曖昧なこともある。頭の中で聞こえる声というのは、一種の潜在意識のささやきであることを示す研究もある。NASAの研究者は、脳からの「発声を伴わない信号」を拾う小さな電極を顎の下に装着し、人が何を考えているかを聞く方法を編みだした。私たちが「内なる声」と呼ぶものは発話筋の神経を働かせるので、その微妙な神経の発火をコンピュータが解読するのだ。宇宙で役立つものだが、おそらく軍事目的のほうが用途は大きいだろう。声を出さずに秘密の話ができるから、盗聴される心配も要らなくなる。このプログラムを一般大衆はおろか、脳卒中患者にも応用する計画はいっさいないが、そんな日がいつか来るかもしれない。するとどうなるか？　自分の「内なる声」が、自分で検閲する間もなく他者に伝わるのだ。興味をそそる欲望の声や、抑えのきかない怒りの罵声も。この技術が興味本位で使われたら、単なるいたずらではすまなくなるだろう。

それから数年たって、私はもう一度、脳卒中後にポールの頭の中で聞こえていた三人の声についてたずねてみた。

「三人はお互いに話したりしてたの？」

「いいや。はっきり別れて機能していた」

「三人の声がいつまた一つになったの？」

「一つにはなってない」

これには驚いたが、なるべく顔に出さないよう努めた。「三人とも全員、まだあなたのなかにいるの？」

「三人はあまり出てこないな。でも連中はたしかに余裕綽々で、自由気ままで……いまもまだどこかにいる。部屋で誰かの気配を感じるみたいに。いいかい、いろいろな声を聞くのは、水銀を扱うようで捉えどころがないんだ。ぼく自身はたいてい、外から見たらいたってふつうに話してると思うんだけど」

「たいていはね」

「その日の時間帯にもよるけど」

これは遊びの誘いだろうか？「それに食べ物にもよる？」

「……それから天気にも」

「それから睡眠にも」

「何か新しいこと話して！」ポールがせがんだ。

「え？　それって私が退屈ってこと？」

「ちがーう。こんなふうに言いたかないけど、でも……」ポールは片手を上げて、ちょっと下げた。ためいきをつくまねだろうか。「あんまり一生懸命に聞いてるもんだから」

「だってそうしなくちゃ……」。私はそう言ってしばらく黙った。「そうするのに慣れちゃった」

「わかってる。きみには大きな変化だった。ぼくの、み、み、みはりを緩められればいいのに。ごめん……ぼくがいなくなれば、そしたら……きみも自分の人生に帰還できるのに」

高潔な申し出が胸に染みた。

「これが私の人生よ。それにあなたがいないと寂しくてしかたないわ」

「ぼくと野営する苦労がついてきても？」

この選択について私は真顔で考え、それからポールの手をとった。

「あったりまえでしょ。私たちは心で繋がってるのよ」

「そいつはご愁傷さま。ぼくの心臓はかなりぐらついてるからね」

「お酒の飲み過ぎで」

ポールは目をきらっと光らせ、私をそばに引きよせた。「でもキスは足りなすぎ」

第二四章

　あの夏の日、ポールの口述に私たちは二人とも驚き興奮し、その午後もまた続けることにした。ポールの「声たち」——あのポールの心のマンションにとりついたゴーストみたいな語り手たちの声を、また聴けるのは嬉しかった。口述筆記をするうちに、私はもう一度、昔のポールを垣間見た気がした。森の奥に見える玄関灯のようにはっきりと。だがどういうわけかふだんの会話のときにはこれは望めなかった。まだこの時点では、このプロジェクトを、私たちのどちらも回想録と呼んではいなかった。この先の努力がどんな実を結ぶかなんてさっぱりわからなかったのだ。当時、それはほんの試し撃ち、いわば思考の観測気球、人が希望や試案を伝えるのに用いる比喩の一つにすぎず、それが将来どんな形になるかなど予想もしていなかった。ポールも私も承知していたように、肝心なのはポールが言葉を自分流に使い続けることなのだ。

　こんどもまたポールは頭のなかの声の書物を開き、つっかえながら、ときには謎めいた物言いで、一時間近くも語り続けた。今回は前ほど流暢ではなく、言葉を見つけるのにさらに奮闘し、言葉が出てくるのもゆっくりだったが、それでもポールはやめようとせず、私たちは二人でポールの二つめの日記をこしらえた。

「リハビリ科でのふ、ふつかめ、ぼくはき、きいた。きいた。このこ、こえ」。ポールはためらいがちに語りはじめた。「それはでたらめ（フリムフラム）のこ、こえじゃなくて、明瞭なフリム……いや、フリムじゃなくて……

明瞭な、はっきりした……理由で……だらだらしゃべる。しゃべる、どんな、お、お、おとも存在しない、それで。それで……ぼくはわかった。すぐに。ぼくは、アンカー、アクセル、だいじょうぶ(オールライト)だと。たとえ、代用(エアザーツ)、じゃなくて……邪悪(イヴィル)に見えるこ、ことが……ぼくに……起きたとしても」

ポールはそこでひと呼吸すると、声を出さずにあくびをするみたいに口を大きく開けた。まるで次に出てくる言葉を押しだそうとするかのようだ。「つまりね……まだ話そうとしてなかったけど……それにこの、せ、せ、せかいはすべて沈む瓶。何か抽象的なファンファーレのようなもの。導かれるのを。待ってる。オンかオフか。ぼくは、だ、だいじょうぶ、だってぼくの言葉……たとえたとえたとえそれが。むー、むー、むげんにぼくだけの宇宙だとしても……それか……それか……言葉の盛装だとしても」

ぼくの「言葉」ですって？　つまり想像するに、ポールは心のなかの自分だけの宇宙で、ともかくまとまりのある思考を形成することができるのか。たとえ「言葉の盛装でもって」伝えられなくても。

「だから、彼のその面……残る」。ポールは推論した。自らが医師そして調査官になって自分自身を調べている。

それからまた唐突に、ポールは視点を変えて語り出した。「ぼくは話したいときいつも、ス、スイッチをオンにできる。それは。とても。気味が悪い。いわば第二言語を、お、おしつけられたみたいなもの。生気のない、ややかしこまった、BBCアナウンサーの声、それから……」

ポールはふうと一息ついた。ポールの脳がギアを入れかえて、また実況中継をしだすのかと思ったが、それは起きなかった。かわりに今度は、ポールが若かりし頃に読んだシェイクスピアの登場人物が話に出てきた。

「……ほ、ほかはキャリバン〔シェイクスピア『テンペスト』に出てくる野蛮で醜悪な奴隷〕みたいなろくでなしの、こ、ことば、あるいはフォルスタッフ〔シェイクスピア『ヘンリー四世』ほかに登場する、陽気でほら吹きの太った老騎士〕の替え玉……ぼくがどっちがいいか言うまでもない」

　風変わりなこの二人組の登場に、私は思わずにっこり笑った。思うに「キャリバンみたいなろくでなし」は「はた迷惑なわめき声」、「フォルスタッフの替え玉」は「まねしたがりの愚者」といったところか。すると、自分の脳が何かおもしろいことを言ったとわかって、ポールもにっこり笑いかえした。

　さらにポールは先を続けた。「三つの声は本当。一つは、知的な話し手のか、かすかな声……誰か。ぼくが壊れて運命の手に落ちるまで……気付かなかった……彼が出ていく（エグジット）。存在する（エグジスト）かどうか……毎日何時間が……宙返りの達人、もしぼくがシラミだらけ（ラウジー）、じゃなくてラ、ラ、ラッキーなら……喜ばしい調和。二つ目は、スナゲの廃れたラジオの声。三つ目……きみもおなじみの粗野な田舎者の支離滅裂。ま、まったくのナンセンス。それに傲慢ともいえる……」

　文章は断崖から落っこちた。私が見つめるなか、ポールは然るべき言葉を頭のなかで明確に捉えようと努力していた。

「たまげた」。ポールはいきなり、また別の視点から語りだした。「ぼくは証明できた……ぼくが二つ三つの声をもっていることを」

　ということで、複数の声はまだ聞こえていたのだ。頭のなかでポールはいまも、自分の人生の別個の部分から生まれた話者のトリオをかくまっている。かしこまったBBCキャスター、ジョン・スナゲ。子ども時代そしてオックスフォードでの日々に、ポールはラジオで彼の声を聴いていた。そしておつぎは、呂律の回らない失語症者。チンプンカンプンの言葉を発してポールをいら立たせ気まずい思いをさせる。そしてさらに、アメリカ風の口調の、言葉を愛する作家。全員が古くからの友だちのように、ポールを支えている。あるいはポールの人格の最強の面々のごとく。ずいぶんあとになってポールが教えてくれたのだが、スナゲの声は「ぼくの内耳に語りかけてくる。なぜかは神のみぞ知るが。そしてときどきぼくに正しい言葉を授けてくれる」。ちょっと頭がこんがらがってくるが、それでも私はこのことに惹きつけられた。それに語り手はそれぞれ違っているようだが、ポール自身は明らかに多重人格を呈しているわけではない。それはたしかだ。途切れなく話しているし、まあしいていえば、ちょっと平板な口調で、ほとんど感情を表さないが。口述している間、ポールは頭の奥深くに集中しているようだった。そこではあらゆることが行われ、見えない人びとが代わる代わる独白をし、あるいは実際に内なる三者対談が開かれる。ポールの発言はこの三人劇から出てきたものだが、さらなる四人目の声が語っている可能性もある。

ずいぶん前に読んだ本のことが思いだされた。ジュリアン・ジェインズの『神々の沈黙〔*The Origin of Consciousness in the Breakdown of the Bicameral Mind*〕』（柴田裕之訳、紀伊國屋書店）だ。ジェインズによれば、はるか昔、人間は誰もが頭のなかの声を聞いている時代があった。私たちが考えるような、おなじみの脳のおしゃべりではなく、それは人に何をすべきか教えるこの世ならぬものの声だという。現代の内省ができる心を持つ以前は、私たちの本能がいかに生き残るべきかという命令を語りかけていた、とジェインズは推測する。私たちは、内なる声を神からの声と信じてきた。なぜなら声の主は賢くて、つねに目には見えず、それでも人の心に分け入ってくるからだ。ジェインズは論議を呼ぶ仮説を立てる。「遠い昔、人間の心は、命令を下す『神』と呼ばれる部分と、それに従う『人間』と呼ばれる部分に二分されていた……どちらの部分も意識されなかった」

古代の記録のなかでは、声――とりわけ神聖な声――が日常茶飯事に聞こえていたことを私たちは忘れている。ギリシャやローマの神が人間に話しかけただけではない。彫像までもが話したのだ。一神教の宗教はすべて、神が自分に語りかけ、禁止事項や規則や宣言（もちろんジャンヌダルクが聞いた有名な神の啓示も）を発したと断言する人物によって創設された。「ヨハネによる福音書」はこう宣言する。「初めに言があった」。すなわちこの言葉を発した神は、あらゆる方言を知っていて、崇拝者と個別に関わり、情に訴え、ときにはギブアンドテイクの会話によって彼らを魅了した。今日、燃える芝のなかから神が語りかける言葉を聞いた（出エジプト記三章より）、などと誰かが言おうものなら、頭が変になったと思われるのがおちだ。法廷で弁護士が心神喪失の抗弁を申し立てるつもりなら、クライアントに声が聞こえることを証明するだけでいい。陪審員をぐらつかせるにはそれで十分だ。頭のなかで三人の声が聞こえると主張するポールに、おそらく皆、眉をひそめることだろう。

ジェインズの理論によれば、こうした鮮明な声は右半球で発生するとされるが、その場所は、左半球の言語中枢に相対する脳回だという。ポールの左半球の、まさにこの言語中枢で損傷が起きたために、ポールの心がその埋めあわせに右半球でふだんは抑えられている声を解き放ったのだろうか。ひょっとしたら連続性のある自意識を生かしておくために？　結局、誰かが采配を振らねばならず、ポールに何をすべきか教えなければならないのだ。たとえポールが長い時間をかけて、ていねいに削りだし形にしてきた「自己」がいっとき壊れて複数の声になったとしても。ただしそれでもまだ、一部の人が報告するような群衆と比べれば少ないほうだが。

「かつてぼくは百万もの存在や物体に分裂していた」とウラジミール・ナボコフは「響き」に関する短編に綴った。「きょうはそれが一つになっている。明日はまた分裂するだろう。……周囲のすべては同じ一つの和声をなす様々な音符だということが、ぼくにはわかっていた」〔『ナボコフ全短篇』秋草俊一郎〔ほか〕訳、作品社〕

「私たちが住処とする頭は幽霊屋敷である」と哲学者のウィリアム・ギャスは皮肉を込めて語った。そこには「暗闇に対峙し、のろしのごとく燃える言葉」が溢れている。心のなかにあるのは「この秘密の、付きまとって離れない、往々にして愚かな、ほぼ絶え間なく聞こえる声……私たちの声にならないつぶやき、自分自身に向けた満足げな、まとまりのない、がさつで壮大なおしゃべり、私たち人間の聞かれることのない鼻歌なのだ」

人は話さなければならない。ほかに選択肢はない。赤ん坊が片言を話すように、大人になっても人はとりとめもなくしゃべり続ける――ただし声に出さず、自分だけに聞こえるように。頭の幽霊屋敷の声は止むことがなく、それは失語症者の頭のなかでも同じことだ。ほとんど知らない相手なら、人は黙っていてもさほど問題にはならないが、よく知った相手ならそれは怒りや冷酷の矢を見境なく放つことになる。誰かに話しかけないことは受動的な暴力とみなされる。だからこそ誰かを「黙殺する」などと言ったりするのだ。私たちは自分が誰か、何をしたか、何を感じたかを言葉で記憶している。だがたいていは、誰か知らない人物が、何か知らないことを、誰か知らない相手に言っているようなものだ。それでも私たちは一日中自分に話しかけている。食べているときも、セックスしているときも、夜には寝ながら自分に語りかける。私たちは他者と協力しあい、考えを出しあうために話をするが――そうやって人類は生き延びてきた——それはまた、私たちがいわゆる「自己」と呼ぶ、この私たちにとりついた幽霊と連絡をとり、自分がどう感じるかを知り、自分がしていることをよく考え、相手が殺人者かライバルか、あるいは仲間なのかを分析するためでもある。

脳卒中患者のなかには声だけでなく、手足までよそ者にとりつかれる不幸な人もいる。稀な神経学的状態で、手が自らの意志をもつかのようにのびて、思いもよらないもの（あるいは、もっと困ったことに身体部分）をつかもうとするので、あわててもう片方の手で押さえなければならない。これは「博士の異常な愛情」症候群とも呼ばれ（同名映画でピーター・セラーズが演じた登場人物にちなんでつけられた。彼は手が突然上がって「ヒトラー万歳！」と敬礼する）、手や足がその持ち主にとって異質なものになり、あまりに好き勝手に動くので、患者は自分の手足に名前をつけたり、「イット（それ）」と呼んだりする。「イット」は持ち主の首を絞めようとすることさえある。その原因はいまだに謎だが、おそらく脳に生じた複数の病変のせいで、脳があまりに多くの場所で切り離され、自らを監視することも一体感を感じることもできなくなったからかもしれない。ポールの脳のそれほど多くはない病変が、手足のかわりに「内なる演説屋」に類似のことをしたと思えば納得がいく。私たちが「自己」に話しかけるときに、じつは話しかけている、あのおなじみの幽霊たちに。

「七日のうちの三日なら、集中できる」。ポールは次の日、ここだけの話だけど、というふうに耳打ちした。「あとはむり」。つまり話をする、会話をするという意味だ。

ポールの発話能力は、睡眠時間や気候の変化、一日の時間帯によっても影響を受けるように見えた。それは誰にでもあることで、脳は決まった時間に活動し休息をとる。脳を使う作業にいちばん適した時間帯は年齢によって変化する。子どもの体内時計は、当然ながら夜の八時か九時には眠くなるようにできている。一〇代になると就寝時間は夜一一時頃と遅くなりがちだが、本来なら九時間の睡眠が必要だ。だがそんなに睡眠時間をとれることはまずないし、周知のごとく朝はなかなか起きられない。大学生は真夜中に頭が冴えるとよく言うし、高齢者は午前中にいちばん頭がはたらくと報告する。マイナスイオン――流れる滝や波の荒い海岸近く、あるいは春の雷鳴のあとに自然に放出される分子――は脳内の酸素を増やし、そのおかげで人は気分爽快になり頭も冴える。

ポールの「口述」の能力が、発話と同じく日によって違うのもうなずける。そしてポールが言葉をつくるべく、とことん脳を使い続ければ、これがまたとない言語療法になることも筋が通る。それに、過去にいちばん楽しんでいたことにならい、ポールも集中できるだろう。創造的で、建設的で、続ける意欲がわくような、執筆のプロジェクトに取り組むこと。いまならわかるし、当時もうすうす感じてはいたのだが、リハビリとは、その人が感動するものに合わせて計画することが何より肝心だ。脳はその注意を一心に向け――そして、果てしないくり返しを経て――じわじわと学習していくものだからだ。

朝食が終わった直後、ポールは一日のうちでいちばん流暢に話せる気分になった。だから、たいていその時間に、ポールはわずかなメモを書きとめた小さな紙切れを持参して、私とカウチで落ちあい、一緒に腰掛ける。ときおりポールは、自分が周到に用意した殴り書きをまじまじと眺め、苦心惨憺するも、ぎざぎざの文字が読めないことがある。私がリストを判読できることもあるのだが、たとえばそこに「モーパーゴ」といったヒントになる言葉が一つ書いてあると、かならずその一時間のうちのどこかでポールの口から「ドクター・モーパーゴの足がパタパタいう音」といった一節が飛びだすのだ。

口述筆記は、私たちのどちらにとっても疲労困憊するものだった。一時間かそこらのあいだだが、私は全神経を集中する必要があった。ピントがはずれ間違ってばかりの言葉を聞きとり、自分の言語スキルを用いて超過勤務に応じ、考えうる意味にたどりつこうと岩壁をのぼり、足指をかける場所を探し求めなくてならない。長年、詩を書いているので、言葉の奇妙な小楽団にはひるまないし、ポールの言葉や思考の癖はわかっているから、ポールの投げる言葉のカーブ球はキャッチできたが、しだいにはっきりわかってきたのは、私はポールの秘書にはなれない、ということだった。私の執筆へのエネルギーが全部吸いとられて、二人の関係も変化し、創造的な私というものが消され、私自身の声が痛めつけられ、自由に行動したいと思っても発掘作業に身を投じざるをえなくなる。そこで、ポールの溢れだす言葉を書き留める仕事をお願いできないかしら、とリズに丁重に訊いてみたところ、幸いにも引きうけてもらえた。

来る日も来る日もポールは口述にいそしんだ。ときにはあらん限りの力を振り絞り、またときには帆を張って猛スピードで水面（みなも）を走るように、自分が経験してきたことを自由に語った。失語症者の内なる世界はどんなふうに感じられ、どんなふうに見えるのか。これはポールが自分で選んだ訓練法で、これに奮闘して取り組むことで、自分の頭のなかを整理するのに役立つし、私たちも皆、ポールの脳がいかに傷ついていたのか驚きをもって知ることになった。自分の語りを文章にまとめること――そしてその過程で誰かにそれを語って聞かせること――は、ポールがこれまで受けたなかでも最高の言語療法になった。毎日一時間、生き生きと辛抱強く取り組むポールは、自分の脳に対し、細胞を駆り集め、新たな繋がりを築き、言葉に見合う音を見つけ、それらを組みあわせて文章をつくるよう頑固に迫った。翌日、書いた文章をこれもまた苦労して見直すことで、ポールは自分の考えをはっきりさせ、文章に見受けられる失語症者の特徴をいくらか修復することができた。こうした時間に、ポールは脳の損傷の限界を飛びこえ、自分をもう一度とり戻し、自分の人生を語り、整理し直すことができたのだ。ポールが愚にもつかないことを話しているように聞こえるときもあったが、それでもリズと私はどちらも、意味をなそうがなすまいが、ポールの話を一字一句正確に書きとめた。

失語症になると、一見簡単そうでも初めての作業をするときは、思い通りにいかずに信じがたいほどもどかしい思いをするものだ。そしてやっぱり口述筆記も例外ではなかった。ある日、キッチンにいた私の耳に、ポールとリズがいつもの壁にぶつかっている様子が聞こえてきた。

ポールが「新しい段落」にするよう頼んでいる。

リズがタイプしたばかりの段落をポールに見せる。

がっかりしてポールが言う。「ちがう。新しい段落」

リズがきっぱりと言う。「これは新しい段落です！」

ポールが食い下がる。「ちがう。新しい段落だ」

堂々めぐりが続き、二人は途方に暮れて、しだいにいらいらしはじめた。そのとき、ようやくリズは、ポールが本当に言いたいのは「新しい章」のことだと気がついた。ほかにもポールはときどき思わぬ言いかえをした。たとえば、コンマのかわりに「ピリオド」と言い、ピリオドのかわりに「フルストップ」〔イギリス英語で「ピリオド」のこと〕と言う。そしてクエスチョンマークのかわりに「ピリオド」。句読点はすべて意味不明な記号となって、ポールに挑みかかる。ただしポールの脳の灰白質にしかわからない奇っ怪な理由から、セミコロンだけは間違わない。

よくある混同に加えて、ポールはいまや滑稽な間違い言葉の王様で、新語を噴きだす間欠泉。ときに見当違いな言葉やおかしな発音を多用しすぎて、理解不能の域に達する。たとえば「クラウド（雲）」と言おうとして、「ラウド（うるさい）」とだけ発音する。「スケルトン（骸骨）」は「スケリングトン」。「モウルド（型）」は「モウル（モグラ）」に変わる。そうかと思うと、発音通り忠実に書きとめてはみたが、どうせ意味不明の言葉だろうとたかをくくっていたら――「コリバンティック（狂気じみた）」、「ハルマ（飛び将棋）」、「ファティディック（予言的な）」など――あとから実在する言葉だとわかって幾度となく驚かされる。これらは私たちの語彙の範囲外にあって、世に埋もれた言葉たちだ。

しだいに姿を現したのは、脳の屋根裏から引っぱりだした失語症者の日記だった。初めて見た頭のなかの気味の悪い景色をよろよろ歩き、隠れた灯りのスイッチや開かずの間のカギを探す物語。数字の蜘蛛の巣、虫食いだらけの論理の花飾り、昔の写真が詰まった埃だらけの靴箱に、ニュース映画の記憶をよけながら、あちらこちらに散らばった袋を開けると、生涯かけて集めた色とりどりの言葉の貝殻たちが顔を出し、みな静かに押しあいへしあい傾斜をくだり、いまにもこぼれ出しそうに迫ってくる。『影の工場』とポールが名付けたこの本は、ポールが失語症になって最初の数カ月のことを書いた類のない年代記で、のちにルーメン・ブックスから出版された。これはサンタフェの前衛的な出版社で、建築やデザイン、小説や詩、そして、とくに翻訳書で知られている。

第二五章

驚いたことに、ポールは一日も欠かすことなく創作意欲を発揮した。言葉を使って自己表現する習慣は、シーシュポス〔ギリシャ神話で神々の怒りを買い、大岩を山に運ぶ罰を負わされた人間。山頂に近づくたびに岩はもとの位置に転がり落ちる〕のごとき骨折りにもかからず、いまだ健在だった。ポールの脳の言葉の水車は脳卒中で壊れたかもしれないが、詩の女神の仮宿はどうやら残っていたらしい。この気まぐれな乙女たちは、いったいどこを住処にしているのか。

おおかたの説明では、右脳が創造性をつかさどるとされるが、それはもっぱら機能の喪失からその所在を推測したものだ（右半球の卒中をきたした人は通常、詩や音楽、絵画の才能を失う）。ポールの脳は、つねに画像化した思考を楽しみ、創造的な人生をこれまで送り、その過程で、想像力豊かで直感的な右半球の神経をより広範に耕してきた。この芸当はべつだんめずらしいものではない。脳というものはそれぞれ独自のやり方で成長し繋がりあうため、特別の好みに傾くことも多い——何かに才能があればそれに時間を費やすのが楽しくなり、その結果、その行動のための灰白質が形成され強化される。身体の運動は筋肉がつき、頭の運動は脳をつくりかえる。画家では視角連合野の山並が、音楽家では聴覚の峡谷が、作家では言語の果樹園が豊かさを増す。

言葉の鍛冶屋として生きてきたポールの頭には、おそらく言葉の密な国家ができあがり、たとえ幹線道路が壊れても集落間には多くの脇道があり、神経ネットワークもカフェチェーンのごとく張られ、すばやく対応してくれるだろう。私の勘では、ポールの脳にはまだ耕作可能な丘や谷があり、言葉の稲穂が実っている気がする。そう考えれば、ＣＴスキャンの容赦ない浮彫絵にもかかわらず、そもそもポールが言葉を話していることの説明がつく。創造的な脳は、素材を求めて両半球を敏捷に偵察する——これは脳全体が動員される事業なのだ。左半球には、右半球から出てきた結果を調べ、これが適切で独創的で効果的なものかを判断してもらう必要がある。だから両半球を繋ぐ頑丈な橋（脳梁）もまた、創造性の発揮に必須の役目を果たすにちがいない。ポールのそれは、かなりの交通量に対応すべくつくられているだろう。なにしろ何十年もかけて補強し続けてきたのだから（フレスコ画の装飾までほどこして）。

この可能性が高い理由は、とりわけポールがフランス語とラテン語とギリシャ語を学校で学んでいたことにある。複数の言語を学ぶことは、おそらく左半球はもとより右半球でも言語にまつわるネットワークを強化する。バイリンガルの人の脳の画像が教えてくれるのは、たいていの人は、先祖から受け継いだ言語の領域をすべて使いきってはおらず、大いに強化できる余地があるということだ。一つの言語しか話さない人は、典型的な左半球の言語野が活動していることがわかっている。だが二カ国語を話せる人は、ある言語から別の言語に迅速に切りかえるため、左右どちらの脳半球でも活動が高まり、言語のためにより多くの資源を利用でき、やがてはさらに多くの脳細胞も育っていく。またバイリンガルの人は、タクシーの運転手やジャグラー、交響楽団の演奏者と同じく、その技術に関連する領域の灰白質がいっそう密度を増す。これは早ければ早いほどよく、五歳までに第二言語を学ぶと、最も大きな変化が見られる。

ある神経科学者の友人が教えてくれたのだが、ノルウェーから合衆国にやってきた同僚が、自国と比べてこの国で脳卒中後の失語症の発症率が高いことに驚いたという。友人の考えでは、ノルウェー人のほうが発症しにくいのは、子どものときに外国語を数カ国語学習するため、それが後年にはっきりとした強みをもたらすのではないかという。前に述べた、あのチェコ語を話すヴィオラ奏者のように、母語を使えなくなっても外国語はまだ覚えている失語症者もめずらしくない。ポールは一〇歳でフランス語を、一七歳でラテン語とギリシャ語を学びはじめた——いくぶん遅いとはいえ、それでも眠っている灰白質を耕したのに変わりはない。側頭葉（言語と感情を処理する領域がふんだんにある）は一六歳頃まではまだ成長の真っ盛りだが、この時期に脳の庭園では二度目の刈りこみがはじまる。だがその頃でも新しいスキルや新しい思考法を磨けば、ニューロンの苗床を豊かにし、大きく育てることができる。

理想をいえば、脳卒中後のリハビリは一人ひとりの患者の強みを生かしたものにするべきだ。生涯かけて発達させた灰白質の密集したネットワーク、いわば自分専用の食料庫、あるいはオフショア銀行口座を使うのだ。大学の講座を受けもつ教師は、「教えておくべきすべての事柄」の項目を網羅するよう求められることも多い。だが学生一人ひとりにとって最善の学習法を見つけるほうがはるかに効果的だ。時間はかかるだろうし、学生と教師の「相性」がよいことが理想だが。同じことが脳卒中後の回復過程においてもあてはまる。まったくのゼロから編みだすだけでなく、とっておきの、あるいは辺鄙な宝の山を探しだし、そこにたどりつく道を敷き、必要なら型破りな道具を使って森林を切り開き、廃れた道や蛇行する道を再発見するのだ。目には見えない、ときに直感と呼ばれる地図を頼りに。

ポールは生まれつき創意工夫の達人で、一筋縄ではいかない野蛮な思想家だから、線を引き空欄を埋め、正誤を答える従来の言語療法に吠えつくのも無理はない。卒中前のポールの脳はそんなふうに働いたことはなかったし、それはどのみちポールの得意とすることではない。誰だって遊びながらのほうがよく学べる——ただし卒中後は、おそらく遊び場を見つけるのさえ大変だろうが。頼みの綱は、かつてその人が楽しんでいたものだ。必要ならカタツムリの歩みのごとく時間をかけて道を開き、隠れた宝箱までたどるのだ。不気味な暗喩をこよなく愛するポールの場合、その歩みを導いたのは、カタツムリの通ったねばねばの跡、求愛中に相手を刺すカルシウムの「恋の矢」、そのほか道中のあらゆる奇怪な風景だった。

こうしたちょっとした暗喩を思いつくのにも、脳ははるか遠方まで探索に出かけ、両半球の神経ネットワークを横断し、見たところ関係のなさそうで、それでも共通する何かをもつ断片を結びつける。さまざまな知の領域が一瞬でぱちんとくっつく。それは、前合理的で強い情動に溢れた絵的な思考、思考や感情を絵に描くやり方だ。自分の許嫁を「平行四辺形の姫君」とからかって名づけたバイロンは、彼女の稀有な数学の才と、その裕福な家系、厳しい道徳観、上品な美しさ、落ち着いた物腰をじつに見事に結びつけた。

私たちが「創造性」と気軽に呼ぶものには、多くの特徴が混ざりあっている。危険への覚悟、忍耐強さ、問題解決能力、新しい経験を受け入れる度量の広さ、自分の内なる宇宙を世間に伝えたいという欲求、他者への共感、技巧の細かな習得、豊かな才能、節度ある奔放さ。さらには、広い一般常識と強靭さをもちながら、それを瞬時に一点に向けられる心、驚きに遭遇したときの溢れる喜び、集中力、執着の有効利用、物のわかった大人がもつ子どものような無垢な驚き、情熱、真実の心許ない（あるいは柔軟ともいえる）把握、神秘主義（神学でなくてもよし）、現状への反発（ならびに無類の創造を好むこと）、そしてせめて一人の支持者からの支援――ほかの要素も挙げればきりがない。

創造の苦しみのなかで、活発な脳は大量の記憶や知識の宝庫と組みうち、秘密裏に、かつ広い心で攻めかかる。なかには羽毛の揃った発見の翼が見えるまでじっと温め寝かせておくものもある。だがそのほかは周到に装備し、交替で試して練りあげるか、あるいは斬新な解答が現れるまでもて遊ぶ。知識の無数のかけらをいじくり、そのほとんどを捨てることで、創造的な心はオリジナルな何かを生みだすのだ。それには言語野だけではとうていまかなえない。受け売りの発想は使えない。だからこそ、慣習に逆らい、あえて危険を覚悟し、可能性の栓を放ち、発想を練りあげ、問題をとらえ直し、進んで空想にふけり、好奇心が脇道をうろちょろするのにまかせるのだ。とるにたらないものが格好の種になることもある。まさに子どもの遊びと同じ。これは選ばれた少数者に与えられる才能ではなく、人がこの世界を知るための、あまねく用いられる自然なやり方だ。ところが学校や社会は、善かれと思って、私たちのなかのその才能を攻撃し、そのほとんどを抹殺する。幸いにして、なかにはそれに耐えられるほど強い才をもつ者もいる。神経学者のフロイド・ブルームはこう語っている。

学校は、子どもたちが問題を独創的にではなく、正確に解くことを何より重視する。このゆがんだ制度が、私たちの人生の最初の二〇年を支配する。試験に成績、大学入学選考、単位取得に企業の採用条件、報酬目的の論理的思考、事実把握能力、言語や数学のスキル——すべて左脳が管轄するものである……脳は習慣の産物であり、既存の神経経路を用いるほうが、新しい経路や異例の経路を開拓するよりもはるかに経済的である。さらに言えば、創造的な能力の訓練を怠れば、この神経の繋がりは衰えるままに放っておかれる。

創造性とは知的な冒険だ。このジャングルでは、優しい笑みを浮かべたジャガーが猫なで声をあげる。回れ右して引き返すか、あるいは柵を飛びこえ迫ってくるか、あるいはココナツの実が落ちたとたんに行き先を変えるか。

こうしたことを考えると、なぜポールはこれほどうまくやっているのか。謎を解くカギの一つとして、奇妙なことではあるが、ポールが経験した最初の脳卒中——ＴＩＡ（一過性脳虚血発作）と呼ばれる小さなもの——が、おそらくよいほうに働いた可能性が考えられる。スイスの科学者、パチアローニ、アーノルド、ファン・メレ、ボグスラフスキーは、三〇〇〇人の脳卒中患者を調べた結果、「過去のＴＩＡの発生はよい結果に有意に関係していた」と報告した。彼らはいくつかの理由を提示したが、その一つは、ＴＩＡの発症の原因となった血管の緩慢な閉塞——ホースを絞るような——により、脳が他の水路を介して灌漑せざるをえなくなったというものだ。つまりその後、大規模な脳卒中が起きたとき、脳には血液を通す予備のルートがすでにでき上がっていたというわけだ。またこれらの患者はＴＩＡの治療のために抗凝固剤を投与されていたが、これは善くもあり悪くもありで、ｔＰＡは使えなくなるが、それでも予防効果はあるとされる。

もちろんこれは脳のあらゆる妙技への他の薬剤の影響を考慮したものではない。抗うつ剤のゾロフトも効いていて、リタリンがポールの集中力を高めているのも間違いない。ポールの心臓病薬の一つもおそらく創造性を促しただろう。神経科学者ケネス・ハイルマンが学生を対象に行ったフロリダ大学の研究によれば、ある学生集団に刺激剤（エフェドリン）を投与し、もう一つの学生集団にはあがり症によく処方される、鎮静効果のあるβ遮断薬（インデラル）を投与した。驚くことにβ遮断薬を投与された学生は、柔軟な思考が求められる試験で成績が向上した。何年ものあいだ、ポールはコーヒー、紅茶、チョコレートなどの刺激物を心臓病医に禁止されていたが、血圧を下げ心筋の震えを遅くするためにインデラルを処方されていた。インデラルによって眠くはなるが、とはいえポールは度肝を抜くほど創造性を発揮した。

油っぽいフレンチローストの、濃いコーヒー一杯を味わって、私が頭をしゃきっとさせても、創造的な思考がわいてくるとはかぎらない。それより静寂のなかで神経をとぎすませるほうが効果はある。結局、即興でよいものをつくるコツは、頭に最初に浮かんだものではなく、最善のものを選ぶことだ。さまざまな候補をこしらえ、頭のなかでイメージをつぎつぎに浮かべ、ジャグリングして並べては並べかえ、頭のなかでのそのおさまりをテストしてから結論を下す。

諸々のことが功を奏して——外国語を学んだ日々、両半球を繋ぐ強固な橋、幸運な投薬の選択、TIAの既往など——ポールは、たとえ言語を上手に処理できなくても、あいかわらず激しく創造性を発揮し続けた。ポールにはやる気があった。だからこそ、ポールの脳にハッパをかけて郊外から健康な労働者を集めさせ、さらには足をのばして、言葉の一つや二つをこしらえてくれそうな季節労働者を——たとえ一風変わった面々でも——雇わせるのも理にかなったことだった。

第二六章

「マ・ベト、マ・ベル・ベト」——私の野獣よ、私の美しい野獣。ある日、二人がよく知っている映画のせりふを、私はポールにささやいた。

ジャン・コクトー監督による一九四六年の美しい映画『美女と野獣』に出てくる、バラを愛し美術品を蒐集する心の繊細な野獣は、じつは邪悪な妖精によって醜い怪物に変えられた王子の仮の姿（醜い姿でも真実の愛を見つけるまでの）だった。これは、妻が消えた夫を探すという一八世紀に人気を呼んだヨーロッパのおとぎ話がもとになっている。私たちは二人ともこの神秘的な映画が大好きで、これまでもう一回も見ていて、ポールは野獣の椅子の背に書かれたラテン語まで判読した。それにはこう書かれていた。「すべての男は愛がなければ野獣である」

「マ・ベト、マ・ベル・ベト」と私がささやく。

ポールは反射的に、これもまた映画のせりふで答えた。「ジュ・スイ・ザン・モンストル、ジュ・ネム・パ・レ・コンプリマン」――私は怪物、お世辞は嫌いだ。

あの過ぎし日に、私はときおりポールを「マ・ベト」と呼び、ポールはときおり私を「マ・ベル」と呼んだ。だがこれはポールが私につけた愛称のうち、とりわけ短いものだ。ポールにとって言葉の砂場で遊ぶのは、豪華絢爛なお城をつくるのと同じこと。だが口述を続け発話も進歩したものの、ポールには言葉を組みあわせイメージをこしらえるのはまだ難しかった。けれどもポールは愛称や愛を伝える言葉に彩られた何十年もの日々の喪失を深く悲しんでいた。ポールはありとあらゆる名前を私にこしらえるのが好きだった――ひどく気まぐれだったり、まさにぴったりだったり、話のついでにできたりしたもの――「パイ（π）」「ムーン」「パプリカほっぺ」「野良猫のチビ」。私たちは二人とも、アメリカ先住民の名付けの精神に魅了されていた。たとえばホピ族の女性は「丘を越える美しいアナグマ」「大切な子ども」「中年の蜘蛛の女」「花にとまるチョウ」「溢れる泉」「立ちのぼる美しい雲」と呼ばれ、男性は「風が吹き抜ける峡谷」「短い虹」「雲の玉座」「水により一つになりし者」「口笛を吹く者」と呼ばれる。

昔むかし、あらゆる名前はその人の属性や出自、親の願いを表し、名前がその者の運命を決める寓話だったときがある。名付けが魔術であり、知識や所有物であった時代、シャーマンが誰かの名前を悪事に用いて害をなすことができた頃。自分が全幅の信頼を寄せる相手にだけ本当の名前を教えたとき。そしてポールと私の場合も、自分たちが魅了されたものが、互いの秘密の名前に投じられていた。

裏のドアを通りかかると、ポールとリズがちょうどプールの浅い端を歩いていて、リズがポールにこうたずねる声が耳に入った。「ダイアンの愛称ってあるの?」

ポールの顔がスタンガンで撃たれたみたいに固まった。「前はあった……一〇〇個」。ポールはこれ以上ないほど悲しげに言った。「いまは一個も思いつかない」

それは本当だった。昔むかし、「過ぎ去りし国」で、ポールは私にたくさんの愛称をこしらえた。私ひとりで動物園ができるくらいに。ところが大虐殺が起きたかのように、二人のもとからトーテムの動物たちはみんな消えてしまった。私たちの愛の草原には静けさが増し、水飲み場に集まる動物たちの姿もまばらになった。ポールが私のために考えだした「エルフ・ハート」のように、夢の世界で跳ねまわる、いたずら好きの小鬼が消えて私がひどく寂しがっていることをポールはわかっていた。ポールが愛称の魔法で呼びだし、二人だけの楽しみのためにかり出した、森や空の一風変わった、おもわず抱きしめたくなる生き物たち。私たちの神話に登場するのは、金色のチビフクロウ、ワオキツネザル、ウーパールーパー、シヨルダーラビット、ハニーバニー、バニースキン（別名ポー・ド・ラパン）、ピョンピョングモ、ベニヘラサギ、それからほかにもたくさん。

ポールはこの不思議の世界にかかった二人だけの橋を、もう一度訪ねてみたいと思っていた。この橋を、私たちは儀式のように足しげく何度も往復したものだ。けれども我先にと込みあう言葉の群れのなかで、ポールはこの橋を見つけられずにいた。

そこで私は、ポールに過去のお気に入りをいくつか教えてみることにした――「スワン」「パイロットポエット」「ベイビーエンジェル」――するとポールは理解したのだ。ときにポールはためいきまじりにこう言った。「マイ・プレシャス（ぼくの大切な人）」「マイ・リトル・スイートハート（ぼくの愛しい人）」「マイ・キュート（ぼくのかわい子ちゃん）」。ポールは本当にかつて、あの微笑ましいアルゼンチンの求愛ゲーム「ピロポ」の達人だったのか？　相手の気を惹くための褒め言葉、この街頭の詩歌「ピロポ」は、公の場でこっそり披露されるもので、そばを通った女性に、見知らぬ崇拝者がこんなふうにささやくのだ。「美しいことが罪なら、あなたは決して許されはしない」。ブエノスアイレスで一人の男が女にささやく。あるいは「あなたが歩くとボリショイのバレリーナのようだ」とか「曲線（カーブ）がありすぎて、ぼくにはブレーキがきかない」。あるいはごくシンプルに「ああ女神よ！」

「ぼくのお豆さん（レギューム）」。ポールがロマンチックにささやいた。要するに言いたかったのは「ぼくのレディー」。私は思わずぷっと吹きだし、あわてて口を塞いだ。

「お豆さん！」

それから二人でアオイマメやレンズ豆をポールが恋慕するのを想像してくすくす笑った。それでもゆっくりとだが、心の込もった愛の言葉がもう一度顔を出してきた。失語症者はオウム返しに言うのが得意なことが多いので、私が「野良猫のチビ（ブッシュキトン）」と呼ばれるのが好きだとポールに言うと、すぐさままねしてポールが「ぼくの可愛いブッシュキトン」とくり返し、私はポールの努力をたたえるべく感謝の意をささやく。私にはポールが言葉の飢饉のなか、名付けというたしかな絆を求めているのがわかったし、ポールもまた、長い看護の日々に私が心の滋養を求めているのがわかっていた。

「何か新しい名前つくってくれない?」ある朝、私はポールに訊いてみた。

ポールが最初に思いついたのは——しばらく考えあぐねたあとに——「キンポウゲ（セラダイン）の狩人」。熟慮のすえに選んだ組みあわせではない。言葉はサイコロみたいポンと転がりでた。

「セランダイン?……ああ、キンポウゲのこと? あらまあ素敵!」わが家の庭は放っておくとキンポウゲが生い茂るので、春になると私はしょっちゅう歩きまわってこれを摘んでいたのだ。「それ、いったいどこから出てきたの?」私がたずねた。

ポールは自分でもわからなかったが、それでも喜び、自分でびっくりしていた。これは新たな桟橋だった。ここでは、幸い失語症者の言葉の回転木馬が、色とりどりの独創的なやり方で回りだす。間違った言葉が飛びだすのを止めようとせず、かわりに居場所をこしらえたのだ。脳卒中になる前のポールなら、同じことをするのに意識して「自由連想」〔フロイトが神経症の治療に用いた精神分析の技法〕をしなければならなかっただろう。でもいまポールの創造の水門は解き放たれている。ピロポの言葉を探すのにも、ポールはほんの一、二秒、失語症の猟犬たちのリードを離すだけでよい。一度に一つのピロポで精いっぱい、とあるときポールは私に言った。ひどく骨が折れるという。だが本音はもっと深い部分にあると見た。これ以上、失語を誘発するのが怖いのだ。バルブのように開けたり閉めたりできることがポールの自信になっている。ポールが恐れているのは、混沌とした言葉が漏れしたたることなのだ。

つぎの日、起きぬけに私がポールにまた別の言葉をねだると、ポールが頭のなかで反芻しながらようやく言ったのは「つばめの天国」。ただし、ポールが毎日私にしゃれたあだ名をつくってくれるとはかぎらなかった——「ごめん、あとで」。調子が乗らないときはそう断った——けれどもたいてい朝になると、ポールは新しくこしらえたあだ名を披露してくれる。そして、たとえば「――の――」といった同じパターンが続いたら、私が文句をつけ、新たなバリエーションを考えるよう頼んだ。私のねらいは、遊びの時間を増やすほかに、どうやらポールが失ったらしい才能の一つ、独創的な比喩表現を楽しく練習させることにあった。失語症者の脳は一つの単語や文章や何かのやり方に固執することが多いので、これはポールにとっていつも簡単とはいかなかった（通常の経路が壊れると、何かの信号が永遠に回り続け袋小路に迷いこむのかもしれない）。けれどそれからというもの、名前が顔を出しはじめ、ベッドのなかで二人でくっつきあっているとき、驚くような言葉が飛びだした。たとえば、「転がり草工場の小さき月跳ね人」「ぼくの雪降るタンガニーカ」「荘厳な朝の妖精探偵」「ぼくの可愛いスパイスふくろう」「ポールからルーマニアのウタツグミ人への手紙」「アラビアののんきな病気」「人の祖先を宿す幼天使」「フラボノイドの小さな驚き」「感傷的な夢の音量調節器」「ぼくの昼の名残り、ぼくの夜の残り」「朝の楽しい&記号」。それから「ああ、燦然と輝く星のパラキート〔オウム科の小形で尾が長くほっそりしたインコ類の総称〕」

なんとびっくり！　この自由奔放な、魔法の呪文みたいな愛の言葉を私は大切に思い、こんどはどんな突拍子もない言葉をかけてくれるのかと毎朝わくわくした。ときには「アラビアののんきな病気」みたいになんだかズレてるものもあったけど！

「『のんきな』と『アラビア』は気に入ったわ」と私。「でも……『病気』以外の言葉は思いつかない？」

何も頭に浮かばないとき、ポールは肩をすくめてこう言った。「これが精いっぱい」。言葉はセットでしか出てこないのだ。

「ぼくの可愛いウズラクイナ」。ポールが優しくささやいた。私が言葉にならない満足げな声で彼の首もとにささやくと、ポールは私の頬や耳を優しくなでて、両腕で私をしっかり抱いて愛の輪のなかで揺らしてくれた。こうして何時間も過ごすことで、私の心は休まり、ポールの不規則な鼓動に温められ、心配の種から逃れてようやくほっとできた。

ヘンテコなものでも繊細なものでも、急に飛びだす名前に私はいつも笑わされ、自分が愛されていると感じ、おたがいを求める気持ちがまた戻ってきた。脳卒中前の懐かしいあだ名やピロポの言葉――「スワン・ハート」や「パーク」（「きみはぼくの目が遊ぶ公園（パーク）」の短縮形）――は時とともに進化し、何層もの意味が加わっていた。でも私にとっては、この幻覚を思わせる新たな名前、注文しだいでつくってもらえる、ポールの不死鳥の羽のごとき脳から届けられた失語症の電報もまた、大切な宝物になった。

こうしてまた恋人同士に戻ったように振る舞うのをポールも喜んだ。難しくて疲れる言葉の技巧が要るが、それでも斬新な言葉を楽しんでこしらえては、私に小さな贈り物として差しだすのだ。それに、どんな言葉が出てこようとも、毎日が触れあいと一服の笑いではじまるのは保証つきだった。

第二七章

「はあい、ウォンバット」。寝室の夢の洞穴からのそのそ這いでてきたポールに声をかけた。まるでグレムリンに襲われたみたいに、ポールの髪はつんつん立って、フランネルのボクサーショーツは後ろ前、足取りもよろよろしている。その顔はまさに寝起きの顔、小さな子どもみたいに目をパチクリさせているが、この表情が可愛く見えるのにはそれなりに意味がある。

「今日は私を好きにお使いくださいな」。私は宣言した——毎週土曜と日曜、それからリズが何週間か留守にするときに、決まって言うせりふだ。

ポールは右手を拳に握って胸に当て、これから国歌斉唱がはじまるかのごとく、今日の新作のあだ名を披露した。「ぼくのかわいいバケツヘアー」

あんまり笑ったので、私はあわてて牛乳をコップに注ぐ手をとめた。「あら、それ、すてき！」

「ぼくのかわいいバケツヘアー」。ポールはもう一度歌うように言うと、今度は右と左に顔を向け、にっこりと微笑み、見えない観客の喝采にこたえた。

それから、「何かいいことないかい？　ウォンバット」と、一九六五年の流行歌「何かいいことないか子猫チャン」の節で調子っぱずれに歌いながら、朝食の席についた。

そう、今朝の私には、ウォンバットマニアの同士に教えたい楽しいニュースがあったのだ。

「私、発見したのよ。ラファエル前派の画家たちがウォンバットに夢中だったんだって！　イギリスにはウォンバットをなでなでして楽しむ伝統があるって知ってた？」

「ウォンバットをなでなでだって？　それからそれから？」案の定、ポールが乗ってきた。

ポールはラファエル前派にかつて造詣が深かった。これは一九世紀半ばのイギリスの若い芸術家集団のことで、彼らは官能的でいて天使のような物悲しげな女性を描いた珠玉の絵画を披露し、当時の退屈な芸術界に衝撃を与えた。当時、オックスフォード・ユニオン〔一八二三年に創立したオックスフォード大学の学生から成る討論会組織。各界の著名人が演壇に立つことでも知られる〕の建物内の壁と天井の絵の制作を依頼された、ラファエル前派の創立メンバー、ダンテ・ゲイブリエル・ロセッティは、種々雑多の友人たちを駆り集め、凝った壁画を皆で陽気に描いた。壁や天井を埋め尽くしたのはアーサー王伝説の英雄が活躍し、超自然現象の起きた場面。そこには森や城、ベルベットをまとった乙女たちや勇ましい騎士たちが勢揃いしていた。

「オックスフォード・ユニオンの天井にロセッティが騎士を描いたの、知ってるでしょ？」

「それからロータリーにも」ポールが言い足した。

ロータリー……ああ壁のことね。「そう、壁にもね。窓以外は全部。窓は漆喰で塗って保護したの。でも漆喰を塗った表面が、あんまりきれいな真っ白のカンバスに見えて、みんなでついついその窓に、跳ねまわって遊ぶウォンバットを何十匹もスケッチしたんですって！」

ポールが灰青色の目をまん丸くしたので、瑪瑙の縁模様まで見える。

「ウォンバットはまったく魅力的なルックスで、神の創造物のなかで最も美しい、とロセッティは仲間を説き伏せて、ロンドンのリージェンツパークにある動物園の『ウォンバットの巣穴』のそばでピクニックして大はしゃぎしたんだって。彼のスケッチにも、ウォンバットがエジプトのピラミッドの前を走っているのが一枚あるのよ！　すてきでしょ！」

「それ見られる？」

「いいえ、残念だけど誰かが窓を洗い流しちゃったの。でも大英博物館にスケッチがあるわ。ロンドンまで飛んでって、ロセッティのウォンバットの絵の前で、二人で手を取りあうのはいかが？」私はいたずらっぽくたずねた。もしもポールの調子がもっとよくなって旅行ができたら、どんなに楽しいでしょうに。

「たぶん無理」。ポールは言った。「いい考えだけど……たぶん……」。ポールは人差し指を右手にあててくるくる回し、言葉を必死に探している。「……はこ？」

「郵便受けの箱?」

「いや、その箱じゃなくて、それとはちがう……」。ポールは頭をフル回転して言葉を探し続ける。「……光が踊る郵便箱」

光が踊る郵便箱……光が踊る……それで郵便箱……。

「コンピュータ?」

「そう」。ポールは興奮して言った。「旋回する?」何かいたずらでもしでかすように、人差し指を宙でくるくる回した。

何カ月か前に、私はポールにイタリアの美術館のウェブサイトを見せたことがあった。サイトを閲覧すればバーチャルツアーができて、美術館のなかを金箔装飾からロココ様式の絵画まで散策できるのだ。ポールはあの体験を覚えていたのだろうか。

「あの美術館のツアーのこと……?」

「そう!」ポールはほっとしたように言うと、こう付け足した。「もちろんさ」

学生時代にポールは過去の偉大な革命——農業、産業、輸送——について勉強し、これらの革命がいかに人間というものを——その遺伝子プールから、さらには先祖にとって命を脅かす気候や土地で生き延びる能力まで——修正し変えていったかを学んでいた。とはいえポールはつぎの大掛かりな革命に心奪われるほどの準備はできていなかった。この情報化時代のまっただなかに生きるのは、ポールにとって特権でもありまた不運でもあった。ポールの旧式の脳にとって、この時代は、あまりに巧妙で、速くて、シリコンが多すぎた。これはポールが理解することも、好きになることも、さして使うこともない、それでも恩恵には浴する革命だった——この点が脳卒中前のポールをいっそうくじけさせていた。そして脳卒中後のポールはまったくのお手上げ状態となり、リズか私が仲介役を務めるほかなかった。私はすぐに大英博物館のサイトを見つけ、廊下を「散策する」ことはできなかったが、それでも二人でいろいろ閲覧して楽しんだ。

ロセッティのウォンバットを発見したのは愉快だったし、病気に関係のないことを一緒にすることで私たちをまた結びつけてくれもした。何か新しいことをともに学ぶ扉、心と心を繋ぐ陽気な架け橋になってくれた。最近ではますます二人で共有できる話題を掘り下げ、私もポールも好奇心を満たすことができた。失語症の歴史を紐とけば、驚きの詰まった、ただしゲテモノが苦手な人には向かない本棚ができあがる。二世紀のギリシャの医学者ガレノスなら、ポールの失語症を、精気が宿るとされる頭蓋に黒胆汁が詰まったためだと診断しただろう。一六世紀だったら、医者はポールの舌にヒルを吸いつかせたと知って、ポールも私も畏れおののいた。ポールは、テオフィル・ボネが一七世紀に書いた『臨床医のための手引き（*Guide to the Practical Physician*）』に出てくる治療法をえらく喜んだ。この本は「卒中のための信頼できる極秘の治療法」として以下を勧めている。

ライオンの糞をとってきて粉にし、これを二つに分け、指三本の幅の高さまでワインを注ぎ、ガラスの小瓶に入れて三日置く。これを漉して、使用時に備えて保存する。つぎに、まだ筆毛が生えていないカラスと、若いカメを炉でそれぞれ焼いて粉にし、先ほどのワインに注ぎ、そのまま三日置く。つぎにリンデンの木のベリーを一オンス半摘む。これを先ほどのワインに浸し、同量の最高級ワインと六オンスの氷砂糖を加え、砂糖が溶けるまで鍋で煮る。これを保存する。これをスプーンで一杯すくってワインに入れ、丸まる一カ月のあいだ、患者に日に何度も飲ませる。

ポールが大喜びしたことに、一八世紀後半では、ポールの失語症のおそらく考えられる医学的理由は、「愛人を囲うこと」だったという。思うに心配や異常な性的興奮が男性の血圧を上げるからか。医者は理由をはっきり言わず、ただ愛人は卒中の原因に成りうると述べているだけだ。さらに一九世紀の骨相学者が言語記憶は眼窩の奥にあると結論したのを知って、私たちはなるほどとほくそ笑んだ。聡明な言葉の鍛冶屋たちは、そのカエルのように出っ張った目の下に、大きな涙袋をよくこしらえているからだ。

医学の堅実な進歩に感謝しなくてはならない。何はともあれポールは舌をヒルに吸われたり、ライオンの糞と赤ちゃんカラスを入れて煮たリンデンのベリーを食べさせられたりせずにすんだ。吸血コウモリの唾液を使った臨床試験のことはすでにポールに話したし、コイルを巻いた磁石で脳を刺激する試験もある。ひょっとしたらいまの治療も昔とそれほど変わっていないのかもしれない。

「コウモリの唾液じゃないの？」リズから牛乳のコップを渡されたポールが、とぼけた顔でたずねた。

「コウモリの唾液ですって？」リズの片方の眉がぴくっと上がった。リズのピクシーカット〔極端に短くカットした女性の髪型〕の髪には新色の赤が混じり——濃い栗色にわずかに柿色が入っている——肩はカヌー旅行でまたいっそう日焼けしている。

ポールが大真面目に答えた。「だってぼく、テイスティ・バイトはやめたから」

「あーらそう」とリズは疑り深そうに言った。「それはよしたほうがいいわ——だってテイスティ・バイトはいまセール中だし。それに食料庫にはもう七八個も積んであるのよ！」

リズは、キッチンテーブルの上の、ポールのわきに置いた未開封のアスパラガス缶をちらりと見た。缶に腕時計がはまっている。自動巻きの時計で、そのせいかいっそう怪しげに見える。私はにやっと笑った。まるで両端を切断されたアルミニウムの腕みたいだが、これはツイスト〇フレックスのきつい時計バンドに対するポールなりの対処法なのだ。

第二八章

月曜の朝、わが家にやってきたリズは威勢よく話しはじめた。

「ウィルが今度、仏教の僧院のウェブサイトをデザインするんだって」

玄関脇で足首を片方ずつつくるっとひねって、履いてきたスニーカーを脱ぎ捨てると、用意してあるサンダルにするりと足をすべりこませた。上げ底のソールは半透明の琥珀色だ。週末に、リズは髪に赤紫のサツマイモ色の縞を入れ、ポールに日焼け部門で勝負を挑んでいる。

「マーケティングのためなの。リズの場合はドラゴンボートの練習の成果だが。

新しい僧院の建設資金を集めるために野球帽を売るんだって。それにダライ・ラマも町に来るから」

「たしか彼、オレンジのサンバイザーかぶってたんじゃない？」私が口をはさんだが、カフェイン入りの元気溌剌なリズは誰にもとめられない。

間髪入れずにリズはカウンターにあったポールの電気シェーバーをひっつかんで、パカッと開けると、いつもの掃除にとりかかった。

「ほら！　ウィルが凍えるような冬の夜に、玄関の外で頭を剃った話、覚えてる？　家のなかではだめって言ってあったの——いつだって散らかして部屋じゅう髪の毛だらけにするんだもの！　ウィルったら寝袋に入ったまま突っ立っててさ、それも真夜中によ！　そしたらシェーバーが壊れて、あら大変。半分剃りかけの頭で、シェーバーを分解して組み立てて、ようやく剃り終わったのよ。まったく情けないったらありゃしない！」

　ダイニングルームのテーブルにつき、まだ寝ぼけ眼のポールは、どうやら混乱しはじめた。たしかにこの話の転換にポールがついていけないのも無理はない。

「でも、何はともあれ、彼、壊したものは自分で直せるのね」。少しは慰めになればと、私がまた口をはさんだ。

「壊した？」ポールが叫んだ。この言葉を、ポールは朝靄漂う頭でしっかりと捕まえた。

「ウィルが裏庭でグスタフとカイトサーフィンの練習してて腕を折ったときのこと、覚えてる？　もちろん道具一式を買いそろえてね。風のスピードが違うと、凧も違うやつがいるんだとか。もうどんだけ道具を揃えれば気が済むのかしら」。リズは呆れたというふうに両眼を上にぐるりと回した。「そんなんでいま、地下室にはピッケル数本に自転車が五台、スキーが六セットもあるの。まったくやれやれだわ！」

「やめてくれえええ」。ポールが母音を宙に塗りたくった。こう言おうとするかのように——汝ら、おしゃべりな女たちよ！——「来襲だ！」

言葉がイナゴの大群みたいに襲ってくるのを想像して、リズと私は声を立てて笑った。

「静かにして。あの……あの……ほら、あの……」。ポールはもどかしそうに自分に向けて手をひらひらしている。自分の頭のなかの燃えさしを煽っているみたいに。

「電話のこと?」とうとう私が助け舟を出した。

「そう! 電話。ぼくまだ寝ぼけてる」

「わかった。静かにするわ。約束する」。私は手を自分の口に持っていって、カギをかけるみたいにきゅっとひねり、リズも同じことをした。電話がポールにとって神経をすり減らすものなのは二人とも承知している。

モグラが光を避けるように、ポールも直感的に電話を避けていた。ポールが不安に思うのも無理はない。言いたい言葉が見つけられるかわからないし、相手の顔が見えないので、何を話しているか手がかりもつかめない。いちばん困るのは、間違った言葉が強引に割りこんでポールの邪魔をするうちに、相手が困って、電話の向こうでよく黙りこんでしまうことだ。そうなると、ごくふつうの電話のやりとりを交わすはずが、長い沈黙がひたすら続くことになる。

ポールがしたかったのはただ、友人のブラッドから電話をもらったので、折りかえし電話をかけることだった。ブラッドは小説家で、文芸誌『コンジャンクションズ』の編集者でもある。二人で私の書斎に立っていたのだが、ポールはとうとうダイアルするのをあきらめ、コードレス電話を手に持ち、思うようにいかずひどく腹を立てながら椅子にどさりと腰をおろした。

「なんでぼくはこの下劣なボタンを、下劣だとわかってて押してるんだ?! この下劣なやつをどうしても押さずにいられないんだ!」ポールはどなった。受話器を体から離して持つと、その灰色の押し黙った顔を睨みつけた。「誰かがこの機械を操ってるようで、いつだって下劣！　いやちがう……『下劣』は間違った言葉だ。『間違った』は間違ったという正しい言葉……」

「代わりに私がダイアルする？」私はなるべく落ちつきはらった声で言った。

「どっちにしろ、ぼくは話せやしない」。ポールはうめいた。

ポールは憂うつになり、悪いのは自分なのだと思い、自分の頭のなかの宇宙がゆがむのを感じていた。ポールを落ちこませないためにはどうすればいいのだろう。私の書斎はポールには安心できて居心地がいいはずだ。フラシ天の肘掛け椅子にポールがシャツも着ないで寄りかかっているのも大目に見ている。鮮やかなゴシキヒワの群れが開け放した窓の外でさえずっているが、何をもってもポールの気持ちを落ちつかせることはできないだろう。まして緊張すればするほど、ますます話せなくなるのだ。

「言いたい言葉が見つからなかったらどうしようって不安なの？」気持ちを和らげる助けになればと訊いてみた。

「頭が穴だらけみたいな気がする。穴のなかに言葉の完璧な倉庫が恥ずかしがってもぐりこんだ」とポールは嘆いた。

「言葉がほかの言葉の前に立ちはだかって、追い払ってしまうんだ」。それからその倍もゆっくりと、言葉を押しだすように両手を突きだし、こう言った。「まるで言葉が、間違った言葉がぼくの顔にタコみたいに吸いついて、それから離れてくんだ。やれやれまったく」

ポールが気の毒に思えて、私はこうつぶやいた。「それじゃいらいらしてもしかたないわね」

「いらいらする！」ポールがくり返した。「プレキシガラスに話すと、ぼくは救いようがない……プレキシガラスじゃなくて……プレキシガラス……」。ポールはずいぶんと間をあけたので、自分が何を言っていたか忘れてしまい、やれやれあきれたというふうに両手を投げだした。

なんとか解決の糸口を探そうと、私はしつこく訊いてみた。「何が起きてるのか詳しく教えて。何か障害物が邪魔してるの？　それをよけて話すことはできない？　つまり、ちょっと回り道して、あなたが言いたいことを言うために別の道を見つけたらどう？」

ポールは気持ちを落ちつけようと深呼吸を一回し、それからひげがまばらに残る顎を片手でなでて、カミソリの刃を逃れたひと房のひげを見つけ、呆けたようにふっと笑った。

「聞いてもらおうと騒いでる言葉があるんだ……それで……それで……ほかのを全部消しちまう。それから文法も全部、言語の構造も全部……窓を吹き消しちまう……ときどき言葉が見えるんだ、ちゃんと正しい綴りで、ぼくの頭のまん前に、いろんな色で。でもぼくが欲しい言葉じゃない。たとえばぼくが『プレキシガラス』って言ったとき、本当は何かほかの言葉を必死で探してるんだ」

「電話のこと」

「でーんーわ」。ポールは、かゆいところを誰かにかいてもらったみたいに、安堵のため息をついた。

「プレキシガラスって言わないでおくのが、信じられないくらい難しいんだ」。ポールは未知の言葉を探すかのようにたどたどしくそう言った。「この無秩序が起きたら、もうぼくには何も言葉を差し挟めない。脳が脂肪になった気がする」

「そのイメージぴったり！」

ポールは私の褒め言葉にちょっと考えこみ、それから納得して、それは自分が言ったのさ、とばかり自慢げに目を細めた。このちょっとした達成感が、たとえどんなに些細なものでも、ポールの自信を底上げし、もう一度電話をかける冒険に向かわせるのだ。今回は私がダイアルしたが、試合前にこんなにウォーミングアップしたのに結局ブラッドは留守だった。ポールが電話をかけたことを伝えるメッセージを、かわりに私が留守録に残しておいた。

夕食の時間帯に、ブラッドから折りかえし電話がかかり、留守番電話にブラッドがポールへ励ましのメッセージを残す声が聞こえてきた。ブラッドの声を聞くと、ポールは自分も話したいと身振りで訴えた。ブラッドがちょうど「ではそろそろ電話を切るね」と言っているところで私が受話器をさっと取り、ポールに手渡した。ポールの邪魔をしないよう部屋を出ようかとも思ったが、私はその場にとどまった。言葉を見つけるのに私の助けが必要になるかもしれないし、実際そんなことが何度かあったからだ。ポールはつっかえつっかえしながらも、自分の気持ちを伝え、昔なじみの文士の友と声を交わす喜びを満喫した。言葉を探そうとむなしく努力する姿には胸が痛んだが、それでも失語症の迷宮に果敢に立ち向かったポールを私は誇らしく思った。

「レックスロスも卒中で話せなくなったって知ってるかい？」ブラッドは、この「ビート世代の父」と呼ばれる詩人のことを切りだした。

この質問が頭にひっかかり、ポールはたじろいだようだったが、それでもこう聞きかえした。「すっかり回復したのかい？」

私は一瞬、暗い気持ちになった。治るなんてことはまずありえない。ただ改善するだけ。それも信じられないほど長く大変な苦労を経験して初めて。でもそうなったとしても、やっぱりポールはまだ物足りないと思うだろう。

「ど、どうなった……レックスロスは？」

「アシスタントを雇って、それからたくさんたくさん訓練を受けた。でもね、たった一年後には新しい詩の本を出版したんだよ」。ブラッドは励ますようにそう答えた。

長いこと忘れていて思いだしたが、別の詩人ウィリアム・メレディスが、数年前、パートナーのリチャード・ハータイスを連れてわが家を訪れたことがあった。元海軍のパイロットで桂冠詩人を務めたメレディスは、一九八三年に脳卒中を起こすまで、著名な詩の本を一〇冊出していたが、卒中を起こしてから一年のあいだ、話すことも動くこともままならなかった。それでもその後ハータイスの手を借りて各地を回り「朗読会を開いた」が、そこではハータイスが朗読し、そのあいだメレディスは聴衆に混ざって座っていた。そして朗読が終わるとメレディスは来場者と交流し、必要に応じてハータイスが通訳した。メレディスの一風変わった、詰まったような、たどたどしい話し方を思いだす。いまになってよくわかった。メレディスはなんて素敵なゲストだったことか。愉快で知的で、しかも言語療法と理学療法を何年も受けて、大変な努力のすえに、ちょっとした会話や歩くこともできるようになっていた。いま振りかえって愕然とするのだが、あのときポールと私は彼のことをひどく悲しく思っていたのだ。

ポールが電話を終えるまで、なんとはなしに自分の本棚を眺めていて、私はふと気がついた。ポールには苦境をなめた著名なご同輩がたくさんいるのだ。脳卒中や失語症がめずらしくないのなら、無数の作家や作曲家など創造的な人びとがおそらく何世紀にもわたり同じ運命に苦しんできたにちがいない。ラヴェルやレックスロス、メレディスがきっかけで興味がわき、私はちょっと調べてみることにした。ポールも関心をもつかもしれない。

私の心を読むかのように、ポールがブラッドとの電話を切ったあとに、こう訊いてきた。「どうなのかな……脳卒中になった……ほかの作家は？　プルースト……ジョイス……ディケンズ？」ポールは開いた片手を宙でくるくる回した。「などなど」を意味する手振りだ。

昼間の高揚感から一転して、夜になると私はひどく落ちこんだ。ポールの言葉や身振りや関心がつぎつぎ生彩をなくしたからだ。失ったあらゆるものがまだ舞台裏に影のようにあるという感じ。その場にないことではるかに存在感が増すものもある。マルセル・プルーストは正しかった。たしかポールと同様、プルーストもまた日々の生活の喧騒から身を守るべくコルク張りの部屋にこもり、昼夜逆転の生活を送っていた。彼が執筆するその部屋は寝室も兼ねており、ときにはリッツホテルのひいきのレストランから馬車で届けさせたマッシュポテトの晩餐もこの部屋でとった。ポールの場合、コルク貼りの部屋は書斎だが、やはり窓はない。しかもポールもまた脳卒中以前は長いこと、深刻なマッシュポテト中毒だった。乾燥マッシュポテトの箱をスーツケースに詰めこんで旅をし、家ではこれをスープやシチューに入れ、どろどろにして食べるのが好きだったが、見ているこっちが吐きそうになるので、私の分には絶対入れないでと血相変えて断ったものだ。

ポールが夜のいつものテレビを観ているあいだ、まだ憂うつな気分が抜けない私は、気を紛らわせようと、書庫やネットをくまなく探し、失語症にかかった作家について調べてみた。自分たちにとって何か答えが見つかるかもしれない。するといるいる、ボードレールもかかったし、ラルフ・ウォルドー・エマソン、ウィリアム・カルロス・ウィリアムズ、サミュエル・ジョンソン、それからC・F・ラミュ。プルーストはちょっとめずらしい例だ。生涯にわたり喘息と神経症を患っていたプルーストは、自身は失語症になるのを免れたものの、病的なほどこれを恐れていた。医者だった父親は失語症に関する学術論文を発表したが、五六歳のときに脳卒中で倒れ、数日にわたる意識障害のあとに亡くなった。その後、まだ母親と同居していたプルーストは、この病気の恐ろしさを目の当たりにした。母親が脳卒中を起こし、亡くなるまでの二年間、失語症に苦しんだのだ。

プルースト自身、まだ三〇代前半のときに不明瞭な発語やめまい、記憶力の衰えや転倒を経験し当然ながら動揺した。おそらくこの一連の症状は脳卒中が原因ではなく、過度に服用していた多種多様な薬——睡眠や覚醒、喘息の抑制、心身症、度重なる不定愁訴のための薬——の飲みあわせのせいだろう。プルーストの苦悩——頭脳明晰で、薬物中毒で、そのほか諸々——についてポールは知っていたが、母親の失語症については知らなかった。この発見をポールに教えようと、パソコンからプリントアウトした資料を手に、私はリビングにふらふらと顔を出した。

ポールにこのプルーストの引用——「よそ者が私の脳に居を定めた」——を読んでやると、ポールは共感してうなずいた。

「あとエマソンも卒中から重い失語症になったの知ってる?」と私が訊いた。

「知らなかった!　……どうやって超越(トランセンド)したの?」

ポールの質問はまじめなものだが、それでもこの「超越主義者〔トランセンデンタリスト〕」にひっかけただじゃれには二人で思わず笑った〔超越主義はエマソンの唱えた思想〕。これはポールの脳からほじくりだされ、自力で口から飛びだしたのだ。

「わからないわ。あまり詳しいことは見つからなくて」

一八七一年の夏になると、エマソンはしだいに記憶を失い、進行性の失語症と果敢に立ち向かったが、これはおそらく退行性脳障害によるものと思われた。この偉大な随筆家は自分の名前を忘れ、誰かから「調子はいかがですか?」と挨拶されると、よくこう答えたという。「すこぶるけっこう。頭は働かなくなったがね、それでもとくに変わりはないよ」

「脳卒中や失語症になった作家については皆、驚くほどお粗末な記録しか残ってないの」と私はポールに言った。「それって変じゃない? でもボードレールのことはずいぶんわかってるわ……あなたとかなり似ている左半球の卒中になって、でも結果はあまりよくなかったの」

「教えてくれ」。ポールはそうせっつくと、ゆったりとカウチに座り直した。自分よりもいっそう深刻な失語症者の話を聞くのが好きなのだ。

私はさっそく話しはじめた。「ボードレールの場合はひどく悲しいの。左半球の卒中からブローカ失語症になったのは、まだ四五歳のときだって」。いまでは習慣になったが、私はゆっくり話し、文の途中で休みを入れ、私の言っていることをポールの頭が処理する時間をとった。「知っての通り、ボードレールはまだ一〇代のときに梅毒にかかって、それがどんどん悪化して、おきまりの苦難が待ちうけていたのよ。関節という関節がずきずき痛んで、髪の毛が抜けて、潰瘍ができて、ひどい疲労感に襲われて、熱が出て、のどがひりひりして、全身に発疹が出て、うつになって、何度も精神病の発作に襲われたんだって」

ポールは黙って顔をしかめた。

「そうよね、よくもまあいろいろと」

「それに彼は……」。ポールは親指と人差し指を口元に持ってきて、くいっと酒を飲むまねをした。

「そうそう、そのうえ大酒飲みで、アヘンも吸ってた。ブリュッセルでこんなこともあったたって。オテル・ドュ・ミロワールの部屋で友人が彼を見つけたとき……」

ポールがにやりと笑った。

「そうよね。フランスの詩人がなんで『鏡のホテル』なんかに住んでたのかしらね？　まあとにかく、ある朝友人がホテルの部屋で彼を見つけたとき、彼はベッドに服を着たまま横になってて、動くことも話すこともできなかったんだって。それからいくらか回復して、原稿をチェックしたり、手紙を何通か口述できるようになったそうよ。でもまた卒中を起こして、こんどは体の右半分が麻痺して、完全に言葉を失ったの」

心配そうにポールがたずねた。「なんとかできなかったの？」

「たいしてね。一人の女友だちは、『彼の脳がふにゃふにゃになった』のは一目瞭然で、彼はいずれ『知性より長生きする』って心配したんだって」

ポールの眉毛が恐怖でつり上がった。

「そんなふうに考えるなんてひどいわよね？　彼はいっさい意思疎通がはかれずに、とうとう聖ヨハネ聖エリザベス院に連れていかれたの。ここはアウグスチノ修道会の尼僧たちが運営していた病院で、どうやらそこで彼はかなり手を焼かせていたみたい。なんたって、ひと言だけしか言わなくて、しかもそれが罰当たりな『クレ・ノン』って言葉」

「クレ・ノン！」

「翻訳すれば、まあ、『ゴッダム（ちくしょー）』ってことよね、合ってる？」

「たしかに『ゴッダム』。でもそこ……尼僧院？」ポールはどう見てもはしゃいでいる。

「よりによってそんな場所で年がら年じゅう悪態をつくなんて、いかにも退廃芸術家だわ！　私が買ってきたこの本からボードレールの一節を読んでみるわね。『著名な芸術家における神経障害（*Neurological Disorders in Famous Artists*）』って本」

ポールは待ってましたとばかりうなずき、私は深呼吸を一回してから読みはじめた。


会話の術を愛し実践してきた彼が、いまではこのひと言だけで、自らの感情や思考のいっさい――喜びや悲しみ、怒りやいら立ち――を表現するほかなく、また自分の言いたいことをはっきり伝えることも、誰かに話しかけられて答えることもできず、ときおりかんしゃくを起こした……思考はいまも彼のなかで生き続け、それは彼の目の表情から推し測れるが、それでもそれは肉体の地下牢に幽閉され、外界と意思を通わす術をもたない。


この一節をゆっくりと、二度くり返して読みあげたが、ポールがすべてを理解できたかはわからなかった。それでもポールは続けてくれと私に身振りで訴えた。

「そこで、シスター・スペリオルは……」と私は興に乗って続けた。「ボードレールの母親に手紙を書き、修道院内の病院はどう考えてもご子息にふさわしい場所ではないと伝え、この施設にこんな不敬な殿方をおいておくのは勘弁願いたいと苦情を言った。ボードレールの母親はどうやら、息子が尼僧たちにいじめられるのではないかと心配しはじめた」

「どんなふうに?」ポールがたずねた。

「さあねえ。たぶん祈りの言葉をこれでもかと浴びせて、あなたもくり返しなさいって迫るとか。ゴッダム! と叫ぶほか何も言えない人にとっては、たしかにとんでもない場所だわね。ひっきりなしに呪いの言葉を吐かれたら、尼僧たちも神経にさわるでしょうよ」

ポールはくすくす笑った。その場面をきっと頭に浮かべているにちがいない。ボードレールが「クレ・ノン!」と叫び、頭巾と長い衣をまとった心優しい尼僧たちが十字架をかざし祈りの言葉をつぶやきながら彼を取り囲むのだ。

「そして尼僧たちは彼のことが怖いと言った――つまり、彼は尼僧たちにとって悪魔に見えたってこと? 覚えてる? ボードレールがかつてこう言ったことを。『男も女も生まれたときから知っているのは、あらゆる快楽が邪悪なもののなかにあるということだ』。尼僧たちは、彼こそが邪悪だと思ったにちがいないわ、たぶん」。それから大真面目な顔でゆっくり言った。「尼僧たちは、彼に悪魔払いをしたのよ! きっとボードレールは尼僧たちに向かって声を限りに叫んだでしょうね。でもそこは、彼みたいな重症患者を収容するブリュッセルで唯一の病院だったの。彼の世話をした尼僧の一人が彼について書いた文書を読むわね」

私はその一節をポールに読んでやった。いつも通りゆっくりと二度くり返して。

彼の振る舞いは唖者のようで、たった一つの言葉しか話さず、ただ抑揚を変えて発することで、言いたいことを伝えようとしていました。私にかぎっていえば、彼が何を言いたいかはかなり理解できましたが、それでも苦労はありました。

「まだついてきてる？」
ポールはうなずいたが、それがたぶんに怪しいときもある。ただ礼儀を重んじてのことか、聞くのが義務のように思っているのか、あるいは異を唱える気力すら残っていないのかもしれない。とはいえ私はまた続けることにし、このページをとばして、ボードレールの友人の言葉を読みあげた。

ボードレールはいまほど明晰で、かつ繊細なことはなかった、と私は確信するようになりました。そう思うのは、そばでひそひそ声で交わされる会話を、顔を洗いながら、ひと言も漏らさないよう耳を傾けるようすを見たからです。これは、彼の顔に現れる称賛やいら立ちのしるしを通して観察できます。彼はたゆまぬ関心と、このうえなく明晰な知性を有しているのです。彼のなかでこの病気による難を免れた部分は、申し分なく正気であり、いまだ活動を続けており、彼はその前年に私が会ったときと変わらず自由で鋭敏な精神を持ち続けていることは間違いありません。

「ということはつまり、友人からは、彼が言葉を理解できるように見えたってことね。ただ自分から話せないだけで。ブローカ失語症みたい。自分が悪態をついてることがわかってなかったのかもしれないわ。彼は回復しなかったの。でもね、誰もそれは期待してなかった。治療法なんてなかったから。ねえ想像できる？　彼の詩の才能がすべてたった一つの悪態『ゴッダム！』になっちゃったのよ。ひどい話ね」

ところがポールの発想は私より一枚上だった。「彼がどう感じていたかはわかる」。ポールはそう言うと、ヒキガエルを口に入れたみたいな声で、自分をからかうようにこう言った。「めむ、めむ、めむ！」

「たしかにあなたならわかるわね」

「なんで家禽だけなんだい？」

いきなり何のことか、と私は頭のなかを引っかきまわし、ようやく友人が前に私たちに教えてくれた、ある話を思いだした。友人の知りあいの男性が脳卒中を起こし、その後、奇妙なことに、たった一つの言葉しか言えなくなったという。悪態ではなくて「チキン」。突拍子もない、このたった一つの言葉。

「でも、私が調べたかぎりでは、神経学者もじつはよくわかってないみたい。多くの失語症者は一つの言葉か、一つのフレーズしか言えなくて——それがしょっちゅう悪態なんだって。ボードレールとおんなじ。もしかして、よく知ってる言葉だから？　歌の歌詞みたいに知らず知らずに出てくるような。それとも卒中になる以前には、まったく思いもつかず、口にも出せない言葉とか？　それで突然、脳がその音にひっかかるのかな？」

ポールがわかったというようにうなずいた。ちゃんと話についてきている。

「それとも、脳卒中のあとに最初に思いついたり話したりした言葉かも。それが頭から離れなくなったとか？　あるいは何かの言葉やフレーズのうちの一音節かもしれないわ。あなたが『めむ、めむ、めむ』ってずーっと言ってたみたいに」

ポールが頭のギアを入れたのがわかった——「めむ」で始まる言葉には何があったっけ？

「メンバー、メモワール、メモ、メメント……」と私。

「メンバ」とポール。

「メンバ？　……ラップを歌う『メンサ』の会員？」

ポールがくっくと笑った。私が何かおもしろいことを言った気がして反射的に笑っただけか。それとも、私の言ったことをちゃんと理解し、あの高ＩＱ者団体「メンサ〔ＩＱが上位二％に入る人の非営利団体〕」の頭脳人間がヒップポップのダンスをするところを想像して笑ったのかしら。

「私がいま言ったことわかってる？」どうも怪しい。失語症者はよく、相手が言っていることをひと言もわからないまま、その場に合ったもっともらしい答え方をする――そもそも会話というのは、とっさに出てくる言葉で結構なりたつものだからだ。彼らは、相手が自分におそらく何か考えを伝えていることはわかるのだが、その内容までは理解できない。

「わからない。けどいい」

初めてのことだった。ポールがわかっていないことが、私たち二人にとってさほど気にならなかったのは。

「音が気に入ったから？」

「そう。それでじゅうぶん。もう一度さっきの話……めむ、めむ、めむ」。ポールが片手をひらひら動かした――さあ続けてってことだ。

「なぜ一つの言葉やフレーズをひたすらくり返すのかってこと？　そうね、脳のどちらの側も言葉をつくってるの」。私は踏みこんだ話をはじめた。「でもそれぞれが別の役割をするって考える科学者もいるわ。

左側は……」。そう言いかけて私は、ポールがイメージしやすいように自分の頭の左側を片手ですっぽり包み、「自発的な発話に関係していて、そして右側は……」と言って、こんどは頭の右側を触り、「しょっちゅう耳にしていて、消えずに、反射的に口をついて出てくる言葉や表現すべてを扱ってるの。決まり文句やスラング、歌詞や、汚い言葉、敬語といったもの。そらで覚えているから考える必要がないのよ」

　要するに思考のレーダーにひっかからないものよ――私は心のなかでつぶやいた――悪癖の艦隊や、じゅうぶん油を差した一握りの技術と一緒に。ポールが話す声を失ったように、ときおり私も詩人の声を失ったように感じる。この声を私は、ポールとコミュニケーションがとれるよう簡素化し、検閲し、横道に逸れないまっすぐなものにせざるをえなかった。あれから二年がたったいまも、これにはまだ慣れない。私は生来、一本道を歩くタチじゃない。

「カウチマン？」とポールが言う。

「カウチマン……カウチの人……カウチの人ねえ……」。またも私は頭をひねった。「ひょっとしたらフロイトのこと？」

「そう！　フロイト！」

　私はにっこり笑った。このことをフロイトがどう解釈しているか、私なら調べるはずだとポールはちゃんとわかっていたのだ。

「フロイトはたしかに失語症に関心を寄せていたわ。汚い言葉だけしか言えなくなった人たちのことを不思議に思い、もちろん、それを抑圧のせいにしたの！　彼の理論によれば、健康な脳においては、私たちが話すお行儀のよい言葉が汚い言葉をすべて抑圧してるんだって。そうでもしないと、あのとげとげ（ジャギー）してて、怒りっぽくて、欲深くて、悪態に夢中のイドから漏れだしてしまうから。とにかく、あなたがボードレールみたいにならなくてほっとしたわ」

「とげとげ?……とげとげ?……とげとげ?」ポールはこの言葉を口のなかで転がし味わうようにくり返した。

「いい言葉でしょ? アン先生から拝借したの。言葉の響きも……とっても……とっても……」

「とげとげしてて」

「その通り! ねえ、言い忘れてたけど、ボードレールの音楽の好みは脳卒中のあともまったく変わらなかったそうよ。あいかわらずワグナーを聴くのが大好きだったって。まさに『シュトゥルム・ウント・ドラング』〔「疾風と怒濤」と訳される。一八世紀後半、理性偏重の啓蒙主義に反対してドイツで興った文学革新運動〕よね。彼の卒中は、心を揺さぶる音に色づけする右半球の部位をきっと見逃したのね」

「ぼくはちがう」。ポールはあっさり認めた。意外にも、音楽への嗜好が薄れたことをちっとも残念がっていないふうだ。

「そうね。でもあなたが言える悪態はたった一つじゃないでしょ!」

「天井知らず!」ポールの顔がぱっと輝いた。ポールのなかの永遠の少年が、自分がまだ使えるあらゆる呪いのせりふを、間違いなく思いうかべたはずだ。「『めむ』だけじゃなかった!」

「そうそう、ところでさっきの『メンバ』って何?」実在する言葉なのか、私はまだ不思議に思っていたのだ。

得意顔で胸を突きだすと、ポールはにやっと笑って、何かカクカクしたものを宙に描いた。凧のような、ひし形のような。いつもの「テンプラム」とは違う。物体か、どこかの国か？　辞書でこの言葉を調べてみると、たしかに「メンバ」はインドに住むある部族の名前だった。

第二九章

脳卒中から二年がたち、ポールはゆっくりとだがふつうに字が書けるようになり、いまも一日も欠かさず楽しんで文章を書いている。私たちの目標は、ポールの回復の勢いをキープすること。ポールにとってそれは、どんな障害があっても書き続けることだった。その理由は、一つに毎日執筆することがポールの自信や気分に影響するからだ。だがもう一つの理由は、これこそポールが生涯かけてのめり込んだ遊びでもあったから。いっときの遊びではなく、人が求めてやまない変化、明快で、熱狂できて、その瞬間に没頭できる状態。ただしこれには全神経を集中することが必要だ。行動と思考が一つのことに向かうとき、ほかのことなど考える余裕はないからだ。人生でお決まりの選択も人間関係もおよそ遠のく。欠陥だらけの世界、混沌とした人生で、この遊びにのめり込めば、つかの間でも、まずまずの完璧が手に入る。だからたとえポールの書いたものがひどい代物に見えても、私はポールにいつだって喝采を送った。ときには気力を振り絞る必要もあったが、ときにはポールの役に立っているのが実感できて爽快な気分になれた。

ポールの文章には、いかにも失語症者らしく理解不能なものもあり、そんなときはリズか私が、書きあがった原稿をなるべくそつなくポールと見直し、意味不明の表現や、使い方が間違った言葉を見つけだし、頭の蜘蛛の巣からポールが言いたい言葉をすくいとるのを手伝った。

執筆はポールに欠かせない言語療法だと私たちは考えた。ポールの書斎の前を通ると、わずかに開いた扉の隙間から、コルク張りの部屋の隅でポールが机に向かって座っているのが見える。いつものようにノートに覆いかぶさるようにして、思考の気配を漂わせて。しかも近頃、酷使されているのは頭だけではないようだ――背中を左右に揺らし、両肩を上げげたり下げたり。私はときどき足をとめ、からだ全体が思考し、緊張がみなぎるさまを眺める。ポールは苦労しながら一ページ一ページを丹念に見て訂正するが、それでもまだ不適切な表現が見つかることもある。リズと私は忌憚なく意見や批評を返したが、進歩のためにやむをえず多くの間違いに目をつぶった。ポールはいつも、自分が書くものをどのような形にしたいか、自分でちゃんとわかっている。そもそもポールの作品、ポールの没頭する遊びであって、単なる言語療法ではないのだから、何よりポールが楽しめるものでなければならない。小説と随筆を執筆し、ポールは最初の二年間で三〇〇ページを手書きした。毎日書いたり見直したりの根気仕事でポールはくたくただが、それでもいたって満足し、スキルも上達していった。

さらにポールが執筆を再開したことで、ポールと私は、過去と現在の人生に橋を架けることができた。言葉の選び方をめぐってまた二人で議論したり、形容詞について相談したり、あるフレーズと別のフレーズの響きを比べたりするようになったのだ。もう一度、二人の書斎を隔てた空間をたがいの声が行き来し、それは草原に現れた森のようにありがたかった。二羽の奇妙な物書き鳥のコール・アンド・レスポンス。廊下の向こうからポールが私にこう叫ぶ。

「よう詩人さん、あの赤い星の名前、何だっけ……オリオンの……ベルト?」

そこで私が大声で答える。「ベテルギウス!」

それからこんどは私が叫ぶ。「ねえ、ズィズィヴァ〔ゾウムシの一種〕ってどんな綴り?」するとポールが教えてくれる。「zが三つ!」。こと稀有な言葉に関しては、ポールが教える綴りは驚くほど信頼できる。

さらに私たちが何より興奮したのは、ポールが脳卒中後に書いた随筆や小説が、『ハーパーズ』や『アメリカン・スカラー』『コンジャンクションズ』『イェール・レビュー』などの文芸誌に掲載されるようになったことだ。

いつものように、リズと私がキッチンでおしゃべりに興じていると、ときおりポールが文句を言いに、魔よけのネイビーブルーの小さなクッションを持って現れる。クッションには白い刺繍で「お静かに願います! 小説執筆中」と書いてある。ボクシングの試合でラウンド数を知らせる「リングガール」みたいに、ポールはそれを胸に掲げて黙って私たちに見せるのだ。

リズはこの年月のあいだに、作家の有能なアシスタント兼よき友人になった。私は、消防車の赤からニンジンのオレンジ、さらに三毛猫色と、彼女の髪の七変化にもだいぶ慣れた。リズのサンダルのパタパタ音が彼女のオフィスにますます響くようになった。そこは庭が見渡せる、三方が窓の改装された客間。幅木に添って花柄のタイルが貼られ、花柄のソファに揃いの花柄のカーテン、花柄の絨毯、デスクがわりの大きな薄い色の木製テーブル、さらにモンゴルフィエ兄弟の熱気球の輪郭をした、木の背もたれつきの椅子が加わった。秋に私は、彼女の窓の外に春夏咲きの球根を植えておいた――ラッパズイセン、フリチラリア、ジャイアントアリウム、ブルーベル、ドワーフアイリス、デイリリー、カンナ――どこに何を植えたかは教えてないから、リズはきっとびっくりして喜んでくれるだろう。

ときがたつにつれ、この家のウォンバットフェチは進化し、まず私がポールを「ウォンバット」と呼びはじめ、ポールも私を「ウォンバット」と呼ぶようになり、リズが私たちを「ウオンバッツ」と名付け、とうとうリズもウォンバット族の仲間入りを果たした。オレゴンに出かけた際に、リズはメールの最後に「逃走中のウォンバットより」と署名し、サンフランシスコでは「西海岸のウォンバット」、ワシントンDCでは「国会議事堂前のウォンバット」になった。そこで私もメールに「在宅中のウォンバットより」とか「二本足の北米ロングヘアーウォンバットより」と署名する。ポールはたちまち「P・ウォンバット、ハウスウォンバット、スイミングウォンバット」の類いになった。リズも私もスクリーンセーバーには愛らしい赤ちゃんウォンバット。ウォンバット愛好家のコレクションはこの家でどんどん増えていった。キーホルダーにぬいぐるみ、マグカップに野球帽。リズが、大学の友人たちと年一回のカヌー旅行に行く前に作成したノートの表紙には「……のウォンバットの野外観察図鑑」と書いてあり、なかを開けばポールの薬から私のハイブリットプリウスの再始動の仕方まで、順を追ったメモや指示がのっている。ある年のクリスマス、リズには、「ウォンバットカウボーイ」といかにもぴったりのロゴの入ったマグカップが贈られた。

それから私は、こんなわが家におあつらえむきの奇抜な新しい雇用契約を作成した。その名も「ウォンバット・インセンティブパッケージ」。この契約では、何はともあれ給料アップ、さらにお望みなら何週間でも好き放題とれる休暇、月一回のペディキュア、そして最後に大事なことを忘れていたが、体重分のチョコレートが提示された。

「体重分のチョコレート」と聞いて、公開での体重計量セレモニーを思いうかべて全員が喜んだが、リズは本代ほどには魅力を感じてなさそうで、そこで私たちは一緒にチョコレートと本の甘美な換算表をこしらえた。型通りとはほど遠いこの契約にリズは満足し、ウォンバットの住処での勤務継続の契約にサインしてくれた。勤務地はこの家のなか、そして次の藪に何が潜むかわからない驚き満載の失語症ジャングルだ。

「便利なOCDボーダーライン（強迫性障害境界例）」を自称するリズは、内容チェックや校正に天賦の才があり、人もクローゼットも見事にとりしきる。ポールの薬を揃えて三回チェックし、ポールの新しい薬を確認し、足の切り傷や引っ掻き傷に絆創膏を貼ることまで、何でもありえないほど几帳面にこなすのでありがたかった。リズはタオルを左右対称にきっちり畳み、色とりどりの細い焼き菓子みたいに並べるが、私が三つに畳んだのをあとから畳み直しておいた、とごくたまにうちあける。自分が四つに畳んだものと揃わなくなるのだそうだ。リズはほったらかしのファイル用キャビネットや、埃の積もったガレージのガラクタ置き場の奥地に入念に分け入り、行方不明の古い原稿を見つけだす。

「この家にすっかり溶けこんじゃっただけ」。リズは褒められるとよくそう言った。私たちがどうしてほしいか、いまでは直感でわかるということらしい。けれど、私たちのほうも彼女の流儀に合わせたということ。これもまた真実なのだ。

家事の采配といえば、私はときどき、女帝とお呼びしましょうか、とリズをからかった。おそらく誰でもそうだが、私にも自分流の家事の仕方はあったが、それにこだわりはしなかった。たとえ同じ空間にいても、私は「人は人、自分は自分」という信条なのだ。だからリズにはやりたいようにさせておいた。すると愉快なことに、私があまりに頓着しないのでリズはかえって仰天していた。リズがキッチンの引き出しを整理しても、玄関脇の靴脱ぎ室を食品で溢れた食料庫にしても、一〇年このかた定位置にあった肘掛け椅子を並べ変えても（はめ殺しの窓辺にひなたぼっこの場所をつくった）、冷蔵庫に月ごとのカレンダーを貼ることにしても。リズがいない日は赤いマル、ダイアンが出張の日は黄色いマル、ポールに予定がある日は青いマルが貼ってある。キッチンカウンターのポストイットに、リズは階級制を敷いた――サイズや色、形、重要度別に分類したのだ――たまにあんまりたくさん貼るものだから、ネパールの山麓にかかる祈りの旗に見えたり、重なりあって、お上品なしわに見えたりする。

私たち三人は信じられないくらい相性がよかった。ポールと私はつぎからつぎへと予定をこしらえ、リズが片っ端からとそれらを仕切り、自分はこれまでいつだって「エンタルピーのファン」だったと楽しそうに話す。つまりカオスに秩序をもたらす一種の技術を愛するということだそうだ。私たちの毎日の暮らしに、たくさんのちょっとした変化が現われ、もともと私はあまり几帳面なほうではないが、私の世界が修復できないほど乱雑化して見えたまさにこの時期に、家のなかに秩序が育っていくのはありがたかった。私自身は、いつも片付けるのに波がある。何カ月もかけて私の周囲はゆっくりと散らかっていき現状のまま漂う。そしてある朝起きると、突如駆り立てられたように靴下を色別に分け、せっせと高く積みあげる。それに私は長年の執筆活動の癖で、まあいわば本能に駆られて、新しい仕事にとりかかる前に、取りつかれたように書斎を片付ける。まるで出産を控えた妊婦のように。周囲の混乱が見たところ減れば、ふつふつとわいてくる心の動揺もいくらか落ちつき、感覚が安らぐからだ。

私たち全員に共通するのは、奇抜さを大いに尊敬し、ときに自らそれを謳歌する点だ。リズは自慢げに父親の話をしてくれた。ミズーリ州の小さな町で長老派教会の牧師を務める父親は、腕の立つ修理屋でもあり、再利用やリサイクルの熱心な信望者だった。近所の廃品置き場から材料をかき集め、捨てられた芝刈り機をバラバラにして、じゅうぶん使えるマルチカラーのフランケン風芝刈り機を組み立てた。慣習にとらわれず、なるほど実用的な考えから、リズが子どもの頃に住んでいた家を二色に塗った。壁という壁の下半分を焦げ茶に塗り、子どもが汚い指紋をつけられない高さの上半分を白に塗ったのだ。父親と二番目の妻——ウクライナの元核生化学者で、現在は高級ニットの事業で成功した——は、湖畔に自分たちの老後の家を建設中で、日課となっている釣り用の餌の確保に、小さな「ミミズ工場」も備えつけるという。

ポールと私には、クリネックスの箱とトイレットペーパーをサッカーボールみたいに蹴って廊下を転がし家の端から端まで運ぶ手間を省いたり、「マスターピース・シアー」〔米国の古典的テレビドラマシリーズ〕のテーマ曲をがなり立てたりするおバカな習慣があったのだが、リズはいっさいひるまなかった。リズには、身長六フィートの、体格のいい、イヤリングを二個つけた夫〔コーネル大学鳥類学研究所で働くグラフィックデザイナー〕がいて、独創的な人間の巻きおこす騒動をそれなりに楽しんでいたからだ。リズはときどき怒ったふりをして自分の髪を根こそぎ引っこ抜くまねをした。「まったく芸術家ってやつは！　私が何をしたっていうの?!　仕事場であなたたちに囲まれて——カオスは家だけでもうじゅうぶんだってのに！」

ときおりリズを見ていると、大学時代のルームメイトのキャシーを思いだす。スコットランド系の顔立ちの女性で、ブロンドの髪を刈りあげ頭の回転が速かった。キャシーは私よりだんぜん賢くて、明るくて、見る目があって、愉快な娘だった。お金を稼ぐため私たちのアパートから通りを下ったところにある、「マイ・オー・マイ・ラウンジ」というバーで彼女はゴーゴーダンサーのバイトをしていた。私たちは四六時中しゃべってはしゃいで、ひっきりなしに悪さをした。リズとキャシーの共通点は、その脳のタイプにある。芸術的な創造性は発揮しないが、聡明で陽気で好奇心が旺盛で、刺激が欲しくてじっとしていられないタイプ。リズが自分のことを「私、いっさい反省しないのよ」と言ったり、これまでに就いたたくさんの仕事の話で私たちを楽しませてくれたりしたときに、それがわかった。いっぽうポールと私はどちらも新しい本を創るたびに夢中になるものは変わるが、職業は物書きだ。私たちの生活様式は、集中して空想に耽る時間と、実生活のささいなことが混じりあったもの。それに比べてリズはさまざまな仕事に就き、家族や旧来の友人との付きあいを大事にしながら、職場の同僚や周囲の環境の蓄えを補充していく。いわばタイプの異なる心の放浪者。外の世界をさまよう者と、内なる世界をさまよう者。私の母もリズに似ていた。リズはいつまでも私たちのもとで働いてはくれないだろう。そんな気がする。たとえこの仕事がどんなに楽しくて、私たちをどんなに好きになってくれたとしても。彼女の脳がもっとも生き生きするには目新しさが必要なのだ。自身が生みだすものでなく、追い求め、楽しみながら探求し変化させていくもの。

リズが喜ぶことに、わが家では予測不可能なことが必須条件。だから毎朝家に来ると、リズにはこれから何が起こるか見当もつかない。私たちのうち一人はモンゴルに夢中で、もう一人はポーランドの原生林のことで頭がいっぱい。そしてどちらも土壇場になってリズの調査力を頼りにする。かわいいコウモリの写真を数枚、その住まいにぴったりの垂木のそばにかけてはどうかと私が提案したら、リズは躊躇せず、私が思うにむしろおもしろがってくれた。リズはひんぱんに「やることリスト」にこんな項目を書きこむことになった。「宇宙を仕切る」（私の書斎のファイルの整理）、「チータを吹いて飛ばす」（リビングの膨らませるやつ）、「レディガーターを怖がらせない」（パティオで日光浴するのが好きなシマシマのヘビ）、「デズデモーナ

——オセロと一緒に植えても無事か?」(私が植えた二種類のリグラリアのこと(デズデモーナはオセロの妻。不貞を疑われオセロに殺される))、「二つの絶滅危惧種の件、一ダース注文」(ダークチョコレートの銘柄)。あるいは「スリムベアの減少」(ポールの氷菓子が最後の一個になりそう!)。

　それからリズに手当を頼む必要のある、医学的な緊急事態が起きることもある。これまで何年も、ポールと私はかなりの頻度でそうした事態に見舞われた。足の指の骨折(白状するとこれは私、マッサージ台との不幸な事件)、脳しんとう、頚神経の痛み、喘息、糖尿、高血圧、膝の関節炎、うっ血性心不全などなど。あるいは、出版関連の予期せぬ一大事や校正の締切。こうして私たち三人は顔を見合わせ、うなずき合い、いかにも深刻そうに口を揃えてこぼすのだ。「まったく退屈するひまもありゃしない!」大学の旧友にメールを送る際に、リズは自分の仕事を冗談半分にこう説明していた。「家にいて作家二人の面倒をみるママってところ」

「何がぞっとするかってね……」。リズが思いだしたように言った。「狭い小部屋で働く人もいるってこと! ……もちろん、あなたのつむじ曲がりのパートナー、ポールと仕事をするのもサラブレットのときと大差ないけど」——看護学校に入る前の数年間、リズが働いていた競走馬の牧場の話だ——「でも残念なのは、ここにはムチも革ベルトもないってこと!」リズの眉毛がくいっと上がり、スタートラインに並ぶ二隻のドラゴンボートみたいになった。

　こんな表情豊かな眉をもつ人をこれまで見たことがない。ただ上にあがるだけではない。アーチ型になったり、ぴくっと動いたり、固いイチゴ色の台地になったり、ときには新石器時代の古墳みたいに厳かな曲線を描いたりする——とりわけポールが自分の主張を頑として譲らなかったときなどは。

リズとポールはどちらも負けず劣らず頑固で我が強い。二人がテーブルに乗りだし、ありとあらゆることを、たがいを尊重しつつも議論しあうのは、見ていていつも愉快だった。錠剤をのどに詰まらせないように飲む「正しい」やり方から、はげかかったポールのローファーをなぜ取りかえる必要があるのか、それから文法の細かなあれこれまで。話を聴いているときのリズの眉は許容ラインにおさまっているが、いざ意見を述べる段になると結集し、その下から両目がきらりと光る。「あのね、ポール。お言葉を返すようですが、こんどばかりはあなたが間違ってるわ」。リズの夫はしょっちゅうポールに同情していた。リズが「自分の意見を決して曲げない」のを重々承知しているからだ。

ある日、私は恐怖のどん底に突きおとされ、がっくりうなだれながらリズのもとに駆けこんだ。両腕に抱えた原稿は際限なく変更を加えたあとのもので、一行ごとのチェックが必要だった――というのも私はあちこちの都市で、パソコンを変えて、何年もかけて執筆するという、途方もない過ちをおかしたからだ。リズは救世主のように慈悲ぶかく私を見やると、こう宣言した。

「どの詩人にも、せめて一人は度を超して几帳面な友人が必要である」

ポールの健康に関わることとなると、リズはとりわけ口やかましかった。ポールは沽券に関わるとばかり抗議したが、それでもリズが絶えず自分に目をかけ心配してくれることには、ときに憎めない遠回しな言い方で感謝した。あるときリズが、糖尿病による痛みがないか足をチェックするようポールにしつこく迫ったことを詫びたら、ポールは目をぱちくりさせ、それから、一抹の皮肉もなく心からこう答えた。

「いつでも遠慮なくぼくに説教していいよ――ぼくは知と友だちだから」

第三〇章

六月の初め、それは脳卒中後の何度目かの夏のこと、私たちはプール開きをし、ポールは喜びにうち震えながらその青い瞳にすべりこんだ。手足をばたつかせ、やや不安げながらも、ポールは平泳ぎで浅い方の端を横切った。

「泳いでる！　泳いでるじゃないの！」私はいきおい興奮して中庭から叫んだ。

ポールは立ち止まってにっこり微笑むと、意気揚々と叫んだ。「ほんとだ！　泳いでる！」

それからいきなり深い方の端を目指して、浅い水の底を蹴り、ぎこちないながらも、水をかきつづけて泳ぎ、この夏初めてプールの端から端まで泳いだ。向こうの端につくと、ポールはちょっとハアハア言い、一息ついてから、自分でも驚いたというふうに顔を輝かせ、元気よくまた反対の端まで泳ぎだした。

ここ数年のあいだに、ポールは脳卒中で被った協調運動・視力・平衡感覚の低下への対処のしかたを少しずつ学習していた。脳卒中が起きた場所によっては、体の範囲や境界にまつわる感覚が劇的に変化し、皮膚は弾力を失い水をはじかなくなり、足は重くなり、腕がだらりとたれさがることもある。突然、足の親指がたくさんあるような感覚に襲われたりもする。けれどポールの脳は自らを建て直し、埋めあわせるべく学習していた。多くの段階を要することはいまでも難しくていらいらするが、それでもフェルトペンを持ち、手書きでしっかり文字を書き、ナイフとフォークを握り、シャツのボタンを留め、チャックを上げて下ろし、歯を磨くことを学び直した。そのほかにも脳が自分で学習し、その後密かに記憶している、ありふれてはいるが高尚な、こまごました複雑な多くのことを学び直した。こうしたこといっさいを私たちはごく当たり前のことと思っていて、損傷を受け奪われて、初めてその大切さを知る。

「はい、ラズベリーと宇宙塵のラム酒づけ」。いつもの朝、私はふざけて、ポールのお決まりのエッグ・ビーターとスマートベーコンの朝食を出した。それからオンラインの『ガーディアン』の短い記事をポールに読みあげた。記事は、天文学者らが射手座Ｂ２（銀河系の中の巨大な星間塵）にアミノ酸の渦を発見したと報じていた――さらに、その宇宙の塵のサンプルをボウル一杯に入れたら、ラズベリーとラムの味がするだろうというのだ。

「ねえ、これどう思う？」

「何か書くものをくれ！」ポールがペンを執った。ポールはたいていいつも、自分のペンをスプーンやフォーク同様、テーブルの自分のわきに置いている。

「ペンなら持ってるじゃないの」。私はぎょっとして答えた。

「ちがう、ぼくは何か書くものが欲しいんだ！」

「だから手にペンを持ってるでしょ」。私はゆっくりと言ったが、だんだん訳がわからなくなってきた。

「書くものだってば！」

私はペンを握っているポールの手をとった。「ここにペンがあるでしょ。ちゃんとあなた一本持ってるのよ。ほかのペンが欲しいの？」

「ちがうってば――べつのもの」。ポールはためいきをつき、ますますいらいらしてきた。

「べつのもの……メモ帳のこと？」

「そうだっ！」ポールはほっとして声を和らげた。こうしてまた、非凡な会話で一日がはじまる。

「とっても挑発的な朝食をありがとう」。ポールは自信満々にそう言うと、豆腐ベーコンの最後の一切れを皿じゅう追いまわした。

もう正午で、そろそろ私の昼食の時間がきたから、野菜とひよこ豆のモロッコ風シチューを深皿に入れて、私もポールと一緒にテーブルについた。

「挑発的ですって？　私のランチも食べてみる？」

「いやけっこう。重たすぎるよ」。ポールはしかめ面をして辞退した。「あの……あの……二連式のが送った……ええと……スポンデュリクス？」

頭のなかで言葉をつぎつぎ思い浮かべたが、さっぱりわからず、私はとうとう訊いてみた。「スポンデュリクスって何？」

「お金」

「それ本当？　スポンデュリクスっていうの？」私の頭には、まぬけなアヒル（スパスティック・ダック）の絵が浮かんだ。

「そうだ」。ポールは力強く言った。

「わかったわ」――あとは、二連式……それと、送った……二連式……送った……「ひょっとして、ジョンソン・アンド・ウェールズ・スクールが私に小切手を送ってくれたとか？」

「そうだ！」ポールはきっぱりとうなずいた。

「スポンデュリクス？」

「スポンデュリクス。イギリスのことば」

きっと私のことをからかってるんだわ。そう思って私は書庫にさっと入り、語源の辞書を調べた。すると、こんな記述が見つかった。

spondulicks：一八五六年、アメリカ英語。「お金、現なま」を表す俗語。語源不明。由来はギリシャ語の spondylikos とされ、これは通貨として使われた貝殻 spondylos（本来は「脊椎骨」を意味する）から派生した。マーク・トウェインやオー・ヘンリーが使用し、のちにイギリス英語に採用され、アメリカ英語では使われなくなったがイギリスでは現在も使用される。

「あなたが正しかったわ！」私は席に戻ると言った。「小切手（チェック）って言おうとしたのね」

「チェック、チェック、チェック」。ポールは、言葉を記憶のパン種に押しこむかのようにくり返した。ポールの朝靄のかかった頭では、脳細胞がまだ準備運動の最中で、小切手のような簡単な言葉さえすべり落ちることがある。でもスポンデュリクスだって同じこと。ポールが頭のなかで小切手をおさらいしているあいだ、私もスポンデュリクスとくり返し頭のなかで唱えてみた。大事なのは、二人の共通語彙を見つけることなのだ。

「航空便の切手はいくらだっけ？」ポールがリズに訊いた。

「九八セントよ」。リズが答える。「でも一ドル切手を使うほうが簡単かも」

「ぼくの暗闇を照らしてくれてありがとう」。ポールがうやうやしく答えた。

「スクリードについてはどう……？」ポールは見えないインクで字を書くように宙で片手を動かした。

「紙（ペーパー）」や「随筆（エッセイ）」といった言葉をポールはなかなか思いだせないので、リズにもスクリード〔書物の長い一節〕はすっかりおなじみになっていた。中期英語の言葉で、何かを書くことを伝えたいときにポールはしょっちゅうこれを使う。

「私がタイプしてあげた原稿のこと？」

「そうだ」とポール。「全部で何マイル？」

「はっ……ぴゃく……語よりちょっと多いくらい」。リズはゆっくり数字を言って、ポールに理解する時間をあげた。「ちょうどいい長さよ。『トランスフュージ』から依頼された枚数で」

「よかった」

「あ、そうそう、今日の午後、ブレムキン先生の予約があるの忘れないでね」

　かかりつけの眼科医が小切手とクレジットカードのどちらを受け付けてくれるか知りたくて、ポールがたずねた。「ブレムキン先生は何を闇取り引き（トラフィックイン）するんだっけ？」

　リズの眉毛がカイコのような弓形になった。それからこう答えた。「クレジットカードを持っていったほうがいいわ」

　こんなやりとりはいつものことだ。ポールが話そうと努力しているとき、私たちはさえぎらないでおく。ポールには全神経を集中する必要があるからだ。だが何を言いたいかは自分でちゃんとわかっていても、かわりに奇妙な言葉や表現を使っていることに、本人は気付いていない。その日に飛びだした言葉のキメラ〔ギリシャ神話で、ライオンの頭とヤギの体とヘビの尾をもち口から火を吐く怪獣〕をネタに、三人で笑いころげることもある。そんなときポールは私たちに負けずにかっかと笑う。派手好きで、とりわけ華やかな言葉を楽しむポールのツボにはまるのだ。

「ブレムキン先生ったら、何を闇取り引きしてるの?」しばらくたった午後、リズがさも愉快そうににこにこしながら、さっきの話を蒸しかえした。ポールの曲がった指に「アイシーホット」を塗ってマッサージしながら。

ポールもくっくと笑った。「ぼく、そんなこと言った?」

「言ったわ」

「アヘンかな?」ポールがちょっと考えた。「ネペンテス?」

「ネペンテ?」と私。「それどっから思いついたの?」

笑いながらポールは肩をすくめた。「浮かんだんだ」。つまり心の水面に浮かんだということか。スイレンの葉で覆われた言葉の池のなかから。

「はいはい、で、それ何?」リズが訊いた。こんなにじょうずに怒ったふりができる人もめったにいない。

「眠り薬」とポールが説明した。

おそらくリズは頭のなかで薬局方の「N」で始まるページをさらっているはず。でも見つかりはしないだろう。これはポールが学生時代から引っぱってきた難解な言葉で、当時『オデュッセイア』を翻訳させられて覚えたものだ。

「古代ギリシャ語よ」。私がつけ加えた。「悲しみを忘れるために飲んだエジプトの薬草のこと」。なんて不思議——もとの言葉は最後にsがついていることまで覚えているのだから。だが英語の翻訳者が複数形のsだと勘違いして抜かしてしまったのだ。何十年も一緒にいた間のどこかで私はポールからこの話を聞いたはずだが、それがいつどこでかは思いだせなかった。

ポールは笑って、やれやれと首を振り、それから鼻高々ににやりと笑った。「自分が何を言うかぼくにもさっぱりわからない！」

「でもだいたいは自分の言いたいことがちゃんと言えてるわ。すごいじゃないの。あなたのこと誇りに思うわ」

「私もよ」とリズが相づちをうった瞬間、ポールの曲がった指をいっきにまっすぐのばしたので、ポールはイヌイットのお面のように顔をしかめてリズを睨んだ。

間違った言葉は軌道をそれたほうき星みたいに、いまだにポールの会話に飛びこんでくる。ポールの話す文章を理解するのは、私にとってまだひどく厄介なことだった。もちろん実際に話すポールのほうがずっと大変なのだが——出だしから五分間、何度もつまずいたあと、ようやく一文が出てくることもある。

「映画が始まるのは二時。いやちがう。二時。じゃなくて。二時、三時、四時。四時だ！」ポールはそう断言し、お目当ての言葉をようやく見つけたことに安堵する。それでも狙っていた言葉を投げ縄で捕まえるのにしくじり、不本意な言葉を選んでしまうこともある。

すっかり目覚めた状態のポールは頭も溌剌になる。ただしそれは書斎で書き物をしているか、リズと原稿を見直しているときのことが多い。いっぽう私がポールと長い時間を過ごすのは、夕方から夜にかけての夕暮れ症候群のときだ。ポールはときどき間違って、その時間帯を、「五時の影」と風流な呼び方をする。この頃には私も、ポールが疲れているときに自由回答の質問（「どの映画を観たい？」）をしても埒があかないのがわかっていた。だからかわりに短文で、二択の質問をする（「『ダイアルM』と『ギャザリング・ストーム』、つまりスリラーものとチャーチルの映画、どっちにする?」「夕食はむきエビ? それともテイスティ・バイト?」)。ポールの頭にすでに入れておいた言葉なら、ポールは私の質問をくり返して答えるだけですむ。

「テイスティ・バイト。チャーチルの映画」

ときにポールの毎日は、過去からも未来からも切り離されたように見えることもある。昨日何があったかいきなり思いだせなくなったり、何カ月ものあいだ毎日の日課にしていたこと(ビタミン剤を飲む)を忘れてしまったりもする。ポールにとって、こうしたことは信じがたいうわさ話で、自覚もなければ真実とも思えないのだが、それでもこの作り話もまたポールは信じるしかないのだった。

「先週、話しておいたけど」と私が釘を刺した。その日、診察の予約をとっていたなんて知らなかった、とポールが文句を言ったからだ。

「先週なんて、ぼくには神話の世界だ!」ポールが怒って噛みついた。

ポールがマグカップに牛乳を注ぐと、いまも決まって半分を縁からこぼす。もうすでに一〇〇回かそこら、紙パックの牛乳を持ったポールの手をコップの真上に持っていき、どこに注げばいいか教えたはずだ。それでもポールの照準技術は進歩しない(モップかけはうまくなったが)。人はただお金の計算だけをするわけではない。牛乳をカップに注ぐとき、私たちは流れおちる牛乳とカップの縁との距離を計算する。また歩いているときも、歩道の縁石を安全にまたぐには足をどれくらい高く上げればいいか計算している。奥行き知覚についても、脳は視覚的な手がかりだけでなく、状況や風景の変化に応じて距離を計算し直す能力を頼りにする。ところがポールの脳は計算のコツを忘れ、さらに距離の判断もつかなくなった。だから牛乳を注ぐとこぼしたり、階段や縁石ですぐにつまずいたりするのだろう。

ただし何よりポールを悩ませているのは、何かをするときの手順を覚えておくことだった。ポールは電話のダイアルを押し、プルタブ式の牛乳パックを開け、薬ケースの留め金をはずし、電子レンジの一分のボタンを正しい数だけ押すことをはじめ、その他もろもろの無数の妙技を何度もくり返し学び直した。ただし小切手を書くのは絶望的に見えた。ポールは間違った名前に間違った金額、間違った日付をすべて、間違った線の上に書く——たった一枚の小切手に数えきれないほどの間違いが見つかるのだ。一枚の小切手をきちんと仕上げるのに一時間かかることさえある。それでもポールは挑戦し続けた。定期的にしていないことはやり方を忘れてしまう。それは失った習慣を再び自分に植えつけるようなもので、いわば頭の近道をつくるのと同じだ。靴紐を結び、フォークを握るたびに持ち主が考えこまなくてはならないなら、脳は悲鳴を上げて急停止してしまうだろう。だから家での生活が滞りなく送れるように私たちは簡単な日課を定め、それをきちんと遵守した。毎日だいたい同じ時間に同じことをすれば、ポールにも、発話のほか以前にできていたことを再学習する余裕が残るように見えた。

午後はほとんど毎日、お昼の休憩時間に全員で集まった。「ウォンバットのお茶の時間よ！」リズが書斎にいる私を大声で呼ぶと、私はその日の仕事を切りあげ、廊下をふらふら歩いて一同のもとに向かい、英国のアフタヌーンの気楽なおしゃべりに加わるが、私の頭の吹き出しにはときにはるか遠くの珊瑚礁が浮かんでいる。三人がその日にしたことをそれぞれ報告するうちに、この天体は縮まって、なんの脈絡もなく話が飛び交う。たとえばお茶の時間のよくある会話。私がまず披露するのは「ニュピ」という、バリの人びとが静かに瞑想して過ごす日について仕入れた詳細。それから皆の意見が一致したのは、私が引退したらキーボードを見ずにタイプする練習をすべきだということ——リズとポールに言わせると、いまの私の性分ではしょせん無理だし、指二本のマッド・オルガニストのごとく私がキーを叩く姿はなかなかの見ものなのだとか。リズは夫の愚痴をぶちまける。ポールは、「ジョージ・フォアマン〔米国のボクサーで世界ヘビー級王者〕と雌牛たち」についてのエッセイを書いていると発表し、リズが驚き眉をぴくつかせる。私はとっておきのだじゃれでリズとポールをめいっぱい寒がらせた。「迷子のオウムにいちばん似ている形は何？」答えはもちろん、「多角形（ポーリーゴーン）〔映画『ポーリー』の主人公の不思議なオウムの名から〕」

ポールの脳卒中がくれた思いがけない贈り物。それは、リズとポールと私が三人で一緒に過ごすたっぷりの時間――「旦那より長い時間、一緒にいるわ！」リズがあるとき笑いながらそう言った。この時間、心地よく贅沢なひととき、そこから生まれる絆。大学時代ならよくあることだ。毎日が同じような出来事をめぐってゆっくりと流れていたあの頃。大学時代のルームメイトや同居人は長年の友になることも多い。長続きする友人をつくるのは難しいし、友情を育む時間がつねに足りないと、専門職に就いた女性たちが愚痴をこぼすのをよく耳にする。だからこそ、ポールの脳卒中には素晴らしい副作用があった。リズと私が大切な友だち同士になれたことだ。

リズは私と違って舌先鋭く機関銃のようにしゃべりまくるが、私たちには似たところも多く、どちらも本の虫で、どちらも自然に胸ときめかせる。どちらも知りたがりやの探偵で、シェイクスピアの『冬物語』のオートリカスが自称する「つまらない小物に飛びつく小泥棒」と同類だ。とにもかくにも私たちは、悲しみと喜びの時期に偶然めぐりあわせた。私たちはおたがいの記憶の随所に登場する。ポールの人生のぞっとする数々のエピソードを私はリズとともに乗りきった。そしてこれは、言葉の鍛冶屋の私にとっては神からの授かり物だ。とりわけ脳卒中後の最初の数年は、ポールと意思疎通もままならなかったが、リズとふつうに話すことができ——ときには、ただ無性におしゃべりしたくて——おかげでポールの失語症のために私まで言葉をなくした気分にならずにすんだ。

私たちの毎日はよく計画を練り、往々にして旅慣れた経路をたどって流れていった。それでも自分で選んだわけでなくただ引き算の結果として時代に取りのこされ、人生の軌道からはずれたように胸の奥で感じることもままあって、そんなときは胸がざわついた。そして私はポールを、失った昔のポールのことを思って悲しくなった。ポールも同じで、失ったかつての自分を悼んでいた。けれども悲しみはどちらもたがいの胸にしまいこみ、言葉に出すことはめったにない。過去に戻ることはできないし、進む道はもう一つしかない。だから私たちはコンパスをただただ前に向けてきた。

ポールの体は頑健になったが、これはたっぷり泳いだおかげだった。頭上を横切る飛行機の音を聞いてポールは時間を推測する——プロペラジェット機……四時だな。飛行機が目覚まし時計がわりになり、ポールには、五時だから家のなかに入る時間だといつもちゃんとわかるようだ。ポールは会話も筆記も歩行もすべて進歩し続け、視力の低下にも対応できるようになってきた。けれどもこのゆっくりとした進歩にはちょっぴり黒い影がつきまとう。何かよからぬことが起きないかと私はいまも胸騒ぎをおぼえる。いまだに転倒は怖いし、肺炎も心配だ。錠剤や液体を飲みこむと、あいかわらず気管でトラブルを起こす。それでも、いつものことだが、こうした心配を軽くする、お気楽なひとときがちゃんとある。毎日毎日が、愉快なことと心配なこと、笑いと恐怖、歓喜と危険の隣あわせのようだった。

夏が終わりに近づき、ポールはあいかわらずパティオで日光を浴び、プールに入る前とあとにはお気に入りの椅子に寝そべった。いよいよこんがり焼けて褐色になってきたので、私たちはポールをコーヒー豆の名前で呼ぶことにした。

「おはよう、スラウェシ」と私がポールに挨拶する。

「あーら、ジャワ・ブラワン」。リズがからかって、これまた別の、お気に入りの深煎り豆の名で呼んだ。

ある日のこと、私はポールの芳醇なコーヒー色に奇妙なことが起きているのに気がついた。胸毛や脇毛、アンダーヘアーがうっすら緑色になっている。それからしばらくして、うだるような午後、裸で泳いだあとにポールが水から上がると、体じゅうの毛が心霊体〔霊媒の体から出るとされる超自然的物質〕のような怪しげな緑色に輝いている。青い空から立ちのぼる北極のオーロラのよう。だが本人はとんと気付いていない。

不思議に思いながらも、私はわざと怖がったふりして叫んだ。「超人ハルクが出た！」

「え、どこに？」と叫ぶと、ポールはきょろきょろあたりを見回し、訳がわからずきょとんとしている。

「ちょっと、あなた、派手な緑色になってるわよ！」いったいどうしちゃったの？　私は不思議に思った。これって身体に悪くないかしら？　でもこの緑、どうもどこかで見た気がする。

ポールは緑の毛で覆われた自分の腕と足、さらには睾丸――最後になにより目を引いた――をまじまじと調べて、ひきつった笑みを浮かべた。

「巨大なナマケモノだわ！　アマゾンで見た緑の毛で指が三本のナマケモノにそっくり。あんまり動きがゆっくりだから、いろんな藻や細菌が毛皮に棲みついてるの！」

「スタンシエンからシミーで降りてヴォートする、あの木に抱きつくやつ（ツリーハガー）のこと？」

スタンシエン〔支柱〕＝樹木、ヴォート＝投票する（キャスト・ア・バロット）〔ballot の語源は ball で、秘密投票に小球が使われたことに由来〕＝脱糞する――なるほど、わかったわ。

「そうよ、週に一度樹木に肥やしをやるの。なかなか独創的な物とサービスの交換でしょ?」

ポールは自分の腕や足を、まるで他人のもののようにしげしげと眺めた。きっと小さな小さな緑のモンスターが、自分の身体にうじゃうじゃ住みついているのを想像しているにちがいない。

「緑色の小人たち!」私は恐怖の金切り声をあげ、それから声を立てて笑った。

「うひゃああ!」ポールは口を大きく開け、わざと恐ろしげに両手の指を開いて振るわせた。ところがタオルでこすっても緑色が落ちないとわかると、ポールはどうやら本気で心配しはじめた。

「たぶん塩素のせいよ、藻とかじゃなくて」。私はポールをなぐさめた。「あなたの動きは藻には速すぎるわ。金髪はプールで緑にならないよう気をつけなくちゃならないんだって。あなたの白髪も同じなんじゃない? つまり、いつもお日さまの下で乾かすだけで洗い流してないでしょ。塩素入りプール専用のシャンプーがあるから、試してみる?」

そこで二人で試してみた。ふわふわの緑がすっかりなくなるまで、二人でごしごしこすった。

「ミルドレッドが見たら喜んだだろうな」。ポールがにやっと笑った。アイルランド系の母親のことだ。

「緑のクローバー〔アイルランドの国章〕色のおっさん!」

それから数日のあいだ、ポールは自分の毛並みをときどきチェックしては、もうどこにも緑が残っていないことにいささかがっかりしたようだった。つかの間とはいえ、は虫類や両生類の仲間になれたのも気に入っていたし、華麗なボディを楽しんでもいた。子どもの頃、ポールはいつだって怪獣の彫像や仮面、トーテムポールやグロテスクなもの、戦いの化粧に胸躍らせた。そして青年になると、シュールレアリズムの奇怪な絵や、ジェイムズ・ジョイスにサミュエル・ベケットといった作家の稀有な戯れに魅せられた。

だがありがたいことに、華麗な言葉はひょんなことからこの家に戻ってきた。ポールが意図せずおもしろいことを言って皆を笑わせるのだ――もちろん何もポールのことを笑うのではなく、失語症のコミカルな面をポールと一緒に笑うのだ。ポールもまた、ただいらいらするのでなく、自分自身をサカナに笑うといった新たな自分の一面をしだいに居心地よく感じていた。これはなかなかよいことだと私は思った。沈黙の下生えを抜けるただの小道ではなく、もっとくつろげる快適な道が見つかったのだから。

ある日の午後、しゃかりきになって机で仕事をしていた私は、足もとに積んであった書類の上にコーヒーカップをうっかりのせたままにしていた。通りかかったポールが心配そうにコップをちらりと見やる――危ないじゃないか。そばにはパソコンもあるし、しかもノートや本の山にのせてるなんて。

「きみはあのマグと仲良しなの？」ポールがたずねた。大丈夫？　と。私は心のなかでくすっと笑った。ポールが何を言いたいのかわかったからだ――そばに置いていて大丈夫？　と。

ポールは私の身を真から心配しているようだった。私が出張に出かけるとなると、近距離旅客機の低い天井に頭をぶつけないようにとか、ホテルの部屋のカギをきちんと締めておくようにとか、きまってしつこく念を押すのだ。

ちょうどその朝も、ポールはこう言った。「急勾配の動きに用心して」。つまりこう忠告したのだ。「ベッドから落っこちないようにね」

そのあと、ポールは私にその日のピロポの言葉をかけてくれた。「果てなき天空の太守……」

「ああら、すてき」と私は言って、感心したふうに鼻にしわを寄せた。

「連中は星を暗殺しようかって話してるんだ」。ポールは興奮して話しはじめた。

「あらま。それは大それた計画！」星を暗殺するなんて！　天空のとんでもない冒涜だわ——私は孤独な冷たい暗黒の空を思いうかべた。それからポールのこのなぞなぞを解くことにした。もしかしたら星というのは、星に行くってことかしら？

「あなたが言いたいのはひょっとしたら……宇宙計画を終わらせるってこと？　ＮＡＳＡへの資金提供を中止する話？」

「そうだ！」とポールは答えると、両手を投げだした。その顔はこんなふうにどなっている。「まったくなんて愚かな決定を下したんだ！」年季の入ったアマチュア天文学者のポールは、自分の想像のなかで星雲を旅し、惑星のクローズアップ写真をくまなく調べ、ハッブル望遠鏡から送られた遠い宇宙の画像を堪能してきたが、そのポールが一個人としてひどく腹を立てていた。

「まあそれはそれとして」とポールが言った。どうやら少し気が落ちついたようだ。「今日は晴れてる？」それから、冷たい雨降りの天気がずっと続いていることに文句を言い、こうつぶやいた。「四月はぼくの頭をおかしくした」。ポールはあくびをし、それからもう少し説明すべくこう言い足した。「ぼさぼさ頭の四月にずっと眠っているのはまったく大変だ」。それからくっくと笑った。自分が言った言葉の馬鹿らしさにほれぼれしたのだ。

自分のおかしな言葉の羅列にポールは新たな楽しみを見つけたが、ただし手放しで喜ぶわけにはいかなかった。やりとりのなかにはいかにも失語症に典型的なものもあり、いまだにポールをひどくげんなりさせた。たとえばポールが何気なくこう言ったときとか。

「ねえ、きみに何か話すことがあると思う？」

「何かおもしろい話があるの？　なになに？」と私が訊く。

「いや、何もない」。そう言ってポールが切りあげる。

「私に話さないって決めたの？」

すっかり困惑したあげく、ようやくポールはこう説明した。さっきの「ねえ、きみに何か話すことがあると思う？」は、自分の意思に反して思わず口から出ただけで、本当は反対のことが言いたかったのだという。つまり、「きみに話すことが何もないんだ」

ほかにもあいかわらず失語症ならではのことで私たちはつまずき、いら立つこともまだあった。何か重要なことを言いたくて、狙った言葉に銛（もり）を撃ちこもうとするのだが、ポールの頭はいまもときどき、ちんぷんかんぷんな言葉を吐きだす。

「ウェンツトッジでグラッフェルクラグをなんでスミッチしないの？」ある日、朝食を食べているときにポールが意味不明なことを訊いてきた。

「いまなんて言ったの？」こんなときこそ私は何気なくたずねるようにしている。ポールにあまり気にしないでほしいから。

「ウェンツトッジでグラッフェルクラグをなんでスミッチしないの？」ポールは怒ったようにまた同じことをささやいた。どうやら何を言いたいかは自分ではっきりわかっているらしい。

「ね、もう一度ゆっくり言ってみて」

もう一回、消化不良の質問をくり返し、ポールはとうとうあきらめ肩を落とした。それから悲しみを込めて驚くほど流暢に、自分の支離滅裂な音の瓦礫を振りかえった。

「崩壊しつつある偉大な機械の単なる穏やかな教理問答にすぎない」

第三一章

ある日ポールはいきなり穏やかで幸せな気分になったと言いだした。「自分の人生も宇宙も何もかもだいじょうぶ」といった神秘的な感覚がわき、未来が輝いて見えたという。ポールはそれをスイマーズハイだと説明した。これまでプールで何時間か過ごしたあとにだけ、この感覚を味わったからだ。ポールの言うような、溌剌として、かつ穏やかな心の状態は私もよく知っている。これまでの人生で私もしょっちゅう経験してきたものだからだ。

ポールが初めてそれを体験したのは、ある真夜中のことだった。そのとき私はうたた寝をし、ポールはカウチの端に座って寝ぼけ眼でテレビを観ていた。すると幸福のベールがポールをすっぽり包み、そのとき昔からの親友二人――ブライアンとアリステア――五五年前に最初に教鞭をとったニューファンドランドでの友人たちが「見えた」という。八〇歳になったブライアンはいまでは健康上の問題を山ほど抱え、アリステアはその前の年に亡くなっていた。それでもポールの目の前、あるいは夢のなか、あるいは幻覚のなかで、二人はポールに「何もかもだいじょうぶ」だと言ってくれた。病気の喧騒はおさまり、すべてはうまく行くと。ポールは自分が若くて健康で、もう一度走ったりクリケットボールを投げたりできそうな気分だった。この至福の出来事は一時間ほどで終わったが、その心安らぐ記憶は残り、あくる朝この一件を私に話してくれたとき、ポールは穏やかで平和な顔をしていた。そしてそれから数時間たつと、静寂は溶けるように消えていった。

それから四日後、ポールはいつもより早く目覚め、ベッドからはい出し、一目散に書斎に向かい、書き物をはじめた。頭が駆けだし、土煙のごとくアイディアが舞いあがる。それから朝食をとり、薬を飲んで、また続きを書いた。うたた寝をする前に、ポールはまたも以前と同じ心穏やかで幸せな気分の「ランナーズハイ」を感じたと報告した。その魔法は眠っているポールをすっぽりと包んだという。

私は自分がどう思ったかをポールに言わなかった。新しい症状が現れるたびに心配するのが癖になっていて、その話を聞いたときも、ただよかったと喜ぶよりも、ポールの脳を多幸感に浸らせた原因のほうが気になった。何かの理由で酸素が不足したことも考えられる。それともセロトニンが上昇したとか。四年間飲み続けているゾロフトが、以前よりもポールの身体からゆっくり排泄されるようになったのかもしれない。最近ポールはいつになく創造的だが、それも以前とはまた違ったふうだ。ポールの最近の小説にはいまも失語症者の特徴が見られるが、脳卒中後に書いたどの作品よりも純粋に想像上の産物であり、実在する人間や現実の出来事はますます登場しなくなっていた。

それからさらに数日間、朝目覚めるとポールの肩にはミューズがのり、二時間ほどかけて手書きで六ページから八ページの原稿を執筆した。ポールのことを手放しで喜べなくて申し訳なく思ったが、私は気が気でなかったのだ。ポールは予言者で、私は心配性。ポールは芯から穏やかで、私はおろおろしてばかり。誰かの人生の責任を負ったことで私はますます楽観的になれなくなっていた。過去にはもっぱら自分の健康や満足だけに気を配っていたのだが、いまはポールの分も加わったのだ。ポールの徴候や予兆や症状を読みとる係、彼の健康の常勤の大家にならざるをえない。ときどき私はポールをひたすら自分のために生かしているような気にさえなった。私は愛を感じ、誰かと心を通わせ、一緒にいることを渇望していた。たとえ速やかに意思疎通がはかれなくても、ともに生き、愛する夫婦でいることの原始の温もりは、それ自体が強力な魔法になる。けれど子どもを相手にするようにポールにかまいながらも——ポールは一人ではできないことも多いし、糖尿病と心臓の障害で免疫系が弱っているので——むろんポールが子どもでないのは重々承知し、物事を自分で決められる大人としてポールの考えや気持ちを尊重しようと心がけた。ただしそのバランスをとるのは至難のわざだったが。

ポールが昼寝をしているあいだ、自分の出窓で仕事をしていたら、リズが相談にやってきた。リズのいまの髪は刈り入れ時の夜明けに黄褐色に光る小麦の色だ。今日のサンダルは青緑色で、真っ赤なスパンデックスのサマードレスが要所要所でぴったりはりついている。ふだんは私の仕事を邪魔することなどまずないので、介護者としての私のアンテナがピンと立った。体を斜めに傾け、足をもう片方の足にかけて立つリズのようすに私ははっとした。何か心配なことがあるのだが、私を心配させたくないと思っているのだ。

「ポールがね、とってもハッピーだって言うの」とリズ。「それはいいことよ、だからたぶん私の取り越し苦労だと思うんだけど、でも……」

私がノートパソコンを光沢のある木製の浮き橋にのせると、パソコンは窓辺の白鳥やガマの絵柄のタペストリーの上をすべるように移動した。リズがオークの厚板の朝食用トレイとピカピカの木のボウル二個を使って、間にあわせのスライディングデスクをこしらえてくれたのだ。

「そうなの、私にも言ってたわ。朝、起きたときに」と私が答えた。「心配したほうがいい？　それって気をつけてようすを見ておくべき何かの徴候かしら？」

「そうね、たしかに」。リズは答えた。「多幸感が出てるってことは、脳の左側の血流が不足していることもありえるかも？　あるいはもっと楽観的に考えれば、右側に血流がたくさんいってるってことかな？」

　脳科学者のジル・ボルト・テイラーが、自身が左脳の卒中に襲われたときに経験した多幸感や不思議な幻覚について語っていたことを、私たちは二人とも知っていた。ポールが多幸感を訴えたのは今週で二度目だ。ただしそれ以外、ポールは安定していて、いつもと違うことは何もなく、ただ昼寝の時間が長くなっただけだ。

「最近いつになく創造的なのよね」。私は思っていることを話した。「本当に楽しそうに書いてるでしょ？」

「たしかに今日書いたのはいつもと違ってる」。リズはそう言うと、カウンターに片手をついた。「ヘンテコでクレージーで、ポールはこうした発想を誰からも拝借してないのはたしかだし。自分の頭のなかからどうにかしてとってくるのよね。あの小さな頭のなかからみんな出てくるのよ！」リズは目を丸く見開いて、驚きの笑顔を見せた。

　私はリズの反応が楽しかった。ポールが自分の新作の本を母親に見せると、母親がきまって言ったせりふにまさにそっくりなことを言うのだから。「いったいどこからそんなこと思いつくの?!」けれどもリズの言ったことは正しかった。ポールの脳の使い方は、脳卒中以降変わってきていた。最初の頃のポールは何も入っていない食器棚のように頭が空っぽに見えた——「何か考えてる？」「いや、ただ座って見てるだけ」。ところが時間たつにつれてゆっくりと、ポールは一つまた一つと思考の種を撒きはじめ、思考を広げて組みあわせ、さらにイメージを見つけてこれも組みあわせるようになった。ポールが書いたものを通してみると一目瞭然だ。脳卒中の二カ月後からはじめた、ポールの口述による回想録『影の工場』では、時間や時系列の感覚がしばしば混乱していた。そしてそのほとんどが想像ではなく実際の出来事に基づいていた。それからつぎに、ゲッベルス〔ナチス・ドイツの宣伝相〕を題材に疾走する小説を書いたが、そのためにポールはドキュメンタリー映画をいくつか観て、数冊の本に目を通したが、もっぱら第二次世界大戦への生涯にわたる関心から記憶していた詳細がもとになっていた。ポールが第二次大戦のことをこれほど覚えていたとは正直いって驚いた——ポールの脳は自分の誕生日も、ありふれた物や動物の名前も思いだすのに苦労していたのに。その二年後に書いたコーヒーにまつわるエッセイ（コーヒーの麻薬的な香りに触発されたものだが、ポールはコーヒーをもう飲むことは許されない。それでもその香りは少年の頃に母親と一緒に挽きたての豆を買いに行った記憶を呼び覚ました）は、リズがポールのためにインターネットから集めた小ネタがもとになっていた。それからモンゴルを舞台に小説を書いたが、そのなかにポールは想像上の要素を多く入れはじめた。そのいくらかはリズの隣人のグスタフの話、地図やガイドブック、そしてインターネットの調査をもとにしていた。そしてそのあとも多くの随筆や小説が続いた。

ポールはいま、SF小説を書いている最中で、執筆後の昼寝は以前より明らかに長くなった。ひょっとしたら左脳が黙りこんだので言語をこしらえるのに右脳をたくさん使っていて、そのため血流が脳全体で増え、もともと右脳は神秘的経験の源泉であることから、そのいくらかが解き放たれたのかもしれない。それともこれは左側の頭頂葉、つまり頭のてっぺんから後ろにかけての部位に損傷を受けた結果だろうか？　ここは脳が認識できるものとできないもの、自己と外の世界を分ける場所、身体の多くの境界を引き、空間における自らの位置を把握する場所だ。この場所を静かにさせると――深い瞑想や損傷を受けるなどで――ときに自分が自分の身体に宿る感覚が影を潜め、かわりに鮮明な神秘体験や超越の感覚が焚きつけられる。ポールはいまも何かをつかもうとしてその位置をなかなか把握できないが、それはこの部位の損傷の特徴だ。この説明がいちばん腑に落ちるものだが、それでもなぜいま、何年もあとになってそれが起きたのか？　ポールの睡眠時間が増えたのは、単に脳を以前より使って疲れさせているからかもしれない。心配なので、私はポールをとくに注意して見ていることにしたが、そのせいで心休まるときがほとんどなくなった。

多幸感の件は結局謎のままで、私たちにはそれ以上何もわからなかった。ところがそれからひと月後、朝起きたポールは苦しそうにぜいぜい喘ぎ、ベッドからいきなり起き上がると必死に息を吸おうとした。救急隊員がポールを至急病院に搬送した。それから一週間後、強力な抗生物質の静脈投与を受けたのち、医師はポールの心臓や呼吸器、そのどちらにも深刻な問題があるとは認めず、ポールはふたたび退院して家に戻った。さらに薬が増え、夜には酸素吸入も必要になり、ポールは睡眠中に深海に潜るみたいな音を立てたが、すぐに前よりも気分がよくなったと話した。

入院の際にポールの脳の画像をとったところ、新たな脳卒中は見つからなかったが、そこには傷つき破壊された戦場が映っていた。緊急救命室で、医師の顔に哀れみの表情が浮かぶのを私は見逃さなかった。

「スキャンの結果はどうですか？」私はたずねた。

医師は先の卒中による側頭葉と頭頂葉の損傷部位、前頭葉に一箇所ある大きな壊死部分、さらにそのほかの小さな欠損部位を指摘した。

「この男性は、ずっと植物状態でおられるようですが」。医師は穏やかにいたわるような声で言った。

「まさか。脳卒中のあとに本を数冊も書いてるんですよ。失語症ですけど、意思の疎通ははかれるし、たくさん泳いでるし。できないことはずいぶん増えましたが、それでも楽しく、わりと普通に暮らしてますけど」

医師は一瞬、信じられないという顔をした。「なんでそんなことができるんですか？」医師は静かにまるでひとり言をつぶやくみたいにたずねた。それからスキャンの画像の枯れた景色をもう一度眺めてふたたび首を横に振った。

「脳卒中以後、四年半のあいだ、毎日脳を忙しく働かせてるんです」

「教えてくださってありがとう」。医師は考え深げに言った。「何が可能かを知っておくのは大事なことですから」


脳卒中後に命が助かっても、当然ながらそれで緊急事態が終わったわけではない。この先何が起きるかという不安をどうやって乗りこえればいいのか。できることといったら、ただ忙しくしていることしかないときもある。そうすれば心配も意識にのぼらずただの背景にすぎなくなる。ポールはもともと仕事に没頭できる才があるので心配にとらわれずに日々を過ごせた。自分の病気のことやたびたび死にかけたことなどいっさい思い悩むことはない。その点はうらやましかった。私はといえば、恐怖や心許なさ、解決できない謎をつねに引きずっていた。ふとしたときに――ただ廊下を歩いているあいだにも――心配で胸がドキドキすることもあった。だからときおり私はさまざまな自分を集めて会議を開き、怯える自分と愛する自分をひとまとめにし、不安の下をかいくぐり、私たちのいまの豊かで朗らかな日々への感謝を見いだそうと努力した。

リズは以前よりも頻繁に、長期にわたって休暇をとるようになった。リズがいないときポールと私は二人だけで生活し、まあ夫婦というものはそもそもそういうものだが、それはそれで楽しかった。リズがいるときは、私にはおしゃべりな高機能の同居人がいて、ふだんの会話にクレージーな成分が加わり、過去の奔放な言葉遊びへの架け橋を手にできた。

私たちのおしゃべりはいまもしょっちゅうポールを圧倒する。とくにポールが寝起きのときなどは。たとえばある朝、ポールがどんよりした目で寝室から出てくると、キッチンにリズと私がいて昔のダンスのステップを懸命に思いだしていた。モンキーダンスにポニー、ロコモーション、マッシュポテトにツイスト、それからスイム。リズはこのあいだの親戚の賑やかな集まりで、おじのハロルドが両膝置換手術の成功ぶりを披露したのに触発されたのだ。

「プレーリーチキンはどう?」そう言って両腕を角のように頭上に伸ばし、私は歌いながら部屋をちょこまか走りまわっては片足で床をひっかいた。

みんなやってる、プレーリーチキン、
さあさベイビー、一緒に踊ろよプレーリーチキン

かたやリズはというと、モンキーダンスを見事にこなし、腕をのばしてぶらんぶらんと振っている。最

近染めたばかりのサングリアの赤色の髪を激しく揺らし、まるで赤いホエザルの妖怪みたいだ。

ふいに私たちはポールが戸口に立っているのに気がついた。ポールは狐につままれたような顔をしている。

「お二人さん、いったいどんだけコーヒー飲んだのかい?」ポールがそっけなくたずねる。ただしほんのちょっぴり心配そうな声で。

最終章

脳卒中からすでに五年がたち、ポールは言葉の鮮やかな絨毯に再び足を下ろし、発話も改善を続けている。つい先週から、なんとだじゃれも出るようになった。脳卒中以来初めてのことだ。

「あのドル紙幣はくたびれてる（バタード）ぞ」。直売所に乗りこもうと私が小銭を掻き集めていると、ポールがそう言い、それからにやっと笑って付け足した。「衣をつけて揚げてある（バタード・アンド・フライド）!」

ポールも私も、ポールが「回復する」ことなどもうさして気にならなくなった。もう失語症を段階的に回復するものだとも思っていない。ただその日一日の包みを開けて、キラキラ輝く贈り物として受けとるだけだ。それにポールがハッピーになれる場所はプールだけではなくなった。いつもより早く目覚めると、ポールはよく私を見つけて声をかける。「こっちに来て抱っこし合おうよ」。そこで私はまた戻ってベッドにもぐりこみ、さっきまで住人のいたねぐらの温もりにひたり、子宮のような掛け布団の奥にもぐりこみ、二人でぴたりとくっついて同じリズムで呼吸する。ポールは私をぼくの可愛いスカラムッチャ（ごろつきとか、いたずら者の意味）と呼び、二人して過ぎた日々を振りかえる。楽しいときやつらいとき、二人で一緒に興じたあれこれを。

それでもポールの心がいつもと違って、まったくポールらしからぬように見えるときもある。朝食を終えるとポールは自分の皿を、丸めたクリネックスでぐるりと何度か拭きとると、「きれいになった」と言ってそそくさと水切り台に置く。食事のあとには食器を洗わなくてはいけないのだと、私はまた何度目かの説明をするのだが、ポールは聞く耳をもたない。卵がこびりついていても、ポールの目にはきれいに見えるのだ。だからふと気がつくと、水切り台にちょくちょく汚れた皿が鎮座して、使われるのを待っている。またポールが筋の通らないことを言いだしてひどく心配になることもある。たとえば病気の友人と電話で話をしたらインフルエンザがうつるだろうか、と訊いてくるのだ。「向こう側から入った息がこっち側に出る」のだそうだ。

それでもやっぱり、私の知っている昔の伴侶がいまもポールのなかにいる。ポールの顔のウインドー越しに、ポールその人がはっきりと見てとれる。その思考が外に出ようとコツコツ窓をたたくのが聞こえる。たまに懐かしい口ぶりで、ホイットマン風の光を放つピロポの新作を聞かせてくれることもある。「ああ、燦然と輝く星のパラキート」のように。あるいは自分の失語症をいとも楽々とごまかすので、こっちが驚かされることもある。

「アンヌ＝ロールがあなたに送ってくれた、あの詩集すてきね」。先日、私がこう言った。

ポールはプール用の漉し網を虫網みたいにぴゅんぴゅん振りまわしながら、プールのまわりをゆっくり歩き、ハヒロハコヤナギの葉をすくっては芝生に放っている。

「塗装の仕方を変えてくれたらいいのに」。ポールはそうこぼすと、あわてて言い直した。「つまり、もっと大きな字を使えってこと」

私は思わず吹きだした。「私のために自分で通訳したのね？　やるじゃないの！」

左脳半球の卒中に襲われ、一〇カ月前には肺炎で死にかけたというのに、幸いなことにポールは以前よりもともかく楽しそうで、いまこの瞬間に集中し、生きていることに感謝しているように見える。私たちの暮らしは変わったけれど、それでもなかなか心地よく、しょっちゅう底抜けに愉快な謎解きがはじまる。言葉をピン留めしようと必死のポールは、まるで両手いっぱいに牡蠣を抱えておろおろする鱗翅類学者〔チョウやガの研究者〕のようだ。失語症者の口からこぼれる言葉の組みあわせの愉快なことといったら！　一緒にいるとあいかわらずイライラすることも少なくないが、またもう一度私たちの毎日はたっぷりの笑いと言葉の酒宴を中心に回りはじめた。

「きみがキッチンに置いたものは空虚だ」。きのう、ポールがこう言った。そこで連れ立ってキッチンに行き、窓の外をのぞいて、ようやく私はポールの言いたかったことを理解した。つまり「キッチンから見える中庭にかけた鳥のえさ箱が空っぽだ」。フィンチたちが朝ごはんをきょろきょろ探している。

つい先日の午後、私はあくびをしながら「今日はなんでこんなに眠たいのかしら？」とつぶやいた。するとポールが大真面目に答えた。「おそらくきみの頭の百科事典が、より高度な力で徴用されているからだ」

この言葉でポールが伝えたかったのは、つまりこうだ。「たぶんきみはぼくの面倒をみるのに神経を使いすぎて疲労困憊してるのさ」。私の頭のなかにずらりと並んだ百科事典に巨大な手がぬうっとのびて、ごっそり何巻かをひったくっていくさまが目に浮かんだ。

五年がたって、ようやく私はこうした言葉の数々をポールとまた共有できるようになった。それでも失語症はあいかわらず陽気な踊りを披露し、副詞や動詞をポンポン抜かし、言葉やフレーズを反射的にくり返してポールを悩ませる。ポールはコンピュータを使えないし、いまではタイプも打てない。自分の手書きの文字を読むのも苦労する。だからこれからもつねにアシスタントが必要だろう。

いっぽうでこんなこともあった。先日、あるフランスの雑誌社がポールにメールを送り、最近翻訳されたばかりのポールの小説について十数項目にもわたる質問をよこしてきたが、ポールは文句も言わずに答えていた。この小説は『花粉が宿る花の場所』。この本の題名を、はるか以前まだほとんど言葉が出なかったポールは、言語療法士のケリーに伝えようとしてひどく狼狽していた。

ポールの作風は以前よりも怪異的なものではなくなったが、独創性と想像の持ち味は戻ってきたようだ。さしあたってポールは三本の小説を書き、ゲラを校正し、脳卒中後に書いた随筆や物語を出版した。ポールは手書きで執筆し、リズが原稿を読んでタイプし、失語症によるちょっとした間違いにマーカーをひく。ポールがそのページを抜きだして、自分の好きなように修正を加える。それからリズが原稿をタイプし直し、それをまたポールが読みかえす。ポールにとっていまも文字を読むのはひと苦労で、右端の文字がしょっちゅう消えるし、行がその前の行を飛び越したように見えることもある。それでもポールは目を訓練して慣らしていった。四年にわたり、ほぼ毎日二時間、ポールはこつこつと原稿を書いては修正する作業を続けてきた。ポールにとって嬉しいことに、近頃は本の書評も書きはじめたのだ――ポールは長年、おもに『ワシントンポスト』に数百もの書評を書いてきたのだが、脳卒中以後は初めてのことだった。

かつて原稿をパソコンから送るようになる以前、ポールははさみで切って貼っただけの編集の仕方をかたくなに拒否していた。編集された原稿を受けとると、きまって大きなはさみを取りだし、余白を几帳面に切りおとし、切りとられたページをのりで貼りあわせ、ページ番号を振り、全体をコピーし、あくまできれいなコピーを編集者に返送していた。ポールはいま、リズの校正をありがたがり、私のフィードバックを尊重する。以前と同様、ポールが本を書き終えるまで私はめったに目を通さない。そして完成したら最初から最後まで読んで、「最初の読者」というのいつもの視点からいくつか提案することもある。ただし私がポールの秘書やアシスタント、筆記者になるのはお断りだった。私には、ポールの伴侶のままでいることが重要なのだ。たとえ介護者を兼任していても。

たったいま、ポールが机で原稿の順番を入れ替えている音が聞こえる。SF小説『船出のとき（*Now, Voyager*）』の見直しをしているのだ。この小説の主人公「ハンブリー八分の一」には、「ハンブリー一六分の一」という息子がいる。登場人物のひとりにはどうやら「ズーム・クイーン」という、気分に応じて果てしなく巨大になったり無限に小さくなったりできる女性がいるらしい——ふーん、いったい誰のことかしらね？　この『船出のとき』では、語り手が一人称から三人称に変わり、「私」が「彼」になったりするが、これは意図的なのかとポールにたずねると、本人は気がつかなかったという。ということは、ひょっとしたらポールの頭のなかの複数の声は、あいかわらず入れかわり立ちかわりしゃべり続けているのかもしれない。あるいは自分がどの視点で語っているかを単にポールが忘れただけか。

リズは、このいちばん新しい原稿に出てくる、とびきり難解な言葉——それでもすべて正しい言葉——の一部をリストアップしてみた。五年前はひと言「めむ！」しか言えなかった人間にしてはたいしたものだ。

もっとも流暢に言葉が出る昼頃に、ポールは奪還した言葉の鎖を繋いで執筆するか、あるいは電話をかけるか、あるいは友人と昼食をとることもある。ただし三つ全部は無理で、どれかを選ばなくてはならない。だがこれは誰にとってもいくぶん同じではないか。朝一番に私は執筆するか、大量のメールに返事を出すか、友人に電話をかける――私だって限られた自分の精神的エネルギーをどこに注ぐかを選ばなくてはならない。

しょっちゅうポールは手書きで手紙をしたためる。失語症の痕跡や線で消した跡が残ったままだが、さほど気にはしない。自分が時間をかけて手紙を書いたことを、受けとった相手が理解し喜んでくれるのがわかっているからだ。ポールが相手を気にかけていることに、きっと感謝してくれるだろうと。

今朝、私が書斎で仕事をしていると、寝室のドアがバタンと開いた音が聞こえた。それから裸足でパタパタと歩く音がし、カチッと小さな音がした。ポールが耳栓をプラスチックケースにしまった音だ。私は「ムウォーロック」の咆哮でポールに声をかけ、自分がどこにいるかを教え――出窓のところ――それからポールが「ムウォーロック」と叫びかえし、私の書斎のドアの前に、ウォンバットみたいに一糸もまとわぬ姿で現れた。

「ぼくの光のカンチレバー〔片持ち梁〕はどこ？」ポールが眠そうな声で訊く。

私はにっこり笑った。これは初めて聞いた。「それって……あなたのベロアのジョギングスーツのこと？」

「そうだ」

「洗面所にあるわ」

ベロアのジョギングスーツと言おうとして、なぜポールの頭は「光のカンチレバー」を出してきたのか？　いったいどうやって、なぜ、いつ、ポールにとってそれが光のカンチレバーに見えたのか？　そもそもカンチレバーは固くて、ジョギングスーツは柔らかい。カンチレバーは橋を支えている。まさか自分の服のことを、すっかり目の覚めた光り輝く世界にかかる橋だと思っているのかしら。それもありえなくはない。それでもこの言葉に私は心を奪われ、それに光のカンチバレーと聞いてベロアのジョギングスーツだとピンと来るほど自分は糟糠の妻なのか、と思わずほくそ笑んだ。遠回しな物言いも悪くないわね……なかなかやるじゃないの。

こうしたナンセンスな言葉のパズルに囲まれてポールと暮らすのは、ときに「公案」とともに生きる気分になる。これはいわゆる逆説的な対話で、論理的に解決できない問いであり、仏教の賢人から、瞑想のための精神的な難題として教わるものだ。公案を解釈するには、まず論理の絆を断ち、言葉をへし折り、概念的な思考法を捨てて、直感に身を委ねなければならない。失語症をもつ人と話をするのも、同じく発見の連続のなかで生きることだ。言葉のパズルが解けたときの、「わかった！」という驚きの瞬間を楽しみながら。創造的な活動と同じく、ありのままでいながらも、同時にこの世界に力ずくで関わっていくことなのだ。ポールは脳卒中により変わったが、それは悪いことばかりではない。そして私もまた変わったのだ。

介護者は、病気といういわば一種の文化によって変化する。自分の生きる時代の動向によって人が変わるのと同じように。たとえば、私には自分と対話する時間が以前のようにはとれなくなり、この喪失は痛かった。そしてポールをいつかは失うことや私自身の死についても前より気にやむようになった。ポールの健康状態を毎日チェックせねばならない私は、自分もまた、ポールの健康をめぐって展開する長編物語の一部になった。けれども私は同時に、日々のあらゆる面で以前よりも強くなった。小さなことでは、人ともっと単刀直入に話せるようになったし、大きなことでは、自分は逆境も、いつかは来る喪失をも受け止め、前に進めるということを発見した。自分の強さというものに以前よりも自信がもてるようになった。暴風にむち打たれる柳のように自分が試されているのだと感じたが、それでも私はなんとか根をはって立ちつづけている。

誰かの人生の責任を背負い、その覚悟で生きることに慣れるには相当の時間がかかり、そんな葛藤をせざるをえないのは嫌だった。ときどき自分が精神的に参ってしまいそうな気がした。そんなときは、これまでの自分のキャリアを捨てポールの世話に明け暮れるほかないのか、それとも鬼と化してポールの世話を放棄し自分のキャリアをとるほかないのかなどと恐ろしくなった。私の課題は、二者択一の見方から離れて、愛情をもってポールを世話しつつ自分も大切にできる道を探すことだった。

緊急にすべきことや手のかかる問題はその都度変わり、私は対応に悪戦苦闘した。最初はとにかく分けて考えることで対処した——私自身の人生、ポールの人生、仕事の時間、遊びの時間、家での時間——そしてようやく、すべてをひっくるめて受容できるようになった。いまではほとんど継ぎ目がなくなり、私はただ私自身の人生を生きている。

この本を書いていたときは一日一ページから三ページのペースで進めていたが、たいていいつも夕食後にポールに原稿を読んできかせ、入院中や、家での最初の数年間にポールに起きたことを二人で語りあい、記憶を復元していった（そのほとんどをポールは実際覚えていなかったが、それは当時、ポールの脳が記憶を保存できなかったからだ）。そうすることで、ポールは自分自身のことをもっと知り、自分が経験したことや脳卒中後に達成したあらゆることをもっと理解できるようになった。ポールの世話について、また私の精神的負担や悩みについて書いた箇所を読むたびに、ポールは優しい目をしてこう言ってくれた、「ずいぶんつらい思いをしたんだね」。それが口火となって、私がどんなつらい思いや経験をしてきたか、そしてポールもまたどんな苦しみや経験を味わったか、さらには私たちの過去の歴史やともに暮らす日々を二人で語りあうことができた。人生とは、複雑に編まれた籐かごのようにすり切れ、へたり、壊れてほどかれ、それからまた手を加えられ、もとの素材の多くを使って編みなおされる。このようにして私たち二人とも、おたがいをもっと身近に感じられるようになった。人生とは、つねに病の影に怯えながらも前に進んでいけるものであり、ときに喜びに満ちた瞬間を迎えもするが、影はつねにそこにあり、その居場所を残しておかなければならない。

私はいま、過去の自分に想像もつかない責任を背負った人生の段階にいる。ペンシルベニアの真んなかで男の子に夢中だった高校時代、ビートルズの歌から、愛とは「抱きしめたい」といったシンプルなものだと教わったあの頃の私には。けれど、あの一〇代の頃と同様、これもまた過ぎていく一つの段階にすぎない。しっかり目を開けておこう――そう自分に言い聞かせた――自分の気持ちや感覚のすべてに注意を払うのだ。これは生きるということのまた別の面にすぎないのだから。この地球上で生をうけたということの。そしてやがていつかポールは去り、こうした責任や心配がなくなるときがくる――でもそれはいままで想像したくもないことだった。一日一日とつきまとう、たった一人あとに残されるという不安。年上の、あるいは病気のパートナーをもつ者はつねにそれを抱えている。この二五年間、無駄な心配をしてきたではないか――振りかえればその通りなのだが――それでもポールはもう八〇歳、不安はいよいよ真実味を帯びている。ポールのいない日々は長く続くことになるだろう。私ならだいじょうぶ、そう自分につぶやく。今日も歩きながら私は感じるのだ――ポールが去ったとき、木々も空もそれでも美しく、私は人生のはかなさに心を痛め、それでもこの宇宙のこの惑星に、自分が生きていることの幸運を知るだろう。これもまた冒険の一部なのだ。私はそれでも生きていることを慈しむ。たとえポールのいない寂しさに胸えぐられる思いをしても。そして奇妙なことだが、おそらく人生のもっとも幸福な時期として、この日々を振りかえることになるだろう。これほどの心配と恐怖と立ちはだかる壁に苦しんだにもかかわらず。なぜなら私は心から彼を愛し、そして同じくらい愛されたと感じるから。

愛称やピロポは、あいかわらず溢れては咲く。楽しいものもあれば、ロマンチックなものも、突拍子もなくふざけたものも――そのすべては、脳がいかに自らを修復できるか、そして愛する二人の二重奏がいかに苦難を乗りこえられるかの証である。これを、私たちは消えかかったものから生みだした。ひびの入った鐘は澄んだ音は出せなくても、ときに甘美な音色を響かせるのだ。

これまでに学んだ教訓――あとがき

五年目の年に私が読んだ失語症に関する臨床試験の文献では、多くの治療法が使用されていたが、それらはまったくの直感から私たちがとり入れ、全部一時に試したものだった。

一日じゅうポールを言葉にどっぷり浸らせ、必要ならばピジン語を使ってでも話をするよう私はしつこく促した。まるでポールが外国に移り住み、生き残るためにできるかぎり早く土地の言葉を学習しなければならないかのように。最初ポールは嫌がっていた。ひどく疲れるし、できなくていらいらし、まごついて失敗ばかりするからだ。あきらめて黙りこむままにさせているほうが、言葉を話すよう求めず自分の殻に深く閉じこもるままにさせているほうが、楽だったとは思う。

けれど私はポールをひっきりなしに会話にひきこみ、明瞭な短い文章を使ってゆっくりと話しかけ、大切な言葉や考えはくり返して言うことにした。そしてポールの進歩に合わせてほんの少しずつ難易度を上げていった。毎日の日課を決めてはいたが、休憩時間はじゅうぶんとるようにさせた。ポールに話す時間をたっぷり与え、しじゅう意見を訊いて、ポールが詰まったときだけ言葉を探すのを手伝った。ポールに進歩があれば、どんなにささいなことでも褒めた。

集中トレーニングを行う

リハビリ科での二週間の言語療法はたしかに不可欠なものではあったが、じゅうぶんというにはほど遠かった。ミシガン大学では第一級の六週間泊まりこみ集中失語症治療プログラムを提供している。このプログラムでは毎週一五時間の個別訓練、五時間のグループ療法、そして三時間のコンピュータ支援訓練が受けられる。ポールはずっと家にいたが、過去五年間にわたり毎週約二〇時間の個別訓練、さらに一〇時間のグループ療法（一度に二、三人との会話）と同等の訓練を受けたことになる。

コミュニケーションの相手が必要

言語療法士による訓練は初めのうちは役に立った。だがしばらくしてはっきりわかったのは、ポールはこれから残りの人生を失語症とともに生きること、そしてこの症状はどれだけ薬や指導を投じても「治癒」するものではない、ということだ。何よりポールを苦しめたのは日常生活にさまざまな支障が生じたことだった。言葉や文法の使い方を忘れたばかりでなく、ポールは社会的な幸福すなわち他者との繋がりを失い、疎外感や孤独を感じていた。そこで取りくむべき課題は、ポールにふだんと変わらない感覚、私との親密な関係、ある程度の責任と活動、そして他者とふたたび交流したいという気持ちをとり戻させることだった。ポールをおだてて、その気にさせ、背中を押して、たわいもない世間話に夢中にさせる必要があった。さらに、ポールに対してはゆっくりと、ほかの相手にはふつうに話す人間に、ポールが囲まれることも必要だった。最後のことがなぜ重要かというと、ポールはみんなが何を言っているのか知りたくなって、当然ながら耳をそばだて一生懸命聞きとろうとするからだ。また友人との一対一の会話がポールにはいちばん楽だとわかったので、背景雑音は最小限に抑えるよう心がけた。ポールの新たな話し方を気楽に受けとめてくれる人たちがそばにいたのがなにより功を奏した。たとえばポールの長年の友人、クリスにラマール、ジーン、そしてスティーヴ。ポールは彼らと気持ちを通わせ、彼らに注意を向けるよう触発された。

脳卒中のあと、ありがたい贈り物のように、言葉が一つまた一つとポールに戻ってくるのが見てとれた。それらはとくにポールが職業柄学んだ言葉だった。ほかの失語症者もまた、それぞれの仕事や興味に関わる同じく秘伝の言葉を理解し用いることができるかもしれないし、それは必ずしも言語療法士やパートナーにわかる言葉とはかぎらない。

婉曲表現で冒険する

「もっと別な言い方はできないかしら？」ポールが言おうとしている言葉を思いだせないとき、私は決まってこうたずねる。リズなら「それって食べもの？　郵便切手？　書くことに何か関係ある？」などと訊くだろう。ポールの脳を然るべき道に立たせれば、言葉のもっと小さな集団に目がいくように思われた。たいていポールはその言葉を説明できるか、おおまかな同意語を見つけられるが、ときには言葉当てゲームになることもある。たとえどんなにかけ離れていても、ポールの遠回しな言い方を私は褒めた。そうしないと、ポールは自分の言いたいことを言う努力をするかわりに楽な道に走り、黙りこむかジェスチャーをするか、ただ何か音を出すことしかしなくなる。ポールが何を伝えたいかは興味があるし、それはポールにとってたしかに大切なことにちがいないが、それでも私はポールに話をさせ、その努力を続けさせることを目的とした。

褒めること、そしてユーモアを大切に

私は職業柄、言葉と物事の緩い繋がりも比較的楽にたどれるのかもしれない。それでも心の扉を開け放ち、失語症者の口から飛びだす驚くべき詩的表現に目を留めることは誰にでもできる。たとえばポールが「いまは春の反転するとき」と言うと、それはあきらかに「小春日和」のこと。あるいは「這いまわる気味の悪いやつらの貯蔵庫」と言えば、キッチンに毎年侵入してくるゴーストアリの一団のことだ。また

「笑い」は悲惨な時期に一服の清涼剤になり、私たちの心の安寧にも欠かせない。ポールは笑いに触発されて言葉を捕まえ、話をしだす。というのもポールには、私たちがポールを笑っているわけではなく、失語症のよくある愉快な脱線を、ポールと一緒に笑っているのがわかるからだ。だからポールには失うものは何もない――ポールが言うことは、たとえ間違っていても、楽しく愉快なものかもしれないからだ。

強制使用療法(CI)

驚いたことに、リハビリ科から家に戻ってすぐ、ポールは強制使用療法を自ら実践しはじめた。よいほうの左手で食事をすることをかたくなに拒み、半分麻痺した右手でスプーンを握ることにこだわったのだ。ポールは無意識にではなくわざとそうしていて、ポールを手伝ったり直させたりすべきではないことに、しばらくたって私はようやく気がついた。このCI療法では、患者のよいほうの腕を三角巾で吊り、さらにその手にミトンをはめて使えないようにし、力の入らないほうの手を強制的に使わせて、脳にその手を動かすための神経回路を強制的に再構築させる。ポールの場合、これをすることで食べる動きが遅くなり、しょっちゅうこぼし、当初はろくに食べることすらできなかった。手に持ったスプーンがときおりひっくり返って、よく食べ物を周囲にはねちらかした。それでもポールが悪いほうの手を振り回してもがくままにさせ、とうとうその手を御することができたのは重要なことだった。薬指と小指には永久に力が入らないものの、それでもいまでは右手でスプーンやフォーク、ペンをしっかりと握っている。

国立神経疾患・脳卒中研究所（NINDS）で現在実施中の、失語症のCI療法を評価する試験では、患者はジェスチャーや音を使わずに、言葉だけを使って意思疎通をはかるよう求められる。ポールはもっぱらこれを自ら練習し、一度などはこう宣言した。「ぼくが何よりがまんできないのは、文を途中で止めることだ！」だがたしかにそれではいらいらするのも当然だろう。だからこそ、ポールはときおり自分の謎めいた「テンプラム」を付け足したり、挨拶がわりに陽気な「ムウォーロック」の声を出したりしたのだ。だがポールがもっぱらこだわったのは、たとえどんなに時間がかかっても言葉で話すことだった。

すでに八〇歳に近かったポールは新薬の臨床試験に参加することも、神経幹細胞の移植手術を受けることも、脳の電気刺激も、曲がった指の屈筋へのボトックス注射もしないという選択をした。それに、失語症の読書クラブにも参加したいとは思わなかった。家に同じようなものがあるからだ。これは読むことに障害がある人のためのサークルで、オーディオテープやワークシートを利用している。これらは効果が期待できそうで、ほかの人には有益かもしれない。アメリカ国立衛生研究所（ＮＩＨ）の下部組織であるＮＩＮＤＳは、こうした研究を計画し、多数の臨床試験を実施しており、詳しい情報はオンラインで入手できる。

時間軸は気にせずに

脳卒中後の最初の数カ月は「回復のチャンス」が開けているとよく言われる。その間に可能なもののほとんどを学習し、その後は扉が締まり、学習もストップするという。オリヴァー・サックスが最初の頃に私たちに教えてくれたように、また私たちもしだいに自分たちで気づいたように、それはまったく真実ではない。学習することは、どの段階でもどの年齢でも可能なのだ。数年後には脳は新たなネットワークを形成できる。たとえばつい二カ月前、リズと私はポールの視力と言葉の記憶のある一面が改善したことに気がついた。それはタイプした二つの原稿をポールが見比べているのを二人で見ていたときのことだ。一つは最初にタイプした原稿で、もう一つの原稿にはリズが赤で修正を入れ、右の余白に赤のメモ書きも添えていた。ポールは一ページずつ何度も何度も眺めては頭のなかに言葉を入れ、文章を比べなければならなかった——これは以前のポールには難しかったことだ。だがいまのポールは視線を速くスムーズに左右に走らせることができる。これはいままでになかったことだ。何年もかけて毎日練習したおかげで、脳がとうとうこの特別なスキルのために視覚の神経回路を配線し直したのだ。その結果、もっと円滑に修正できるようになり、読むこと自体もやや改善した。脳卒中から五年間、毎年目の検査を受けているが、今年のポールは各列の文字を素早く読める——これはその前年にはできなかったことだ。

物語を分かちあう

当初、ポールには脳卒中について思いだすことを何でもいいから口述することが重要だった。なぜなら、それには共同作業が必要になるので、ポールは人と交流せざるをえなくなり、閉ざされた心を外の世界に開くきっかけになったからだ。混沌のなか震えていたその時期に、それはいわばポールの心にシャベルと麻袋を差しだしたのだ。土嚢を一袋ずつ、文章を一つずつポールは積みあげ、話すそばからこぼれ出す支離滅裂な言葉の海に堤防をこしらえた。失語症専門の言語療法士のなかには、同じように患者に物語をつくらせて手助けする者もいる。その「傷ついた語り部」に、病気を自分の人生の物語に組みこむ仕事を託すのだ。

たとえポールが執筆を続けられなかったとしても、私は本に関連した何かをするようポールを励ましていたことだろう。それが脳卒中前のポールの人生の大半を占め、大きな喜びをもたらすものだったから。ポールには目を通す文学書簡や論文が山ほどあったし、書きかけの小説もいくつかあった。それらを棚から取りだし、いじくり回すこともできただろう。あるいは、もっと別の媒体――絵画やコラージュ――で何かつくってみることを勧めたかもしれない。どちらも若い頃に楽しんでいたものだ。

以前にニューヨーク近代美術館のマティス展に出かけて、この画家の巨大な切り絵が飾られた部屋に入ったときの興奮を私は決して忘れない。手術を受けてから亡くなるまでのあいだ寝たきりになり、絵筆を持てなくなったマティスは、それでも制作意欲に燃え、はさみで紙からさまざまな形を切り抜き、助手の手を借りて壁に並べさせ、幻想的な景色をつくりあげた。私のお気に入りの一枚は「ジャズ」というシリーズの一点で、赤くて丸い心臓をもつ真っ黒なイカロスが、黄色の巨大な星々のかかるサファイアブルーの空を背景に踊っているものだ。手も足も棒のようなこの人物は、それでも太陽に手をのばし、溢れんばかりの希望と喜びを伝えている。マティスは切り絵のなかで、この感覚を表現する太ももや首や両腕の屈曲を的確にとらえており、私が思うに身体は衰えてもこの感覚を自ら感じていたにちがいない。「しだいに廃れゆくものをどう考えようかということだ」とフロストは問いかけた。マティスにとって、その答えはまさに目を見張るような発想の跳躍だった。それはマティスの使える道具が突如限定されたために生みだされたものなのだ。

創造性を励ます

脳卒中後の脳の微妙な変化を知るのはどんなに難しいことか。というのも実施される検査は言葉の使用に過度に依存し、直線的な考え方や三段論法の理論を重んじているからだ。ＩＱテストでは知能ははかれるが創造性ははかれない。創造性はまた別物である。ではどうやって創造性をはかれるのか、ましてどうやってこれを育むことができるのか。一つの方法は、私たちがディングバットと呼ぶ遊びのような、シンプルな頭の柔軟体操をすることだ。たとえば「靴でどんなことができる？——足に履く以外に」と訊くように。脳卒中を起こす前のポールにとって、この手の創造的な謎掛けはお手のものだった。私よりもずっと上手で、ラブレーばりの荒唐無稽ぶりを発揮した。けれども脳卒中後、ポールはめったにのってこなくなった。それでも愛称を考えだすことは、同じくポールの想像力に働きかけ、これをかき立てた。マッド・リブも同様だ。ポールが言葉を話す努力をしたらいつでも褒めて、さらに創造性を存分に発揮して執筆するようポールを励ました。ディングバットとはまた違うが、そうすることでポールの頭の筋肉は柔軟になり、ポールは深い満足感を味わうことができた。

休憩をとる

介護者にはちょっとした憩いの場、自分ひとりの時間が必要だ。私にとっては創作すること——第二次世界大戦を舞台にした『ユダヤ人を救った動物園』の世界に没頭することや、夜明け前に自然にまつわる文章を書くこと——が欠かせない息抜きの時間だった。瞑想も然りだし、庭仕事やサイクリング、水泳の三つも息抜きになった。ポールはプールで自分なりに神秘的な感覚を味わっていたが、私もまた私なりの感じ方があった。泳ぎながら両腕を伸ばすと、私の胸は広がり、水が身体をひんやりと包みこむように流れ、まるで空を飛んでいるような気分になった。

支援やサポート、アドバイスをオンラインで介護者に提供している団体もいくつかある。たとえば、ケアリング・コネクションズ（caringinfo.org）、シェア・ザ・ケア（sharethecare.org）、ウェル・スパウス・アソシエーション、サポート・フォア・スパウザル・ケアギバーズ（wellspouse.org）、ファミリー・ケアギバー・アライアンス（caregiver.org）などである。米国高齢化対策局が提供するエルダーケア・ロケイターに連絡すれば、移動手段や食事、在宅ケア、介護者支援サービスを提供する地元の支援機関を探すのを助けてくれる（eldercare.gov）。

脳を運動させる

頭と言葉を使う課題に挑戦すればするほど、脳はたくさんのニューロンやネットワークを築く。だから脳のエクササイズは予防にも治療にも効果がある。こうしたエクササイズのなかには、脳の蓄えを増やし体力を温存することで、いざというときに認知症を防ぎ、また脳卒中によるニューロンの喪失をいくらか相殺できるものもある。人はいくつになっても――たとえ八〇歳でも――脳に課題を与え、絶え間なく学習させれば脳の蓄えを増やすことができる。学ぶのは外国語である必要はない。理想的なエクササイズとは、習慣化したお決まりの飽き飽きする学習法を捨てさせ、脳にどんなに小さくてもいいから新たな視点を切り開くことを強制するものだ。クロスワードパズルや水彩画、比較宗教講座、点字の学習や楽器の練習、あるいは庭仕事でもいい。感覚に注意を払って散策し、その間、匂いだけに意識を集中する。家のなかでも戸外でも、いつもと逆の順路を歩く。職場や学校まで車で行くルートを変える。目を閉じてシャワーをし、シャワーそのものを身体で味わい体験する。あるいは気を散らさずに黙ってゆっくりと食事をする。いのちの電話相談や慈善団体、環境保護団体などでボランティアをするなどだ。

あるいは「ミステリーツアー」に出かけるのもいい――わが家では長いことこれは定番の行事だった――ひとりが目的地を決め、もうひとりが風景を手がかりに目的地を割りだすのだ。オハイオ州のアセンズで私が教鞭をとっていたある年、ポールの誕生日に彼を飛行機でミステリーツアーに連れだした。飛行機を借りて一時間ほど北に飛び、エアクーペ（Aercoupe：ポールが崇拝する第二次世界大戦の航空機）大会が開かれる小さなフィールドに降りたった。脳卒中以後、ポールは本をあまり読めなくなったが、公共放送サービス（PBS）やディスカバリーサイエンス、ナショナルジオグラフィックチャンネルで多くの科学番組（とくに天文学や動物行動学）を見て日頃から学習していた。さらに五年目のいまは、いつも夕食後に私がいちばん簡単な『ニューヨークタイムズ』のクロスワードパズルをやるのを手伝ってくれる。

「水差しを意味する四文字の言葉は何？」二人で初めて挑戦したパズルのヒントにつまずいて、私はポールに大きな声でたずねた。

ポールは頭に四つの空白を思い浮かべ、それを記憶にとどめ、それから水差しを思い描き、そのイメージを覚えておいて、こんどは頭の辞書から答えの候補を探し、言葉を一つ選んで、それに音をつけなければならない。

ポールは額にしわを寄せて考え、とうとう目を輝かせて誇らしげに叫んだ。「ユーア（EWER）！」

「ユーア？　ユーアっていったい何？」聞いたこともない言葉だ。

「水差しだよ。ローマの」

ポールは正しかった。それ以来、ポールは、「エートス（精神／道徳）」「アゴラ（人民集会）」「トライリーム（三段オールのガレー船）」「ジェイプ（冗談）」「オリオ（ごった煮）」などといった言葉を思いついては大興奮し、こんなふうに一日の終わりの和やかなくつろぎタイムに二人でクロスワードパズルに興じている。

いまこの瞬間を生きる

ある種の付きあい方を何十年もしてきて、空気のように馴染んだ誰かを失ったあと、私はときおり自分にこう言い聞かせるほかなかった。人生は悪いこともあればまた善いこともあるのだと。それでも人生が取りかえしのつかないほど変化し、二度と以前のようには戻れないことを受け入れられないときもあった。

だがどのみち人生とは変わるもの、いまこの瞬間に感じているものもまた、永遠に続くわけではない。それは一日のあいだでも目まぐるしく変化する。何兆もの感覚が脳に押しよせ、何百万もの発想や感情が頭の回廊を徘徊する。人生は一枚の綴れ織りというよりも、疾風に煽られ海面に浮かぶ波しぶきのようだ。こうしたドラマのいっさいが、自己という、絶えず自らを修正し新たなイメージを再生する夢想家の動物にはりついている。とはいえ、それもまた一秒ごとに変化し、新たな感覚がもぐりこみ、新たな出来事が立ちはだかり、新たな思考や感情がわきおこる。私たちがともにする人生、この二人の二重奏もまた進化を続けていく。かつてのようには戻れなくとも、それでも二人にとってのよき人生を私たちは紡いでいくのだ。たとえ何があったとしても。

謝辞

ポールが脳卒中になったあとにいっそう親しくなった友人たち、とりわけデーヴァ、ペギー、ジーン、ダン、そしてフィリップに心から感謝します。またノートン社の聡明で敏腕な編集者アレイン・サリエルノ・メイソンには、励ましやご指導いただいたことにいつもながら感謝します。ヴァンダービルト大学の脳と行動モジュールのディレクター、ジャネット・ノードン氏には、専門家としての見解と貴重な洞察をいただきました。ドクター・アンの医学的知識と技術、そして寛大な心はまさに天からの贈り物です。そしてポールとリズには本当に助けてもらいました。二人は、原稿を修正するたびに何度も読みかえし、耳を傾け、貴重な記憶を提供し、有意義な訂正や提案をしてくれました。『羅生門』のように、私たちは全員で同じ出来事を、ただしそれぞれに異なる視点から経験していたのです。

一〇〇の名前

以下の可愛い名前は、言語セラピーの一環として夫がこしらえたものです。彼は脳卒中以前に呼んでいた私の楽しい愛称を思いだせないことを嘆いていました。私は彼に新しい名前をつくってはどうかと提案しました。失語症では、言葉が錯綜して、言い間違いが続けて口を衝いて出ることがままあります。彼は一日に一つ、一〇〇日間続けて、愛の言葉をつくりあげることでそれを統御し、実践しました。

キンポウゲの狩人
つばめの天国
荘厳な朝の妖精探偵
八月の空の蝶々結び
ぼくの可愛いスパイスふくろう
ポールからルーマニアのウタツグミ人への手紙
最高栄誉な夏の帳（とばり）
夢見るホビット
光輝く切手の使徒
雨の初めのハシジロキツツキ
ぼくの雪降るタンガニーカ
転がり草工場の小さき月跳ね人

アラビアののんきな病気
コバルト色の闘技場の聖狩人
旨きエンドウ豆がスプーンにピンポンの館
雪に恍惚の雨傘
黄金の小さき夢追い人
朝露に踊るパヴロワ
光輝く四月の化身
ぼくの可愛いバケツヘアー
マーマレード谷の凶暴天使
感傷的な夢の音量調節器
南の紅蜂食い
朝の館の麗しき姫君
夢見る小さな露吸い人
ヤドリギの下、宮廷舞踏（パバーヌ）を踊る騎士
八月の妖精国の砂糖菓子
ブリザードピンクに揺れるエーデルワイス
ぷるぷるポーチドエッグの極上マッサージ
壮麗な太陽のスワン型ボート

人の祖先を宿す幼天使
足どり軽き眠りの女王
壮大な宇宙津波の浮き狩人
モンテビデオで抗うつ薬のハチドリ
抽象的会話の女神
歌舞（テルプシコラ）の女神の女艦長
わが羊小屋の美味しいパイ
ぼくの可愛い天空のヤマアラシ
仕事に精だす天気の妖精
古典的詩節（スタンザ）の勤勉な使徒
好奇心の女王
果てなき炎の妖精の手袋
夢心地の詩節
末永く我慢強き尼僧
朝の楽しい&記号
朽ちかけた神々のビリヤード台
世紀の反重力ドライブ
アーモンドの自叙伝

ウナギの乳白色の歓喜
創造のキッチンに乾杯
無心論者の救護院万歳
ヘロドトスを超えた歴史のスーパードライバー
快活なイモリ
心地よき声の深紅の修道志願者
君がため早咲く花々
福音の女神、聖なるアフリカのスミレ
ああシャロンのバラ、ぼくの心もバラ色
限りなき量の愛書家
果てなき天空の太守
夜の帳に塗られしミサ服
骨折手足に騒ぎすぎ
敏捷な尾根のコンドル
ぼくを待つ柔和なハチドリ
永遠に純なるぼくの芝生侵入者
喜びのかわいいスカラベ
いつまでも長く居りにし優美な白鳥

雄弁なナイチンゲールの追われし谷
ぼくの派手なベンケイソウ、ぼくのスズカケノキ
ああ地球の裏側の歌うリス
輝く朝のヘラジカ
騒々しいミソサザイ（レン）、いいところでストップって言って（セイ・ホエン・ホエン・ホエン）！
黒い瞳のジュンコ、ぼくのかわいいサイコロゲーム（ブンコ）
ぼくのために礼装する黒帽子のコガラ
有頂天のヒバリ
わが家に来たシジュウカラ
陽気な露の精
慰めに遣わされた古代のシャーマン
月の猿輪
浮く忍者
ぼくの可愛い詩人のヒトデ
光のアンブレラ
天空のエルフ
温かい抱っこウサギの繊細な震え
とことん甘い旦那の奥方

解約された物ぐさ
甘美な乳白色の遠心分離機
ぼくの昼の名残り、ぼくの夜の残り
星の侍従
恵みの微笑
最高潮に煌めく怒りの女王
電話を告げる窓辺の角笛
聡明な問いのベテルギウス
ぼくのホピの惑星
ここ、そして彼方の捨て子
ぼくの可愛いウズラクイナ
スターシップマインの女神プレアデス
金色の朝のとびきりの美女
永遠の儀式の月の子牛
フラボノイドの小さな驚き
ああ、燦然と輝く星のパラキート

参考文献

Amen, Daniel G. *Healing the Hardware of the Soul.* New York: Free Press, 2008.（『脳の健康が人生成功のカギ』廣岡結子訳、はまの出版、二〇〇二年）

Andreasen, Nancy C. *The Creative Brain: The Science of Genius.* New York: Plum, 2006.（『天才の脳科学』長野敬／太田英彦訳、青土社、二〇〇七年）

Basso, Anna. *Aphasia and Its Therapy.* New York: Oxford University Press, 2003.（『失語症』武田克彦他訳、中外医学社、二〇〇六年）

Beckett, Samuel. *Waiting for Godot: A Tragicomedy in Two Acts.* New York: Grove, 1994.（『ゴドーを待ちながら』安堂信也／高橋康也訳、白水Uブックス、二〇一三年）

——*Watt.* New York: Grove, 2009.（『ワット』高橋康也訳、白水社、二〇〇一年）

Bloom, Floyd, ed. *Best of the Brain from Scientific American.* New York: Dana Press, 2007.

Bogousslavsky, J., and F. Boller, eds. *Neurological Disorders in Famous Artists.* New York: Karger, 2005.

Bogousslavsky, J., and M. G. Hennerici, eds. *Neurological Disorders in Famous Artists,* Part 2. New York: Karger, 2007.

Bonet, Théophile. *Guide to the Practical Physician.* London: Thomas Flesher, 1686.

Damasio, Antonio. *Descartes' Error: Emotion, Reason, and the Human Brain.* New York: Grosset/Putnum, 1994.（『デカルトの誤り』田中三彦訳、ちくま学芸文庫、二〇一〇年）

——*Looking for Spinoza: Joy, Sorrow, and the Feeling Brain.* New York: Mariner, 2003.（『感じる脳』田中三彦訳、ダイヤモンド社、二〇〇五年）

Doidge, Norman. *The Brain That Changes Itself: Stories of Personal Triumph from the Frontiers of Brain Science*. New York: Penguin, 2007.（『脳は奇跡を起こす』竹迫仁子訳、講談社インターナショナル、二〇〇八年）
Duchan, Judith Felson, and Sally Byng, eds. *Challenging Aphasia Therapies: Broadening the Discourse and Extending the Boundaries*. New York: Psychology Press, 2004.
Fehsenfeld, Martha Dow, and Lois More Overbeck, eds. *The Letters of Samuel Beckett 1929-1940*. New York: Cambridge University Press, 2009.
Gardner, Howard. *Art, Mind & Brain: A Cognitive Approach to Creativity*. New York: Basic Books, 1982.（『芸術、精神そして頭脳』仲瀬律久／森島慧訳、黎明書房、一九九一年）
Gazzaniga, Michael S. *Human: The Science of What Makes Us Unique*. New York: HarperCollins, 2010.（『人間らしさとはなにか?』柴田裕之訳、インターシフト、二〇一〇年）
Heilman, Kenneth M. *Creativity and the Brain*. New York: Psychology Press, 2005.（『脳は創造する』中川八郎／福田淳訳、新風書房、二〇一三年）
Iacoboni, Marco. *Mirroring People: The New Science of How We Connect with Others*. New York: Farrar, Straus and Giroux. 2008.（『ミラーニューロンの発見』塩原通緒訳、ハヤカワ文庫、二〇一一年）
Jaynes, Julian. *The Origin of Consciousness in the Breakdown of the Bicameral Mind*. Boston: Houghton Mifflin, 1976.（『神々の沈黙』柴田裕之訳、紀伊國屋書店、二〇〇五年）
Lyon, Jon G. *Coping with Aphasia*. San Diego: Singular Publishing Group, 1998.
Paciaroni, M., P. Arnold, G. van Melle, and J. Bogousslavsky. "Severe Disability at Hospital Discharge in Ischemic Stroke Survivors." *European Neurology* 43 (2000) 30-34.
Rhea, Paul. *Language Disorders from Infancy Through Adolescence: Assessment and Intervention*. 3rd ed. St.

Louis, Mo.: Mosby, 2007.

Rose, F. Clifford, ed. *Neurology of the Arts: Painting, Music, Literature*. London: Imperial College Press, 2004.

Sacks, Oliver. *Musicophilia: Tales of Music and the Brain*, New York: Vintage Books, 2008.（『音楽嗜好症〈ミュージコフィリア〉』大田直子訳、ハヤカワ文庫、二〇一四年）

Salisbury, Laura. "'What is the Word'：Beckett's Aphasic Modernism." *Journal of Beckett Studies*, vol. 17, September 2008, pp. 78-126.

Sarno, Martha Taylor, and Joan F. Peters, eds. *The Aphasia Handbook: A Guide for Stroke and Brain Injury Survivors and Their Families*. Adapted from *The Stroke and Aphasia Handbook*, by Susie Parr et al. New York: National Aphasia Association, 2004.

Schwartz, Jeffrey M., and Sharon Begley. *The Mind and the Brain: Neuroplasticity and the Power of Mental Force*. New York: HarperCollins, 2002.（『心が脳を変える』吉田利子訳、サンマーク出版、二〇〇四年）

Siegel, Daniel J. *The Mindful Brain: Reflection and Attunement in the Cultivation of Well-Being*. New York: W. W. Norton, 2007.

——*Mindsight: The New Science of Personal Transformation*. New York: Bantam, 2010.（『脳をみる心、心をみる脳』山藤奈穂子／小島美夏訳、星和書店、二〇一三年）

Taylor, Jill Bolte. *My Stroke of Insight: A Brain Scientist's Personal Journey*. New York: Viking, 2006.（『奇跡の脳』竹内薫訳、新潮文庫、二〇一二年）

Tesak, Juergen, and Chris Code. *Milestones in the History of Aphasia: Theories and Protagonists*. New York: Psychology Press, 2008.

West Paul. *The Place in Flowers Where Pollen Rests*. New York: Doubleday, 1988.

——*Words for a Deaf Daughter and Gala*. Champaign, Ill.: Dalkey Archives, 1993.
——*Portable People*. New York: Paris Review Editions, 1990.
——*A Stroke of Genius*. New York: Viking, 1995.
——*Life with Swan*. Woodstock, N.Y.: Overlook Press, 2001.
——*The Immensity of the Here and Now: A Novel of 9.11*. New York: Voyant Publishing, 2003.
——*Tea with Osiris*. Santa Fe, N.M.: Lumen Books, 2005.
——*The Shadow Factory*. Santa Fe, N.M.: Lumen Books, 2008.
Yankowitz, Susan. *Night Sky*. New York: Samuel French, 2010.
Zaidel, Dahlia W. *Neuropsychology of Art: Neurological, Cognitive and Evolutionary Perspectives*. New York: Psychology Press, 2005.（『芸術的才能と脳の不思議』河内十郎監訳、河内薫訳、医学書院、二〇一〇年）

亜紀書房翻訳ノンフィクション・シリーズⅡ−1

愛のための100の名前

脳卒中の夫に奇跡の回復をさせた記録

2015年 4月10日　第1版第1刷　発行

著者	ダイアン・アッカーマン
訳者	西川 美樹
発行所	株式会社亜紀書房 郵便番号101-0051 東京都千代田区神田神保町1-32 電話……(03)5280-0261 http://www.akishobo.com 振替　00100-9-144037
印刷	株式会社トライ http://www.try-sky.com
装丁	間村 俊一
装画	毛利 彩乃

Printed in Japan
ISBN978-4-7505-1431-4 C0098

亜紀書房の翻訳ノンフィクション

ダイアン・アッカーマン　青木玲訳

ユダヤ人を救った動物園

二五〇〇円+税

ナチスはユダヤ人の絶滅を進めながら稀少動物の保護・育成をした。
ワルシャワ動物園の園長夫妻はナチの迫害を
かわしながら、三〇〇名のユダヤ人を救い出した!
映画化進行中!

●類いまれな人間愛と動物愛●